Wenxue
Lilun Jichu

文学理论基础

教育部教学改革重点项目
——「文化原典导读与本科人才培养」成果

教育部新文科研究与改革实践项目
——「文史哲拔尖创新人才培养创新与实践」成果

（第2版）

阎　嘉 主编

四川大学中文系文艺学

教研室 编写

汉语言文学专业系列教材
四川省"精品课程"建设成果

重庆大学出版社

内容提要

本书是文学理论教材,适合汉语言文学、外国语言文学、对外汉语等专业的本科生教学使用,也适合中国语言文学和外国语言文学各专业作为教学辅导和考研参考教材。本书分为六章,分别讲述文学理论的基本概念与文学的本质、文学作品的构成、文学创作、文学接受、文学阐释、文学流变等内容。本书以原典选读为教学宗旨,在系统梳理问题域的基础上精选相关理论问题的经典文献,通过对代表性经典文献的解读,引导学生掌握文学理论的基本问题域及其核心问题,逐步培养其批判性反思的理论思维能力。

图书在版编目(CIP)数据

文学理论基础/阎嘉主编.--2版. —重庆:重
庆大学出版社,2024.7 --(汉语言文学专业系列教材).
ISBN 978-7-5689-4647-6

Ⅰ.I0

中国国家版本馆 CIP 数据核字第 20243XY566 号

文学理论基础
(第2版)
阎 嘉 主编
四川大学中文系文艺学教研室 编写
策划编辑:陈 曦
责任编辑:李桂英 版式设计:陈 曦
责任校对:王 倩 责任印制:张 策
*
重庆大学出版社出版发行
出版人:陈晓阳
社址:重庆市沙坪坝区大学城西路 21 号
邮编:401331
电话:(023) 88617190 88617185(中小学)
传真:(023) 88617186 88617166
网址:http://www.cqup.com.cn
邮箱:fxk@ cqup.com.cn(营销中心)
全国新华书店经销
重庆市国丰印务有限责任公司印刷
*
开本:787 mm×1092 mm 1/16 印张:14.75 字数:324千
2024 年 7 月第 2 版 2024 年 7 月第 9 次印刷
印数:17 001-20 000
ISBN 978-7-5689-4647-6 定价:45.00 元
***

总序

　　这是一套以原典阅读为特点的新型教材,其编写基于我担任教育部教学改革重点项目——"文化原典导读与本科人才培养"和教育部新文科研究与改革实践项目——"文史哲拔尖创新人才培养创新与实践"的理论探索与长期的教学实践。

　　大学肩负着文化传承与创新、人才培养、科学研究、社会服务、国际交流合作的重要使命。近年来,我国高等教育取得长足进步,已建成世界最大规模的高等教育体系,2021年在学总人数超过4430万人。然而,尽管高校学生数量在世界上数一数二,但是人才培养质量仍然不尽如人意,拔尖人才、杰出人才比例仍然严重偏低。半个多世纪以来,中国在人才培养质量上没有产生一批堪与王国维、鲁迅、钱锺书、钱学森、钱三强等人相比肩的学术大师。

　　钱学森提出"为什么我们的学校总是培养不出杰出人才?"这个著名的"钱学森之问",体现的问题是当代教育质量亟待提高。其根本原因就是学生基础不扎实,缺乏创新的底气和能力。人才培养的关键还是基础,打基础很辛苦,如果不严格要求,敷衍了事,小问题终究会成为大问题。基础不牢,地动山摇;基础精通,一通百通。基础就是学术创新的起点,起点差,就不可能有大造化、大出息,就不可能产生真正的学术大师。怎样强基固本,关键就是要找对路径。古今中外的教育事实证明,打基础应当从原典阅读开始,一步一个脚印地扎扎实实前进。中华文化基础不扎实的现象不仅仅体现在文科学生上,我国大学的理、工、农、医科学生的文化素养同样如此。

　　针对基础不扎实的问题,基于培养一批拔尖创新人才的教学理念,我主编了这套以原典阅读为特点的新型教材,希望能够弥补教育体制、课程设置、教学内容、教材编写等方面的不足,解决学生学术基础不扎实、后续发展乏力这个难题。根据我的观察,目前高校中文学科课程设置的问题可总结为四个字:多、空、旧、窄。

　　所谓"多",即课程设置太多,包括课程门类多、课时多、课程内容重复多。不仅本科生与硕士生,甚至与博士生开设的课程内容也有不少重复,而且有的课程如"大学写作""现代汉语"等还与中学重复。而基础性的原典阅读反而被忽略,陷入课程越设越多、专业越分越窄、讲授越来越空、学生基础越来越差的恶性循环。其结果就是,不仅一般人读不懂中华文化原典,就连我们的大学生、研究生和一些学者的文化功底也堪忧。不少人既不熟悉中华文化原典,也不能用外文阅读西方文化原典,甚至许多大学生不知道十三经(《周易》《尚书》《诗经》《周礼》《仪礼》《礼记》《春秋左传》《春秋公羊传》《春秋穀梁传》《论语》《孝经》《尔雅》《孟子》)是哪十三部经典,也基本上没有读过外文原文的西方文化经典。就中文学科而言,我认为对高校中文学科课程进行"消肿",适当减少课程门类、减少课时,让学生多一些阅读作品的时间,改变中文系本科毕业生读不懂中华文化原典、外语学了多年仍没有读过一本原文版的经典名著的现状,这是我们进行课程和教学改革的必由之路与当务之急。

所谓"空",即我们现在的课程大而化之的"概论""通论"太多,具体的"原典阅读"较少,导致学生只看"论",只读文学史便足以应付考试,而很少读甚至不读经典作品,即使学经典的东西,学的方式也不对。比如,《诗经》、《论语》、《楚辞》、唐诗宋词,我们多少都会学一些,但这种学习基本是走了样的,不少课程忽略了一定要让学生直接用文言文来阅读和学习这样一种原典阅读的规律,允许学生用"古文今译"读本,这样的学习就与原作隔了一层。因为古文经过"今译"之后,已经走样变味,不复是文化原典了。以《诗经·周南·关雎》为例:"关关雎鸠,在河之洲。窈窕淑女,君子好逑。"余冠英先生将这几句诗译为:"水鸟儿闹闹嚷嚷,在河心小小洲上。好姑娘苗苗条条,哥儿想和她成双。"余先生的今译是下了功夫的,但无论怎样今译,还是将《诗经》译成了打油诗。还有译得更好玩的:"河里有块绿洲,水鸭勒轧朋友;阿姐身体一扭,阿哥跟在后头。"试想,读这样的古文今译,能真正理解中国古代文学,能真正博古吗? 当然不可能。诚然,古文今译并非不可用,但最多只能作为参考。这种学习方式不仅导致空疏学风日盛,踏实作风渐衰,还会让我们丢失了文化精髓。不能真正理解中华文化原典,也就谈不上文化自信。针对这种"空洞"现象,我们建议增开中华文化原典和中外文学作品阅读课程,减少文学概论和文学史课时,真正倡导启发式教育,让学生自己去读原著、读作品。在规定的学生必读书目的基础上,老师可采取各种方法检查学生读原著(作品)的情况,如课堂抽查、课堂讨论、诵读、写读书报告等。这样既可养成学生的自学习惯,又可改变老师"满堂灌"的填鸭式教学方式。

所谓"旧",指课程内容陈旧。多年来,教材老化的问题并没有真正解决。例如,现在许多大学所用的教材,包括一些新编教材,还是多年前的老一套体系。陈旧的教材体系,不可避免地造成了课程内容与课程体系陈旧,学生培养质量上不去的严重问题,这应当引起我们的高度重视。

"窄",也是一个亟待解决的问题。自 20 世纪 50 年代以来,高校学科越分越细,专业越来越窄,培养了很多精于专业的"匠人",却少了高水平的"大师"。现在,专业过窄的问题已经引起了教育部的高度重视。教育部提出"新文科",就是要打破专业壁垒和限制,拓宽专业口径,加强素质教育,倡导跨专业学习,培养文理结合、中西相通、博古通今的高素质通才,"新文科"正在成为我国大学人才培养模式的一个重要改革方向。中文学科是基础学科,应当首先立足于培养基础扎实、功底深厚、学通中西的高素质拔尖人才。只要是基本功扎实、眼界开阔的高素质的中文学科学生,我相信他们不但适应面广、创新能力强,而且在工作岗位上更有后劲。

基于以上形势和判断,我们在承担了教育部教学改革重点项目——"文化原典导读与本科人才培养"和教育部新文科研究与改革实践项目——"文史哲拔尖创新人才培养创新与实践"的教学改革实践和研究的基础上,立足原典阅读,着力夯实基础,培养功底深厚、学通中西的高素质拔尖人才,编写了这套原典阅读新型教材。本系列教材特色鲜明、立意高远、汇集众智,希望能够秉承百年名校的传统,再续严谨学风,为培养新一代基础扎实、融汇中西的高素质、创新型中文拔尖人才贡献绵薄之力。

本系列教材共 18 部,分别由一批学科带头人、教学名师、著名学者、学术骨干主编及撰写,他们是:四川大学文科杰出教授、教育部社会科学委员会委员、四川大学"985"文化遗产与文化互动创新平台首席专家项楚教授,四川大学文科杰出教授、欧洲科学与艺术院院士、国家级教学名师曹顺庆教授,伦敦大学原教授、现任四川大学文学与新闻学院符号学-传媒学研究所所长赵毅衡教授,四川大学文学与新闻学院院长李怡教授,哲学社会科学教学名师傅其林教授,著名学者冯宪光、周裕锴、阎嘉、谢谦、刘亚丁、俞理明、雷汉卿、张勇(子开)、杨文全,以及干天全、刘荣、邱晓林、刘颖等教授。需要特别指出的是,本系列教材在主编及编写人员的组织遴选上不限于四川大学,而是邀请国内外高校中一些有专长、有影响力的著名学者一起编写。如韩国又松大学甘瑞媛教授、四川师范大学文学院李凯教授、西南交通大学艺术与传播学院徐行言教授、西南民族大学文学院徐希平教授、西南大学文学院肖伟胜教授、成都理工大学传播科学与艺术学院刘迅教授、西南财经大学国际教育学院邓时忠教授、成都信息工程大学人文学院廖思湄教授等。

本系列教材自出版以来,被多所高校选作本科生、研究生的教材,或入学考试的参考用书,读者反响良好。在出版社的倡议和推动下,我们启动了这 18 部教材的新版修订编写工作。此次修订编写依然由我担任总主编,相信通过这次精心的修订,本系列新版教材将更能代表和体现"新文科"教学的需要,更好地推进大学培养优秀拔尖创新人才的教学实践。

　　路虽远,行则将至。事虽难,做则必成。是为序。

2022 年 12 月于四川大学新校区寓所

前言

十九年前,我们编写了这本《文学理论基础》教材。这次修订,是出于以下一些考虑:第一,《文学理论基础》编写于多年前,经过教学实践的检验,获得过一些好评,证明我们当初的一些想法具有可行性,但随着时间的推移,其中的一些内容需要重新修订。第二,文学理论学科在最近十几年的发展过程中,出现了一些新趋势、新材料、新观点,加上国外文学理论的不断输入,我们感到有必要通过重新修订教材,对这门学科及其发展进行反思和审视。第三,国内文学理论界在最近十几年里对大学文学理论课程的教学和研究展开过一些较为深入的讨论,出现了一些新编写的教材,其中有一些值得注意的看法和观点,我们认为可以在编写教材和教学实践中适当加以吸取。

我们主讲的"文学概论"课程于 2003 年获得四川大学"精品课程建设项目"和四川省"精品课程建设项目"的支持,这些支持使这部教材得以诞生。2021 年,以本教材为基础的四川大学本科核心课程"文学理论"获评"四川省一流课程",使本教材的修订再次获得鼓励。我们最初开始编写时确立了新教材的编写理念:打破国内文学理论教科书惯用的编写方法,即按照所谓"通论"的方式表达编写者对文学理论学科和各种理论问题的见解,试图以此作为具有"普遍性"的理论观点,甚至认为可以用来"指导"文学理论、文学批评、文学欣赏和文学创作。我们可以把这种编写教材的理念叫作"全知全能"式的,其弊端显而易见,最主要的弊端是容易对大学生的学习和独立思考形成束缚。有鉴于此,我们在重新编写和修订本教材时,确立了以下基本原则:

第一,注重教学对象的特殊性,即刚刚进入大学学习、没有经过系统的文学专业训练的高中学生。教材应当为这样的学生提供文学理论各个方面的基础知识,强调阅读和理解相关理论问题的文献原典。我们认为,文学理论的文献原典主要由马克思主义文论、中国文论和西方文论三个部分构成。理解和把握文献原典,是掌握文学理论基础的第一步,也是最为重要的一步。

第二,强调学生在课程学习过程中的主动性、积极性和创造性,在教材内容中突出基础性、知识性、经典性、开放性、多元性和新颖性。以相对客观、中性地介绍不同观点和理论为主,尽量避免以一己之见代替客观的介绍和陈述。在同一个问题上或同一个论域中,尽可能为学生提供各种有代表性的观点,目的在于启发和开拓他们自己的思路,而不是把他们局限在一个狭小的知识领域中。或者说,我们不应像过去那样,一再重复老师讲什么学生就接受什么的僵化的教学模式,而是强调培养学生的"问题意识"。我们相信,老师或教材的观点都不应成为"真理"的化身。同时,人文学科的理论总是有限的,要受理论家的视野和立场的限制,不存在无所不包的"总体性理论"。

第三,我们并不主张在教学中完全放任自流,必要的梳理和引导仍然很有必要。这一原则与前述看法并不矛盾。梳理和引导的主旨不是以偏概全,以个人的看法代替经过时间检验的各种理论见解。梳理和引导的重点在于介绍语境,概述一种观点或理论的传承、演变、发展和问题的焦点所在,目的在于引导学生从经典文献中把握住观点或理论的内在脉络。所以,我们在各章前面撰写了"概述",以问题为核心,对相关的、有重要影响的问题、理论、观点的发展演变做出简要的概括。每个小节前也有概述,就本节内容的发展概况、主要代表人物、理论、观点做出尽可能全面的介绍,并与本节选录的文献原典挂钩。

第四,全书的构成以论域和问题为基本框架,以概述为引导,以选录经典理论和观点为主要内容,每章列出若干有针对性的思考题,覆盖本章的内容,以此体现我们试图改变传统教材编写法的基本思路。我们将尽可能提供可靠的文献选录,要求所选文献具有代表性和权威性,采用的选本应为学术界公认的权威版本,并且注明版本的作者(译者)、书名、出版社、版本、页码,以便学生自学时查对原初文本。我们的做法是以这一认识为基础的:任何理论建构都必须有坚实的文献资料作为支撑,否则就会流于空洞或者自说自话,经不起实践和时间的检验。

当然,我们也意识到,由于受到各种因素和条件的制约,我们的意图能否真正实现,还是一个未知数。要在实践中取得良好的教学效果,依然需要进行大量的努力。但无论如何,我们已经走出了试图改变文学理论教学和教材缺乏活力与生气的第一步,往后没有后退的余地。我们愿意在不断总结经验和吸取教训的基础之上,不断努力推进改变文学理论教材和教学现状的这种进程。

本书编写分工如下:

第一章,阎嘉;第二章,毛娟;第三章,马睿;第四章,任真;第五章,傅其林、张意、任真;第六章,刘文勇。

最后,要感谢四川大学中文系文艺学教研室的全体教师,感谢大家对文学理论课程和教材改革所付出的长期努力。本教材是文艺学教研室全体教师集体智慧和知识积累的结晶,也是集体努力的一项成果。

阎 嘉

2021 年 12 月

目　录

第一章　文学本质论

【概　述】

当代中国的文学理论作为现代大学文科教育体制中的一门知识性学科,是在受到外来影响的情况下逐步建立起来的。从 20 世纪前半期开始,中国大学受到日本、俄苏和西方世界的影响,先后使用过"文学概论""文艺学""文学理论"等名称。"文艺学"是从苏联的"文学学"或"文学科学"翻译过来的说法(原文的"文学"被改译成了范围更广的"文艺")。我们认为,面对这一学科的历史和现状,使用"文学理论"这个名称较恰当。在中国古代,与现代文学理论有关的理论形态主要有文论、诗论、词论、曲论、散文和小说评点等。在西方古代,与现代文学理论有关的理论形态主要有诗学和修辞学。直到 18 世纪晚期,现代形态的文学理论才从启蒙运动的时代语境中产生出来,并且受到了开始出现的审美主义理论的影响。

文学理论的研究对象主要涉及文学的基本原理,概念和范畴,文学研究的方法,价值评判的标准等。这样的研究具有理论的普遍性和抽象性的特点。但是,文学理论研究必须面对文学的基本事实,从文学事实出发,一方面运用原理、方法、概念和范畴去解释文学事实,另一方面又要对文学事实做出价值评判。换句话说,文学理论的任务主要不是对文学事实做出判断,而是要对文学事实进行解释和价值评判。美国文学理论家韦勒克认为:"'文学理论'研究文学原理、范畴、标准等方面,而关于具体文艺作品的研究不是

'文学批评'(主要采用静态的研究方法)就是'文学史'。"①这样看来,文学理论需要确立一系列概念、范畴、标准,并由此建构相应的理论框架,去解释和评判文学事实。历史上各种不同的文学理论之间的差别,就在于它们所确立的概念、范畴、标准以及由此建构的框架不同,因而面对相同的文学事实做出的解释和评判就有很大的差异。文学理论研究最重要的立足点是文学文本(文学作品的文本和文学理论的文本),以及文本产生的语境(历史和时代氛围、事件等)。离开文本和语境的文学理论,如同悬浮在空中一般。

除此之外,中国当代的文学理论虽然与近代以来的"西学东渐"有关,但是,中国古代一直存在着自己的文学理论传统,包括中国特有的文学理论概念、范畴、评判标准和理论框架,它们与外来的西方文学理论传统存在着很大差异。加之,马克思主义作为当代中国的主流意识形态,对当代中国文学理论的建立和发展有着深刻的影响。因此,当代中国的文学理论面临着马克思主义的理论传统、中国本土固有的理论传统和外来的理论传统之间相互融合、吸纳、传承和创新的局面。这种局面不仅是复杂的,而且也是动态的和不断发展的。

文学理论面对的最重要的事实,是文学作为人类特有的社会活动之一所包含的重要环节:作为表达方式和生产活动的文学创作,作为阅读、欣赏、批评和消费活动的文学接受,以及文学自身随着不同时代、历史、传统的发展演变。在这一系列的活动和环节中,最核心的概念就是"文学"。文学理论研究总会直接或间接地涉及不同理论家对于"文学"概念的理解,这种理解始终都是随不同历史、时代、传统、个人差异而变化着的。

在中国古代,"文学"一词最早见于《论语·先进》的"文学:子游,子夏",其含义是指以"六经"为主的关于古代文献和典章制度的学问,即"文章博学"。后来,"文学"扩展为一切文献和学术的总称。汉代以后,"文章"与"博学"逐渐分开;就"文章"而言,它包括了天下的一切文章,并不专指今天外来的、现代意义上以体现"审美价值"为主的"优美文学"。曹丕在《典论·论文》中说的"盖文章,经国之大业,不朽之盛事"的"文章",包括了奏议、书论、铭诔、诗赋八种,多数都与"审美价值"无关。所以,正如日本学者铃木贞美指出的:"中国古代的'文学'含义是学习古代典籍。如果忽略以经书为中心的内容,可以说与意味着依靠读书获取学识的拉丁语'litteratura'意思几乎完全相同。"②现代中国文学理论中的"文学"概念,是通过日本输入的西方现代以"审美价值"为核心的概念。鲁迅先生说得很清楚:"……'文学',这不是从'文学子游子夏'上割下来的,是从日本输入,他们的对于英文 Literature 的译名。"③因此,在今天,我们应当联系历史演变来看"文学"这一概念的具体含义。与此同时,我们也要注意到,强调"文学"的"审美价值"是当今中国

---

① 雷内·韦勒克:《批评的概念》,张今言译,杭州:中国美术学院出版社,1999年,第1页。

② 铃木贞美:《文学的概念》,王成译,北京:中央编译出版社,2011年,第44页。

③ 鲁迅:《门外文谈》,《鲁迅全集》第六卷,北京:人民文学出版社,1981年,第93页。

文学理论界占主导地位的观点,不少理论问题的论争都与此有关。

在西方世界,"文学"概念的发展也有和中国类似的历程。美国学者乔纳森·卡勒说:"如今我们称之为文学的是二十五个世纪以来人们撰写的著作,而文学的现代含义才不过二百年。"①英国学者雷蒙·威廉斯在《关键词:文化与社会的词汇》一书的"文学"条目中梳理过"文学"一词的演变和不同含义,具有重要的参考价值。从历史上看,在 18 世纪晚期的启蒙运动之前,西方传统知识学科中与文学有关的理论,都被归入"诗学"和"修辞学"之中。1746 年,法国神父巴托在《简化成一个单一原则的美的艺术》一文里将"美"与艺术联系在一起,明确提出"模仿美的自然"是一切艺术的共同原则。此后,启蒙运动中的重要人物狄德罗、达朗贝尔等人,英国学者夏夫兹博里、哈奇生等人,德国的"美学之父"鲍姆加登及其学生迈尔,受启蒙思想影响的歌德和康德等人,共同推动了现代以"审美价值"为核心的艺术体系的诞生。把"审美价值"作为"文学"的核心价值,从此就成了西方现代文学理论中"文学"概念的重要意涵。不过,从第二次世界大战之后直至现在,以审美价值为核心的"文学"概念,在西方世界不断遭到来自各个方面的质疑和挑战。

"文学"作为文学理论的核心概念,一直以来都是各种理论和理论家关注的焦点,追问文学的"本质",同样也成了文学理论的重要问题。对"本质"问题的追问,一方面与"总体性"理论无所不包的理论取向有关,另一方面也与理论家们的"视点"(视野和立场)有关。因此,这个问题至今充满着争议。从概念上说,"本质"是指某个事物固定不变的、实质性的、能决定其他特征的根本性质。文学作为人类的一种社会活动,是否具有固定不变的"本质",就成了争议的焦点。在今天的文学理论中,对文学本质的解释主要有两种路径:一种是通过考察不同的文学概念或定义来表明自己对于文学本质的理解,力图寻找到能解释所有文学现象的固定"本质";另一种则是从文学活动涉及的主要方面和事实出发来考察文学,试图揭示出文学本质问题的复杂性和开放性。

美国学者艾布拉姆斯在《镜与灯:浪漫主义文论及批评传统》一书中提出过著名的"视点"理论。艾布拉姆斯从文学活动最基本的事实出发,勾画了一个以作品为中心的图式,其中,"作品"分别与"世界""作家""读者"三个要素相联系。这样,这四个要素就构成了文学理论考察文学本质问题的四个重要"视点"。"作品"(文学文本)是文学活动的核心和结果,它以语言或文字的物质化方式呈现出来,成为阅读、欣赏和评价的对象。"世界"是作品要呈现的对象和内容,"作者"是作品的写作者和创造者,"读者"则是作品的接受者。艾布拉姆斯对这四个"视点"做了如下解释:"尽管任何像样的理论多少都考虑到了所有这四个要素,然而我们将看到,几乎所有的理论都只明显地倾向于一个要素。就是说,批评家往往只是根据其中的一个要素,就生发出他用来界定、划分和剖析艺术作

---

① 乔纳森·卡勒:《文学理论入门》,李平译,南京:译林出版社,2008 年,第 22 页。

品的主要范畴,生发出藉以评判作品价值的主要标准。因此,运用这个分析图式,可以把阐释艺术品本质和价值的种种尝试大体上划为四类,其中有三类主要是用作品与另一要素(世界、欣赏者或艺术家)的关系来解释作品,第四类则把作品视为一个自足体孤立起来加以研究,认为其意义和价值的确不与外界任何事物相关。"①

艾布拉姆斯的"视点"理论在现代文学理论界得到了一定程度的赞同,这表明他勾画的图式对于解释古往今来的文学理论关于文学本质的观点具有一定的合理性。如果从逻辑联系上看,天下所有的文学活动都与作品、世界、作家、读者有关系,离开任何一个方面都不行。同时,"视点"理论有助于从理论上概括和梳理各种不同的文学本质观,如再现论、表现论、读者论和作品论。然而,我们也要注意到,艾布拉姆斯的图式虽然凸显了文学活动的四个逻辑视点,但它们却忽视了文学活动的其他重要环节,比如文学活动与历史、时代、环境、传播方式和手段、社会机制等因素的关系。也就是说,人类的文学活动远比"四要素"说要复杂得多。这也是我们必须注意到的。

第一节　作品与文学的本质

在艾布拉姆斯关于文学"四要素"的图式中,"作品"处于图式的中心,实际上这表明了他自己的一种"作品中心论"的立场。"作品"作为作家创作的结果,必定会以某种特定的方式显现出来,即要以特定的物质化的方式存在。从一般的文学事实出发,我们很容易发现,文学"作品"最直接的物质存在方式是"语言"和"文字"。人类的语言是以语音、词汇、语法等要素构成的一个符号和意义的表达系统,它依托的物质表达形式是人类的语言,世界各民族都曾经有过以语言来表达的"口头文学"作品。文字是记录语言的符号系统,文字所依托的物质形式是文字符号(如象形文字和拼音文字),及其记载媒体(如青铜、石头、泥版、简牍、纸张等)。人类进入文明社会以后,文字成了大多数民族文学表达的物质形式。以文字记录下来的语言所表达的内容和意义,在文学理论中被称为"文本"。在这个意义上,我们可以说,文学作品最直接的物质存在方式是由语言和文字形成

---

① M.H.艾布拉姆斯:《镜与灯:浪漫主义文论及批评传统》,郦稚牛、张照进、童庆生译,北京:北京大学出版社,1989 年,第 6 页。

的"文本"。文本所依托的物质传达方式和传播方式,在人类社会中是不断变化和发展着的,在近现代则与科学技术的发展有着紧密关系。

着眼于文学与"作品"的关系来理解文学的本质,或者建构关于文学本质的理论,在不同的文学理论传统中都有先例。它们往往具有一些共同的理论关注点:语言文字本身的表现能力,语言文字作为符号系统的特征与功能,语言文字与意义之间的关系,文本结构与意义之间的关系等。以"作品"为中心来理解文学的本质,经常被叫作"作品中心论"。

在中国古典形态的文学理论传统中,一直都存在着对语言和文字表达意义之可能性问题的关注,也有对语言文字表达的形式之美的关注。《周易·系辞上》说到过"子曰:'书不尽言,言不尽意'",以及"圣人立象以尽意,设卦以尽情伪,系辞焉以尽其言"。在后来对《周易》的研究中,"言""象""意"之间的关系成了理论讨论的重要议题。魏晋时期的"言意之辨",则把"言"与"意"之间关系的讨论提升到了哲学层面。《论语》《左传》《礼记》等儒家经典都关注过"文"与"质"的关系,即文采修饰与表达内容之间的关系,这构成了儒家文学思想的重要命题之一。《老子》和《庄子》关注过有限的、可表达的"言"与无限的、不可表达之"意"和"道"的问题,提出过"言不尽意""得意忘言"等命题,它们构成了道家文学思想传统中的重要命题之一。齐梁时代的刘勰在《文心雕龙》中沿袭儒家文学思想的理路,也讨论过语言文字与表达内容、意义之间的关系,提出过"形文""声文""情文"的概念。魏晋南北朝时期,由于受佛经翻译的影响,人们注意到了语言文字音律之美的规则,为中国古代文学理论中形式美的理论的产生提供了契机。南朝文人沈约提出过与音律之美有关的"四声八病"说,为后来的诗词韵律理论奠定了基础。中国古代文论受佛教禅宗的影响,出现过将禅宗的道理运用于诗歌理论的风气,其中的重要话题之一就是"言"所不可表达的"言外之意"。唐代的皎然、司空图,宋代的严羽等人,都在"以禅喻诗"的理路上就语言文字表达意义的问题提出过自己的看法。总之,中国古代文论对文学"作品"问题的关注,大多集中在语言与意义的关系方面。除此之外,中国古代文论对"作品"的关注,还体现在对"文体"(体裁)的关注之上。在这个方面,从曹丕、陆机,到刘勰、萧统等人,都对关于文体的理论作出过自己的贡献。

在西方古代文论中,对"作品"问题的关注主要体现在修辞学中。修辞学的传统从亚里士多德开始,经过西塞罗、朗吉努斯、昆体良,一直传承到17、18世纪的现代早期。修辞学的原意是演讲术,本是古代希腊学园中为培养治理国家的贵族男青年而开设的学习课程,在中世纪则被纳入教会学校的课程中。它包括两个大的方面:演讲稿写作和演讲中的表演,其中关于写作部分(从选材、立意,到文辞运用和表达)的理论,与现代文学理论中讨论的"作品"和"文本"问题有关。在修辞学的传统中,语言表达的问题是重要议题之一。对语言表达的基本要求是要切合立意、选材、目的和功用、情感的运用等。值得注意的是,西方世界的修辞学传统由于种种历史原因,相当一部分文献经由阿拉伯世界的学者被保存下来,其中的阐释自然也包含了部分阿拉伯学者们的贡献。从18世纪晚期直到20世纪上半叶,随着文学理论受到审美主义和科学主义的影响与冲击,兴起了形形色色以"作品"和"文本"为中心的形式主义文学理论,它们的共同特点一方面是背离模仿论的传统,另一方面则力图割断文学文本与社会、语境、意识形态、价值评判之间的关系,要到文本的语言、结构中去寻求意义产生的根源,把"文本"当成一种独立自足的客体来研究。以英伽登、布莱等人为代表的形式主义文论受到现象学的影响,把文学"作品"当作独立自足的、与个人的意向性活动相关的一种"纯粹意向性结构",认为意义产生于作家和读者之间的意向性活动。以什克洛夫斯基、艾亨鲍姆等人为代表的俄国形式主义文学理论,集中关注以文学语言为核心的"文学性"的问题,认为文学作品之所以成为"文学作品",就在于它所使用的语言不同于日常生活中使用的语言,作品的本质与语言的特质有关,其最大的特点在于文学语言的"陌生化"。以瑞士理论家皮亚杰和法国学者列维-斯特劳斯为代表的结构主义文学理论认为,文学作品的形式结构是独立自足的,结构模式是文学作品根本性的决定因素,强调结构的自主性、稳定性和封闭性。英美"新批评"的"文本"理论认为,文本的意义与作者和读者无关,要求斩断与作者有关的"意图谬误",以及与读者有关的"感受谬误",通过"文本细读"的方法从文本结构和词语中寻求文本表达的意义。

各种以语言、结构、文本为关注焦点的"作品中心论"的形式主义理论,强调了形式要素在文学作品中的重要性和价值。有不少形式主义理论借用了瑞士语言学家索绪尔的语言学理论,将其作为理论建构的"元理论",以致一度造成了文学理论中的"语言学转向"。随着时间的推移,尤其是在解构主义理论带动下出现的各种以"颠覆"为宗旨的理论风潮,"作品中心论"的形式主义理论渐成明日黄花。在风潮退去之后,人们方才冷静下来思考形式主义理论的利弊。其弊端是显而易见的,比如割断文学作品与作家、读者、社会、语境、价值等的关系,把作品的意义局限在语言文字构成的文本之中。其次,由于深受科学主义思潮的影响,各种形式主义理论片面追求"科学性"和"价值中立",排斥价值立场和评判,这样做显然有违文学创作的宗旨和社会功能。

【原典选读】

子曰:质胜文则野,文胜质则史。文质彬彬,然后君子。

——《论语·雍也》,选自郭绍虞主编《中国历代文论选》第一册,

上海:上海古籍出版社,2001年,第16页

今之常言,有文有笔,以为无韵者笔也,有韵者文也。夫文以足言,理兼诗书,别目两名,自近代耳。颜延年以为笔之为体,言之文也;经典则言而非笔,传记则笔而非言。请夺彼矛,还攻其楯矣。何者? 易之文言,岂非言文;若笔不言文,不得云经典非笔矣。将以立论,未见其论立也。予以为发口为言,属笔曰翰,常道曰经,述经曰传。经传之体,出言入笔,笔为言使,可强可弱。分经以典奥为不刊,非以言笔为优劣也。昔陆氏文赋,号为曲尽,然泛论纤悉,而实体未该。故知九变之贯匪穷,知言之选难备矣。

凡精虑造文,各竞新丽,多欲练辞,莫肯研术。落落之玉,或乱乎石;碌碌之石,时似乎玉。精者要约,匮者亦鲜;博者该赡,芜者亦繁;辩者昭晰,浅者亦露;奥者复隐,诡者亦典。或义华而声悴,或理拙而文泽。知夫调钟未易,张琴实难。

——刘勰《文心雕龙·总术》,选自范文澜《文心雕龙注》下,
北京:人民文学出版社,1962 年,第 655-656 页

诗人比兴,触物圆览。物虽胡越,合则肝胆。拟容取心,断辞必敢。攒杂咏歌,如川之涣。

——刘勰《文心雕龙·比兴》,选自范文澜《文心雕龙注》下,
北京:人民文学出版社,1962 年,第 603 页

爰自风姓,暨于孔氏,玄圣创典,素王述训,莫不原道心以敷章,研神理而设教,取象乎河洛,问数乎蓍龟,观天文以极变,察人文以成化;然后能经纬区宇,弥纶彝宪,发挥事业,彪炳辞义。故知道沿圣以垂文,圣因文而明道,旁通而无滞,日用而不匮。易曰:"鼓天下之动者存乎辞。"辞之所以能鼓天下者,乃道之文也。

——刘勰《文心雕龙·原道》,选自范文澜《文心雕龙注》上,
北京:人民文学出版社,1962 年,第 2-3 页

若夫敷衽论心,商榷前藻,工拙之数,如有可言。夫五色相宣,八音协畅,由乎玄黄律吕,各适物宜,欲使宫羽相变,低昂互节,若前有浮声,则后须切响。一简之内,音韵尽殊;两句之中,轻重悉异,妙达此旨,始可言文。

——沈约《宋书·谢灵运传论》,选自郭绍虞主编《中国历代文论选》第一册,
上海:上海古籍出版社,2001 年,第 216 页

大历以前,分明别是一副言语;晚唐,分明别是一副言语;本朝诸公,分明别是一副言语。如此见,方许具一只眼。

——严羽《沧浪诗话》,选自郭绍虞《沧浪诗话校释》,
北京:人民文学出版社,1983 年,第 139 页

学诗先除五俗:一曰俗体,二曰俗意,三曰俗句,四曰俗字,五曰俗韵。

————严羽《沧浪诗话》,选自郭绍虞《沧浪诗话校释》,

北京:人民文学出版社,1983 年,第 108 页

那种被称为艺术的东西的存在,正是为了唤回人对生活的感受,使人感受到事物,使石头更成其为石头。艺术的目的是使你对事物的感觉如同你所见的视象那样,而不是如同你所认知的那样;艺术的手法是事物的"反常化"(остранение)手法,是复杂化形式的手法,它增加了感受的难度和时延,既然艺术中的领悟过程是以自身为目的的,它就理应延长;艺术是一种体验事物之创造的方式,而被创造物在艺术中已无足轻重。

————维克托·什克洛夫斯基《作为手法的艺术》,选自《俄国形式主义文论选》,

方珊等译,北京:生活·读书·新知三联书店,1989 年,第 6 页

在日常生活中,词语通常是传递消息的手段,即具有交际功能。说话的目的是向对方表达我们的思想。因为通常我们能够检验对方对我们的话语到底理解了多少,所以我们不甚计较句子结构的选择,只要能表达明白,我们乐于采用任何一种表达形式。表达本身是暂时的、偶然的,全部注意力集中于交流。话语是交流过程中偶然的伴旅,假如面部表情和姿态也能胜任交流的传达作用,那我们也会象使用词语一样来使用这些手段。点头、摆手经常代替表达并成为对话的有机成份。(请注意:在剧作中,舞台说明指示演员该用什么样的表情或姿势完成对白内容。)

文学作品则不然,它们全然由固定的表达方式来构成。作品具有独特的表达艺术,特别注重词语的选择和配置。比起日常实用语言来,它更加重视表现本身。表达是交流的外壳,同时又是交流不可分割的部分。这种对表达的高度重视被称为表达意向。当我们在听这类话语时,会不由自主地感觉到表达,即注意到表达所使用的词及其搭配。表达在一定程度上具有本体价值。

包含着表达意向的话语被称为艺术语,以区别于不包含这种表达意向的实用语。

如果以为艺术语只为艺术作品所固有,那就错了。艺术作品的本质不在于具体表达的特性上,而在于将表达结合成为某些统一体,在于词语材料的艺术构成。作品之联合、构成的原则可以同表达的性质不发生任何联系。

另一方面,在日常生活中,我们在用句时也时常对表达给予一定的注意,对某些词及套语的词语结构给以重视。这样说吧,在日常交谈中,我们常常"展示"自己的话语,目的正是要使对方注意我们的表达方式。

艺术语的概念同艺术作品语的概念并非完全吻合。艺术语可以存在于文学之外,而从另一方面,我们则可想象出这样的作品:它使用"消失了的"、无法感知的语言。

然而,既然艺术语主要是存在于艺术作品之中,所以,当分析艺术作品时,我们终归要考虑到艺术语的本性。

——鲍里斯·托马舍夫斯基《艺术语与实用语》,选自《俄国形式主义文论选》,方珊等译,北京:生活·读书·新知三联书店,1989 年,第 83-84 页

因为一般都知道,艺术家既有些象科学家,又有些象修补匠:他运用自己的手艺做成一个物件,这个物件同时也是知识对象。我们已经把科学家和修补匠加以区别,指出他们赋予作为目的和手段的事件和结构以相反的职能,科学家借助结构创造事件(改变着世界),修补匠则借助事件创造结构(这样粗糙的说明是不精确的,但我们的分析将使我们能够进一步加以阐释)。现在让我们来看一下克罗埃所画的一幅女人肖像,并考虑一下那种十分深沉的美感情绪的缘由,这种情绪是通过非常逼真地对一条花边状假领进行逐线逐条的描绘所引起的,其道理似乎无从解释。

选择这个例子不是偶然的,我们知道克罗埃喜欢画比实物小的画,因此他的油画,如日本式园林、小型车辆、微型船只等等,用修补匠的语言来说,就是"小模型"(modèles réduits)。现在问题是小模型作为匠人的"出师作"(chef-d'œuvre),是否也始终是同样类型的艺术品。因为一切小模型画似乎都具备美学上的特质——而且如果不是由于油画大小本身的原因,这种持续的美质又是从何而来的呢?——反之,绝大多数艺术品也都是小模型画。人们或许认为,这一特点主要是出于材料和工具的经济性的考虑,而且为了支持这种理论,有人也许会举出那些无可争辩的既是艺术性的而又是大型的作品。我们必须搞清定义。尽管西斯汀小教堂的油画的尺寸很可观,但它们却是小型的,因为所描绘的主题是时代的末日。宗教建筑的宇宙象征画也是如此。再者,我们可以问,譬如说一座大于实际物体的骑士塑像,其艺术效果是来自它把人形扩大为一块天然岩石那样大小,还是说是由于它把从远处看来象是一块岩石的东西修整成人的比例呢?最后,甚至"自然大小"的作品也仍然是小型画,因为图像或造型的改变总意味着要遗弃对象的某些方面:绘画中的体积;雕塑中的色彩、气味和触感;以及这两类艺术中的时间维度,因为所表现的全部作品是在刹那间被领会的。

缩小艺术品的效果来自何处呢?来自比例的改变,还是来自对象属性数目的改变?效果似乎来自与某种认识过程相反的东西:理解一件实物整体时,我们总倾向于先从部分开始。这样去进行理解的障碍,是靠把该物分解成部分来克服的。缩小画像比例使这一情况颠倒过来:比例越小,对象全体似乎越容易对付。由于量的缩小,在我们看来,它似乎在质上也简化了。说得更准确些,量的变化使我们掌握物的一个相似物(homologue)的能力扩大了,也多样化了。借助于这种能力,我们可以在一瞥之下把这个相似物加以把握、估量和领会。一个孩童的洋娃娃不再是一个敌人,一个对手,或者甚至是一个对话者。在它之中并通过它,人就变成了一个主题(subject)。与我们试图认识实际大小的某物某人时所遇到的情况相反,在小型画中,整体的知识先于部分的知识。而且即使这是一种错觉,这一程序的目的也是要制造或

维持这一错觉,以满足智欲和引起快感,仅仅根据这些理由,其性质已可称作是美学性的了。

……实际上,产生神话的创造行为与产生艺术作品的创作活动正相反。对于艺术作品来说,起点是包括一个或数个对象和一个或数个事件的组合,美学创造活动通过揭示出共同的结构来显示一个整体性的特征。神话经历同样的历程,但其意义相反:它运用一个结构产生由一组事件组成的一个绝对对象(因为所有神话都讲述一个故事)。因而艺术从一个组合体(对象+事件)出发达到最终发现其结构;神话则从一个结构出发,借助这个结构,它构造了一个组合体(对象+事件)。

——列维-斯特劳斯《野性的思维》,李幼蒸译,

北京:商务印书馆,1987 年,第 29-34 页

……在一定的上下文中读到"猫"这个词而不在脑中闪现这种叫猫的动物;同样,也不可能在见到"猫"这一孤零零的符号时而不想了解它出现在什么语境中。但是言语结构是可以按照其含义的最终方向属于外向抑或内向来进行分类的。在描述性或论断性的文章中,其最终方向是外向的。这里,言语结构旨在表述一些对它说来是外在的事物,而对该结构的评价是根据它表述外在事物是否精确来确定的。客观现象若与言语符号一致,便可说是真实的;缺乏一致性,则属虚假;两者之间若缺乏联系,就成了废话,也即自身不产生含义的光秃秃的言语结构了。

在所有文学性的言语结构中,意义的最终方向是内向的。在文学中,外向意义的标准是次要的,因为文学作品并不自称要去描述或作出论断,因而无所谓真,无所谓假,但也并不等于唠叨废话,至少不像在说"好的胜过坏的"这种堪称十足废话的赘述。恐怕最好还是称文学的意义是假设性的,"imaginative"(富于想象的)这个词通常的含义,部分便是指与外在世界的一种假设的或推断的关系。这个词应与另一个词"imaginary"(假想的、虚幻的)区别开来,因后者往往指一种其论断不可能实现的论断性言语结构。在文学中,事实和真相的问题是从属性的,更主要的目的是要为自身创造一个词语结构;同样,象征的符号价值也属次要,更重要的是应把它们看作一个由若干相互关联的母题形成的结构。只有当这样一种独立自主的言语结构出现后,我们才拥有文学。如果缺乏这种独立的结构,我们拥有的仅是语言,也即作为工具使用一些词语,去帮助人们有意识地完成或理解其它的事情。文学是语言的一种特殊形式,正像语言是交际的特殊形式一样。

为什么要创造文学的结构呢? 其理由显然是:在内向意义也即自成一体的言语格局这一领域中,人们才作出涉及快感、美感等情趣的反应。对一种(不管是否属于词语的)超脱的格局进行遐想沉思,这显然便是我们美感的和伴随它产生的快感的主要源泉。这样的格局最容易激发人们的兴趣,这一事实是任何跟词语打过交道的人都很熟悉的,从诗人到茶余饭后的聊天者概不例外;这些聊天的人抛开论断是非的高谈阔论,营造一种充满词语错综关系的自成一体的结构,这叫作笑话。我们经常遇到如下的情况,即像富勒和吉本的历史著作原先都

是如实描述的文章,但当它们关于史实的陈述已失去价值后,由于其"风格"或语言格调饶有兴味,依然流传下来了。

——诺思罗普·弗莱《批评的剖析》,陈慧等译,

天津:百花文艺出版社,2006 年,第 106-107 页

文学作品是一个多层次的构成。它包括(a)语词声音和语音构成以及一个更高级现象的层次;(b)意群层次:句子意义和全部句群意义的层次;(c)图式化外观层次,作品描绘的各种对象通过这些外观呈现出来;(d)在句子投射的意向事态中描绘的客体层次。

——罗曼·英加登《对文学的艺术作品的认识》,陈燕谷译,

北京:中国文联出版公司,1988 年,第 10 页

……如果我们的目的是要忠实地理解文学的艺术作品,那么关于存在于作品之外的某些对象的知识(这些对象在某种程度上同作品再现的客体相类似,或者它们被认为是作品所"再现"的)对于充分地和正确地理解作品的句子就没有什么帮助。这也适用于"历史的"文学的艺术作品(例如,"历史"小说或戏剧)。这里,读者的主要任务是完全以它们自己的内容为基础,尽可能忠实地和完全地理解作品的句子和语词意义。当然,我们以往那些关于存在于现实中而且和作品再现的客体相类似的客体的知识也不是完全没有意义的。但是在阅读文学的艺术作品时,这种以往的知识经常会成为错误联想的根源,更糟糕的是,它会使读者不把艺术作品作为艺术作品而是作为关于某种现实的信息来读。这种情况不幸经常发生在幼稚的读者身上,他还没有成熟到可以对作品进行审美理解。如果用这种方式来阅读和"解释"文学的艺术作品,甚至从这个角度来评价它,那就更糟了,这种情况甚至在某些文学研究界也会发生。艺术作品描绘的世界或者完全从读者的视域中消失,或者只是为了同一种现实相比较而注意它,如果它毕竟得到理解的话。这样,只有在作品再现的客体和那个现实相一致时,作品才具有价值。对作品本身的审美理解以及同它相应的审美价值根本就不会发生。从这个角度对文学的艺术作品的考察,尽管它们可能由于别的原因是有趣的,既无助于审美分析,也无助于理解文学的艺术本质。正如文学的艺术作品不能当作知识书籍,尤其是科学著作来读一样,科学著作也决不能当作艺术作品来对待。有时候在哲学著作中就会发生这种情况,仿佛它们不是关于自身独立的世界的知识,而只是某些特殊的诗人的"概念"、"世界观"。为了忠实地理解文学的艺术作品的适当形式——不管它是历史作品(在这种作品中再现客体合理地发挥着"再现"功能)还是其结构表明它不是历史作品的作品——我们都必须使自己脱离熟悉的文学之外的现实,使自己沉浸在艺术作品所有层次的微观世界中,用如下方式来重构它:所有艺术美的要素都用来构成一个忠实的审美具体化。由于这个原因,忠实地理解作品描绘的世界以及它多层次和多阶段的整体的所有其他要素,比理解科学著作的陈述经常要困难得

多。了解文学的艺术作品的整个过程和理解科学著作是根本不同的。

——罗曼·英加登《对文学的艺术作品的认识》,陈燕谷译,

北京:中国文联出版公司,1988年,第171-172页

……文学作品是一个纯粹意向性构成(a purely intentional formation),它存在的根源是作家意识的创造活动,它存在的物理基础是以书面形式记录的本文或通过其他可能的物理复制手段(例如录音磁带)。由于它的语言具有双重层次,它既是主体间际可接近的又是可以复制的,所以作品成为主体间际的意向客体(an intersubjective intentional object),同一个读者社会相联系。这样它就不是一种心理现象,而是超越了所有的意识经验,既包括作家的也包括读者的。

——罗曼·英加登《对文学的艺术作品的认识》,陈燕谷译,

北京:中国文联出版公司,1988年,第12页

第二节　世界与文学的本质

人类的文学活动不仅要以世界作为依托,而且也要以世界作为表现的重要内容。在这里,我们首先要明确,应当从更广泛的意义上去理解“世界”的含义。大凡自然界的山川秀色、天文地理、动物植物、四季交替,人类社会的历史和时代事件、错综复杂的人际关系,乃至个人的内心深处和梦幻奇境,都可以囊括在“世界”的范围之中。在中国古代文论和艺术理论中,往往会讲到“心”与“物”的关系,“物”这个概念大体上可以看成是我们今天所说的“世界”。在西方哲学和理论传统中,有“主体”和“客体”这一对概念,“客体”在某种程度上也可以看成是“世界”。

着眼于文学与“世界”的关系来理解文学的本质,或者建构关于文学本质的理论,在不同的文学理论传统中都有先例。尽管不同传统和理论之间存在着差异,但从“世界”出发建构的文学本质观的共同特点在于:认为文学的本质是对“世界”的反映,“世界”的面貌决定了文学或作品的面貌,文学的本质在根本上离不开与“世界”的关系。

在中国文学理论的传统中,注重从“世界”角度来理解文学本质的观点,一般被称为“再现”论。这一理论脉络差不多从古到今贯穿始终。《周易·系辞下》讲到过包牺氏

(伏羲)创立"八卦"时的仰观天象、俯察地貌、观鸟兽之文。这虽然不是在讨论文学和文学的本质,但其中涉及了文化创造与自然现象之间的密切关系。汉代董仲舒在《春秋繁露》里从哲学和政治学角度提出过"天人感应"的学说,这一学说被纳入儒家思想体系,对古人的理论思维方式产生过重要影响。齐梁时代的刘勰在《文心雕龙·原道》中强调了天地宇宙之"道"和文章之间的"源"与"流"的关系,其中的观点已经较为明确地涉及世界与"文章之学"的逻辑关系。梁代钟嵘的《诗品序》认为,五言诗的产生离不开自然界的春花秋月、夏云暑雨和人世间的悲欢离合。他同样强调了诗歌与自然世界和人间世事的密切关系,因为有自然和人间的种种现象与事态,所以才"非陈诗何以展其义""非长歌何以骋其情"。清代的叶燮在《原诗》中将诗歌的根源归结到"理""事""情"三个重要方面,既表明了诗歌是理、事、情的再现,又表明了诗歌之"真"与理、事、情的内在联系。毛泽东的《在延安文艺座谈会上的讲话》在讨论文艺的源泉问题时非常明确地提出了"反映论"的文学本质观,认为文学是社会生活的反映。这一思想对新中国成立以来的文艺理论产生了深远影响。

在西方古典诗学中,注重文学本质与"世界"关系的"模仿说",在两千多年里一直占据着支配性的地位。虽然"模仿说"的传统有内涵不同的分支,但其共同特点在于:认为文学的本质是模仿,或者是对"真理"的模仿,或者是对具有哲学意味的事件的模仿,或者是对自然世界的模仿。古希腊哲学家赫拉克利特认为,人类从鸟的鸣唱中学会了模仿。柏拉图在《理想国》里提出过"洞穴"理论和"三张床"理论,认为文艺是对现实的模仿,而现实又是对"理念"和"真理"的模仿。强调模仿与真理的关系,是柏拉图的"模仿说"最重要的核心。亚里士多德在《诗学》中认为,悲剧是按照"必然律"和"可然律"进行模仿,因而比历史更高、更具有哲学意味。文艺复兴时期的著名画家达·芬奇提出过"镜子说",认为画家的任务是拿着"镜子"去映照自然,强调模仿的逼真性。近代以来,一些受马克思主义理论传统影响的理论家从不同角度提出过"反映论"的文学本质观。这一理论脉络的主要基石是马克思主义关于经济基础与上层建筑的学说。匈牙利美学家卢卡奇在《历史与阶级意识》等著作中提出过"审美反映论"的文学本质观,将反映论与审美特质结合起来。西方文学理论传统中的"模仿说"现在虽然已经逐渐式微,但在其影响下产生的"写实主义"(也译作"现实主义")理论,在强调"真实性"和逼真模仿方面,依然还在发挥着或明或暗的作用。中国当代文学理论对现实主义问题的重视,实际上表明了外来的理论已经开始在本土扎根并且结果。

从文学与世界的关系角度提出的文学本质观,不时面临着来自各个方面的挑战。首先遭遇到挑战的是其核心理念"真实性"的问题。争论的焦点往往集中在诗与哲学哪个更接近"真理",以及"真实性"的含义(表面的真实、本质的真实、内心的真实等)。其次受到挑战的是世界与文学之间的关系问题。它们的关系到底是直接的,还是需要其他中间环节。再次是作家在文学与世界关系中的地位问题。作家仅仅是被动地模仿世界、自然,还是在创作中处于独立自主的主体地位,自然世界和社会生活的内容是否要经过作家心灵的消化与过滤。这些争论和挑战触及"再现论"和"模仿说"由于受到视点的限制而出现的"盲点"。它们揭示出来的问题是:任何一种理论在采取某种特定"视点"之时,必定会有所遮蔽。这正好说明了理论总是有限度的,难以兼顾各种不同的"视点",也难以做到囊括一切事实的无所不包。

【原典选读】

子曰:小子何莫学夫诗? 诗可以兴,可以观,可以群,可以怨。迩之事父,远之事君,多识于鸟兽草木之名。

——《论语·阳货》,选自郭绍虞主编《中国历代文论选》第一册,

上海:上海古籍出版社,2001 年,第 17 页

文之为德也大矣,与天地并生者何哉! 夫玄黄色杂,方圆体分,日月叠璧,以垂丽天之象;山川焕绮,以铺理地之形;此盖道之文也。仰观吐曜,俯察含章,高卑定位,故两仪既生矣。惟人参之,性灵所锺,是谓三才。为五行之秀,实天地之心,心生而言立,言立而文明,自然之道也。傍及万品,动植皆文:龙凤以藻绘呈瑞,虎豹以炳蔚凝姿;云霞雕色,有逾画工之妙;草木贲华,无待锦匠之奇;夫岂外饰,盖自然耳。至于林籁结响,调如竽瑟;泉石激韵,和若球锽;故形立则章成矣,声发则文生矣。夫以无识之物,郁然有彩,有心之器,其无文欤?

人文之元,肇自太极,幽赞神明,易象惟先。庖牺画其始,仲尼翼其终。而乾坤两位,独制文言。言之文也,天地之心哉! 若乃河图孕乎八卦,洛书韫乎九畴,玉版金镂之实,丹文绿牒之华,谁其尸之,亦神理而已。自鸟迹代绳,文字始炳,炎皞遗事,纪在三坟,而年世渺邈,声采靡追。唐虞文章,则焕乎始盛。元首载歌,既发吟咏之志;益稷陈谟,亦垂敷奏之风。夏后氏兴,业峻鸿绩,九序惟歌,勋德弥缛。逮及商周,文胜其质,雅颂所被,英华日新。文王患忧,繇辞炳曜,符采复隐,精义坚深。重以公旦多材,振其徽烈,剬诗缉颂,斧藻群言。至夫子继圣,独秀前哲,镕钧六经,必金声而玉振;雕琢情性,组织辞令,木铎起而千里应,席珍流而万世响,写天地之辉光,晓生民之耳目矣。

——刘勰《文心雕龙·原道》,选自范文澜《文心雕龙注》上,

北京:人民文学出版社,1962 年,第 1-2 页

若乃春风春鸟,秋月秋蝉,夏云暑雨,冬月祁寒,斯四候之感诸诗者也。嘉会寄诗以亲,离

群托诗以怨。至于楚臣去境,汉妾辞宫,或骨横朔野,魂逐飞蓬;或负戈外戍,杀气雄边;塞客衣单,孀闺泪尽;或士有解佩出朝,一去忘返;女有扬蛾入宠,再盼倾国;凡斯种种,感荡心灵,非陈诗何以展其义?非长歌何以骋其情?

——钟嵘《诗品序》,选自陈延杰《诗品注》,

北京:人民文学出版社,1961 年,第 2-3 页

日理、日事、日情三语,大而乾坤以之定位,日月以之运行,以至一草一木一飞一走,三者缺一,则不成物。文章者,所以表天地万物之情状也。

——叶燮《原诗》,选自于民主编《中国美学史资料选编》,

上海:复旦大学出版社,2008 年,第 484 页

今夫山者,天地之山也,天地之为是山也。天地之前,吾不知其何所仿。自有天地,即有此山,为天地自然之真山而已。乃画家欲图之而为画,窃天地之貌而形之于笔,斯亦安矣。然亦各能肖天地之山之一体。盖自有画,而后之人遂忘其有天地之山,止知有画家之山,为倪为王,为黄为吴,门户各立,流派纷然。夫画既已假,而肖乎真,美之者必曰:逼真。逼真者,正所以为假也。乃今之垒石为山者,不求之天地之真,而求之画家之假,固已惑矣,而又不能自然以吻合乎画之假也,于是斧之凿之,胶之甃之,圬之墁之,极其人力而止。盖其人目不见天地,胸不知文章,不过守其成法,如梓匠轮舆,一工人之技而已矣。而可以为师法乎?且吾之为山也,非能学天地之山也,学夫天地之山之自然之理也。自然之理,不论工拙,随在而有,不斧不凿,不胶不甃,不圬不墁,如是而起,如是而止,皆有不得不然者。即或不工,亦如天地之不能尽大地之山皆为名山,其不名者非天地之咎,则余为山之不工,亦非余之咎也。然则画者以笔假天地之山,垒石者以斧凿、胶甃、圬墁假画中之山,彼一假而失其真,此再假而并失其假矣。不益惑乎?今有人于此欲行仁义,当师法尧舜性之之仁义。昔者宋襄公尝行仁义矣,今欲行仁义,舍尧舜不师,而师宋襄之假,可乎?又如周昉之画美人。画美人者必仿昉为极则,固也。使有一西子在前,而学画美人者,舍在前声音笑貌之西子不仿,而必仿昉纸上之美人,不又惑之甚者乎?彼垒石者何以异于是?然则今之称为垒石能手而能摹画中之若倪、若黄者,且未必肖,尚不得为假画中之山,又焉能假天地之山乎?此则予之所窃笑而不敢师之者也。

——叶燮《已畦文集》卷三,选自于民主编《中国美学史资料选编》,

上海:复旦大学出版社,2008 年,第 485-486 页

一切种类的文学艺术的源泉究竟是从何而来的呢?作为观念形态的文艺作品,都是一定的社会生活在人类头脑中的反映的产物。革命的文艺,则是人民生活在革命作家头脑中的反映的产物。人民生活中本来存在着文学艺术原料的矿藏,这是自然形态的东西,是粗糙的东西,但也是最生动、最丰富、最基本的东西;在这点上说,它们使一切文学艺术相形见绌,它们

是一切文学艺术的取之不尽、用之不竭的唯一的源泉。这是唯一的源泉,因为只能有这样的源泉,此外不能有第二个源泉。……文学艺术中对于古人和外国人的毫无批判的硬搬和模仿,乃是最没有出息的最害人的文学教条主义和艺术教条主义。中国的革命的文学家艺术家,有出息的文学家艺术家,必须到群众中去,必须长期地无条件地全心全意地到工农兵群众中去,到火热的斗争中去,到唯一的最广大最丰富的源泉中去,观察、体验、研究、分析一切人,一切阶级,一切群众,一切生动的生活形式和斗争形式,一切文学和艺术的原始材料,然后才有可能进入创作过程。否则你的劳动就没有对象,你就只能做鲁迅在他的遗嘱里所谆谆嘱咐他的儿子万不可做的那种空头文学家,或空头艺术家。

人类的社会生活虽是文学艺术的唯一源泉,虽是较之后者有不可比拟的生动丰富的内容,但是人民还是不满足于前者而要求后者。这是为什么呢?因为虽然两者都是美,但是文艺作品中反映出来的生活却可以而且应该比普通的实际生活更高,更强烈,更有集中性,更典型,更理想,因此就更带普遍性。革命的文艺,应当根据实际生活创造出各种各样的人物来,帮助群众推动历史的前进。例如一方面是人们受饿、受冻、受压迫,一方面是人剥削人、人压迫人,这个事实到处存在着,人们也看得很平淡;文艺就把这种日常的现象集中起来,把其中的矛盾和斗争典型化,造成文学作品或艺术作品,就能使人民群众惊醒起来,感奋起来,推动人民群众走向团结和斗争,实行改造自己的环境。如果没有这样的文艺,那末这个任务就不能完成,或者不能有力地迅速地完成。

——毛泽东《在延安文艺座谈会上的讲话》,选自《毛泽东选集》第三卷,

北京:人民出版社,1969 年,第 817-818 页

苏:那么下面我们设有三种床,一种是自然的床,我认为我们大概得说它是神造的。或者,是什么别的造的吗?

格:我认为不是什么别的造的。

苏:其次一种是木匠造的床。

格:是的。

苏:再一种是画家画的床,是吗?

格:就算是吧。

苏:因此,画家、造床匠、神,是这三者造这三种床。

格:是的,这三种人。

苏:神或是自己不愿或是有某种力量迫使他不能制造超过一个的自然床,因而就只造了一个本质的床,真正的床。神从未造过两个或两个以上这样的床,它以后也永远不会再有新的了。

格:为什么?

苏:因为,假定神只制造两张床,就会又有第三张出现,那两个都以它的形式为自己的形

式,结果就会这第三个是真正的本质的床,那两个不是了。

格:对。

苏:因此,我认为神由于知道这一点,并且希望自己成为真实的床的真正制造者而不只是一个制造某一特定床的木匠,所以他就只造了唯一的一张自然的床。

格:看来是的。

苏:那么我们把神叫做床之自然的创造者,可以吗?还是叫做什么别的好呢?

格:这个名称是肯定正确的,既然自然的床以及所有其他自然的东西都是神的创造。

苏:木匠怎么样?我们可以把他叫做床的制造者吗?

格:可以。

苏:我们也可以称画家为这类东西的创造者或制造者吗?

格:无论如何不行。

苏:那么你说他是床的什么呢?

格:我觉得,如果我们把画家叫做那两种人所造的东西的模仿者,应该是最合适的。

苏:很好。因此,你把和自然隔着两层的作品的制作者称作模仿者?

格:正是。

苏:因此,悲剧诗人既然是模仿者,他就像所有其他的模仿者一样,自然地和王者或真实隔着两层。

——柏拉图《理想国》,郭斌和、张竹明译,

北京:商务印书馆,1986 年,第 390-392 页

史诗和悲剧、喜剧和酒神颂以及大部分双管箫乐和竖琴乐——这一切实际上是摹仿,只是有三点差别,即模仿所用的媒介不同,所取的对象不同,所采的方式不同。

——亚里斯多德《诗学》,罗念生译,北京:人民文学出版社,1962 年,第 3 页

悲剧是对于一个严肃、完整、有一定长度的行动的摹仿;它的媒介是语言,具有各种悦耳之音,分别在剧的各部分使用;摹仿方式是借人物的动作来表达,而不是采用叙述法;借引起怜悯与恐惧来使这种情感得到陶冶。

——亚里斯多德《诗学》,罗念生译,北京:人民文学出版社,1962 年,第 19 页

镜子为画家之师:——若想考查你的写生画是否与实物相符,取一镜子将实物反映入内,再将此映象与你的图画相比较,仔细考虑一下两种表象的主题是否相符。

首先应当将镜子拜为老师,在许多场合下平面镜上反映的图象和绘画极相似。你看到画在平坦表面上的东西可显出浮雕,镜子也一样使平面显出浮雕。绘画只有一个面,镜子也只有一个面。绘画不可触摸,一个看去似乎圆圆的突出的东西,不能用手去捧住,镜子也有同样

的情形。镜子和画幅以同样的方式表现被光与影包围的物体,两者都同样似乎向平面内伸展很远。

你若明白镜子借助轮廓与光影使物体突出,而在你的色彩之中,还具备比镜子更强烈的光和影,因此,若是你晓得如何调配颜色,你的图画就能象一面大镜子中看见的自然物。

——列奥纳多·达·芬奇《芬奇论绘画》,戴勉编译,

北京:人民美术出版社,1980年,第51页

论绘画与诗:——在表现言词上,诗胜画;在表现事实上,画胜诗。事实与言词之间的关系,和画与诗之间的关系相同。由于事实归肉眼管辖,言词归耳朵管辖,因而这两种感官之间的相互关系也同样存在于各自的对象之间,所以我断定画胜过诗。只因画家不晓得替自己的艺术辩护,以致长久以来没有辩护士。绘画无言,它如实地表现自己,它的结果是实在的,而诗的结果是言辞,并以言辞热烈地自我颂扬。

论绘画与诗的区别:——想象与实在之间的关系犹如影子和投射影子的物体之间的关系;同样的关系也存在于诗与绘画之间。诗用语言把事物陈列在想象之前,而绘画确实地把物象陈列在眼前,使眼睛把物象当成真实的物体接受下来。诗所提供的东西就缺少这种形似;诗和绘画不同,并不依靠视觉产生印象。

——列奥纳多·达·芬奇《芬奇论绘画》,戴勉编译,

北京:人民美术出版社,1980年,第20页

显而易见,对现实的科学反映是这种辩证运动的重要环节,只要科学反映的目标在于从思想上把握这个过程本身,它就必须力图对此处起作用的范畴按其实际客观比例、按其真实的运动性来把握。而审美反映在此却走着另一条道路。第一,科学反映远不是——直接地——指向物质交换这一过程本身。这一过程往往——最终地——确定了对现实科学反映的发展。科学反映越发展,它越是走独自的道路,这条路经过许多中介才返回到这里来。相反,艺术反映总是以与自然界处于物质交换中的社会为基础,并且只能在这个基础上以其特有的手段来把握和表现自然界。艺术家(以及欣赏他的作品的感受者)与自然界的关系有时显得很直接,而这种关系在客观上却是经过多种复杂的中介。当然,这种直接性不是单纯的外观,至少不是假象(关于这种直接性的具体关系以后还要详细论述)。这种直接性是构成形象的审美反映、艺术作品的强有力的组成部分,是审美的直接性。但是由此既没有否定也没有扬弃上面所确定的客观中介性。这里涉及到对现实审美反映的一个本质的并具有艺术丰富性的内在矛盾。第二,这种审美反映与其存在基础的直接不可分割的联系产生了所反映和表现对象的独特内容性和结构。科学反映虽然往往局限于个别问题,但它总是致力于尽可能接近其实际对象一般规定的外延和内涵的整体。相反,审美反映总是直接针对着一个特定的对象。由此,更加提高了这种直接的特殊性:每一种艺术只能用它所特有的媒介(视觉、词等)

来反映客观现实——在直接的审美现实中只有各种不同的艺术和各个艺术作品,而它们的审美共同性只是概念上的,不可能直接艺术地把握它——当然,整个现实的内容融于这些媒介,由这些媒介根据其固有的规律性进行艺术地加工(这个问题我们已经在讨论感官分工时谈过了,以后还要详细地讨论)。但是,另一方面审美反映的对象也不可能是一般的,审美的普遍化是将个别性提高到典型中,不像在科学反映中那样,是揭示个别事物与一般规律性之间的联系。对于我们目前讨论的问题这意味着,其终极对象的外延整体绝不可能在艺术作品中直接出现,而只能通过中介(由激发的审美直接性使这些中介起作用)以作品的内涵整体来表达。由此可以进一步看出,与自然界处于物质交换中的社会构成了全部反映的基础,只能以上述经过中介的直接方式来表现这一真实基础。在这里,不论是一个自然物体(如在风景画中)或一个纯粹人们内部的事件(如在悲剧中)的直接性成为形象塑造的具体对象,都同样表现了这种本质特征。因为在这两种情况下,其最终基础是相同的,只是在前景与背景的关系上或者是明确表达或者是暗示有所变换而已。

——乔治·卢卡契《审美特性》第一卷,徐恒醇译,

北京:中国社会科学出版社,1986 年,第 189-190 页

艺术(我指的是真正的艺术,不是那些平庸的作品)并不给我们严格意义上的知识,因此艺术不能代替知识(即现代意义上的科学知识)。但是艺术给予我们的东西仍然与知识保持某种特定关系。这是一种差异关系,不是同一关系。让我对此作一些解释。我相信艺术的独特性就是"使我们看"、"使我们感知"、"使我们感觉"某种暗指现实的东西。以小说为例,以巴尔扎克或索尔仁尼琴为例,他们使我们看到、感知(不是认识)某种暗指现实的东西。

这是一个暂时的定义,但其中的每一个词都是非常认真的,这样也许会避免把艺术给予我们的东西与科学给予我们的混淆起来。艺术使我们看到并因此以"看"、"感知"和"感觉"的形式(不是认识的形式)给予我们的东西是产生和浸润艺术的意识形态,但艺术所以是艺术,是因为它脱离开意识形态,同时暗指着意识形态。马舍雷在托尔斯泰问题上把这一点阐述得非常清楚,扩展了列宁的分析。巴尔扎克和索尔仁尼琴通过作品的暗示给了我们一种意识形态"观",使我们看到意识形态不断地给他们的作品输送养分,也看到作品与产生它的意识形态保持一种退后姿态或内部距离。从某种意义上说,他们的作品使我们从内部或通过一种内部距离"感知"(而不是认识)作品所坚持的意识形态。

——路易·阿尔都塞《关于艺术问题给安德烈·达斯普莱的复信》,

选自拉曼·塞尔登编《文学批评理论——从柏拉图到现在》,

刘象愚等译,北京:北京大学出版社,2000 年,第 497-498 页

文学作品看起来是自由的——自我生产和自我决定——因为它不受复制特殊的"真实"的必然性束缚;但这种自由掩盖了更为根本的一面,它是由意识形态母体的构成物决定的。

也许在文本的"伪真实"层面上——文本的想象形象和事件的层面上——好像"什么事情都可能发生",但这绝不意味着它的意识形态组织也如此;认为文本的伪真实的自由自在的偶然性也是一种虚幻的东西,这不是正确的。文学文本的伪真实是浸润着文本再现方式的意识形态要求的产物。

因此,历史是通过意识形态的决定作用而作用于文本的,在文本之内,意识形态被独尊为决定自己的想象性历史或"伪"历史的支配结构。这种"伪的"或"文本的"真实与作为一种想象"置换"的历史真实无关。与其说文学作品"想象地置换了"真实,不如说文学作品是一种生产,它把某些已经生产出来的关于真实的表象生产成想象的客体。如果它脱离历史,那不是因为它把历史转变为幻象,从一种本体之轮移到另一种本体之轮,而是因为它彤成虚构的意指过程已经是对真实的再现,而不是真实本身。文本是意义、知觉和反应的结构组织,这些意义、知觉和反应一开始就内在于真实意识形态的想象生产过程之中。"文本的真实"与历史的真实是相关的,但不是对历史真实的想象性置换,而是某些以历史本身为最终源头和指涉的表意实践的产物。

——Terry Eagleton, *Criticism and Ideology: A Study in Marxist Literary Theory.*
London and New York: Verso, 2006, pp. 74-75.

(特里·伊格尔顿《批评与意识形态:马克思主义文学理论研究》,

伦敦和纽约,2006年,第74-75页)

第三节　作者与文学的本质

作者即写作文学作品的人,也被叫作文学创作的"主体"。在中国古代,文学理论往往比较看重作者的道德修养和情性的表达,作者个人写作的价值总是与更大的治国、安邦、平天下的使命联系在一起的。在西方世界,正如艾布拉姆斯认为的:"作者是那些凭借自己的才学和想象力,以自身阅历和他们对一部文学作品特有的阅读经验为素材从事文学创作的个人……只要文学作品是大手笔并且是原创的,那么其作者理应荣获崇高的文化地位并享有不朽的声誉。"[1]艾布拉姆斯所说的这种"作者",显然是从18世纪晚期

---

① 艾布拉姆斯:《文学术语词典》,吴松江等编译,北京:北京大学出版社,2009年,第29-31页。

启蒙运动和浪漫主义运动以来被奉为"天才"和具有"主体性"的"创造者"。这是现代文学理论中的"作者"概念。但在实际上,文学作者的身份在历史上一直处于变化之中,从口头传说的无名作者,到模仿者,再到"天才""浪荡子"和享有"权威""荣耀"与"知识产权"的个人,这些都与社会环境和风气的变化有关。简单地说,在启蒙运动之前,作者的地位不高与柏拉图思想贬低感性、抬高理性有关,此后,西方的主体性哲学和审美主义思潮的崛起,把作者地位提升到了一个前所未有的和神圣的高度。到后现代时期,则出现了解构作者头上的各种"光环"的趋势。因此,作者的现代概念与过去的概念之间,存在着很大的差别,作者的身份始终处于变化之中。

以文学的"作者"为中心来理解文学本质的观点,可以叫作"作者中心论"。"作者中心论"往往从现代的作者概念出发,一方面强调作者在文学创作中的"主体性"地位和特殊才能,另一方面则会把文学的本质和文学创作的根源,归结为作者个人的才能和灵性。因而,西方现代文学理论中兴起的"表现论",经常认为文学本质是作者内在"主体性"的表现,或者是作者的自我表现。所谓"主体性",是从现代哲学中挪用的一个概念,主要指作者的自主性("自由"是其重要意涵)。当代中国的文学理论对"作者"的理解,或多或少受到了这种崇尚"主体性"的观点的影响,把关注表现作者内心世界("志"与"情")的理论叫作"表现论"。

在中国古代文论中,的确存在着关注表现作者内心世界的理论传统。人们一般认为,这种传统主要体现在诗歌理论中的"言志"说与"缘情"说。"言志"说最早见于《尚书·舜典》中的"诗言志,歌咏言"。朱自清先生认为,"诗言志"是中国古代诗论"开山的纲领"。① 及至汉代毛苌在《毛诗序》中提出"诗者,志之所之也,在心为志,发言为诗",此后,"言志"说几乎就成了中国古代诗歌理论中的"正统"理论。"志"在古代诗人那里,总是与社会和政治秩序相联系的一种怀抱和情意指向,较少带有现代理论所注重的个人性和一己情怀。《毛诗序》在提及"言志"时,也说到了"情动于中而形于言",但却把强调的重点放在了"言志"之上。西晋时期的陆机在《文赋》中明确提出了"诗缘情而绮靡"的观点,显然不同于以表达家国大事为主的正统理论"诗言志"。不过,也需要注意到,即便是"吟咏情性",同样也有与家国大事相联系的豪迈之情,和与个人心境相联系的一己私情,不能简单地把"缘情"等同于现代文学理论中的"自我表现"和情感表达。明代李贽的"童心"说,公安派的"独抒性灵"说,清代袁枚的"性灵"说,其实都强调了对个人"情性"的表达和抒发。中国近代的"表现论",大多带有受到西方现代文学理论影响的痕迹。

在西方文学理论的传统中,由于柏拉图理论的影响长期处于支配地位,现代文学理论中的"表现说"作为对柏拉图理论支配地位的反抗,直至18世纪晚期以后才逐渐占上

---

① 参见朱自清:《朱自清说诗》,上海:上海古籍出版社,1998年,第4页。

风。在这场较量中,浪漫主义诗人们为了抬高自身的地位,不仅要让诗歌与哲学抗衡,认为诗歌可以表达真理,而且还要给诗人们戴上"天才"之类的各种"桂冠"。英国浪漫派诗人济慈、华兹华斯、雪莱等人,法国浪漫派诗人拉马丁等人,德国浪漫派诺瓦利斯等人,共同推进了这一潮流。其中,最有代表性的是华兹华斯在《<抒情歌谣集>序》中宣称的"诗是强烈情感的自然流露",这经常被当成是现代诗歌理论中"表现论"的标志性观点。此后,还有朱光潜先生竭力推介的意大利理论家克罗齐美学理论中的"直觉表现说",但是,克罗齐的观点与浪漫派诗人们抬高自己地位的努力并无直接关系。此外,从19世纪后期到20世纪早期,西方世界兴起了一股对抗以黑格尔为代表的理性主义的生命哲学思潮,其代表人物有丹麦哲学家克尔凯郭尔,德国哲学家叔本华和尼采,法国哲学家柏格森,奥地利心理学家弗洛伊德等人。他们强调生命意志和生命活动的本能冲动,强调非理性力量的作用,认为文艺不过是生命活动本能间接的或者曲折的表现,并不是作者在理性支配下的产物。在这股非理性主义的生命哲学思潮影响下出现的文学理论,虽然有时也被冠以"表现论"的标签,其实与浪漫派所倡导的"表现论"并非出自一路。

以"作者中心论"为依托的"表现论"文学本质观,借助"主体性"哲学理论,以颠覆柏拉图主义为宗旨,张扬个性、情感、天才,以提高诗人的地位。此后,又将法权与作者个人的权利和地位结合起来,赋予诗人以各种荣耀和权威。这种西方现代的文学思潮,与一般意义上的"表现论"有着很大的不同。受非理性主义思潮影响的生命哲学导向下的"表现论",同样也有类似之处。就一般意义上的"表现论"而言,文学创作活动的确与作者的自主性和自由分不开,强调作者在创作中的主导地位有合理性的一面。但是,简单套用哲学上的"主体性"来谈文学上的"表现论",并不完全恰当。我们必须看到,作者作为生存于社会复杂关系网络中的社会人,不大可能摆脱作者所处的社会生活中的物质性、经济关系、政治立场、思想倾向、生存处境的制约。在这种意义上,作者的"自主性"和"自由"无疑都会受到各种社会关系的制约。此外,必须注意到的是,即便就"表现"而言,也并非只有表现情感才叫"表现"或者"表现论",正如俄国早期马克思主义理论家普列汉诺夫所说:"艺术既表现人们的感情,也表现人们的思想。"①

【原典选读】

"直而温,宽而栗。刚而无虐,简而无傲。诗言志,歌永言。声依永,律和声。八音克谐,无相夺伦,神人以和。"唐代孔颖达注疏云:"作诗者自言己志,则诗是言志之书,习之可以生长

① 普列汉诺夫:《普列汉诺夫美学论文集》,曹葆华译,北京:人民出版社,1983年,第308页。

志意。故教其诗言志以导胄子之志,使开悟也。作诗者自言不足以申意,故长歌之,教令歌咏其诗之义以长其言。"

——《尚书·舜典》,选自阮元《十三经注疏》,

北京:中华书局,1980 年,第 131 页

"诗者,志之所之也。在心为志,发言为诗。"孔颖达疏云:"上言用诗以教,此又解作诗所由诗者人志意之所之适也。虽有所适,犹未发口。蕴藏在心谓之为志,发见于言乃名为诗。言作诗者所以舒心志愤懑而卒成于歌咏,故虞书谓之诗言志也。包管万虑其名曰心,感物而动乃呼为志。志之所适,外物感焉。言悦豫之志则和乐兴,而颂声作忧愁之志,则哀伤起而怨刺生。艺文志云,哀乐之情感,歌咏之声发,此之谓也。正经与变同名曰诗,以其俱是志之所之故也。"

——《毛诗正义·诗大序》,选自阮元《十三经注疏》,

北京:中华书局,1980 年,第 269-270 页

遵四时以叹逝,瞻万物而思纷;悲落叶于劲秋,喜柔条于芳春。心懔懔以怀霜,志眇眇而临云;咏世德之骏烈,诵前人之清芬;游文章之林府,嘉丽藻之彬彬。慨投篇而援笔,聊宣之乎斯文。

——陆机《文赋》,选自郭绍虞主编《中国历代文论选》第一册,

上海:上海古籍出版社,2001 年,第 170 页

艺术活动是以下面这一事实为基础的:一个用听觉或视觉接受他人所表达的感情的人,能够体验到那个表达自己的感情的人所体验过的同样的感情。

……

艺术起源于一个人为了要把自己体验过的感情传达给别人,于是在自己心里重新唤起这种感情,并用某种外在的标志表达出来。

我们以一件最简单的事作为例子:比方说,一个遇见狼而受过惊吓的男孩子把遇狼的事叙述出来,他为了要在其他人心里引起他所体验过的那种感情,于是描写他自己、他在遇见狼之前的情况、所处的环境、森林、他的轻松愉快的心情,然后描写狼的形象、狼的动作、他和狼之间的距离等等。所有这一切——如果男孩子叙述时再度体验到他所体验过的感情,以之感染了听众,使他们也体验到他所体验过的一切——这就是艺术。如果男孩子并没有看见过狼,但时常怕狼,他想要在别人心里引起他的那种恐惧的感情,就假造出遇狼的事,把它描写得那样生动,以致在听众心里也引起了想象自己遇狼时所体验的那种感情,那末,这也是艺术。如果一个人在现实中或想象中体验到痛苦的可怕或享乐的甘美,他把这些感情在画布上或大理石上表现出来,使其他的人为这些感情所感染,那末,同样的,这也是艺术。如果一个

人体验到或者想象出愉快、欢乐、忧郁、失望、爽朗、灰心等感情,以及这种种感情的相互转换,他用声音把这些感情表现出来,使听众为这些感情所感染,也像他一样体验到这些感情,那末,同样的,这也是艺术。

各种各样的感情——非常强烈的或者非常微弱的,非常有意义的或者微不足道的,非常坏的或者非常好的,只要它们感染读者、观众、听众,就都是艺术的对象。戏剧中所表达的自我牺牲以及顺从于运命或上帝等等感情,或者小说中所描写的情人的狂喜的感情,或者图画中所描绘的淫荡的感情,或者庄严的进行曲中所表达的爽朗的感情,或者舞蹈所引起的愉快的感情,或者可笑的逸事所引起的幽默的感情,或者描写晚景的风景画或催眠曲所传达的宁静的感情——这一切都是艺术。

作者所体验过的感情感染了观众或听众,这就是艺术。

在自己心里唤起曾经一度体验过的感情,在唤起这种感情之后,用动作、线条、色彩、声音,以及言词所表达的形象来传达出这种感情,使别人也能体验到这同样的感情,——这就是艺术活动。艺术是这样的一项人类的活动:一个人用某种外在的标志有意识地把自己体验过的感情传达给别人,而别人为这些感情所感染,也体验到这些感情。

——托尔斯泰《艺术论》,丰陈宝译,北京:人民文学出版社,

1958 年,第 46-48 页

艺术或诗是什么。——如果拿出任何一篇诗作来考虑,以求确定究竟是什么东西使人判断它为诗,那么,首先就会从中得出两个经常存在的、必不可少的因素,即一系列形象和使这些形象变得栩栩如生的情感。……诗不能把自己说成是情感,也不能把自己说成是形象,同样也不能把自己说成是二者的总合,相反,诗是"情感的欣赏"或"抒情的直觉",抑或"纯直觉"(这和前者一样),原因在于:诗是纯粹的,它剔除了对它所包含的种种形象是否具有现实性进行任何历史判断和任何评论的内容,因而,它是从生活的理想性中来捕捉生活的纯粹脉搏的。当然,在诗中,除了这两个因素或要点以及这二者的综合之外,还可以发现其他东西,但是,这其他东西要么是一些诸如思索、鼓舞、争论、幻觉等局外因素的混杂之物,要么无非是原有的这些情感——形象,而这时,二者之间已经失掉联系了,它们被人从物质上加以看待,恢复了它们在诗创作之前的原貌:在前一种情况下,这些因素就不是什么诗的因素了,它们不过是牵强附会地注入其中的东西,或是强行堆砌在一起的东西;在后一种情况下,这些因素同样也被剥去了诗的外衣,被那种不懂得或不再懂得何为诗的读者弄得失掉了诗味,这类读者之所以把诗味驱除干净,有时是由于他无力使自己置身于诗的理想境界,有时则是为了达到某些正当合理的目的,要进行什么历史研究,或是为了达到某些其他的实际目的,而这些目的却降低了诗品,或者索性把诗当做了资料和工具。

上述有关"诗"的说法,对所有其他"艺术",也都是适用的,如绘画、雕刻、建筑、音乐,只要所争论的问题涉及到从艺术的角度来看这种或那种精神产品的性质,那就必须考虑如下二

者必居其一的情况:要么这种精神产品是抒情的直觉,要么它必将是任何其他东西,这个东西尽管非常值得推崇,却不是什么艺术。……在所有这些艺术当中,正如在诗中一样,有时也混杂着一些局外因素,有的是 a parte obiecti,有的是 a parte subiecti,有的是实际存在的,有的则是属于当事人和欣赏者所做美学水准不高的判断,这一点是众所周知的事;而那些艺术的批评家们叮嘱人们,要排除或是不要注意那些被他们称为绘画、雕刻和音乐的"文学"因素的东西,同样,诗的批评家们也叮嘱人们要寻求"诗味",而不要让自己被那种纯属文学的东西引上歧途。诗的内行人能直接触及诗的心脏,能在自己的心中感受到诗的心脏跳动;凡没有这种心脏跳动的地方,就可断定:那里没有诗;不论在作品中堆砌了多少别的东西,哪怕这些东西由于技巧精湛,才华卓著,风格高雅,手法灵活,效果喜人,而堪称异常珍贵的东西。诗的外行人则会步入歧途,追求上述这些别的东西,而错误并不在于他欣赏这些别的东西,而是在于他在欣赏这些别的东西之外,又把它们称之为诗。

——贝内代托·克罗齐《美学或艺术和语言哲学》,黄文捷译,

天津:百花文艺出版社,2009 年,第1-5 页

通过为自己创造一种想象性经验或想象性活动以表现自己的情感,这就是我们所说的艺术。

我们还不知道这个公式意味着什么。我们可以逐词加以注释,然而只是为了预先防止误会。这样,"创造"指一种并不具有技巧特征的生产活动。"为自己"并不排斥"为他人",相反,至少在原则上,"为自己"似乎是包括"为他人"的。"想象的"丝毫也不意味着任何"虚拟"之类的东西,它也不意味着名为想象的活动是进行想象的人所私有的。"经验或活动"似乎不是感官性质的,并且不能以任何方式加以特殊化,它是包括整个自我在内的某种总体活动。"表现"情感与唤起情感当然不是同一件事情。情感在我们表现它之前就已经存在了。但是,在我们表现情感时,我们赋予它另一种不同的情感色彩;因此,表现以某种方式创造了它所表现的东西,因为确切地说,这种情感、情感色彩以及诸如此类的一切,只有在得到表现的情况下才会存在。最后,只有当我们用"情感"所指的那类东西,在我们谈论的那种场合中得到了表现时,我们才能说"情感"是什么。

——罗宾·乔治·科林伍德《艺术原理》,王至元、陈华中译,

北京:中国社会科学出版社,1985 年,第 156 页

幻念也有可返回现实的一条路,那便是——艺术。艺术家也有一种反求于内的倾向,和神经病人相距不远。他也为太强烈的本能需要所迫促;他渴望荣誉,权势,财富,名誉,和妇人的爱;但他缺乏求得这些满足的手段。因此,他和有欲望而不能满足的任何人一样,脱离现实,转移他所有的一切兴趣和里比多,构成幻念生活中的欲望。这种幻念本容易引起神经病;其所以不病,一定是因为有许多因素集合起来抵拒病魔的来侵:其实,艺术家也常因患神经病

而使自己的才能受到部分的阻抑。也许他们的禀赋有一种强大的升华力及在产生矛盾的压抑中有一种弹性。艺术家所发现的返回现实的经过略如下述:过幻念生活的人不仅限于艺术家;幻念的世界是人类所同容许的,无论哪一个有愿未遂的人都在幻念中去求安慰。然而没有艺术修养的人们,得自幻念的满足非常有限;他们的压抑作用是残酷无情的,所以除可成为意识的昼梦之外,不许享受任何幻念的快乐。至于真正的艺术家则不然。第一,他知道如何润饰他的昼梦,使失去个人的色彩,而为他人共同欣赏;他又知道如何加以充分的修改,使不道德的根源不易被人探悉。第二,他又有一种神秘的才能,能处理特殊的材料,直到忠实地表示出幻想的观念;他又知道如何以强烈的快乐附丽在幻念之上,至少可暂时使压抑作用受到控制而无所施其技。他若能将这些事情一一完成,那么他就可使他人共同享受潜意识的快乐,从而引起他们的感戴和赞赏;那时他便——通过自己的幻念——而赢得从前只能从幻念才能得到的东西:如荣誉,权势和妇人的爱了。

——弗洛伊德《精神分析引论》,高觉敷译,

北京:商务印书馆,1986 年,第 301-302 页

第四节　读者与文学的本质

　　现代文学理论中的"读者"概念,具有多种不同的含义。它可以指文学作品的一般读者,文学作品的鉴赏者,也可以指文学作品的批评者和研究者。但是,无论是哪种意义上的读者,从理论的关注点上说,焦点都在于"读者"与"作品"之间的关系。具体说,就是"读者"如何接受和理解"作品"所传达的内容与意义。以此为标杆,可以划分出传统文学理论的读者观和现代文学理论的读者观:传统文学理论大多没有注意到读者在阅读文学作品中的积极作用,往往把读者看成是消极的和被动的接受者。现代文学理论注意到了读者在阅读活动中的主动性和积极参与,乃至认为文学作品是作者与读者共同创造的。

　　以"读者"为中心来理解文学本质的观点,可以叫作"读者中心论"。因此,根据现代文学理论的理解,我们可以把"读者"界定为文学作品创作的参与者和消费者。现代文学理论的"读者中心论"受到哲学阐释学等理论的影响,从不同的角度和方面凸显了读者在理解文学作品中的积极作用。随着西方文学理论不断输入到中国,当代中国文学理论中

的"读者"论也在不同程度上受到了西方理论的影响。但是,这并不意味着中国古代文论中没有自己关于读者的观点和理论。

　　早在先秦时期,《论语·季氏》中就有"不学诗,无以言"的说法,其意思是说阅读和学习诗经有助于培养人的理解能力和表达能力。孟子曾经提出过理解文本的"以意逆志"的方法:"故说诗者,不以文害辞,不以辞害志,以意逆志,是为得之。"①孟子的说法强调在理解文本的过程中要以读者之"意"去反推诗人之"志",实际上表明了读者要参与对文本意义的理解。汉代学者董仲舒在《春秋繁露》中提出过"诗无达诂"的著名观点,强调了不同读者在理解诗歌中存在的差异性,其中隐含着读者会把自己的"先入之见"带入到对诗歌的理解中去的意思。这个观点与西方现代阐释学的观点颇为近似。齐梁时代的刘勰在《文心雕龙·知音》中提出过"观者披文以入情"的观点,并且提出了要观察位体、置辞、通变、奇正、事义、宫商的"六观"说。刘勰的这些观点,同样注意到了读者在阅读活动中积极参与的主动性。很特别的是,刘勰所说的"知音",并不是指一般的读者,应该是指具有很高文学修养的读者。梁代的钟嵘在《诗品序》中认为,好的诗歌应该"使味之者无极,闻之者动心",实际上是从不同角度看到了读者体味和聆听的不同阅读层次。明代的汤显祖,清代的李渔、王夫之,都从不同方面看到了读者在阅读活动中的不同需要、差异性和主动性。所有这些观点都表明,中国古代文论有自身关于阅读活动和读者的理论遗产,它们在理论形态和表达方式方面拥有不同于西方理论的特色。只不过从现代以来,我们过于唯西方理论马首是瞻,不大注意发掘我们自己的理论资源。

　　在西方古代文学理论中,我们还是可以发现一些理论家涉及过读者阅读的问题。古希腊的亚里士多德在《诗学》中就悲剧的效果提出过"净化"说,他对此进行的阐述隐含着他对读者在阅读活动中的作用的认识。古罗马的贺拉斯在《诗艺》中曾提出"寓教于乐"的观点,实际上注意到了诗歌读者在阅读活动中的愉悦需求。在西方传统的修辞学理论中,非常强调演说对于听众的说服效果,这表明了相关的修辞学理论并未把听众当成消极的和被动的接受者,对于演说的内容有着自己的辨别力和判断力。19世纪的俄国文学评论家别林斯基曾经提出过著名的"一千个读者有一千个哈姆雷特"的观点,此后这个观点被广泛援引,用以说明不同读者在阅读理解中的差异性。在马克思主义理论传统关于"艺术生产"的理论中,非常强调艺术接受者的消费活动对艺术生产活动的积极影响与作用,强调接受者的需要对生产者的生产的制约作用。从18世纪哲学阐释学的产生开始,西方文学理论中的"读者论"开始出现了转折性的变化,读者被推到了理论的前台,他们在阅读活动中的作用得到了凸显,由此催生了各种现代的读者理论。

　　德国哲学家施莱尔马赫和狄尔泰等人为现代哲学阐释学的诞生作出过贡献,他们使

---

① 焦循:《孟子正义》,北京:中华书局,1987年,第638页。

阐释学脱离具体的学科门类成为一般的方法论,而 20 世纪的德国哲学家海德格尔则将阐释学从方法论和认识论转变为本体论哲学。德国哲学家伽达默尔提出的阐释学理论,对现代文学阐释学产生过重要影响。他认为,读者在阅读活动之前的"前见"具有必然性与合理性,读者的阅读活动实质上是一个"视域融合"的过程,即文本的视域与读者的视域通过阅读活动不断地融合,每一次融合的结果又构成下一次阅读理解的起点。20 世纪接受美学的代表人物尧斯和伊瑟尔也对现代读者理论作出过贡献。尧斯认为,读者阅读之前的"期待视野"决定了读者阅读理解的可能性,也对其阅读活动构成了限制。读者从阅读活动中能够理解多少东西,取决于其"期待视野"的限度。因此,对"期待视野"的研究,就成了接受美学的主要任务。伊瑟尔提出的关键概念是义本的"召唤结构",其含义是指文本特殊的构成能够不断唤起读者填补文本留下的"空白"和"未定点"。因而,文学作品产生于读者在阅读文本时的填空活动,读者的阅读活动是一种将文本具体化的再创造行为。读者反应批评的代表人物、美国学者菲什把读者的阅读活动归结为"阐释共同体"的决定作用,认为应当重视文本话语在读者心中所产生的"心理效果"。美国学者乔纳森·卡勒认为,读者的阅读活动与读者的"文学能力"和"阅读阐释过程"有关,读者反应批评应当对这两个方面进行研究。

西方世界的各种现代读者理论最重要的贡献在于:它们揭示了读者的文学阅读活动的复杂性和所受到的限制,关注影响到读者阅读理解的社会、历史和个人因素,同时强调了阅读活动是读者与文本双向互动的过程,以及读者在阅读中的再创造活动。所有这些观点,不仅颠覆了传统文学理论对读者的简单理解,而且改变了现代文学理论对"作品"的看法,即"作品"并不等同于物质性的文本实体,而是读者阅读活动的产物。但在另一方面,如果过分强调读者在阅读活动中的再创造作用,不注意到文本的意义除了文本本身和读者之外,还有社会、历史和作者等诸多决定因素,那么,现代读者理论解释的有效性将会大打折扣。

【原典选读】

如玄元皇帝庙(按:杜甫诗)作"碧瓦初寒外"句,逐字论之:言乎"外",与内为界也。"初寒"何物,可以内外界乎? 将"碧瓦"之外,无"初寒"乎?"寒"者,天地之气也。是气也,尽宇宙之内,无处不充塞;而"碧瓦"独居其"外","寒"气独盘踞于"碧瓦"之内乎?"寒"而曰"初",将严寒或不如是乎?"初寒"无象无形,"碧瓦"有物有质,合虚实而分内外,吾不知其写"碧瓦"乎? 写"初寒"乎? 写近乎? 写远乎? 使必以理而实诸事以解之,虽稷下谈天之辩,恐至此亦穷矣! 然设身而处当时之境会,觉此五字之情景,恍如天造地设,呈于象、感于目、会于心。意中之言,而口不能言;口能言之,而意又不可解。划然示我以默会想象之表,竟若有内、有外,有寒、有初寒。特借"碧瓦"一实相发之,有中间,有边际,虚实相成,有无互立,取之当前而自得,其理昭然,其事的然也。

——叶燮《原诗》,北京:人民文学出版社,1979 年,第 30-31 页

　　一部文学作品并不是独立自在的、对每个时代每一位读者都提供同样图景的客体。它并不是一座独白式地宣告其超时代性质的纪念碑,而更像是一本管弦乐谱不断在它的读者中激起新的回响,并将作品本文(text)从语词材料中解放出来,赋予其以现实的存在:"语词,在这些语词向他诉说的同时,必须创造能够理解它们的对话者。"文学作品的这种对话特性,也决定了何以语言学的理解只能存在于不断地同作品本文的对照中,而不许可被归结为对事实的一种知识。语言学的理解总是同必须充当其目标的解释、以及有关对象的了解,保持密切的联系。这种解释,也就是对作为完成新的理解要素的知识的反思与描述。

　　文学的历史是一种审美接受与生产的过程。这个过程,就接受的读者、反思的批评家和不断生产(创作)的作者而言,是在文学作品本文的实现中发生的。……文学作品赖以出现的历史情境,并不是一种把观赏者排除在外的、事实上独立存在的事件系列。《佩尔赛瓦》仅仅为它的读者才成为文学事件,它的读者是带着对克瑞汀以前作品的记忆来读最后这本作品的、他们是在同以前这些作品以及他们已知道的其他作品的比较中来辨认这部作品的个性的。这样,读者就获得了评价未来作品的某种新的标准。同政治事件相比,一个文学事件,不存在不可避免的、由它自己所造成的、甚至连下一代也无法逃脱的结果。文学事件只有在那些追寻它的人依然或再度对它起反响时——也就是只有出现了重新又欣赏过去的作品的读者,或想要模仿、超越或反驳这作品的作者时,才会继续发生影响。作为一个事件的文学的相关性(Cohevence,亦可译连贯性),基本上是以当代和以后的读者、批评家、作者的文学经验的"期待视界"(the horigon of expectations)为中介得到统一的。

　　……

　　文学与读者之间的关系至少包括以下事实,即每一部作品都有它自己独有的、历史上的和社会学方面可确定的读者,每一位作家依赖于他的读者的社会背景(milieu)、见解和思想,文学的成就以一本"表达读者群所期待的东西的书、一本呈献给具有自己想象的读者群的书"为前提。

——汉斯·罗·尧斯《文学史作为对文学理论的挑战》,朱立元译,
选自《美学文艺学方法论》续集,北京:文化艺术出版社,1987 年,第 346-352 页

　　现象学的艺术理论强调这样一种思想,在考虑一部文学作品时,人们不仅必须说明真实的本文,而且也必须用相同的尺度说明包括在对该本文的反应之内的种种行为。这样,罗曼·英伽登(Roman Ingarden)就让文学本文的结构面临着它能够藉以为人们 Konkretisiert(实

现)的各种途径,本文也提供种种不同的"图式化的视野"(Schematised Views),通过这些视野,作品的主题得以显露出来,但真正的显现乃是一种 Konkretisation(实现)的行为。如果确是这样,那么,文学作品就有两极,我们可以称之为艺术家一极与审美的一极:艺术家一极涉及作者创造的本文,审美的一极则指由读者所完成的实现。根据这种两极性,人们可以推断,文学作品不可能与本文或本文的实现完全一致,而是事实上必定处在这两极之间。作品要多于本文,因为本文只不过在它被实现时才具有生命,而且这种实现决不独立于读者的个人气质(意向)——虽然这也受本文的不同范型所影响。本文与读者的结合才产生文学作品,这种结合虽不可能精确地确定,但必定始终是实质性的,因为它并不被认为要么等同于本文的真实,要么等同于读者的个人意向。

正是作品的这个实质导致了它的动力学性质,这也是作品发挥种种作用的先决条件。当读者使用各种各样由本文提供给他的景象外观(perspectives)以便将这种种范型同"图式化的视野"互相联系起来时,他就使作品处于运动之中,正是这个过程最终产生了在他自身内唤醒种种反应的结果。这样,阅读造成了文学作品展示其内在固有的动力学特性。这并非新发现,只要从甚至在小说的早期就已提及的资料中就看得很明显。劳伦斯·斯特恩(Laurence Sterne)在《特里斯当·香迪》中评论道:"……任何一位懂得礼貌与好的教养的合理界限的作者都不会贸然去思考一切:你所能给予读者理解力的最真正的尊重,是温和地将此事平分为二:在轮到读者时,同你自己一样,也给他留下某些可以想象的东西。就我而言,我一直在不停地付给他(读者)这种补偿,尽我自己的一切能力来保持他的想象像我自己的想象同样活跃。"斯蒂尔纳关于文学本文的观点是,本文是某种象竞技场似的东西,在场子里,读者与作者参与一场想象的比赛(游戏)。如果已经向读者提供了全部故事,没给他留下什么事情可做,那么,他的想象就一直进入不了这个领域,结果将是,当一切都现成地设置在我们面前时,不可避免地要产生厌烦。一个文学本文因而必须以这样一种方式来设计,以便于它将促使读者的想象参与为他自己而设想各种事情的任务,因为当阅读是积极的、有创造性的时候,它仅仅是一种愉快。在这种创造的过程中,本文或者可能走得不够远,或者可能走得太远,所以我们可以说,厌烦和过度紧张形成了一条界限,一旦超越了这条界限,读者就将离开游戏领域。

在某种程度上,本文"未写出来的部分"刺激着读者的创造性参与,这一点由弗吉尼娅·沃尔芙在对简·奥斯汀的研究中的一种观察所阐明:"简·奥斯汀因而是一位对于比表面上显露的远为深沉的感情的有支配力的女人。她刺激我们提供那儿并不存在的东西。很明显,她提供的只是些微琐事,然而,这种琐事组成了某种在读者心中扩展开来、并赋予外表平凡的生活场景以最持久形式的事物。人们一直强调的是,人物形象……对话的变化与曲折使我们始终提心吊胆。我们的注意力一半在现时,一半在未来,……这里,事实上,简·奥斯汀的伟大的全部因素都在这种未完成之中,在大体上是下等的故事之中。"

显然是平凡琐细场景的未写出的现象,以及在"变化和曲折"之内未说出的对话,不仅把读者拽入行动,而且也引导他按照已知格局所提示的许多"略图"(梗概)来逐渐加以改变,所以,这些(未写出、说出的)东西具有一种它们自己的现实。但是,就像读者的想象赋予这些"略图"以生命一样,它们也将影响本文已写出来的那些部分的效果。这样就开始了一整个动力学过程:已写出的本文把某种限制强加在其未写出的暗含的东西上,以便防止这些东西变得太模糊朦胧;但同时,这些暗含的东西,通过读者想象的加工设计,使已知的情势,同那种赋予它远比看起来它本身所可能具有的更大的意义的背景,形成了对照。这样,平凡琐细的场景突然具有了一种"永久生命形式"的形态。构成这种形式的东西至今未被命名,更不必说用本文来解释了,虽然实际上它是本文与读者相互作用的最后产物。

——沃尔夫冈·伊瑟尔《阅读过程:一个现象学的论述》,朱立元译,

选自《20世纪西方美学经典文本》第三卷,上海:复旦大学出版社,2001年,第677-679

　　如果艺术不是一簇不断更换着的体验——其对象有如某个空洞形式一样时时主观地被注入意义——"表现"就必须被承认为艺术作品本身的存在方式。这一点应由表现概念是从游戏概念中推导出的这一事实所准备,因为自我表现是游戏的真正本质——因此也就是艺术作品的真正本质。所进行的游戏就是通过其表现与观赏者对话,并且因此,观赏者不管其与游戏者的一切间距而成为游戏的组成部分。

　　这一点在宗教膜拜行为这样一种表现活动方式上最为明显。在宗教膜拜行为这里,与教徒团体的关联是显然易见的,以致某个依然那样思考的审美意识不再能够主张,只有那种给予审美对象自为存在的审美区分才能发现膜拜偶像或宗教游戏的真正意义。没有任何人能够认为,执行膜拜行为对于宗教真理来说乃是非本质的东西。

　　同样的情况也以同样的方式适合于一般的戏剧(Schauspiel)和那些属于文学创作的活动。戏剧的表演同样也不是简单地与戏剧相脱离的,戏剧的表演并非那种不属于戏剧本质存在、反而像经验戏剧的审美体验那样主观的和流动的东西。其实,在表演中而且只有在表演中——最明显的情况是音乐——我们所遇见的东西才是作品本身,就像在宗教膜拜行为中所遇见的是神性的东西一样。这里游戏概念的出发点所带来的方法论上的益处是显而易见的。艺术作品并不是与它得以展现自身的机缘条件的"偶然性"完全隔绝的,凡有这种隔绝的地方,结果就是一种降低作品真正存在的抽象。作品本身是属于它为之表现的世界。戏剧只有在它被表演的地方才是真正存在的,尤其是音乐必须鸣响。

　　所以我的论点是,艺术的存在不能被规定为某种审美意识的对象,因为正相反,审美行为远比审美意识自身的了解要多。审美行为乃是表现活动的存在过程的一部分,而且本质上属于作为游戏的游戏。

　　这将得出哪些本体论上的结论呢?如果我们这样地从游戏的游戏特质出发,对于审美存在的存在方式的更接近的规定来说有什么结果呢?显然,戏剧(观赏游戏)以及由此被理解的艺术作品决非一种游戏藉以自由实现自身的单纯规则图式或行为法规。戏剧的游戏活动不要理解为对某种游戏要求的满足,而要理解为文学作品本身进入此在的活动(das lns-Dasein-

Treten der Dichtung selbst)。所以,对于这样的问题,即这种文学作品的真正存在是什么,我们可以回答说,这种真正存在只在于被展现的过程(Gespieltwerden)中,只在于作为戏剧的表现活动中,虽然在其中得以表现的东西乃是它自身的存在。

——汉斯-格奥尔格·加达默尔《真理与方法:哲学诠释学的基本特征》上卷,

洪汉鼎译,上海:上海译文出版社,2004 年,第 151-152 页

所有的客体是制作的,而不是被发现的,它们是我们所实施的解释策略(interpretive strategies)的制成品。然而,这并不是说,我认为它们是主观(解释)的结果,因为使它们生成的手段或方式具有社会性和习惯性。这就是说,"你"——进行解释性行为,使诗歌和作业以及名单为世人所认可的人是集体意义的"你",而不是一个单独的人。这种情况绝不会发生——我们中有谁在早晨醒来(以法国式的风尚)便能异想天开地创造一种新诗体,或者构想出了一套新的教育制度,或者毅然决定摈弃(现存的)一系列准则以便采纳其他一些全新的结构模式。我们未能这样做,是因为我们压根儿就不可能如此,因为,我们所能进行的思维行为(mental operation)是由我们已经牢固养成的规范和习惯所制约的,这些规范习惯的存在实际上先于我们的思维行为,只有置身于它们之中,我们方能觅到一条路径,以便获得由它们所确立起来的为公众普遍认可的而且合于习惯的意义。因此,当我们承认,我们制造了诗歌(作业以及名单之类)时,这就意味着,通过解释策略,我们创造了它们;但归根结蒂,解释策略的根源并不在我们本身而是存在于一个适用于公众的理解系统中。在这个系统范围内(就我们现在所讨论的文学系统而言),我们虽然受到它的制约,但是它也在适应我们,向我们提供理解范畴,我们因而反过来使我们的理解范畴同我们欲面对的客体存在相适应。简言之,我们必须把我们自己也引入被制作的认识对象(客体)的名单中,因为像我们所看见的诗歌以及作业一样,我们自己也是社会和文化思想模式的产物。

——斯坦利·费什《读者反应批评:理论与实践》,文楚安译,

北京:中国社会科学出版社,1998 年,第 57 页

首先,我打算主要把文学看成一种体验来加以讨论。我知道,人们在讨论文学时可以把它看成是一种思想交流的形式,看成是自我的表达或人工制品。然而,为了本书特有的目的,我将文学视为一种体验,而且是一种并非与其他体验不相联系的体验。例如,欧文·戈夫曼撰写的那本著名的《日常生活中自我的展示》表明,从社会学家的观点来看,人际交往中的礼仪与演戏十分相似。这种认为文学与其他人类经验之间有连续性的观点十分适合社会科学家,因为他总是面临着调和客观观察与主观经验的问题。但这种观点尚未被文学批评界普遍接受。

第二,我所使用的"文学"一词不包含价值判断,不是一枚授予那些给我以快感的作品的勋章。不管我对文学的定义有何价值,任何一件作品,只要它能用文学的眼光去看,也就是

说,能以近三十年来文学批评所教给我们的方法去进行细致的语言分析,我就称它为文学。因此,广告、佩皮斯的日记、电影、打油诗、黄色杂志,只要能从中寻得平行的情节、重复的意象等等,就都属于文学的范畴。这些处在文学本体边缘的作品往往比符合学院标准的作品更为直接地提出文学的问题。例如,笑话是一种引起十分独特的心理和生理效果的文学文本;它显然比抒情诗更为直接地触及了情感的源泉。广告和宣传比任何高雅的文学更为直接提出了"文学是怎样进行教谕的"的问题。

——诺曼·N.霍兰德《文学反应动力学》,潘国庆译,

上海:上海人民出版社,1991年,第7-8页

【本章复习思考题】

1.文学理论的研究对象和任务是什么?

2.现代的"文学"概念与古代的"文学"概念有哪些重要差异?

3.文学作品依托的物质形式包含哪些具体要素?

4.如何理解语言与表达意义之间的复杂关系?

5.中国古代文论的"再现"说理论传统有哪些代表性的观点?

6.西方传统的"模仿"说理论有哪些优势与不足?

7.如何理解"作者"身份的历史变迁?

8.中国古代文论中的"表现"论有哪些代表性的观点?

9.如何理解"诗无达诂"这一说法?

10.现代阐释学为解释读者的阅读活动作出过哪些贡献?

（本章执笔:阎　嘉）

第二章 文学作品论

【概 述】

　　文学作品是作家审美体验的对象化、物态化，是鲜活感性的符号化形式，是人类精神超越性的存在。在中外文论史上，文论家们从各种不同角度来理解和阐释文学作品的构成问题。

　　在中国传统文论中，文学被看作是作家内心思想、情感、人格、志趣、精神等的外化，对文学作品的构成问题常常是从作家创作的动态性这一角度来进行探讨的，诸如构成各要素之间的运动与变化的关系，创作主体意志由内向外的投射等，由此形成了文与质、言与意、形与神等概念的辩证关系。在这些关系中，中国传统文论相对更偏重于关注"质""意""神"，力图将这些形而上的内容作为主导，从而引发、生成有形的文字。不过，这些观念并没有妨碍中国古代文论对形式美的追求。比如，在文学创作中有对骈偶形式的推崇，齐梁时期有"四声说""八病说"等，它们都是在形式方面独具民族特色的观点。

　　西方文论认为，艺术形式是实体世界的具体化、丰富化、形式化，是客观规律性与主观目的性的统一。在《西方六大美学观念史》中，波兰美学家塔塔尔凯维奇分析了艺术的存在方式——"形式"。他认为，"形式"一词出自中古拉丁文"形状"，这与古代希腊文"式样""理念"等相关。该词来源的模糊性使"形式"这一概念的规定带有歧义性，出现了不同的形式理论。概括地说，"形式"一词在西方美学史中至少有五种含义，包括亚里士多德的实体存在（本体）形式、与元素相对立的排列形式、与内容相对应的外形式、与材料相对应的形状形式，以及康德的由主体对知觉客体的把握的"先验形式"。这些含义的形成与变化呈现出西方从古希腊到当代理解艺术作品形式与内容关系的历史脉络。

在西方,一般把文学作品当作"客观存在"进行研究,注重文学构成中各要素的逻辑关系。古希腊美学认为,文学作品的本体论是偏重于形式的。柏拉图认为,"理念即形式",形式是最真实的本体。亚里士多德在《形而上学》中指出,形式是事物的本体,艺术作品的美在于有头有尾的整一性。这种整一性既是形式的,又是内容的,是它们之间的一种契合。近代西方美学对艺术作品本体论的认识则显示出形式和内容的对立与分裂。在黑格尔那里,文学作品的内容与形式成了互相对立统一的两部分,并形成了三种主要的形态:形式大于内容为象征型艺术,形式与内容完美结合为古典型艺术,内容大于形式为浪漫型艺术。到了现代,哲学家试图弥合由于内容和形式的二元对立所造成的作品本体的两分局面。在形式主义思潮之后,结构主义、文学阐释学、文学现象学、接受美学、后结构主义等,都纷纷放弃了从内容方面来研究文学作品的构成。结构主义试图用作品的深层结构与人类心理的深层结构的对应关系,来取代传统的内容与形式的辩证关系,努力挖掘内容下面的深层意蕴;新批评的作品本体论立足于作品的抽象与具体关系,强调通过语言分析去寻找作品的本意。此外,兰色姆的"结构-肌质说",弗洛伊德的心理分析,弗莱的神话分析,罗兰·巴特的文学分析,英伽登的艺术作品现象学分析等,都从不同角度对文学作品的本体论进行研究。这些研究表明,文学研究已从外部研究走向内部研究,成为 20 世纪文论的热门话题。可以说,文学作品本体论具有明显的偏重形式的倾向。在本体论者看来,"内容"一词,不仅含有具体形象,还包括逻辑、理念、伦理、社会、历史等非艺术的因素。于是,人们将注意力放到作品本体的层次上,从不同角度、不同视野去挖掘语言学、文化学、心理学、文学等的深层结构。形式不再仅仅是内容的承担者,而成为内容本身。

需要注意的是,在接受美学看来,文学的构成从来就不是作品单方面的,读者的阅读行为是构成文学的重要部分。一方面,读者并非消极被动地接受作品的内容,而是带着自己独特的个人文化背景与"期待视野"来阅读,这种阅读的效果会有千变万化的结果和阐释意义;另一方面,那些将批评的重点放在对作家本意的追寻或者作品意义推敲上的研究,是不能够真正走进文学本身的,真正的文学需要有具体读者的参与。因此,研究读者的心理活动与接受方式及其与文学作品的关系,也是接受美学的新研究方向。在这些方面,德国的伽达默尔、法国的杜夫海纳、德国的尧斯等都曾做过深入的研究。

在后现代时代,一切坚固的东西都开始动摇、消散。所谓人的深层心理结构也并非一成不变的永恒,而是被各种社会现实建构起来的。以法国德里达为代表的解构主义试图消解西方一直以来根深蒂固的"逻各斯中心主义"。由于每个词语客观上都有多面性,因而文本中的任何词汇与概念都可以被它的对立面所替换,通过这种"技术",文本的所谓客观性也就被瓦解了(这就是德里达所谓的"危险的替补")。德里达抓住了语言和词汇对文本意义在表达上的根本缺陷,指出语言和文本的独立导致了传统所相信的非语言实体的真实性(如真理)的瓦解,每一个词语都是它自身,又在阅读它时产生变异。通常我们在阅读时,会选取某个词的一种确定的意义而忽视其他意义,这种选择就导致了这个词的其他意义的开启,语言的这种缺陷是永远存在的。美国的文学批评家卡勒、米勒、保罗·德曼等人,都曾把这一理论运用到文学批评领域,使得文学在其构成上似乎变得飘忽不定,也使得任何边缘因素都有可能参与到文学的构成中来。

整个文学史是文学作品存在形式不断嬗变和扬弃的历史。在当代文论看来,文学作品是一个多层次逐渐指向深层结构的整体。这种深层结构和形象系统的建构是作家独特的、不可重复的、蕴含了生命体验和自我生存价值的确证。

第一节　文学作品的内容与形式

"内容"和"形式"是哲学上探讨事物构成的基本范畴。无论是自然界,还是人类社会,事物都有其内容和形式,都是两者的统一体。所谓内容,指的是构成事物内在要素的总和;所谓形式,指的是事物内在要素的组织、结构或表现形态,是事物存在的方式。

在中国传统文论中,虽然没有统一的关于文学构成的理论,但早在春秋时代,孔子就对文学的构成有过论述。他在《论语·雍也》中说:"质胜文则野,文胜质则史。文质彬彬,然后君子。"内容与形式是以"文"和"质"的概念来表达的:把事物内在的实质看成"质";把事物表现于外在的、可观可见的、有章可循的表象看作"文",孔子强调文质并重。然而,另一方面,孔子在一定程度上又单独强调了"质"的重要性。如在《论语·先进》中,他说:"先进于礼乐,野人也;后进于礼乐,君子也。如用之,则吾从先进。"这里可以看出,孔子对脱离个人内心修养而片面追求外在空洞形式的厌恶。从《周易·系辞》中演变出的"言、象、意"之间的关系,不仅涉及儒家对《易经》的观点,还涉及庄子对"言"和"象"关系不同于儒家的观点。直到魏晋时期,王弼在《周易略例》一文中对这个问题作了折衷式的总结,成为此问题的经典论述。此后关于"言、象、意"的讨论仍然层出不穷。在传统文论中还有"形""神"关系论。在先秦,庄子认为,有生于无,有形之物生于无形之道。汉代思想家虽然强调了形与神对事物构成的作用,但仍偏重于神,以神为主导。到了魏晋南北朝,出现了"形谢则神灭"(范缜《神灭论》)与"形尽神不灭"(主要为佛教所倡导)的争论,在文论上表现为"巧构形似""贵尚巧似"(钟嵘《诗品》)的重形论。到了唐末,从司空图开始引发了反对形似的文学倾向,提出了"超以象外,得其环中"(《诗品·雄浑》),使其后的诗文、小说、戏曲理论都开始以重意境、重传神为主要的审美趋向。

从内容与形式的辩证关系来理解文学作品的构成,亦是西方古典哲学和美学体系以及新中国成立以来文学理论界的主要导向。较早论述内容与形式有着不可分割的辩证关系的是德国哲学家黑格尔。他清理了把内容看作独立于形式之外的东西的传统观念,把艺术的形式看作艺术成熟的重要标志之一。同时,他从亚里士多德的四因说出发,分辨了内容与材料的不同,认为材料是没有包括成熟形式在自身之内的。

马克思主义继承了黑格尔哲学中辩证法的合理内核,认为内容与形式是对立统一的,两者在一定条件下可以相互转化。作为一种内容的形式可以成为另一种形式的内容,反之亦然,它们贯穿于事物发展的始终。苏联的一些文论家继承了马克思主义运用辩证关系来探讨文学的构成的思路,代表人物有19世纪的别林斯基等人。他们侧重于从文学作品的内容这一角度来探讨文学的构成;毕达科夫将文学的内容与社会生活联系起来,把形式看成能够整合内容并传递内容含义的形象,因此,在他看来,形式常常带有一定的社会普遍性。

新中国成立以来的文学理论教程基本上沿袭了苏联的做法。在讲述文学作品的内容时,把思想情感看作是与现实生活同样重要的方面,并加入了"人"的因素;在讲述形式时,把形式看作是动态的生成维度,这与中国传统文论注重创作有着一定的继承性。

在西方,有的文论将内容与形式完全等同,有的则将二者割裂,甚至把内容还原成材料。比如,俄国形式主义认为,文学研究的对象是文学作品本身,要探寻文学自身的特性、规律和独立自主性,即"文学性"(literariness)。韦勒克和沃伦在其编写的《文学理论》中认为,从文学作品的多层次存在方式及层次系统出发,上述二分法过于简单。他们关注的焦点是20世纪的结构主义,注重文学作品的多层结构及其相互关系。佛克马等人编著的《二十世纪文学理论》则对从俄国形式主义到结构主义的文学构成观作了较为清晰的勾勒,展现了从形式角度来看待文学作品构成的另一派图景。

总之,在文学作品中,内容和形式互相依存,作家根据一定的内容选择相应的形式。当然,形式也具有相对独立性。它们之间的关系如同一个人的灵与肉的关系,二者合一才是丰富的、充满灵性的。

【原典选读】

子曰:质胜文则野,文胜质则史。文质彬彬,然后君子。

——《论语·雍也》,选自郭绍虞主编《中国历代文论选》第一册,

上海:上海古籍出版社,2001 年,第 16 页

棘子成曰:"君子质而已矣,何以文为?"子贡曰:"惜乎!夫子之说君子也。驷不及舌。文犹质也,质犹文也。虎豹之鞟,犹犬羊之鞟。"

——程树德《论语集释·颜渊》第三册,北京:中华书局,1990 年,第 840-842 页

夫假象过大,则与类相远;逸辞过壮,则与事相违;辨言过理,则与义相失;丽靡过美,则与情相悖。此四过者,所以背大体而害政教。是以司马迁割相如之浮说,扬雄疾"辞人之赋丽以淫"。

——挚虞《文章流别论》,选自郭绍虞主编《中国历代文论选》第一册,

上海:上海古籍出版社,2001 年,第 191 页

圣贤书辞,总称文章,非采而何?夫水性虚而沦漪结,木体实而花萼振,文附质也。虎豹无文,则鞟同犬羊;犀兕有皮,而色资丹漆,质待文也。若乃综述性灵,敷写器象,镂心鸟迹之中,织辞鱼网之上,其为彪炳,缛采名矣。故立文之道,其理有三:一曰形文,五色是也;二曰声文,五音是也;三曰情文,五性是也。五色杂而成黼黻,五音比而成韶夏,五情发而为辞章,神理之数也。

——刘勰《文心雕龙·情采》,选自范文澜《文心雕龙注》下,

北京:人民文学出版社,1958 年,第 537 页

子曰:"书不尽言,言不尽意。"然则圣人之意,其不可见乎?子曰:"圣人立象以尽意,设卦以尽情伪,系辞焉以尽其言,变而通之以尽其利,鼓之舞之以尽神。"

……

是故夫象,圣人有以见天下之赜,而拟诸其形容,象其物宜,是故谓之象;圣人有以见天下之动,而观其会通,以行其典礼,系辞焉以断其吉凶,是故谓之爻。

——《周易·系辞上》,选自朱熹《周易本义》,

北京:北京大学出版社,1992 年,第 149-150 页

古者包牺氏之王天下也,仰则观象于天,俯则观法于地,观鸟兽之文,与地之宜,近取诸身,远取诸物,于是始作八卦,以通神明之德,以类万物之情。

——《周易·系辞下》,选自朱熹《周易本义》,

北京:北京大学出版社,1992 年,第 153 页

荃者所以在鱼,得鱼而忘荃;蹄者所以在兔,得兔而忘蹄;言者所以在意,得意而忘言。吾安得夫忘言之人而与之言哉!

——《庄子·杂篇·外物》,选自郭庆藩《庄子集释》第一册,

北京:中华书局,1961 年,第 944 页

黄帝游乎赤水之北,登乎昆仑之丘而南望;还归,遗其玄珠。使知索之而不得,使离朱索之而不得,使喫诟索之而不得也。乃使象罔,象罔得之。黄帝曰:"异哉!象罔乃可以得之乎?"

——《庄子·外篇·天地》,选自郭庆藩《庄子集释》第一册,

北京:中华书局,1961 年,第 414 页

夫象者,出意者也。言者,明象者也。尽意莫若象,尽象莫若言。言出于象,故可寻言以观象;象生于意,故可寻象以观意。意以象尽,象以言著。故言者所以明象,得象而忘言;象者,所以存意,得意而忘象。犹蹄者所以在兔,得兔而忘蹄;荃者所以在鱼,得鱼而忘荃也。然则,言者,象之蹄也;象者,意之荃也。是故,存言者,非得象者也;存象者,非得意者也。象生于意而存象焉,则所存者乃非其象也;言生于象而存言焉,则所存者乃非其言也。然则,忘象者,乃得意者也;忘言者,乃得象者也。得意在忘象,得象在忘言。

——楼宇烈《王弼集校释·周易略例·明象》下,

北京:中华书局,1980 年,第 609 页

然子但知可言可执之理为理,而抑知名言所绝之理之为至理乎?子但知有是事之为事,而抑知无是事之为凡事之所出乎?可言之理,人人能言之,又安在诗人之言之!可徵之事,人人能述之,又安在诗人之述之!必有不可言之理,不可述之事,遇之于默会意象之表,而理与事无不灿于前者也。

——叶燮《原诗·内篇下·第五》,选自《原诗 一瓢诗话 说诗晬语》,

北京:人民文学出版社,1979 年,第 30 页

夫昭昭生于冥冥,有伦生于无形,精神生于道,形本生于精,而万物以形相生,故九窍者胎生,八窍者卵生。

——《庄子·外篇·知北游》,选自郭庆藩《庄子集释》第一册,

北京:中华书局,1961 年,第 741 页

夫性命者,与形俱出其宗。形备而性命成,性命成而好憎生矣。……是故不以康为乐,不以慊为悲,不以贵为安,不以贱为危,形神气志,各居其宜,以随天地之所为。夫形者,生之舍也;气者,生之充也;神者,生之制也。一失位,则三者伤矣。是故圣人使人各处其位,守其职,而不得相干也。故夫形者非其所安者也而处之则废,气不当其所充而用之则泄,神非其所宜而行之则昧。此三者,不可不慎守也。

——刘安《淮南鸿烈集解·原道训》上,北京:中华书局,1989 年,第 39-40 页

夫有因无而生焉,形须神而立焉。有者,无之宫也。形者,神之宅也。故譬之于堤,堤坏则水不留矣。方之于烛,烛糜则火不居矣。身劳则神散,气竭则命终。

——王明《抱朴子内篇校释·至理》,北京:中华书局,1986 年,第 110 页

自近代以来,文贵形似,窥情风景之上,钻貌草木之中。吟咏所发,志惟深远;体物为妙,功在密附。故巧言切状,如印之印泥,不加雕削,而曲写毫芥。故能瞻言而见貌,印字而知时也。

——刘勰《文心雕龙·物色》,选自范文澜《文心雕龙注》下,

北京:人民文学出版社,1958 年,第 694 页

书之妙道,神彩为上,形质次之,兼之者方可绍于古人。以斯言之,岂易多得。必使心忘于笔,手忘于书,心手遗情,书笔相忘,是谓求之不得,考之即彰。

——王僧虔《王僧虔笔意赞》,选自《中国古典文艺学丛编》二,

北京:北京大学出版社,2001 年,第 173 页

绝伫灵素,少回清真。如觅水影,如写阳春。风云变态,花草精神。海之波澜,山之嶙峋。俱似大道,妙契同尘。离形得似,庶几斯人。

——司空图《二十四诗品·形容》,选自《诗品集解 续诗品注》,

北京:人民文学出版社,1963 年,第 36 页

关于形式与内容的对立,主要地必须坚持一点:即内容并不是没有形式的,反之,内容既具有形式于自身内,同时形式又是一种外在于内容的东西。于是就有了双重的形式。有时作为返回自身的东西,形式即是内容。另时作为不返回自身的东西,形式便是与内容不相干的外在存在。我们在这里看到了形式与内容的绝对关系的本来面目,亦即形式与内容的相互转化。所以,内容非他,即形式之转化为内容;形式非他,即内容之转化为形式。……

　　……理智最习于认内容为重要的独立的一面,而认形式为不重要的无独立性的一面。为了纠正此点必须指出,事实上,两者都同等重要,因为没有无形式的内容,正如没有无形式的质料一样,这两者(内容与质料或实质)间的区别,即在于质料虽说本身并非没有形式,但它的存在却表明了与形式不相干,反之,内容所以成为内容是由于它包括有成熟的形式在内。……一件艺术品,如果缺乏正当的形式,正因为这样,它就不能算是正当的或真正的艺术品。对于一个艺术家,如果说,他的作品的内容是如何的好(甚至很优秀),但只是缺乏正当的形式,那么这句话就是一个很坏的辩解。只有内容与形式都表明为彻底统一的,才是真正的艺术品。我们可以说荷马史诗《伊利亚特》的内容就是特洛伊战争,或确切点说,就是阿基里斯的愤怒;我们或许以为这就很足够了,但其实却很空疏,因为《伊利亚特》之所以成为有名的史诗,是由于它的诗的形式,而它的内容是遵照这形式塑造或陶铸出来的。同样,又如莎士比亚《罗密欧与朱丽叶》悲剧的内容,是由于两个家族的仇恨而导致一对爱人的毁灭,但单是这个故事的内容,还不足以造成莎士比亚不朽的悲剧。

　　　　　　　　——黑格尔《小逻辑》,贺麟译,北京:商务印书馆,2011 年,第 280-281 页

　　文学作品的内容,就是作家从一定的社会理想中悟解出来的、并反映在作品中的人类生活以及社会和自然环境。例如,普希金的小说"叶甫盖尼·奥涅金"的内容包括:揭露上一世纪二十年代俄国各贵族集团发展的规律性,再现当时进步人物性格中的典型特点和命运,肯定人民生活是人类美好的感情和思想形成与成长的基础。

　　……

　　所以,唯物主义美学肯定现实是艺术的对象,现实构成艺术的基础,现实是艺术内容的"真正的开端"(车尔尼雪夫斯基语)。

　　我们把受内容制约的文艺作品的形象称作形式。形象的形式及作品的体裁、结构和语言等因素的任务,是完全地、准确地和生动地传达作品的内容……

　　……形式是在更广泛的联系中的东西,而内容是出现在更狭小的联系中的。……就拿个别艺术作品或个别艺术形象来看,在这里我们也不能不区分内容和形式,即把个别艺术作品及个别艺术形象中反映的和认识到的事物与这些事物是怎样形成和表现出来的区分开来。

　　必须讲一讲艺术形式的民族特点。……艺术形式的民族特点反映着某个民族的生活,因此形式的民族性是艺术的必要条件。……茅盾写道:"但要使创作确是民族的文学,则于个性之外更须有国民性。所谓国民性并非指一国的风土人情,乃是指这一国国民共有的美的特性。"

　　　　　　　　——依·萨·毕达可夫《文艺学引论》,北京:高等教育出版社,

　　　　　　　　1958 年,第 196-198 页

　　文学作品的内容与形式,是一对广泛而又具体的概念,它们之间的区别是相对的,而不是

绝对的。一首诗、一篇散文、一部小说或一出戏,总是抒写着某种思想、感情和描述着某些人、某件事,表达着一定的生活内容;而这些内容是以不同的形式表现出来的,它们在语言、体裁、结构和表现方法上各不相同。如果把所有这些不同的作品加以分析归纳,则每一部作品都具有着相互联系的两个方面:抒写什么,描述什么,这是它的内容;怎样抒写,怎样描述,这是它的形式……

文学作品是作家根据一定的立场、观点、社会理想和审美观念,从社会生活中选取一定的材料,经过提炼加工而后创造出来的。它包含着客观的因素——现实生活;同时也包含着主观的因素——作家的思想感情。文学作品的内容,就是这客观因素和主观因素的统一体,是反映在作品中的、包含着作家的主观评价的客观现实生活。

……

文学作品的内容,不是抽象地存在的,而是通过相应的形式表现出来的;作品的形式,就是为具体地表现作品的内容服务的。文学作品的内部结构和表现手段就是它的形式,它与作品的思想内容是直接地、紧密地结合在一起的。我们所研究的文学作品的形式,即指作品的结构和表现手段。

——以群主编《文学的基本原理》,上海:上海文艺出版社,1980 年,第 273-275 页

一部文学作品,不是一件简单的东西,而是交织着多层意义和关系的一个极其复杂的组合体。通常使用讨论"有机体"的一套术语来讨论文学,是不太恰当的,因为这样只是强调了"变化中的统一性"一面,从而导致人们误解文学可以相当于其实与它关系不大的生物学现象。而且,文学上的"内容与形式的统一"这一说法,虽然使人注意到艺术品内部各种因素相互之间的密切关系,但也难免造成误解,因为这样理解文学就太不费劲了。此说容易使人产生这样的错觉:分析某一人工制品的任何因素,不论属于内容方面的还是属于技巧方面的,必定同样有效,因此忽略了对作品的整体性加以考察的必要。"内容"和"形式"这两个术语被人用得太滥了,形成了极其不同的含义,因此将两者并列起来是有助益的;但是,事实上,即使给予两者以精细的界说,它们仍嫌过于简单地将艺术品一分为二。现代的艺术分析方法要求首先着眼于更加复杂的一些问题,如:艺术品的存在方式(mode of existence),它的层次系统(system of strata)等。

——雷·韦勒克、奥·沃伦《文学理论》,刘象愚、邢培明、陈圣生、李哲明译,
北京:生活·读书·新知三联书店,1984 年,第 16-17 页

什克洛夫斯基的文章《作为技巧的艺术》(1916),概述了形式主义学派几条主要原则,是这一学派最早的著作之一。他指陈以下文学概念有误:诗歌以形象为主要特征。他在这样做的时候,否定了十九世纪有影响的评论家波杰布尼亚和别林斯基的立场,也否定了象征主义的批评传统。按照什克洛夫斯基的观点,作为诗歌的特点并决定诗歌历史的,不是形象,而是

"对词语进行安排和加工的新技巧"的引进。诗歌形象只是加深印象的手段之一,既作如是观,它的作用就跟诗歌语言的其他技巧相似。其他的技巧有:简单的和反义的排比,明喻,重复,对称和夸张。所有这些都用来提高对一件事物或一个词的直接体验,正象词也可以变成事物那样。

还有一种观点:艺术是借助于形象的一种思维方式。什克洛夫斯基认为这种观点是错误的,因为这种观点来源于把诗歌语言跟散文语言同一化。什克洛夫斯基在这里的用词含混不清,意义不明确;就在这篇文章中他参照了雅库宾斯基的见解:雅库宾斯基认为诗歌(文学)语言和实用语言之间存在对立,而不是诗歌和艺术散文之间存在对立。后来,特别是在雅可布森的著作中,诗歌(文学)语言跟实用语言间的对立让位于一种不那么刻板的差别,即语言的诗歌(文学)功能跟语言的实用功能之间的差别。什克洛夫斯基写道:实用语言努力做到简单。通过习惯的作用,一切行为(包括言语行为)都会变成自动的。这种自动化的过程,可以用来解释不完全句甚或片言只语何以就能达意的原因。在这些条件下,使用形象就意味着是捷径。

然而,诗歌语言公然反对用语经济。诗歌形象也象诗歌语言的其他技巧一样,目的在于消除习惯的倾向,借此延长并加强感知过程……

……从什克洛夫斯基的观点中可以看出,创造复杂化形式的技巧主要用于微观结构,使事物陌生化的技巧主要用于宏观结构;这似乎是两者的不同点。在这两种情况中,作家或诗人的目的都在于获得对事物的新感知,或恢复"对生活的经验";这一目标通过独特地运用语言来实现。什克洛夫斯基从这一形式方面着眼,得出结论说:诗歌可以定义为"复杂化的、被约束的语言",或者定义为"一种语言构造"。

诗歌的这一定义表明:什克洛夫斯基跟其他形式主义者一样,都集中注意力于诗歌的技艺方面。他认为:艺术是觉察事物构成过程的手段,"在艺术中被构成的事物并不重要"。这一观点加深了他们单方面地注意技巧的烙印。的确,什克洛夫斯基对托尔斯泰的评论很少触及托尔斯泰哲学的价值;屠格涅夫写过论哈姆雷特和堂吉诃德的哲学论文,什克洛夫斯基完全贬低这种文章。雅可布森进而断言:文学性,或者说"使某一作品(文本)变成文学作品(文本)的性质",是文学科学唯一真正的对象。当他这样说的时候,人们似乎就得到了批评形式主义学派的充分根据:该派只是单方面关注"文体技巧的总和"。埃利希已提出过这样的批评。

……

形式主义学派的确把他们的大部分注意力集中于文学的形式方面。在叙事学这个领域中,他们研究了把故事的各个情节连结起来的方法;探讨了故事结构的技巧以及人物之间的关系(常常是家庭关系)。他们的最大兴趣在于发现怎样构造故事的技巧。他们不是孤立地解释人物之间的对话,而是把对话看作是引进新材料、从而把行动推向前进的手段。举例来说,在《唐吉诃德》中,为什么中心地点设在小旅馆呢?关于这个问题,什克洛夫斯基是这样回答的:这是许多情节的汇合点,小说的所有线索都在这里交织在一起。总之,小旅馆是个相当重要的构成因素。

——D.W.佛克马、E.贡内-易布思《二十世纪文学理论》,林书武、陈圣生、

施燕、王筱芸译,北京:生活·读书·新知三联书店,1988 年,第 18-21 页

第二节　文学作品的内容要素

　　文学作品的内容指作品中表现出的渗透着作家思想情感、认识评价的社会生活等,主要包括题材与素材、主题与情节、人物与环境、形象与情感。

　　题材有广义和狭义之分。广义的题材是指文学创作的取材范围,文学作品反映的社会生活领域,如历史题材、工业题材、农村题材、商业题材、军事题材、爱情题材等。狭义的题材是指作品中表现出的、经由作家在审美体验的基础上对素材进行加工、改造、提炼后的社会生活现象、心理意象、象征等。题材不同于素材。素材是作家接触到的、未经加工的原始生活材料,题材则是在素材的基础上加工而成的作品内容。题材在作品的内容中具有重要作用,是"构成已被规定了的作品内容的基本材料,是作品内容的基础"①。因体裁的不同,作品的题材则有不同的构成特点:抒情类作品以情感表现为核心,叙事类作品则以人物塑造为核心。题材的形成离不开作家生活实践和世界观的制约,是作家从积累的创作素材中提炼加工而成。通常,我们把社会生活看作是题材的主要来源。但一些文学研究者也指出,题材虽然与一定的社会生活相关,但却更多地与"母题"相关,如俄国形式主义者便持有这种观点。"母题"最初源于民间文学、民俗学研究,在文学作品中指的是不断以文学形式出现的、人类所面临的种种问题,是"最简单的叙述单位,它形象地回答原始头脑或生活中的各种问题"②。例如各种关于日蚀、月蚀的神话,各类有关民俗(如劫婚)的传说等。

　　情感是构成文学作品内容的另一个重要要素。它充分体现了文学创作中作家的个人因素,这使得作品成为独特的、具体的现实存在,也是文学区别于以普遍性为对象的哲

---

①　王朝闻主编:《美学概论》,北京:人民出版社,1981 年,第 209 页。

②　维·什克洛夫斯基:《散文理论》,刘宗次译,南昌:百花洲文艺出版社,1997 年,第 25 页。

44

学或科学的重要特征。如苏珊·朗格所说:"艺术品是将情感(指广义的情感,亦即人所能感受到的一切)呈现出来供人观赏的,是由情感转化成的可见的或可听的形式。"①"这里所说的情感是指广义上的情感。亦即任何可以被感受到的东西——从一般的肌肉觉、疼痛觉、舒适觉、躁动觉和平静觉到那些最复杂的情绪和思想紧张程度,还包括人类意识中那些稳定的情调。"②人类情感无所不在,任何艺术作品都无法脱离情感,即使是"不动声色",这本身也是一种情感。

不过,在西方文论的传统中,历来对"情感"这一要素阐释得不够。柏拉图甚至认为情感是"人性低劣的部分",而诗歌模仿这个低劣的部分,则是对理想国有害的。直到启蒙运动以后,由于人性的进一步觉醒,近代哲学出现了人文主义的转折,情感这一要素才逐渐受到广泛重视和深入的研究。比如,康德既承认审美意象是一种想象力所形成的形象显现,同时又将审美判断力与情感相连,认为情感可以使认识能力生动起来。18世纪中叶,鲍姆嘉通创立美学,试图建立一种以人的感性为研究对象的科学。但在他的理论中,感性和情感仍然是"初级的",还有待于提升到理性的高度。

在试图回归自然、情感,寻求完美人性的浪漫主义者那里,情感受到了空前重视。浪漫主义强调情感的自然流露,强调直抒胸臆。情感不仅是作家个人激情与自由意志的表达,更是一种来源于人本身的、前所未有的创造力,它使主体逐渐摆脱理念的约束。20世纪的表现论是西方最为重要的艺术理论之一,其基本内容是阐明艺术的本质在于情感表现。克罗齐直接把艺术归结为直觉,把直觉归结为情感表现。柯林伍德进一步强调艺术的表现性特征,认为只有表现情感的艺术才是真正的艺术。之后,在实证主义思潮影响下,客观的普遍性再一次战胜了主观的个体性。新批评的前驱者I.A.瑞恰慈试图以理性的方法来分析情感的产生,把情感还原成各种环境与身体之间的刺激和冲动的不同类型,认为情感是可分析的,甚至是可模拟并再现的东西。

对于注重个体性的中国传统文论来说,情感这一要素从一开始就处于非常重要的地位,如《礼记·乐记》中对人的情感与社会之间的对应关系、音乐(艺术)与人的情感关系的强调等。因此,在中国传统文论中,有"诗言志"和"诗缘情"两种强调艺术作品表现情感的观点。不过,需要注意的是,中国古代文论强调情感并不等于强调或突出主体(作家对于外部世界、对于他人的意志)的作用。相反,它强调的"情"恰恰是建立在放弃自我的主观任性,同时体察天地万物、人伦关系的基础之上的,具有普遍内涵的情感,而非一己私情。

在传统文论中,文学形象是构成文学作品内容的重要因素。文学形象塑造的成功与

---

① 苏珊·朗格:《艺术问题》,滕守尧、朱疆源译,北京:中国社会科学出版社,1983年,第24页。
② 苏珊·朗格:《艺术问题》,滕守尧、朱疆源译,北京:中国社会科学出版社,1983年,第14页。

否,是衡量文学作品尤其是叙事类作品成功与否的重要标志。与哲学、科学、宗教等不同,文学主要用形象来反映生活,表达情感。正如黑格尔所说:"艺术观照和科学理智的认识性探讨之所以不同,在于艺术对于对象的个体存在感到兴趣,不把它转化为普遍的思想和概念。"①文学形象包含着深刻的社会生活本质与内涵,它既是具体的、感性的、个别的,又是带有普遍性的。

"形象"(image)一词的本意指人物或事物的形体外貌,具有可视、可触和可感的形状。日常生活中所说的形象是客观存在的,其外部形式特征是事物所固有的,而文学形象与日常生活的形象有所区别,它是作家主观虚构和艺术想象的结晶,灌注着创作者的文化情趣和审美理想。值得注意的是,西方文化自现代性以来逐渐成为世界主流的文化,常常把形象看作是一个独立于主观世界和客观世界之外的中介世界。这个中介世界类似于卡西尔哲学中的符号世界,哲学、科学、历史、神话、艺术都是人们为了认识世界和表现世界而创造出来的符号世界,人通过符号来认识世界,世界通过符号呈现给人们。在全球化的时代背景下,形象的意义表达形式逐渐发展为三种:现代艺术中的美学意象、日常生活中的各类图像和文化互动中的文化形象。

在文学理论中,人们常常把"形象"(image)与"意象"(imagery)一词混用。广义的文学形象指的是文学作品中描写的人物、景物、环境等一切有形物体所构成的艺术画面,而狭义的专指作品中的人物形象。文学形象不仅限于视觉形象,还包括人的五官感识所能感受到的一切形象,甚至包括更深层次的、经由人生感悟引发的超越"象"的境界。在西方,优秀的文学形象被称为典型,是作家成功塑造的生动丰富的艺术形象。较之一般的形象而言,它更能深刻地揭示和反映社会现实甚至人类历史的发展方向。在中国古代,文学形象的塑造更多的是追求一种超越五官感识之外的"境界",要求透过眼见之"象",体悟人与自然、人与世界的融通之感。虽然中西方对文学形象的塑造方式、呈现方式不同,但殊途同归,都是诉诸具体物象来表达作家对世界的理解和感受。

"典型"理论源自西方,是西方文论对文学形象的特殊理解,是现实型文学形象的高级形态。典型主要出现在叙事类作品中,是由一连串意象所组成的形象体系,其中那些既包蕴着丰富的社会生活内涵,又具有高度个体性的优秀形象就是典型。早在古希腊时期,柏拉图和亚里士多德就开始探讨这一问题。典型说在西方大致经历了三个主要的发展阶段:第一阶段是17世纪以前,以古罗马的贺拉斯、法国的布瓦洛等为代表,注重典型的普遍性和共性,强调类型概括。典型(type)一词,在希腊文中的原意是"模子"。比如,布瓦洛在《诗的艺术》中说,艺术所再现的是具有鲜明性格类型的形象,如风流浪子、守财奴,或者老实、荒唐、糊涂、嫉妒的形象。第二阶段是18世纪至19世纪,典型开始由重视

---

① 黑格尔:《美学》第一卷,朱光潜译,北京:商务印书馆,1979年,第48页。

共性向重视个性转变。这一时期,法国的狄德罗、德国的莱辛等注意到环境对典型形成的重要作用,开始把典型与具体现实和个别性联系起来,形成了以强调个性为主的"个性特征说"。第三阶段是 19 世纪 80 年代末开始,主要是马克思主义典型观的发展和成熟,使典型理论发展到一个崭新的阶段,如恩格斯提出的现实主义要"真实地再现典型环境中的典型人物"等。马克思主义辩证法原理所提出的共性与个性、一般与特殊统一的规律,在一定程度上揭示了典型的内部联系,使得典型理论更加科学化和系统化。

典型形象为什么具有深刻的普遍意义呢? 马克思的"人是社会关系的总和"这一观点具有较大的启示意义。丰富的社会实践塑造着一个人的性格形成:一方面,个人会在社会关系中体现出独特性格;另一方面,这些性格也会接受社会关系的考验与重塑。对典型形象的性格分析成为现实主义文学批评的重要传统,文学史上那些著名的典型人物之所以意味无穷,就是因为它们有着内涵丰富的性格特征。从这个意义上讲,文学批评正是通过深入的性格分析透析复杂的历史景象,透视特定历史时期的社会关系。

"意境"是中国古典文论和传统美学的独特范畴。它由一系列意象组合而成,追求一种超越具体情景、事物和身心感知的、对宇宙人生更深广的体悟,所以,它更多地出现在抒情性文学作品中。"意境"与"意象"这两个概念关系密切。"象"这个词出现在先秦时期,《易传·系辞》说:"书不尽言,言不尽意",要"立象以尽意"。到了魏晋六朝时期,"象"逐渐转化为"意象",在刘勰的《文心雕龙·神思》中有"独照之匠,窥意象而运斤"的说法。"意"是诗人的主观情志,"象"是客观事物或形象。中国古典诗学不仅关注诗所传达的意象,更关注"言外之意"或"象外之象",即我们所说的"意境"。"境生于象外",强调得更多的不是某种有限的"象",而是虚和实、有限和无限相结合的"象"。正如宗白华所言:"化实景为虚景,创形象以为象征,使人类最高的心灵具体化、肉身化,这就是'艺术境界'。"在西方古典诗学中,"意象"也是一个关键词,与想象力、感知、心象、表征等诸多概念密切相关。

"意境"这个概念来自隋唐佛学,也杂糅了先秦至魏晋的老庄、玄学思想。在文论中,最早提出"意境"这个词的是唐代诗人王昌龄。他在《诗格》中说:"诗有三境。一曰物境:欲为山水诗,则张泉石云峰之境……二曰情境:娱乐愁怨,皆张于意而处于身……三曰意境:亦张之于意而思之于心,则得其真矣。"后来皎然提出"缘境不尽曰情""文外之旨""取境",刘禹锡提出"境生于象外"等重要命题,此后,司空图、严羽的诗论虽然不涉及意境这个词,但意境说的基本内涵和理论构架几近确立。作为正式的诗论范畴,"意境"出现在明代。朱承爵在《存余堂诗话》中说:"作诗之妙,全在意境融彻,出音声之外,乃得真味。"至晚清,王国维集前人之大成,比较完整地论述了这一美学范畴,指出其本质特征在于意与境的融合:"上焉者意与境浑,其次或以境胜,或以意胜。"意境有三个主要特征:情景交融、虚实相生和超以象外。对意境的理解与分析应该从动态角度,即情与景、虚与实等相融相生的角度切入，不宜把它们看作是机械的叠加。关于意境的类型有多种说法，具有代表性的是两种：其一，刘熙载在《艺概·诗概》中归纳的四种意境"花鸟缠绵、云雷奋发、弦泉幽咽、雪月空明。诗不出此四境"；其二，王国维在《人间词话》中提出的"有我之境"与"无我之境"。

中西方文学艺术由于各自文化背景、哲学传统、思维方式、社会状况等的不同而显现出不同特点。"典型"和"意境"是中西方文论最具代表性的理论范畴，是对艺术美本质探索的结晶。

【原典选读】

凡音者，生人心者也。情动于中，故形于声，声成文，谓之音。是故治世之音安以乐，其政和；乱世之音怨以怒，其政乖；亡国之音哀以思，其民困。声音之道，与政通矣。

——《礼记·乐记》，选自郭绍虞主编《中国历代文论选》

第一册，上海：上海古籍出版社，2001年，第61页

研味李老，则知文质附乎性情；详览庄韩，则见华实过乎淫侈。若择源于泾渭之流，按辔于邪正之路，亦可以驭文采矣。夫铅黛所以饰容，而盼倩生于淑姿；文采所以饰言，而辩丽本于情性。故情者，文之经，辞者，理之纬；经正而后纬成，理定而后辞畅，此立文之本源也。

昔诗人什篇，为情而造文，辞人赋颂，为文而造情。何以明其然？盖风雅之兴，志思蓄愤，而吟咏情性，以讽其上，此为情而造文也；诸子之徒，心非郁陶，苟驰夸饰，鬻声钓世，此为文而造情也；故为情者要约而写真，为文者淫丽而烦滥。而后之作者，采滥忽真，远弃风雅，近师辞赋，故体情之制日疏，逐文之篇愈盛。……夫以草木之微，依情待实，况乎文章，述志为本，言与志反，文岂足征！

——刘勰《文心雕龙·情采》，选自范文澜《文心雕龙注》下，

北京：人民文学出版社，1958年，第537-538页

气之动物，物之感人，故摇荡性情，形诸舞咏。照烛三才，晖丽万有，灵祇待之以致飨，幽微藉之以昭告。动天地，感鬼神，莫近于诗。

——钟嵘《诗品序》，选自陈延杰《诗品注》，

北京：人民文学出版社，1961年，第1页

是以陶钧文思，贵在虚静，疏瀹五脏，澡雪精神，积学以储宝，酌理以富才，研阅以穷照，驯

致以怪辞,然后使玄解之宰,寻声律而定墨;独照之匠,窥意象而运斤;此盖驭文之首术,谋篇之大端。

——刘勰《文心雕龙·神思》,选自范文澜《文心雕龙注》下,

北京:人民文学出版社,1958年,第493页

是有真迹,如不可知。意象欲出,造化已奇。水流花开,清露未晞。要路愈远,幽行为迟。语不欲犯,思不欲痴。犹春于绿,明月雪时。

——司空图《诗品·缜密》,选自郭绍虞主编《中国历代文论选》

第二册,上海:上海古籍出版社,2001年,第205页

夫意象应曰合,意象乖曰离,是故乾坤之卦,体天地之撰,意象尽矣。空同丙寅间诗为合,江西以后诗为离。譬之乐,众响赴会,条理乃贯;一音独奏,成章则难。故丝竹之音要眇,木革之音杀直。若独取杀直,而并弃要眇之声,何以穷极至妙,感情饰听也?试取丙寅间作,叩其音,尚中金石;而江西以后之作,辞艰者意反近,意苦者辞反常,色淡黯而中理披慢,读之若摇鞞铎耳。

——何景明《与李空同论诗书》,选自郭绍虞主编《中国历代文论选》

第三册,上海:上海古籍出版社,2001年,第37页

夫诗贵意象透莹,不喜事实黏著。古谓水中之月,镜中之影,可以目睹,难以实求是也……嗟乎! 言征实则寡余味也,情直致而难动物也,故示以意象,使人思而咀之,感而契之,邈哉深矣! 此诗之大致也。

——王廷相《与郭价夫学士论诗书》,选自《王廷相集》二,

北京:中华书局,1989年,第502-503页

如是六根种种境界,各各自求所乐境界,不乐余境界。眼常求可爱之色,不可意色则生其厌。耳鼻舌身意亦复如是。此六种根种种行处,各各不求异根境界。其有力者,堪能自在,随觉境界。

——释道世《法苑珠林·摄念篇》,选自《法苑珠林校注》,

北京:中华书局,2003年,第1078页

夫作文章,但多立意。令左穿右穴,苦心竭智,必须忘身,不可拘束。思若不来,即须放情却宽之,令境生。然后以境照之,思则便来,来即作文。如其境思不来,不可作也。

夫置意作诗,即须凝心,目击其物,便以心击之,深穿其境。如登高山绝顶,下临万象,如在掌中。以此见象,心中了见,当此即用。如无有不似,仍以律调之定,然后书之于纸。会其

题目,山林、日月、风景为真,以歌咏之。犹如水中见日月,文章是景,物色是本,照之须了见其象也。

——遍照金刚《文镜秘府论·南卷·论文意》,

北京:人民文学出版社,1975 年,第 129-130 页

　　诗有三境:一曰物境。欲为山水诗,则张泉石云峰之境,极丽绝秀者,神之于心,处身于境,视境于心,莹然掌中,然后用思,了然境象,故得形似。二曰情境。娱乐怨愁,皆张于意而处于身,然后驰思,深得其情。三曰意境。亦张之于意而思之于心,则得其真矣。

　　诗有三格:一曰生思。久用精思,未契意象,力疲智竭,放安神思,心偶照境,率然而生。二曰感思。寻味前言,吟讽古制,感而生思。三曰取思。搜求于象,心入于境,神会于物,因心而得。

——王昌龄《诗格》,选自郭绍虞主编《中国历代文论选》

第二册,上海:上海古籍出版社,2001 年,第 88-89 页

　　夫诗人之思初发,取境偏高,则一首举体便高;取境偏逸,则一首举体便逸。

——皎然《诗式》,选自郭绍虞主编《中国历代文论选》

第二册,上海:上海古籍出版社,2001 年,第 77 页

　　戴容州云:"诗家之景,如蓝田日暖,良玉生烟,可望而不可置于眉睫之前也。"象外之象,景外之景,岂容易可谭哉?

——司空图《与极浦书》,选自郭绍虞主编《中国历代文论选》

第二册,上海:上海古籍出版社,2001 年,第 201 页

　　夫诗有别材,非关书也;诗有别趣,非关理也。然非多读书,多穷理,则不能极其至。所谓不涉理路,不落言筌者,上也。诗者,吟咏情性也。盛唐诗人惟在兴趣,羚羊挂角,无迹可求。故其妙处透彻玲珑,不可凑泊,如空中之音,相中之色,水中之月,镜中之象,言有尽而意无穷。

——严羽《沧浪诗话·诗辩》,选自郭绍虞《沧浪诗话校释》

北京:人民文学出版社,1983 年,第 23-24 页

　　词以境界为最上。有境界则自成高格,自有名句。五代、北宋之词所以独绝者在此。

　　有造境,有写境,此理想与写实二派之所由分。然二者颇难分别,因大诗人所造之境必合乎自然,所写之境亦必邻于理想故也。

　　有有我之境,有无我之境。"泪眼问花花不语,乱红飞过秋千去"。"可堪孤馆闭春寒,杜鹃声里斜阳暮"。有我之境也。"采菊东篱下,悠然见南山"。"寒波澹澹起,白鸟悠悠下"。

无我之境也。有我之境，以我观物，故物皆著我之色彩；无我之境，以物观物，故不知何者为我，何者为物。古人为词，写有我之境者为多，然未始不能写无我之境，此在豪杰之士能自树立耳。

……

境非独谓景物也。喜怒哀乐，亦人心中之一境界。故能写真景物、真感情者，谓之有境界。否则谓之无境界。

"红杏枝头春意闹"，著一"闹"字而境界全出。"云破月来花弄影"，著一"弄"字而境界全出矣。

境界有小大，不以是而分优劣。"细雨鱼儿出，微风燕子斜"，何遽不若"落日照大旗，马鸣风萧萧"；"宝帘闲挂小银钩"，何遽不若"雾失楼台，月迷津渡"也。

——王国维《人间词话》，选自郭绍虞主编《中国历代文论选》

第四册，上海：上海古籍出版社，2001年，第371-372页

什么是材料？"材料是'艺术家借以表达其艺术'的物品，是所要表达的那一种事物的精神的寄托所；作者借这种物品为手段，而将这种事的真精神传给他人的'那种物品或物质'，谓之曰材料。"例如对春之郊原而描表其美时，用油绘在画布上，油，画布，便是材料。……

至于文学所用的材料是什么呢？是不是也与上面所说的其他姊妹艺术的情事相同？那可说有很大的差别了！请听我道来：

本来一切艺术都是以物质为其材料，但艺术的作用，并不是表达物事的质体，而是表达事物的精神。所以愈高的艺术，其所凭依的材料愈与精神作用相接近，而所用的物质愈少。……

至于文学呢？它所凭依的物质材料，也可以说是纸墨吧。再进一步说，是代表语言的文字吧。但有纸有墨不即能成其为文学，这是很明白的，我们可以不必再讨论。文字呢？它不过是事物的代表，而不是直接的事物。并且它虽有形可指，但它的"形"是要受社会条件所限制，不能移动，无普通性。（如木材石块一般的无时代地域的差异。）——譬如中国文字不是西方人所能知，并且中国文字所代表的事物，是否与西洋相较而无差别等。——所以它本身也是无久住性普遍性的，当然更不能说是"物质"。所以文字并不是文学的材料。此其一。

……至于文学呢？它所用的文字，其本身既不就是代表的物，又无引起人快感与不快感的分子。——视也好，听也好，——而它所表达出来的东西，又不能直接感人，还要待读者将它——文字——所代表的意念——注意！非实物——翻译成实物，让这实物在想象中去活现，然后才起快不快之感，而发为感情。所以文学使人感觉的东西，不在文字，也不在它所代表的事物，而在它所代表的"事物的意念"。——因为文字本身不能造成一件现实界的事物，如大理石可以造成人物等等。——所以文字不是需要材料的本身，（它还要经过一次发音机关的作用译成语言，然后才令人起感。）它只是间接的作用，而不是直接的作用。好比是雕刻

师的刀,斧,(不是木料大理石。)绘画师的笔,削笔刀,水油,(不是颜料画布。)建筑师的规尺,墨斗,水准,(不是木材石头金属)等。所以文字不能算文学的材料。此其二。

又文字不过是语言的代表,语言又是事物的意象的代表,而事物的精神(或者反说心里的事物)又只存在于事物实像的本身,文字与事物的精神,隔了两层。文字的本身,只是一种象征,所以它不能算文学的材料。此其三。

……当我们读诵时,第一次入我们感官的还是一个一个的字,一个一个的意念。何许是一句一句的意念? 换句话说,便是文字的本身,并没有被我们忘记。又其他艺术的概念,在我们的心理进程里,并不先加分析,再与总合,而唤起我们的情感。譬如我们并不将这块颜色是树,这块颜色是山,这块颜色是水,然后把他们集合起来而成山水。这个时候的许多颜色,都已经忘了。文学呢? "清风动帷帘"我们感到了一个意念,"晨月照幽房"也得了一个意念,"佳人处遐远,兰室无容光"我们又得了两个意念,"襟怀拥虚景,轻衾覆空床。居欢惜夜促,在戚怨宵长。抚枕独啸叹,感慨内心伤"我们又得了许多意念,然后将这些意念集合起来,我们得了一个:"啊! 这是一首情诗呀!"的具体情景。换句话说,不能把表达事物的这些字忘记! 用我们在前面所说的"材料不过是一种手段"的话来评判,则文字并不是文学的材料。此其四。

从上面所陈述的看来,音声韵色的感觉材料,文学是没有的。木石金属等物质材料,文学是没有的。惟一可视作文学材料的文字,已不足为材料了! 那末文学究以什么为材料呢? 答案是:

文学的材料,是"一件事物,——是一件要被作者把它的精神或生命表达出来的那个事物"。

明白点说:"文学的材料,便是题材。"所谓题材者,不是作者的手段,却是作者的目的。换言之,即以内容为材料,而无凭借的表材。这种题材,与其说是材料,毋宁说是文学的内容或文学所表现的对象为妥。

——姜亮夫《文学概论讲述》,昆明:云南人民出版社,2000 年,第 75-83 页

……诗人是以一个人的身份向人们讲话。他是一个人,比一般人具有更敏锐的感受性,具有更多的热忱和温情,他更了解人的本性,而且有着更开阔的灵魂;他喜欢自己的热情和意志,内在的活力使他比别人快乐得多;他高兴观察宇宙现象中的相似的热情和意志,并且习惯于在没有找到它们的地方自己去创造。除了这些特点以外,他还有一种气质,比别人更容易被不在眼前的事物所感动,仿佛这些事物都在他的面前似的;他有一种能力,能从自己心中唤起热情,这种热情与现实事件所激起的很不一样,但是(特别是在令人高兴和愉快的一般同情心范围内),比起别人只由于心灵活动而感到的热情,则更象现实事件所激起的热情。他由于经常这样实践,就获得一种能力,能更敏捷地表达自己的思想和感情,特别是那样的一些思想和感情,它们的发生并非由于直接的外在刺激,而是出于他的选择,或者是他的心灵的构造。

......

我曾经说过,诗是强烈情感的自然流露。它起源于在平静中回忆起来的情感。诗人沉思这种情感直到一种反应使平静逐渐消逝,就有一种与诗人所沉思的情感相似的情感逐渐发生,确实存在于诗人的心中。一篇成功的诗作一般都从这种情形开始,而且在相似的情形下向前展开;然而不管是什么一种情绪,不管这种情绪达到什么程度,它既然从各种原因产生,总带有各种的愉快;所以我们不管描写什么情绪,只要我们自愿地描写,我们的心灵总是在一种享受的状态中。如果大自然特别使从事这种工作的人获得享受,那么诗人就应该听取这种教训,就应该特别注意,不管把什么热情传达给读者,只要读者的头脑是健全的,这些热情就应当带有一种愉快……

——渥兹华斯《〈抒情歌谣集〉序言》,曹葆华译,选自《西方文艺理论名著选编》中卷,伍蠡甫、胡经之主编,北京:北京大学出版社,1986 年,第 48-55 页

上文约略论及普通感觉时,我们几乎要说明情感是意识的一个要素。激奋人心的环境引起浑身上下有条不紊的反响,感到犹如意识的标记明显的色彩。器官反应的种种形式就是恐惧、悲伤、喜悦、愤怒以及其它的情感状态。……

这些情感状态,包括快感和不快,人们习以为常地将其归于感情部分而区别于感觉,正如我们刚才谈到的,它们极其密切地取决于自身的刺激而形成其特点。所以感觉全部列入认知因素,即关乎我们对事物的认识,而非我们对待事物的态度或表现,或者我们对于它们所抱的情感。然而快感以及情感,根据我们的观点来看,也有一个认识方面。它们使我们获得认识。就快感而论,使我们认识到我们的活动是怎样进行的,是顺利的或是其反面;就情感而论,使我们首先认识到我们的种种态度。不过情感则可能使我们获得进一步的认识。……许多人十分便当而又成功地对初次见面的人的道德品质作出显然是直觉性的判断,这里就或许牵涉到类似的方法。他们可能完全无法谈到自己的判断能够作为依据的任何确切的特征。他们的判断往往仍然是异常公正而又独具只眼。……值得注意的是,从主导方面看,艺术家们往往是作出这类判断的行家。……

感知过程中器官感觉的这种介入在一切文学艺术中都发挥着作用。它很可能极其重要,可是常常遭到忽视。这里需要提醒的是,它并非是在任何基本方面有别于其它模式的一种获得认识的模式。为了说明它,不必引入"感情"对待事物的绝无仅有的关系,为了说明普通认识,无非只要引入"认知性地把握"事物的绝无仅有的模式。在这两个例证中,二者的原因就足以说明问题,无论如何都得假设原因的存在。当我们感觉到什么的时候,我们的感觉是由我们所感觉到的东西引起的。当我们指称某个并未出现的东西的时候,一种此时此刻的感觉,类似于过去与那个东西同时产生的那些感觉,通过越来越多的错综复杂的记忆中的标志——环境,从而成为代表那个东西及有关的东西的一个标志。这里一种此时此刻的色彩感觉导致了一种器官反应,它过去是伴随着某种确切的色彩的;那个反应于是变成了敏感而又

善于辨别的人所信赖的那种色彩的一个标志,虽然他在视觉上不能确定,那个色彩是否出现,或者是否仅仅是一个极其相似的色彩。其它情况与此的不同之处在于复杂性而不在于原理方面。……

在流行的说法中,"情感"这个名词代表发生在精神上的那些活动,伴随着哭泣、叫嚷、羞愧、颤抖之类非同一般的激动情绪的流露。可是在大多数批评家的用法中,情感已经具有一层引申的含义,因此不必要地大大妨碍了它的实用性。情感之于批评家,代表的是任何值得注意的精神上的"动态"而又几乎不顾其性质。如同批评家所谈到的,普通人——偶尔也包括心理学家——比较温雅的语言用法受到种种特性的支配,而所有那些特性中往往缺乏的就是真实而又深沉的情感,因为或许现在被人视为心理学中标准用法的那些语词是产生于伴随着以上指出的经验的极其相同的身体变化。

有两个特点构成了每个情感经验的特征。其一是通过交感神经系统引起的人体器官上的扩散反应。其二是出现了一种偏于某个确定种类或组合种类的行动的倾向。内脏和血管系统的全面变化,典型地表现在呼吸和腺分泌方面,一般发生在对环境的反应上,那些环境促使某种本能的倾向开始活动。这些变化的一个结果便是起源于人体内部的一个感觉来潮进入意识。这些感觉至少组成了一个情感特有意识的主要部分,这是已经达成的共识。有所争议的是它们之于它是否必要。或许可以提示人们的是,在情感理论方面大家尚未充分注意这类感觉的形象。恐惧,举例来说,可能被感受到时并不出现任何以上描述的那种察觉到的身体变化,这个事实(有争议的事实)可以用这些感觉的形象正在取代其位置的假设来解释。

——艾·阿·瑞恰慈《文学批评原理》,杨自伍译,
南昌:百花洲文艺出版社,2010 年,第 92-96 页

英文词 image(意象)的最早意涵源自 13 世纪,指的是人像或肖像。其词义可追溯到最早的词源——拉丁文 *imago*(*Imago* 词义演变到后来便带有幻影、概念或观念等义)。Image 的意涵也许与 *imitate*(模仿)词义的演变存在着基本的关系。但是,正如许多描述这些过程(参照 vision 与 idea)的词一样,image 这个词蕴含了一种极为明显的张力——在"模仿"(copying)的概念与"想像、虚构"(imagination and the imaginative)的概念二者之间。在英文里,这两种概念——就其整个形塑过程而言,皆属于心理概念(mental concept),其中包含了相当早期的意涵:设想不存在的东西或明显看不见的东西。然而,这种不讨人喜欢的意涵一直要到 16 世纪才成为普遍。

Image 这个词的实体意涵(人像或肖像)被广为使用,直到 17 世纪为止。然而,从 16 世纪起,image 的意涵被延伸扩大,用来指涉心智层面。从 17 世纪起,image 在文学讨论里有一种重要的专门用法,指的是书写或言语中的"比喻"(figure)。在当代的英文里,image 的实体意涵仍然可以找到,但是它具有某种负面性——与 idol(偶像)的意涵重叠。Image 用来泛指心像、意念的用法——参较:一种独特的或代表的类型……之"表象"(image)——仍属普遍,且

其在文学里的专门意涵也经常被使用。

这些有关 image 的诸多用法后来被另一种将 image 用在名声上的用法所超越。后者的用法虽袭用了早期的"概念"(conceptions)或"独特类型"(characteristic type)之意涵,然而在实际用法里,其意思是"可感知的名声"(perceived reputation),例如商业中的"品牌形象"(brand image)或政治家关心自己的"形象"(image)。Image 在文学及绘画中的意涵早已被用来描述电影的基本构成单位。这种技术性的意涵实际上强化了 image 作为"可感知的"(perceived)名声或特色之意涵,彰显其商品化的操纵过程。有趣的是,"想像"(imagination)与"虚构"(imaginative)这两种含义——尤其是后者——与 image 在 20 世纪中叶的广告和政治用法里是见不到的。

——威廉斯《关键词:文化与社会的词汇》,刘建基译,
北京:生活·读书·新知三联书店,2005 年,第 224-225 页

……意象不论多么美,纵使是忠诚地从自然界临摹来的,而且又用文字正确地表达了出来,它们本身也不能表明诗人的特性。只有在以下几种情况下,它们才变成独创性天才的证据:只有在受到了一种主导的激情的制约之后;或受到了由这种激情所引起的联想或意象的制约之后;或者在它们能起使众多的事物统一、使继续发生的事物集中在一刹那的作用的时候;或者,最后一点,在诗人从自己的精神中将一个有人性的、有智慧的生命转移给了它们的时候,而诗人自己的这种精神是"将它的生命贯穿天、地与海洋"的。

……这种意象,当它们能按照那呈现在心灵中最重要的环境、激情或性格来塑造自己和润色自己时,就变得越发有价值,同时,无疑地,也就更显示出诗的天才的特征。

——柯尔立治《文学生涯》,刘若瑞译,选自《欧美古典作家论现实
主义和浪漫主义》(一),北京:中国社会科学出版社,1980 年,第 277-278 页

或则遵循传统,或则独创;但所创造东西要自相一致。譬如说你是个作家,你想在舞台上再现阿喀琉斯受尊崇的故事,你必须把他写得急躁、暴戾、无情、尖刻,写他拒绝受法律的约束,写他处处要诉诸武力。写美狄亚要写得凶狠、剽悍;写伊诺要写她哭哭啼啼;写伊克西翁要写他不守信义;写伊俄要写她流浪;写俄瑞忒斯要写他悲哀。假如你把新的题材搬上舞台,假如你敢于创造新的人物,那么必须注意从头到尾要一致,不可自相矛盾。

——贺拉斯《诗艺》,杨周翰译,选自《诗学 诗艺》,
北京:人民文学出版社,1962 年,第 143-144 页

我们不能象小说,写英雄渺小可怜,
不过,伟大的心灵也要有一些弱点。

阿什尔不急不躁便不能得人欣赏；

我倒很爱看见他受了气眼泪汪汪。

人们在他肖象里发现了这种微疵，

便感到自然本色，转觉其别饶风致。

你要描写阿什尔就该用这种方式；

写阿伽曼侬就该写他骄蹇而自私；

写伊尼就该写他对天神敬畏之情。

凡是写古代英雄都该保存其本性。

你对各国、各时期还要研究其习俗；

往往风土的差异便形成性格特殊。

因此你千万不要象那小说《克莱梨》，

把我们风度精神加给古代意大利；

借罗马人的姓名写我们自家面目，

写加陀殷勤妩媚，白鲁都粉面油头。

开玩笑的小说里一切还情有可原，

它不过供人浏览，用虚构使人消遣；

若过于严格要求反而是小题大做；

但是戏剧则必需与义理完全相合，

一切要恰如其分，保持着严密尺度。

你打算单凭自己创造出新的人物？

那么，你那人物要处处符合他自己，

从开始直到终场表现得始终如一。

——布瓦洛《诗的艺术》，任典译，北京：人民文学出版社，1959年，第37-39页

类型概念使我们漠然无动于衷，理想把我们提高到超越我们自己；但是我们还不满足于此；我们要求回到个别的东西进行完满的欣赏，同时不抛弃有意蕴的或是崇高的东西。这个谜语只有美才能解答。美使科学的东西具有生命和热力，使有意蕴的和崇高的东西受到缓和。因此，一件美的艺术作品走完了一个圈子，又成为一种个别的东西，这才能成为我们自己的东西。

——歌德《搜藏家和他的伙伴们》第五封信，选自朱光潜《西方美学史》，

北京：人民文学出版社，1963年，第411页

……对维也纳社交界的描写大部分也是很好的。维也纳的确是唯一有社交界的德意志城市，柏林只有一些"固定的小圈子"，而更多是不固定的。因此，在那里只有描写文人、官员

和演员的那种小说才能找到地盘。在您的作品的这一部分里,情节的发展有的地方是否太急促了一些,您比我更能作出判断;使我们这样的人得到这种印象的某些东西,在维也纳可能是完全自然的,因为那里具有把南欧和东欧的各种因素混合在一起的独特的国际性质。对于这两种环境里的人物,我认为您都用您平素的鲜明的个性描写手法刻画出来了;每个人都是典型,但同时又是一定的单个人,正如老黑格尔所说的,是一个"这个",而且应当是如此。但是,为了表示没有偏颇,我还要找点毛病出来,在这里我来谈谈阿尔诺德。这个人确实太完美无缺了,因此,当他最终在一次山崩中死掉时,人们只有推说他不见容于这个世界,才能把这种情形同文学上的崇尚正义结合起来。可是,如果作者过分欣赏自己的主人公,那总是不好的,而据我看来,您在这方面也多少犯了这种毛病。爱莎尽管已经被理想化了,但还保有一定的个性描写,而在阿尔诺德身上,个性就更多地消融到原则里去了。

——恩格斯《致明娜·考茨基》,选自《马克思恩格斯选集》
第四卷,北京:人民出版社,2012 年,第 578-579 页

据我看来,现实主义的意思是,除细节的真实外,还要真实地再现典型环境中的典型人物。您的人物,就他们本身而言,是够典型的;但是围绕着这些人物并促使他们行动的环境,也许就不是那样典型了。在《城市姑娘》里,工人阶级是以消极群众的形象出现的,他们无力自助,甚至没有试图作出自助的努力。想使他们摆脱其贫困而麻木的处境的一切企图都来自外面,来自上面。

——恩格斯《致玛格丽特·哈克奈斯》,选自《马克思恩格斯选集》
第四卷,北京:人民出版社,2012 年,第 590 页

第三节 文学作品的形式要素

文学作品的形式是文学作品内容诸要素的组织结构、表现手段和具体的外部形态,是文学内容的存在方式,主要有语言、结构、体裁等要素。语言是文学区别于其他艺术的根本特征;结构是文学语言的组成方式及其系统;体裁是在各民族的文学史中沉积下来的、相对稳定的结构方式。

一、语言

"文学的第一要素是语言",它直接构成了文学作品的物质表象,但它不仅仅是文学构成的媒介和存在方式,也是人的存在家园。

文学作品作为作家审美意识的物化形态,必须通过文学语言来加以呈现,它既是文学表现内容的手段,又是连接文学形式各因素,构成文学存在形式的要素。在文学实践和文本生成的过程中,文学语言的功能不只是表达意义,传递内容,还要诉诸感性审美层面,从而更好地表现与情感相统一的内容。

无论是中国传统的文学实践,还是西方语境中的文学实践,对文学语言的理解都有着很多共通性。这与文学作为人类审美把握外部世界、表达主体情感和创造特殊文本的特性密切相关。

随着人类社会的不断演进,语言根据使用功能、目的、场合而发生分化。一般来说,语言具有三种基本形态:日常语言、文学语言和科学语言。日常语言突出实用目的,基本功能是传情达意;科学语言具有强烈的工具性特征,基本功能与理性的、逻辑的认识有关;文学语言则以审美功能为主要特征,通过声音、结构和审美特质凸显自身存在。

文学语言具有形象性、情感性、暗示性、音乐性等特征,但其审美特征最终体现为"话语蕴藉"。"蕴藉"一词来自中国古典诗学,"蕴"的原意是积累,引申为含义深奥;"藉"的原意是草垫,引申为含蓄。文学语言的蕴藉美体现在"意在言外"、含蓄、朦胧甚至含混的审美效果上。从词语、句子、音调、风格、意境等各个层面共同形成了这一特征,它使文学文本包含了意义生成的无限可能性,在有限的话语中蕴含无限的意味,营造出一个特殊的情感艺术世界。

文学语言的组织有三个层面:语音层面,包括节奏和音律;文法层面,包括词法、句法和篇法;修辞层面,包括比喻与借代、对偶与反复、倒装与反讽等。

在 20 世纪初,西方哲学出现了语言学转向,即通过研究文学、日常用语、逻辑等中的语言现象和表述方式,挖掘人类更深层的思维与文本表达之间的关系,其中一个主要倾向是从注重思维向注重表达(及其表达方式)转变。比如,在俄国形式主义者看来,文学语言最重要的特征在于它并不为陈述某一具体的事件或抽象的理论服务,即不指向语言之外;相反,它指向语言本身。

二、结构

从词义上讲,"结构"指事物各部分关联组合的方式。在文学理论中,文本结构通常指文本内部的组织架构、部分或要素之间的关联方式。文学文本的结构是一个完整的有机体,包括文本的外结构和内结构。所谓外结构,指文本所呈现的在直观上可以把握的形态特征;所谓内结构,指文本内部各部分或各要素之间的复杂关系,它隐含在文本的肌理中,具有决定文本整体性和主导风格的功能。

结构在文学作品中的表现是多方面的,包括字词的搭配,语段的组织,人物关系的处理,意象的组织等。在诗歌中,较为明显的是各种音韵、格律都有严格的音节或字数限制,在朗读时能够产生音乐上的形式美感。

韵和顿的使用可以帮助形成诗歌的节奏和音律感。在"韵"方面,"诗与韵本无必要关系。日本诗到现在还无所谓韵。古希腊诗全不用韵"。但是,"就一般诗来说,韵的最大功用在把涣散的声音联络贯串起来,成为一个完整的曲调。它好比贯珠的串子,在中国诗里这串子尤不可少"①。所谓"顿"即在读完相对完整的意义段时,有一个停顿,在句子意思完全完成之后,才是停止。停顿一般都依赖自然语言的停顿,由此形成的节奏也就是自然语言的节奏。由于西方的语言是注重音声的,其发音的长短轻重较容易区分,于是显出较为明显的节奏。此外,文章整体的格局安排也非常重要。以什么为纲、为主线,都表达了不同的文学观念。例如在叙事类文学中,时间是一个常用的主要线索;而在刘勰看来,"事义"则是更重要的线索;当然,从语言、格律等方面来考察文章的结构,也是较为常见的。然而,现代西方文学理论,尤其是结构主义则认为在文学的叙事中,掩藏着更深层的结构,这个结构来自人类的深层心理结构或者社会结构。在早期结构主义者那里,习惯于把这种文学叙述上的结构还原成人类心理上的固定结构,或者还原成人类始终面临并回答的问题(如生与死的关系)。这个时期的理论较为单纯,主要从叙述的功能来简化和考察文学作品。但随着理论研究的深入,一些学者开始发现这个结构有可能是变动的,例如罗兰·巴尔特就发展了索绪尔在语言学上的能指与所指理论,提出了所谓的元语言(métalangage)。元语言是一种语言(如法文,或者交通信号系统)的整体使用情况,它建立在对具体的言语使用(能指与所指结合成指称关系)之上。它不是一成不变的,它会受到变动着的社会意识形态的影响。②

总之,结构的功能不仅体现在具体的文学文本中,也呈现在文学史的发展过程中,它具有动态性。一方面,文本结构不是文本结构各要素的简单叠加,而是它们之间的互动与整合;另一方面,从文学史的角度看,这些要素之间存在着持续的较量,在某一时期某要素会占据主导地位。

---

① 朱光潜:《朱光潜美学文学论文选集》,长沙:湖南人民出版社,1980年,第230页,第233页。
② 参阅罗兰·巴尔特:《符号学原理》,王东亮等译,北京:生活·读书·新知三联书店,1999年,第83-88页。

三、体裁

从词源上讲,"体裁"(genre)这个概念源自拉丁文"genus",本义为表示生物分类体系中"属"的概念,一般的意义是"种类"或"类型"。在文学史上,它又可以被称作"文类",是一个古老的批评概念。

在中西方的文学理论中,有着大量关于文类的文献资料。早在先秦时代,"文类"的思想就已经萌芽了,"诗三百"中的风、雅、颂就是对文类的区分。对文类的划分最早出现在魏晋时期,曹丕的《典论·论文》将文划分为四科八体,并指出它们"本同而末异"。其后的文类日趋纷杂,划分也没有定论,萧统《文选》将文类分为39类,刘勰《文心雕龙》分为34类,不过也有一类是依据儒家《五经》(即《易》《书》《诗》《礼》《春秋》)来进行划分的。再后来,明代吴纳的《文章辨体》、徐师曾的《文体明辨》等对这一问题做过总结。应该说,中国的文类划分在产生之时就不是现代意义上的,带有实用性。与西方不同的是,这些实用文类在其发展过程中并没有完全从文学中脱离开去,而是与诗词曲赋等一起成为文学体裁的组成部分。

在西方,柏拉图和亚里士多德等就提出过文类概念。在《诗学》中,亚里士多德以模仿的媒介、对象和方式三个方面来区分不同的文类。在专论戏剧的部分,他按不同的模仿方式指出叙述与戏剧的不同。黑格尔从辩证的角度给出了文体划分之三分法的哲学基础,在客观、主观、主客观相结合的思辨视角下,叙事、抒情和戏剧也分别被赋予了辩证发展的关系。19世纪的俄国文学理论家别林斯基在黑格尔理论的基础上作了更详尽的发挥。但在20世纪以后,文论界出现了对这种划分方法的质疑,例如,瑞士的施塔格尔就提出不要把具体的文学体裁,如诗歌与抒情类文学固定地联系在一起,而是把抒情、叙事、戏剧看成一种观念,这些观念之间是可以交叉使用的,例如抒情式戏剧。总之,文类是一个历史范畴和文化范畴。不同的时代有不同的文类及其划分标准;不同的文化也因其独特的传统而有不同的文类及其区分标准。同时,文学史上还存在着具有持久性和普遍性的文类,比如戏剧和诗歌。

每一种文学体裁都经历了从产生、发展到成熟的过程,这是文学文本的具体存在形式,是塑造形象、表达情感、结构布局、语言运用等方面呈现出来的具有稳定性的审美形式规范。文学史上对体裁的划分标准不一,主要有二分法:把文体分为韵文和散文;三分法:把文学作品分为叙事类、抒情类和戏剧类;四分法:把文学分为诗歌、小说、散文和剧本。这些分类方法在使用的时候也不是截然分开的,它们之间互有交叉,如抒情诗、叙事诗,议论散文、叙事散文等。

【原典选读】

夫设情有宅,置言有位;宅情曰章,位言曰句。故章者,明也;句者,局也。局言者,联字以分疆;明情者,总义以包体:区畛相异,而衢路交通矣。夫人之立言,因字而生句,积句而成章,积章而成篇。……夫裁文匠笔,篇有小大;离章合句,调有缓急;随变适会,莫见定准。句司数字,待相接以为用;章总一义,须意穷而成体。……是以搜句忌于颠倒,裁章贵于顺序,斯固情趣之指归,文笔之同致也。

——刘勰《文心雕龙·章句》,选自范文澜《文心雕龙注》下,
北京:人民文学出版社,1958 年,第 570-571 页

何谓附会?谓总文理,统首尾,定与夺,合涯际,弥纶一篇,使杂而不越者也。若筑室之须基构,裁衣之待缝缉矣。夫才量学文,宜正体制,必以情志为神明,事义为骨髓,辞采为肌肤,宫商为声气,然后品藻玄黄,摛振金玉,献可替否,以裁厥中。斯缀思之恒数也。凡大体文章,类多枝派,整派者依源,理枝者循干,是以附辞会义,务总纲领,驱万途于同归,贞百虑于一致,使众理虽繁,而无倒置之乖,群言虽多,而无棼丝之乱;扶阳而出条,顺阴而藏迹,首尾周密,表里一体,此附会之术也。

——刘勰《文心雕龙·附会》,选自范文澜《文心雕龙注》下,
北京:人民文学出版社,1958 年,第 650-651 页

作曲,犹造宫室者然。工师之作室也,必先定规式,自前门而厅、而堂、而楼,或三进、或五进、或七进,又自两厢而及轩寮……作曲者,亦必先分段数,以何意起,何意接,何意作中段敷衍,何意作后段收煞,整整在目,而后可施结撰。此法,从古之为文、为辞赋、为歌诗者皆然。

——王冀德《曲律·论章法》,选自《中国古典戏曲论著集成》(四),
北京:中国戏剧出版社,1959 年,第 123 页

至于结构二字,则在引商刻羽之先,拈韵抽毫之始,如造物之赋形,当其精血初凝,胞胎未就,先为制定全形,使点血而具五官百骸之势。倘先无成局,而由顶及踵,逐段滋生,则人之一身,当有无数断续之痕,而血气为之中阻矣。工师之建宅亦然,基址初平,间架未立,先筹何处建厅,何方开户,栋需何木,梁用何材,必俟成局了然,始可挥斥运斧。倘造成一架,而后再筹一架,则便于前者不便于后,势必改而就之,未成先毁,犹之筑舍道旁,兼数宅之匠资,不足供一厅一堂之用矣。故作传奇者,不宜卒急拈毫。袖手于前,始能疾书于后。有奇事,方有奇文。未有命题不佳,而能出其锦心,扬为绣口者也。尝读时髦所撰,惜其惨淡经营,用心良苦,

而不得被管弦、副优孟者,非审音协律之难,而结构全部规模之未善也。

——李渔《闲情偶寄·结构第一》,选自郭绍虞主编《中国历代文论选》

第三册,上海:上海古籍出版社,2001 年,第 270-271 页

夫文本同而末异,盖奏议宜雅,书论宜理,铭诔尚实,诗赋欲丽。

——曹丕《典论·论文》,选自郭绍虞主编《中国历代文论选》

第一册,上海:上海古籍出版社,2001 年,第 158 页

诗缘情而绮靡,赋体物而浏亮,碑披文以相质,诔缠绵而凄怆,铭博约而温润,箴顿挫而清壮,颂优游以彬蔚,论精微而朗畅,奏平彻以闲雅,说炜晔而谲诳。

——陆机《文赋》,选自郭绍虞主编《中国历代文论选》

第一册,上海:上海古籍出版社,2001 年,第 171 页

章表奏议,则准的乎典雅;赋颂歌诗,则羽仪乎清丽;符檄书移,则楷式于明断;史论序注,则师范于核要;箴铭碑诔,则体制于弘深;连珠七辞,则从事于巧艳,此循体而成势,随变而立功者也。

——刘勰《文心雕龙·定势》,选自范文澜《文心雕龙注》下,

北京:人民文学出版社,1958 年,第 530 页

故论说辞序,则易统其首;诏策章奏,则书发其源;赋颂歌赞,则诗立其本;铭诔箴祝,则礼总其端;纪传铭檄,则春秋为根。……

故文能宗经,体有六义:一则情深而不诡,二则风清而不杂,三则事信而不诞,四则义直而不回,五则体约而不芜,六则文丽而不淫。

——刘勰《文心雕龙·宗经》,选自范文澜《文心雕龙注》上,

北京:人民文学出版社,2001 年,第 22-23 页

夫文章者,原出五经:诏命策檄,生于《书》者也;序述论议,生于《易》者也;歌咏赋颂,生于《诗》者也;祭祀哀诔,生于《礼》者也;书奏箴铭,生于《春秋》者也。朝廷宪章,军旅誓诰,敷显仁义,发明功德,牧民建国,施用多途。

——颜之推《颜氏家训·文章篇》,选自郭绍虞主编《中国历代文论选》

第一册,上海:上海古籍出版社,2001 年,第 350 页

文有二道:辞令褒贬,本乎著述者也;导扬讽谕,本乎比兴者也。著述者流,盖出于《书》之谟、训,《易》之象、系,《春秋》之笔削,其要在于高壮广厚,词正而理备,谓宜藏于简册也。比

兴者流,盖出于虞、夏之咏歌,殷、周之风雅,其要在于丽则清越,言畅而意美,谓宜流于谣诵也。

——柳宗元《杨评事文集后序》,选自郭绍虞主编《中国历代文论选》

第二册,上海:上海古籍出版社,2001 年,第 148 页

研究文字,可以从三方面观察:一,字的形式;二,字的音韵;三,字的意义。他们各别的变化,对于我们的文学,有什么影响与利害? 是我们应特别注重的,现在先论字形。

我国文字,是偏重象形的;西方文字,是偏重注音的。这是公认的事实。可是《周礼》上说:"八岁入小学,保氏教国子,先以六书。一曰指事,二曰象形,三曰谐声,四曰会意,五曰转注,六曰假借。"那么中国文字并非全是象形,也有他种质素在内,不过偏重于象形,是无可疑的。……

文学是一种艺术,艺术以真美善为归,而达到目的的方法,不外激动人的视觉听觉和感觉。黑格尔所以分艺术为目艺耳艺心艺,他拿文学属诸心艺。但是文学如何可以激动心灵? 仍不外以文字引起人的注意,或者为视觉上的注意,或者为听觉上的注意。……中国的文字,是先从视觉上感人;西方的文字,先从听觉上感人。……

一字一音的缺点,既然如上文所述。但是同时对于文学上,也发生一个优点。这便是中国文字宜于作对句,因而产生世间所没有的骈俪文字,骈俪文字,是平民文学的障碍物,我们不能曲为之讳;然而同时也是一件美术品,我们总可以确切地承认呢……

——刘麟生《中国文学概论》,选自《中国文学八论》,

北京:中国书店,1985 年,第 1-4 页

至于和言语有关的问题,有一种研究以言语的表达形式为对象,例如什么是命令,什么是祈求,什么是陈述、恐吓、提问和回答,等等。这门学问与演说技巧有关,它的研析者是精通这门艺术的行家。以诗人是否了解这些形式为出发点,并在此基础上对诗艺进行的批评,是不值得认真对待的。普罗塔哥拉斯批评荷马的"女神、歌唱愤怒"一语用得不妥,因为荷马自以为在祈求,其实却发了命令,但谁会觉得这里面有什么错误呢? (据普罗塔哥拉斯所说,叫人做或不做某事是一个命令。)所以,我们不打算多谈这个问题,因为它属于别的艺术,而不是诗艺的研究范畴。

……

言语的美在于明晰而不至流于平庸。用普通词组成的言语最明晰,但却显得平淡无奇。克勒俄丰和塞奈洛斯的诗作可以证明这一点。使用奇异词可使言语显得华丽并摆脱生活用语的一般化。所谓"奇异词",指外来词、隐喻词、延伸词以及任何不同于普通用语的词。但是,假如有人完全用这些词汇写作,他写出的不是谜语,便是粗劣难懂的歪诗。把词按离奇的搭配连接起来,使其得以表示它的实际所指,这就是谜语的含义。(其它)词类的连接不能达

到这个目的,但用隐喻词却可能做到这一点,例如"我看见一个人用火把铜粘在另一个人身上"以及诸如此类的谜语。滥用外来词会产生粗劣难懂的作品。因此,有必要以某种方式兼用上述两类词汇,因为使用外来词、隐喻词、装饰词以及上文提到的其它词类可使诗风摆脱一般化和平庸,而使用普通词能使作品显得清晰明了。

言语既要清晰,又不能流于一般,在这方面,延伸词、缩略词和变体词起着不可低估的作用。这些词既因和普通词有所不同——它们不具词的正常形态——而能使作品摆脱一般化,又因保留了词的某些正常形态而能为作品提供清晰度。由此可见,评论家们对用上述方法构成的话语的批评,以及因为诗人使用了这种方法而对他进行嘲讽,是没有道理的。例如,老欧克雷得斯的观点是,要是诗人可以任意拉长词汇,写诗就容易了。……

要合理地使用上述各类词汇,包括双合词和外来词,这一点是重要的。但是,最重要的是要善于使用隐喻词。唯独在这点上,诗家不能领教于人。不仅如此,善于使用隐喻还是有天赋的一个标志,因为若想编出好的隐喻,就必先看出事物间可资借喻的相似之处。

各类词中,双合词最适用于狄苏朗勃斯,外来词最适用于英雄诗,隐喻词最适用于短长格诗。在英雄诗里,上述各类词汇均有用武之地。在短长格诗里,由于此类诗行在用词方面尽可能地摹仿日常会话中的用语,所以,适用于散文的词也同样适用于它。这些词类是:普通词、隐喻词和装饰词。

——亚里士多德《诗学》,陈中梅译注,北京:商务印书馆,
1996 年,第 140 页,第 156-158 页

诗人的想象和一切其它艺术家的创作方式的区别既然在于诗人必须把他的意象(腹稿)体现于文字而且用语言传达出去。所以他的任务就在于一开始就要使他心中观念恰好能用语言所提供的手段传达出去。一般说来,只有在观念已实际体现于语文的时候,诗才真正成其为诗。

……

a)泛论诗的语言

艺术在一切方面都要把我们带到一个不同于日常生活,宗教观念和行动乃至科学思考的崭新领域,所以诗不仅一方面要防止表现方式降落到平凡猥琐的散文领域,另一方面要避免宗教信仰和科学思考的语调。诗尤其要避免可以破坏形象鲜明性的凭知解力的生硬的割裂和联系以及下判断作结论之类哲学形式,因为这类形式会立即把我们从想象的领域里搬到另一个领域里去。不过在所有这些考虑中,诗到哪里止和散文从哪里起的界线毕竟很难划定,一般不可能很精确地下普遍性定义。

b)诗的语言所用的手段

诗在完成它的任务之中所用的特殊手段有如下几种。

1.首先是诗所特有的一些单词和称谓语。它们是用来提高风格或是达到喜剧性的降低

64

或夸张的,这也适用于不同的词的组合和语形变化之类。在这方面,诗有时可以用古字,即在日常生活中不常用的字;有时也可以铸新词,从而显出大胆的创造性,只要不违反民族语言的特性。

2.其次是词的安排,属于这一类的有所谓词藻,也就是语言的装饰。词藻的运用很容易产生修词和宣讲(用这两词的坏意义)的味道,破坏语言的具体生动性,特别是在用刻板通套的表现方式来代替情感的自然流露的时候。这种通套的表现方式是和亲切,简练,零星片段的表现方式相反的。深刻的心情本来用不着说很多的话,特别是在浪漫型的诗里,凝炼的心情宜于用亲切简炼的方式,才会产生巨大的效果。总之,词的安排是诗的一种最丰富的外在手段。

3.第三还要提一下复合长句的结构。它把其它语言因素都包括在内,它用或简或繁的衔接,动荡的回旋曲折,或是静静地流动,忽而一泻直下,波澜壮阔,所以最适宜于描述各种情境,表现各种情感和情欲。在这一切方面,内在的(心灵方面的)东西都须通过外在的语言表现反映出来,而且决定着这种语言表现的性质。

c)运用语言手段的差异

上述语言手段的运用方式也可以区分为在上文谈到诗的观念方式时所已指出的那些不同发展阶段。

……

——黑格尔《美学》第三卷,朱光潜译,北京:商务印书馆,1981 年,第 63-65 页

诗学的任务(换言之即语文学或文学理论的任务)是研究文学作品的结构方式。有艺术价值的文学是诗学的研究对象。研究的方法就是对现象进行描述、分类和解释。

文学或语文学,正象语文学这一名称所表示的那样,是人民文学活动或语言活动的组成部分。因而,在一系列科学学科中,文学理论更为接近于研究语言的学科,即语言学。有一系列边缘科学问题,既可算作语言学问题,又可算作文学理论问题。但还存在着一类只属于诗学的专门问题。在交际中,我们使用语言和言语通常是用于人类交际的目的。使用语言的实际范围,就是日常"会话"。在会话中语言是交际手段,而我们的注意力和兴趣却在于交流的内容——即"思想"上,通常我们之所以注重言语的表达,是由于力求准确地将我们的思想和感觉传达给对方,为此就需要寻找最符合我们思想和感情的词语。而词语在言谈过程中出现,一旦达到满足听者需求的目的之后,它们就被遗忘,销声匿迹。在这方面,实用言语是不可重复的,因为实用言语存在于它所产生的条件之中;实用言语的特征和形式是为会话时刻的特定状况所规定的,为谈话者的相互关系、双方相互理解的程度、交谈过程中产生的兴趣等因素所决定的。既然引起谈话的条件基本上不可能重复,因而谈话本身亦不可重复。但在语文学创作中存在着这样的文字结构:其意义并不取决于说出它们时的状况;模式一经产生,就不会消失,仍可重复使用,并能在不断的反复中再现,从而得以保存下来而不失去其原义。我

们把这种固定化了的,即保留下来的语文结构称之为文学作品。所有成功地找到最简单形式的、能被牢记和不断重复的表达就是文学作品。如格言、谚语、俗语等等都是这类表达。但通常说来,文学作品是指较大规模的结构。

作品的表达系统,或称作品的本文,能用不同方法固定下来。可以用手写的方式或者印刷的方式来固定言语,这时我们得到的是书面文学;也可以熟记本文,并通过口述流传下去,这时我们就获得了口头文学。口头文学能得到发展,主要是由于没有书面文字的环境。所谓民间口头文学——即民间口传文学,主要产生和保留于不识字的阶层中。

这样,文学作品就具有两种属性:1)不依赖于日常生活的偶然说话条件,2)本文的固定不变性。文学是具有自我价值并被记录下来的言语。

这些根本特征表明,在实用语与文学之间没有明确的界限。我们经常记下自己那些带有偶然性和时间性的言语,按规则传递给对话者。我们写信给不能直接用即兴语言参与交谈的人。信可以是文学作品,也可以不是。另一方面,文学作品可能没被记录下来,很可能在它被复现出来的时刻(即兴创作)就消失了。即兴话剧、诗歌(即兴之作)、即席演说等等均是如此。这些即兴之作在人类生活中发挥了纯文学作品才能起到的作用,它们在完成文学作品的功能,承着文学作品的职责时,尽管它们有着偶然性和暂时性的特点,但仍然是文学的组成部分。另一方面,文学独立于它赖以产生的条件这一点应理解为有限度的:不能忘记,所有文学只有在相当广泛的历史阶段中方是不变的,而且只有对于特定的文化和社会水平的人们来说,它才是可理解的。

我不再多举边缘语言现象的例子。我只想用这些例子说明,在象类似诗学这样的科学中,没有必要从法律上严格地限定其研究范围,也没有必要制定数学或自然科学的定义。如果有一系列现象确切无疑地属于所研究的范畴,那就足够了——只要这些现象或多或少地具有明显的特征,这样说吧,只要它们处于研究范畴的边界,就不能剥夺我们研究这类现象的权利,也不能指责我们所下的定义。

——鲍里斯·托马舍夫斯基《诗学的定义》,张惠军、丁涛译,
选自《俄国形式主义文论选》,北京:生活·读书·新知三联书店,1989 年,第 76-79 页

Structural 这个词与它的相关词在现代思潮里非常重要。从它最近的许多词义演变里可看出它的复杂难解。其最接近的词源为法文 *structure*、拉丁文 *structura*;可追溯的最早词源为拉丁文 *structure*——意指建筑、建造(build)。它从 15 世纪开始在英文里被使用,其最早的用法主要是表示"过程":建造的行动。在 17 世纪,这个词的词义演变很明显地朝向两方面:(i)整个建筑物,例如"木制的结构"(a wooden structure);(ii)"结构的式样"(manner of construction),不仅在建筑物本身,而且广泛地延伸到抽象的事物上。大部分的现代词义演变是由(ii)意涵而来,但其与由(i)意涵扩大延伸的抽象事物之间一直存在着暧昧不明的关系。

当(ii)意涵的其中一个面向指的是"一个整体所构成的部分或组成的要素,彼此间的相

互关系;这些关系可以用来定义一个整体特殊的性质",这种特别意涵变得重要。很显然,这是由"结构的式样"延伸而来;但其中的特点是它具有明显的"内部结构"(*internal* structure),即使 structure 仍然是用来描述"整体结构"的重要词汇。最早的专门用法是在解剖学方面——"手的结构"(structure of the Hand,17 世纪初期)。……

我们需要知道这一段演变史,假如我们要了解 structural 这个词以及后来产生的structuralist(结构主义者)——作为人文科学的定义词——的重要且复杂的演变,尤其是在语言学与人类学方面。语言学上对于结构的强调(虽然语言学没有被赋予结构这种名称)代表了一种转变——从历史研究与比较研究转移到分析性研究。这种转变是必然的,尤其当我们知道有一些语言不能用早期传统派别里的方法来了解。如对美洲印第安语,我们有必要舍弃一些假说与同化论点——源自对于印欧语言的历史研究与比较研究;也有必要"从内部"——也就是后来所谓的"从结构方面"(structurally)——来研究任何一种语言。同时,较严格、客观的方法被用在语言研究(将语言视为一个整体)上。……结构语言学(Structural linguistics)是一种对语言普遍现象的分析——从其基本过程、基本构造来分析。人类学里的功能主义(*functionalist*)与结构主义(structuralist)现在经常是相互对立的,这是源自于生物学上"功能"与"结构"的传统区别;斯宾塞在社会学里强调了这种区别。然而,早期"结构主义语言学"(structuralist linguistics)与"功能主义人类学"(functionalist anthropology)在研究上都共同强调:就一种特别的结构、一种语言或一种文化本身的范围来研究,跳脱普遍的传统假说——源自于其它的语言、文化或者是源自于将语言、文化视为整体的概括性观念。上述两者所共同强调的论点现在已经消失,但它提醒我们这种区别的复杂性。……

……结构主义派别间的争议值得注意:假如要对这些争论有完整的了解,我们有必要去分析"结构"的用法。……许多结构主义的分析(structuralist analysis)具有形式主义的精神:一方面将形式与内容分离开来,并且赋予前者优先地位;另一方面具有广泛而可以为人接受的意涵——对特别形构做详细的分析。这种分析也可以不需要将内容抽离出来,但却可以与整体的过程——"内容的形式"(*forms of content*),以及"形式的内容"(*content of forms*)——有密切的关系。这也可以与广义的"结构"有关:包含了建构的活动与被建构的事物,以及过程中的建构模式。然而,这种广义的意涵不同于"抽象的、基本的内部关系"之意涵。……

——雷蒙·威廉斯《关键词:文化与社会的词汇》,刘建基译,

北京:生活·读书·新知三联书店,2005 年,第 463-470 页

现在,一般的意见是,"结构"一词能引起某些一致的联想,例如,认为结构就是一种关系的组合,其中部分(成分)之间的相互依赖是以他们对全体(对整体)的关系为特征的。这种说法本身表明的意思太少了。作为一个整体的结构主义所据以为基础的,远不只是运用这一类联想而已。

列维-斯特劳斯反复强调说,结构主义发现现象"秩序"的企图,并非在于要把一个预想的

"秩序"强加给现实。反之,它要求对这个现实进行复制、重造并为它建立一个模式。一个神话,一种哲学思想,一种科学理论不仅有一定的内容,而且也为一定的逻辑组织所决定。这一组织表明了这些现象的逻辑前提和共同成分,否则这些现象将永不能具有一个统一的共同尺度。于是,像"系统"和"结构"这类概念就成为可运用的了。但是克鲁伯和列维-斯特劳斯所指出的困难又出现了:"结构"概念,要么毫无疑义,要么它的意义已经有了一个结构。"结构"概念在下述意义上类似于"秩序"概念:如果某人想在一本词典里查找结构的定义,在翻词典时他就明白了,书本身也有一个结构,它代表着一种秩序,于是就会提出这样的问题,即要找的这个定义能是普遍正确的吗?

看来,各种结构并不独立于其定义的直接关联域而存在;从社会学的、文化历史学的、人类学的或经济学的一些结构定义中,不能归纳出一个普遍的定义。而否认一种归纳的方法,就开辟了更广泛的可能性,如一种功能的或假设—演绎的方法。前者或者是区分性的,或者是同构性的。区分性的意思是,结构中的每个成分(而一个结构也可以作为一个更广泛的整体中的一个成分来起作用)都是由其与其他所有成分对立的特征来定义的;而同构性的意思是,两个结构可以在内容上完全不同,而在形态构造上则相同。这样一种功能方法既强调必须在"结构"的关联域中认识"结构",又指出了同义(意义相关)和同音异义(谐音而意义不同)的现象。

……

在那类更倾向于数学而不是音位学的结构主义解释中,重点就移向假设—演绎法了。于是结构概念通常就与一种逻辑结构联系起来。对象的结构是受整个结构的逻辑支配的,但是甚至在这里,困难仍在于不能避免"结构"的多重解释。这种方法可以适用于种种极不相同的领域,如斯皮尔曼的因子分析,列维-斯特劳斯的按照亲属系统进行的结构分析,社群关系研究,或 T.帕森斯的社会学。

——J. M.布洛克曼《结构主义:莫斯科—布拉格—巴黎》,李幼蒸译,

北京:中国人民大学出版社,2005 年,第 6-7 页

"形态学"(morphology)一词意指对形式(forms)的研究。在植物学中,"形态学"这个术语的意义是研究某种植物的构成成分、它们之间的相互关系以及各部分同整体的关系。换句话说,也就是对植物的结构的研究。

然而,民间故事形态学又是什么意思呢?几乎没有人对这样一个概念的可行性加以思考。

不过,对民间故事的形式做出某种同有机物构成的形态学一样精确的考察,还是可能的。如果说,这种考察对于民间故事全体而言尚不可能的话,那么可以说,对所谓"童话"(fairy tales)——即最严格意义上的民间故事——进行形态学研究还是可行的。本书便是以这一类

民间故事为对象的。

……

用什么样的方法能够做到对民间故事的准备描述呢？让我们比较一下以下四个事件：

甲、国王给了英雄一只鹰，这只鹰把英雄带到了另一个国度。

乙、老人给了舒申科一匹马，这匹马把舒申科带到了另一个国家。

丙、巫师给了伊凡一只小船，小船载着伊凡到了另一个国度。

丁、公主给了伊凡一个指环，从指环中出现的青年把伊凡带到了另一个国家，等等。

在以上例子中，不变的成分和可变的成分都已显现出来。变化的是登场人物的名字（以及每个人的特征），但行动和功能却都没有变。由此可以得出如下推论：一个民间故事常常把同样的行动分派给不同的人物。这样，按照故事中的人物的功能来研究民间故事就是可行的了。

我们还须确定，这些功能在何种程度上真正是反复发生的，也就是确定这类民间故事的恒定价值。所有其他问题的阐述必然取决于下面这个首要问题的解决，在民间故事中究竟存在多少种功能？

研究表明，功能的反复出现是惊人的。我们看到，巴巴、加卡、莫洛科、熊、林妖和鬼首领考验继女并给她报偿。更进一步，我们可以在一个民间故事的几种不同版本中确认那些总是做出同样行动的人物，尽管他们会有很大的差异。功能实现的实际意义是可变的，因此是一种变量。……

必须把民间故事人物的功能看作是故事的基本构成成分，因此，我们必须先把它们抽象出来。为了做出这种抽象，我们又必须确定它们。确定工作须从两方面着手。首先，功能的确定决不能出自人物——功能的"负载者"。确定一个功能常常采用这样的形式，选取某个表达一种行动的名词（如禁止，问题［询问］，逃走，等等）。其次，对某一行动的确定不能脱离该行动在叙述过程中的位置。必须考虑到一个特定的功能在行动过程中所具有的意义。例如，伊凡同国王女儿的结婚与一位父亲同有两个女儿的寡妇结婚是全然不同的。再比如，在一种情况下，主人公从父亲那里得到了一百卢布的款项，随后用这笔钱买了一匹有魔力的马；在另一种情况下，主人公由于做出了某种英勇行动而受到报偿，得到了一笔钱（故事到此终了）；这里，我们必须承认存在着两种不同形态的要素，尽管在两种情形中显然具有同样的行动（钱的转手）。同样的行动可以含有完全不同的意义，反之亦然。功能必须看成是人物的某种行动，确定这种行动应当考虑它对于作为一个整体的故事的行动过程所具有的意义。

下一步的考察可以概略地陈述如下：

1.功能是民间故事中恒定不变的要素，不论这些功能由谁来完成和怎样完成。功能构成一个故事的基本成分。

2.童话中已知的功能的数量是有限的。……

3.功能的顺序总是同样的。……

4.从结构上看,所有的童话都属于同一种类型。……

——V.普洛普《〈民间故事形态学〉的定义与方法》,选自《结构主义神话学》,
叶舒宪译,西安:陕西师范大学出版社,1988年,第3-9页

这些艺术的第三点差别是摹仿上述各种对象时所采取的方式不同。人们可用同一种媒介的不同表现形式摹仿同一个对象:既可凭叙述——或进入角色,此乃荷马的做法,或以本人的口吻讲述,不改变身份——也可通过扮演,表现行动和活动中的每一个人物。

正如开篇时说过的,摹仿的区别体现在三个方面,即它的媒介、对象和方式。所以,从某个角度来看,索福克勒斯是与荷马同类的摹仿艺术家,因为他们都摹仿高贵者;而从另一个角度来看,他又和阿里斯托芬相似,因为二者都摹仿行动中的和正在做着某件事情的人们。

有人说,此类作品之所以被叫做"戏剧"是因为它们摹仿行动中的人物。

——亚里士多德《诗学》,陈中梅译,北京:商务印书馆,1996年,第42页

作为艺术的整体,诗不再由于材料(媒介)的片面性而只限于某一种创作方式,它一般可以把各种艺术的各种创作方式用作它自己的方式。因此,诗的品种和分类标准就只能根据一般艺术表现的普遍原则。

1.第一,从这种普遍原则来看,诗一方面把外在现实事物的形式当作把在精神世界已发展成的整体展现给内在观念去领会的手段,在这方面诗采用了造形艺术的原则;另一方面诗把观念中这种雕塑成的形像展现为是由人和神的行动所决定的,所以凡是发生的事物一部分来自神或人的外在伦理上独立的力量,一部分则来自外在阻力所引起的反响或反作用;它的外在显现方式就是一件事迹,其中事态是自生自发的,诗人退到台后去了。史诗的任务就是把这种事迹叙述得完整。它按照诗的方式,采取一种广泛的自生自展的形式,去描述一个本身完整的动作以及发出动作的人物。人物之所以发出动作,时而是根据某种实体性动机,时而是由于碰到外在的偶然事变。这样,史诗就是按照本来的客观形状去描述客观事物。……

2.其次,与史诗相对立的是抒情诗,抒情诗的内容是主体(诗人)的内心世界,是观照和感受的心灵,这种心灵并不表现于行动,无宁说,它作为内心生活而守在自己的家里。所以抒情诗采取主体自我表现作为它的唯一形式和终极的目的。它所处理的不是展现为外在事迹的那种具有实体性的整体,而是某一个返躬内省的主体的一些零星的观感、情绪和见解。抒情诗人把最有实体性的最本质的东西也看作是他自己的东西,作为他自己的情欲,心情和感想,作为这些心理活动的产品而表达出来。要表达这种内心活动,就不能用背诵史诗时所宜用的那种机械的单调的语言,歌诗人就必须把抒情作品中的观念和思想方式看作他自己人格的体现,看作亲身的感受而表达出来。应当使抒情诗的歌诵显出生气的正是这种亲切感,表现这种亲切感特别要靠音乐方面的歌唱声调的抑扬顿挫,以及有时是可以允许的有时还是必要的

乐器伴奏。

3.最后，第三种表现方式把以上两种表现方式结合成为一个新的整体，在其中我们既看到一种客观的展现，也看到这种展现的根源在于个别人物（角色）的内心生活，所以客观的事物被表现为属于主体的，反过来说，主体的性格一方面在向客观表现转化，另一方面诗的结局使人看到主体的遭遇是主体的行为所必然引起的后果。在这里像在史诗里一样，展现在我们眼前的是一个动作（情节）从斗争到结局的过程，一些精神因素在起作用，互相冲突，一些偶然因素又闯进来引起纠纷，而人的活动又联系到决定一切的命运或是主宰世界的神的意志作用；但是它和史诗毕竟不同，动作（情节）却不是按照实际发生时的外在形式，作为一件本已过去而仅凭叙述才复活过来的事迹而展现在我们眼前，而是我们亲身临场看到动作来自某种特殊的意志，来自某些人物性格中的道德的或不道德的品质，因此个别人物性格成为中心，这就是按照抒情诗的原则了。但是与抒情诗仍有分别，这些个别人物并不是按照他们的单纯内心生活而表现自己，而是在实现凭情欲抉择的目的中把自己显现出来，并且按照史诗突出坚固实体性的原则，来衡量上述情欲和目的的价值，看它们是否符合客观情况和具体现实中的理性规律。用这样衡量出来的价值和作出决定时所处的情境为标准，去指导行动，来决定他们自己的命运。这种出自主体的客观事物，也就是表现于实现过程和客观价值的主体性格。总之，就是处在整体状态的精神（内在精神与客观事物的统一）；它作为动作，向戏剧体诗既提供形式，也提供内容。

这种具体的整体本身也是主体的，因为它是主体性格的客观表现，所以戏剧体诗的描述方式，除掉要使地点之类因素具有绘画式的鲜明性之外，还要由歌诵者或表演者用整个人身去体现真正的诗，这就是说，戏剧表现所用的材料（媒介）就是活的人。因此，戏剧中的人物一方面要把他内心中的东西作为他所特有的东西（性格特征）而表现出来，像在抒情诗里那样；另一方面又须在实际生活中发出动作，作为一个完整的主体而与其他人物对立，也就要有些外表活动，要做些姿势。姿势像语言一样，也是一种内心生活的表现，也要求艺术的处理。在抒情诗里已可以看出近似戏剧的办法，它分配不同的人物在不同的场面表现不同的情感。在戏剧体诗里主体的情感须外现于动作，所以可以眼见的姿势动作就成为必要的。姿势把文字的一般意义表达得更生动具体，通过站相，面相，手势等等显出各人各样的表情，使文字所表达的一般意义达到个性化和完满化。

——黑格尔《美学》第三卷，朱光潜译，北京：商务印书馆，1981 年，第 98-102 页

叙事诗歌和抒情诗歌是现实世界的两个完全背道而驰的抽象极端；戏剧诗歌则是这两个极端在生动而又独立的第三者中的汇合（结晶）。

叙事诗歌，无论对其自身来说，对诗人及其读者来说，主要都是一种客观的、外部的诗歌。叙事诗歌表现着对于世界和生活的直观，这世界和生活是独自存在的，无论对于自己，对于观察它们的诗人或者对于读者说来，都是完全冷淡无情的。

反之,抒情诗歌主要是主观的、内在的诗歌,是诗人本人的表现。让·保尔·李赫特说过:"在抒情诗歌中,画家变成了图画,创作者变成了他自己的作品。"……

叙事诗歌用形象和图画来表现存在于大自然中的形象和图画;抒情诗歌用形象和图画来表现构成人类天性的内在本质的虚无缥缈的、无定形的感情。……

叙事诗的内容是事件;抒情作品的内容则是震撼诗人灵魂犹如微风吹动风神琴一般的瞬息即逝的感受。因此,不管抒情作品所包含的概念如何,它总不应该过分冗长,却大部分必须是非常短小的。……总之,在规模方面说来,叙事诗比其他诗歌体裁给予诗人的自由要大得多。……抒情作品虽然内容十分丰富,但却仿佛没有任何内容似的——正象音乐作品用甜美的感觉震撼我们的整个身心,但它的内容是讲不出的,因为这内容是根本无法翻译成人类语言的。……

虽然戏剧是叙事的客观性和抒情的主观性这两种相反的因素的调和,可是它既不是叙事诗,也不是抒情诗,而是从这二者引发出来的完全崭新的、独立的第三者。……在叙事诗中,占优势的是事件,在戏剧中,占优势的是人。叙事诗的主人公是变故;戏剧的主人公是人的个性。叙事诗中的生活是某种独自存在的东西,就是说,象它实际那样的、不以人为转移的、自己不知道其所以然的、对人和对自己都保持冷静的东西。……在戏剧中,生活就已经不仅是独自存在,并且是作为理性自觉,作为自由意志,为自己而存在的。人是戏剧的主人公,在戏剧中,不是事件支配人,而是人支配事件,按照自由意志赋予事件这种或那种结局,这种或那种收场。……

虽然所有这三类诗歌,都是作为独立的因素,彼此分离地存在着,可是,当出现在个别的诗歌作品里的时候,它们相互之间不是经常划着明显的界限的。相反,它们常常混杂在一起而出现,因此,有的按照形式看来是叙事的作品,却具有戏剧的性质,反之亦然。当戏剧因素渗入到叙事作品里的时候,叙事的作品不但丝毫也不丧失其优点,并且还因此而大有裨益。

——别林斯基《诗歌的分类和分科》,选自《别林斯基选集》第三卷,

满涛译,上海:上海译文出版社,1980 年,第 5-23 页

三分法为文学的体裁理论规定了分类任务,使该理论已经具备了一种重要的属性:它引导人们把特定时代公认的文学文章按照它们的主要特征进行分类。除此之外,在更古老的诗学里,体裁理论还具有规范任务,人们不仅把某种体裁看作一种描述类型,还把它视为一种指南,对特定的言语形式提出要求或希望。换言之,文学分类为不同的言语类型划定了具体界限,并认定这些界限是不可逾越的;文学分类亦由此不同程度地直接与一定时代的主导美学联系起来(古典主义时代是最明显的例证)。结果很快便显示出来。对支撑体裁理论的规范的怀疑有时甚至导致了对体裁本身的怀疑,怀疑这些人为的范畴忽略了文学作品最本质的东西,即文学作品的独特性。这种怀疑态度在克罗齐(Croce)的美学思想中走向极端。克罗齐认为,艺术作品,包括文学作品,不应该按体裁划分,因为艺术作品的基础是表达,艺术表达的

本质是个性的和独特的。

> ——米哈伊尔·格洛文斯基《文学体裁》,选自昂热诺等编《问题与观点——20世纪文学理论综论》,史忠义、田庆生译,开封:河南大学出版社,2010年,第73-74页

诗学(Poetik)这个名称虽然早已不再意味着一种应使不熟练者学会写符合规则的诗歌(Gedicht)、长篇叙事诗(Epos)和戏剧(Drama)的实用教程,但是以诗学的名义出版的近代著作毕竟在这一点上是跟古代著作相同的,即它们都认为,抒情式、叙事式和戏剧式的本质是在诗歌、长篇叙事诗和戏剧的特定范本里完善地变为现实的。这种考察方式是古希腊罗马文化的遗产。在古希腊罗马时代,韵文(Poesie)的每一个类(Gattung)起初只收入有限数量的范本。……但是,自从古希腊罗马时代以来,范本大大增加。诗学如果继续想对所有的个别实例都作出适当的评价,那就会遇到几乎无法解决的困难,即使有了解决办法,也不会让人指望得到多少有用的结果。仍然拿抒情诗来说吧。诗学必须对叙事谣(Balladen)、歌(Lieder)、赞歌(Hymnen)、颂歌(Oden)、十四行诗(Sonette)和铭文诗(Epigramme)进行相互比较,必须跟踪这些品种(Arten)里的每一个品种上溯一千至两千年,随后才能找出某种共同之处来作为抒情诗的类的概念。但是,这种普遍适用的共同之处始终不过是些无足轻重的东西。再则,一旦出现了一位新的抒情诗人,提供了一种前所未见的范本,这种共同之处就会立即消失。因此,经常有人否定诗学的可行性。……

如果说,规定抒情式诗歌的、长篇叙事诗的和戏剧的本质几乎是不可能的,那么,规定抒情式、叙事式和戏剧式倒是可能的。我们使用"抒情式戏剧"(Iyrisches Drama)这个用语作为例子。在这里,"戏剧"意味着一部规定用于舞台的诗作,"抒情式"意味着这部诗作的调。对于这部诗作的本质来说,调被认为是比"戏剧形式的外表"更具有决定意义的。……

> ——埃米尔·施塔格尔《诗学的基本概念》,胡其鼎译,
> 北京:中国社会科学出版社,1992年,第1-3页

【本章复习思考题】

1.如何理解文学作品是作家审美体验的对象化、物态化和符号化的形式?
2.文学研究中的"内部研究"与"外部研究"有哪些区别?
3.文学作品的存在方式涉及哪些重要因素?
4.如何理解文学作品"内容"与"形式"的内涵?
5.如何理解孔子所说的"文"与"质"的关系?
6.如何理解中国古代文论中所说的"言""象""意"的内涵与关系?

7.文学作品内容的构成要素有哪些?

8.为什么说"意境"和"典型"是中、西方文论最具代表性的理论范畴?

9.文学作品形式的构成要素有哪些?

10.中国和西方传统的文学体裁分类有哪些异同?

（本章执笔:毛娟）

第三章 文学创作论

【概　述】

传统文学理论认为,文学创作是文学活动中最重要的环节,决定着文学作品的基本面貌,文学作品的内容和形式,尽管受到社会生活和文学传统的深刻影响,但最终都是文学创作的直接结果;同时,文学创作也是文学活动中最能体现主体性的环节,从构思到写作,都是创作主体的精神劳动。在西方文学理论中,再现论传统源远流长,主张文学艺术应该逼真地再现现实世界,但是,从古希腊的模仿论到文艺复兴时期达·芬奇的"镜子说",再到 19 世纪的现实主义和自然主义,以至马克思主义的意识形态反映论,这个传统并未忽视艺术家在艺术再现过程中的主体作用。同样渊源于古希腊的表现论传统,更是把文学创作看作是对作家主体精神世界的表达。中国古典文论对文学创作主体性的强调更为突出,"言志说""缘情说""物感说""养气说""载道说""童心说""性灵说"等等,尽管具体针对性各有不同,但都一致肯定了作家主体性在文学创作中的主导作用。以作者为中心的理论体系之所以在中、西文学传统中都长期占据主流地位,一个很重要的原因就在于对文学创作的主体性的高度重视。

20 世纪以来,上述关于文学创作的两个基本认识都遭到了质疑和挑战。一方面,文学的阅读和接受环节受到空前的重视,读者通过文学阅读过程不仅参与了文学意义的生产,而且读者的审美需求和阅读习惯也可能直接影响到作家的创作。文学的创作与阅读是相辅相成的,文学创作的成品是文学阅读的对象,同时,任何文学创作都有一定的文学阅读作为基础和前提,任何文学创作也都有对假想读者的预设。因此,文学创作不再是由作家及其创作过程单方面决定的,读者和文学接受同样参与了创作过程。现象学美学、阐释学、接受美学、读者反应批评等理论都有这方面的相关论述。另一方面,在后结构主义的冲击下,主体性哲学摇摇欲坠,主体不再是一个固有的、稳定的存在,而是被各种社会因素建构起来的,并始终处于不断被重构的状态。按照这个逻辑,对于文学创作的主体性,也有必要进行重新认识。既然作者的主体是被建构的,主体本身就具有被动性,那么,文学创作的真正主宰者就不是实际的作者,而是建构作者主体性的种种社会文化力量。罗兰·巴尔特的"作者之死",其实就是说,作者不是作品意义的最终来源和真正控制者,传统文学理论赋予作者的权威是不恰当的,后结构主义的质疑已经使之坍塌。当代的身份批评虽然也重视对作家主体的研究,但对于文学创作主体性的认识,已经与传统的作者中心论有很大不同。

从古至今,人们对于文学创作的认识有变化,有分歧,发展出各种理论观点。但所有这些理论,都离不开对以下几个基本问题的探讨:一是文学创作的性质,二是影响文学创作的因素,三是文学创作的具体过程和基本规律。

第一节　文学创作的双重属性

文学创作作为一种特殊的精神文化生产,具有双重属性:一方面,它具有一般文化生产的性质,是在特定的社会物质条件和社会文化环境中进行的;另一方面,它又是一种独特的艺术创造活动,是经由作家个体的艺术实践而得以实现的。

一、作为文化生产的文学创作

文化生产是人类社会实践的重要领域,一般文化生产的性质,使文学创作具有鲜明的社会性。从历时性的角度看,首先,文化生产是人类社会发展到一定阶段的产物:只有在满足了基本的物质生存的条件下,人类才有余裕从事文化生产活动,这是文学创作得以存在的社会前提;只有在社会分工出现以后,才会产生专门的文化生产部门和文化生产者,这是文学创作得以专门化的社会前提。其次,不同社会发展阶段所能提供的不同物质技术条件,也对文学创作产生着重要影响。例如,在各民族的文学发展中,韵文先于散文是一普遍现象。这正是因为,在造纸术发明和广泛使用之前,用于记录文字的材料要么昂贵,要么不便,口耳相传是当时重要的传播方式,因而朗朗上口、便于记忆的韵文成为文学创作的首选。随着造纸术和印刷术的日益成熟,篇幅较长的散体文创作才渐渐发达起来。长篇小说在文学史上相对其他文学体裁要出现得晚,社会物质技术条件的限制是一个重要原因。同样,小说创作在现代时期的繁荣,也在很大程度上得益于机器印刷、商业出版和教育普及等社会物质文化条件的提升。再次,不同社会发展阶段对文化生产的组织方式,也影响着文学创作的性质和方式。上个世纪以来,随着商品生产的逻辑从物质生产领域不断向各种文化生产领域扩张,人们提出了"文化产业"的概念,出版机构在对文学作品的艺术水准、思想道德水准进行把关之外,还增加了商业运作的功能,文学作品也同时具有了文化商品的属性,这既从宏观上对作者的自我定位和文学观念发挥影响,也在题材的取舍、风格的形成、文体的选择等方面对文学创作产生具体影响。

从共时性的角度看,首先,任何语种、民族和地区的文学创作,都与其所处社会区域的物质文化生活具有不可分割的联系。因而文学创作像任何文化生产一样,不可避免地具有民族性、地方性,这也使得世界范围内的文学创作在艺术形式、题材内容等方面呈现出千姿百态的面貌。例如,中国古典诗歌的整齐对仗,西方十四行诗交替回环的用韵,即是分别建立在汉语和拼音文字的不同语言特征的基础之上。其次,不同文化生产部门之间的相互影响,也把诸多社会性因素带入文学创作。文学创作中的宗教影响,不仅体现于文学创作对宗教题材的选择,对社会生活中的宗教内容的具体反映,更体现为宗教思想对创作主体世界观、伦理观、人生态度、情感体验、审美心理的多方面影响。科技的发展,催生了科幻小说这一新的文学体裁,不仅为文学创作提供层出不穷的新鲜题材,也为文学创作在艺术形式上的探索开拓了新的空间,比如,复杂的叙事技巧的发展与传播技术的现代化不无关系;当下网络传播的超链接技术和集文字、声音、动态图像于一体的多媒体技术,也正在给文学创作带来前所未有的可能性。

总之,文学创作作为文化生产,其生产过程和生产方式具有社会性,在精神内容、意识层面上具有社会性,在艺术形式、审美风格上也具有社会性;而人类社会物质生产的发展程度与组织方式也经由这些社会性因素间接地影响于文学创作。

二、作为艺术创造的文学创作

然而,文学创作又不仅仅是一般的文化生产,它还是一种艺术创造活动,具有个性化和超越性的特征。文学创作是一种个体精神劳动,是个人艺术天赋、文学修养、生活阅历、思想境界的凝结;而前面谈到的文学创作的社会性,也是经过作家的个体实践才得以呈现出来的。进入文学创作的社会生活,是作家所感知的社会生活,打上了作家个人的心灵烙印;最终呈现在文学作品中的社会生活,以一种独特的语言形态和叙事结构而存在,体现了作家创造艺术形式的才能和风格。同一种社会生活内容,经过不同作家的体验和创作,最终在作品中可能呈现出非常不同的面貌。古今中外的文学史上都不乏这样的例子。1923年夏,朱自清和俞平伯同游秦淮河,事后同以"桨声灯影里的秦淮河"为题各写就一篇散文,他们对游历的记载各有侧重,由景物人情引发的思绪也颇为不同,文笔风格意境更是各异其趣。这个例子充分说明了文学创作的个性化特征。

艺术创造活动的心理动力来源于内在的审美需求,它对于现实的物质条件和社会文化环境具有一定的超越性。它主要体现在这样三个方面:对现实生存的功利性的超越,对具体模特和范本的超越,对某些落后于时代的社会道德秩序的超越。从第一个方面来讲,人类的需求是多层次的,在基本需求的层次上,人们以功利性的眼光审视自身与世界的关系,以功利性为目的进行社会实践活动,人类的现实存在是不自由的;在更高的需求层次上,人类还要追求精神自由、心灵愉悦,艺术创造活动正是满足后一种需求层次的主要途径。因此,艺术创造活动不会受限于现实功利逻辑。一双被扔掉的破旧农鞋在现实生活中毫无价值,人们也不会留意它的形状和质地,但经过梵高的艺术创造,它成为审美对象,人们从它破损泥污的形象中感知到多种信息,引发种种体验感悟,这双进入画布的农鞋也因此被创造出新的价值。文学创作也是如此,现实生活中一些令人厌恶或恐惧的人物、场景,在艺术作品中却给人们带来深刻的情感震撼和心灵体验,对读者产生巨大的吸引力,甚至成为经典的艺术形象。从第二个方面来讲,生活是艺术的范本,但艺术不会按生活的原样进行原封不动的临摹,而是按照审美原则进行创造性加工,被创造出来的艺术形象,往往凝聚着艺术家的理想。例如,人体雕塑创造出来的是理想的人体形象,在身体比例上比现实中的模特更符合标准。亚里斯多德在谈论古希腊戏剧家时指出:"正像索福克勒斯所说,他按照人应当有的样子来描写,欧里庇得斯则按照人本来的样子来描写。"[1]他更推崇索福克勒斯的创作,"应当有的样子",正是体现了艺术创作对现实的超越。为了超越现实的局限,艺术家不仅对模特或素材加以改造,还往往根据多个模特进行取材,"杂取种种人,合成一个",鲁迅在谈自己的小说创作时就指出,"所写的事迹,大抵有一点见过或听到过的缘由,但决不全用这事实,只是采取一端,加以改造,或生发开去,到足以几乎完全发表我的意思为止。人物的模特儿也一样,没有专用过一个人,往往嘴在浙江,脸在北京,衣服在山西,是一个拼凑起来的脚色"[2]。从第三个方面来讲,社会的价值观念和道德秩序是在社会生产关系和生存状态的基础上形成的,但它一旦形成,就拥有相对的独立性和稳定性,当后者发生急剧变化时,价值观念和道德秩序跟不上

---

① 亚里斯多德:《诗学》,罗念生译,北京:人民文学出版社,1962年,第94页。
② 鲁迅:《南腔北调集·我怎么做起小说来》,《鲁迅全集》第4卷,北京:人民文学出版社,2005年,第527页。

变化,就体现出一定的滞后性。在文学史上,我们常常发现这样的现象,在社会变化比较剧烈的时候,文学对现实的批判尤为突出,在当时被斥为伤风败俗,被列为禁书的一些作品,在新的时代则被誉为启蒙的先驱。这种评价上的变化,其实正好体现出这些作品在思想精神领域的敏锐性和先锋性,正好体现了文艺创作对于那些落后于时代的价值观、伦理观的超越。

在具体的创作实践中,文学作为艺术创造活动而具有的个性化、超越性,与文学作为文化生产活动而具有的社会性,是并存的,是对立统一的,这样的双重属性为文学创作带来了极大的张力。

三、文学创作的主体

既然文学创作具有艺术创造与文化生产的双重属性,那么,创作主体就不只是作为个体而存在的作者,还包括文化生产体制和文化生产机构。前者是通常意义上的作者,即狭义的作者,他们是文学作品的直接写作者;后者是广义的作者,包括组织、策划、出版等生产环节,它们也或直接或间接地参与了文学创作过程,并对文学作品的最终形态产生影响。在传统的文学创作论中,对作者的关注主要集中于狭义作者,而把生产传播环节笼统地理解为影响文学创作的社会文化因素,没有充分认识到它们也是创作主体,并对创作过程有直接的介入。20世纪以来,西方哲学对主体性问题的思考有所深入,文学理论对创作主体的认识也有明显的扩展。

文化生产的体制和机构,其主体性体现在这样一些方面:

(1)通过文学创作的选题策划和编辑修改等环节,与狭义作者形成直接的合作互动关系,从而介入具体的文学创作过程。

(2)文化生产机制对一定时期文学标准和创作方式的形成有相当程度的参与,在宏观上影响文学创作,例如,从个人兴趣出发的业余创作与在现代文化生产机制下的职业化创作相比较,作家对题材、风格、体裁的选择,作家所表达的思想倾向、价值观念,以及作家的创作方式和进度,都会有所不同。

(3)文化生产机制也参与对作家身份的认定,对作家成就的评价,从而把自身对文学创作的要求投射在作家的自我要求和创作过程之中。

(4)文化生产机制还参与对文学作品的推广传播,这不仅直接介入了对文学之意义系统的创造,也使作家在文学创作中必然纳入对传播方式、传播对象的考虑。例如,随着现代文化市场的形成,文化生产机制从传统的作者主导型转变为市场主导型,文学作品的传播范围也大大扩展,从而使影响创作过程的因素更为复杂,使创作主体的构成更为复杂。

总体而言,作为狭义作者的创作者个体与作为广义作者的文化生产机制,都是文学创作的主体,二者之间既存在一定的对抗性,又形成相互依赖、相互妥协的关系。因而创作主体既是个体性的,又是社会性的。

【原典选读】

　　凡音之起,由人心生也。人心之动,物使之然也。感于物而动,故形于声;声相应,故生变;变成方,谓之音;比音而乐之,及干戚羽旄,谓之乐。乐者,音之所由生也,其本在人心之感于物也。

　　　　　　　　——选自郭绍虞主编《中国历代文论选》第一册,

　　　　　　　　上海:上海古籍出版社,2001年,第61页

　　文之为德也大矣,与天地并生者何哉?夫玄黄色杂,方圆体分:日月叠璧,以垂丽天之象;山川焕绮,以铺理地之形;此盖道之文也。仰观吐曜,俯察含章,高卑定位,故两仪既生矣。惟人参之,性灵所锺,是谓三才,为五行之秀,实天地之心。心生而言立,言立而文明,自然之道也。傍及万品,动植皆文:龙凤以藻绘呈瑞,虎豹以炳蔚凝姿;云霞雕色,有逾画工之妙;草木贲华,无待锦匠之奇;夫岂外饰,盖自然耳。至于林籁结响,调如竽瑟;泉石激韵,和若球锽;故形立则章成矣,声发则文生矣。夫以无识之物,郁然有彩,有心之器,其无文欤?

　　人文之元,肇自太极,幽赞神明,易象惟先。庖牺画其始,仲尼翼其终。而乾坤两位,独制文言。言之文也,天地之心哉!若乃河图孕乎八卦,洛书韫乎九畴,玉版金镂之实,丹文绿牒之华,谁其尸之,亦神理而已。自鸟迹代绳,文字始炳,炎皞遗事,纪在三坟,而年世渺邈,声采靡追。唐虞文章,则焕乎始盛。元首载歌,既发吟咏之志;益稷陈谟,亦垂敷奏之风。夏后氏兴,业峻鸿绩,九序惟歌,勋德弥缛。逮及商周,文胜其质,雅颂所被,英华日新。文王患忧,繇辞炳曜,符采复隐,精义坚深。重以公旦多材,振其徽烈,制诗缉颂,斧藻群言。至夫子继圣,独秀前哲,镕钧六经,必金声而玉振;雕琢情性,组织辞令,木铎起而千里应,席珍流而万世响,写天地之辉光,晓生民之耳目矣。

　　爰自风姓,暨于孔氏,玄圣创典,素王述训,莫不原道心以敷章,研神理而设教,取象乎河洛,问数乎蓍龟,观天文以极变,察人文以成化;然后能经纬区宇,弥纶彝宪,发辉事业,彪炳辞义。故知道沿圣以垂文,圣因文而明道,旁通而无滞,日用而不匮。易曰:"鼓天下之动者存乎辞。"辞之所以能鼓天下者,乃道之文也。

　　赞曰:道心惟微,神理设教。光采玄圣,炳耀仁孝。龙图献体,龟书呈貌。天文斯观,民胥

以效。

——刘勰《文心雕龙·原道》，选自范文澜《文心雕龙注》上，

北京：人民文学出版社，1962年，第2-3页

若夫真正之大诗人，则又以人类之感情为其一己之感情。彼其势力充实，不可以已，遂不以发表自己之感情为满足，更进而欲发表人类全体之感情。彼之著作，实为人类全体之喉舌，而读者于此得闻其悲欢啼笑之声，遂觉自己之势力亦为之发扬而不能自已。

——王国维《人间嗜好之研究》，见姚淦铭、王燕编《王国维文集》第三卷，

北京：中国文史出版社，1997年，第30页

诗人的职责不在于描述已发生的事，而在于描述可能发生的事，即按照可然律或必然律可能发生的事。历史学家与诗人的差别不在于一用散文，一用"韵文"；希罗多德的著作可以改写为"韵文"，但仍是一种历史，有没有韵律都是一样；两者的差别在于一叙述已发生的事，一描述可能发生的事。因此，写诗这种活动比写历史更富于哲学意味，更被严肃地对待；因为诗所描述的事带有普遍性，历史则叙述个别的事。

——亚里斯多德《诗学》，罗念生译，

北京：人民文学出版社，1962年，第28-29页

在这全部五种崇高的条件之中，最重要的是第一种，一种高尚的心型。因此，虽然这是一个天生而非学来的能力，但是在这一方面也来锻炼我们的灵魂，使之达到崇高，使之永远孕育着高尚的思想，也是对于我们大有神益的。人家可以问，怎样才办得到呢？我曾经在别处暗示过，崇高可以说就是灵魂伟大的反映。因此，一个毫无装饰的，简单朴素的崇高思想，即使没有明说出来，也每每会单凭它那崇高的力量而使人叹服的；例如在奥德赛的第十一章中爱及克斯的沉默就比他能说的任何话更为伟大。首先解决这种伟大构思的来源问题是绝对必要的，而其答案也就是：真正的才思只有精神慷慨高尚的人才有。因为把整个生活浪费在琐屑的，狭窄的思想和习惯中的人是决不能产生什么值得人类永久尊敬的作品的。思想充满了庄严的人，言语就会充满崇高，这是很自然的。因此，崇高的思想是当然属于崇高的心灵的。

——朗加纳斯《论崇高》，钱学熙译，选自马奇主编《西方美学史资料选编》（上），

上海：上海人民出版社，1987年，第164-165页

动物只是按照它所属的那个种的尺度和需要来建造，而人却懂得按照任何一个种的尺度来进行生产，并且懂得怎样处处都把内在的尺度运用到对象上去；因此，人也按照美的规律来建造。

——马克思《1844年经济学-哲学手稿》，《马克思恩格斯全集》第42卷，

北京：人民出版社，2008年，第97页

如果桑乔把拉斐尔同列奥纳多·达·芬奇和提戚安诺比较一下,他就会发现,拉斐尔的艺术作品在很大程度上同当时在佛罗伦萨影响下形成的罗马繁荣有关,而列奥纳多的作品则受到佛罗伦萨的环境的影响很深,提戚安诺的作品则受到全然不同的威尼斯的发展情况的影响很深。和其他任何一个艺术家一样,拉斐尔也受到他以前的艺术所达到的技术成就、社会组织、当地的分工以及与当地有交往的世界各国的分工等条件的制约。

——马克思、恩格斯《德意志意识形态》,《马克思恩格斯全集》第3卷,
北京:人民出版社,2008年,第459页

所以社会的人的感觉不同于非社会的人的感觉。只是由于人的本质的客观地展开的丰富性,主体的、人的感性的丰富性,如有音乐感的耳朵、能感受形式美的眼睛,总之,那些能成为人的享受的感觉,即确证自己是人的本质力量的感觉,才一部分发展起来,一部分产生出来。因为,不仅五官感觉,而且所谓精神感觉、实践感觉(意志、爱等等),一句话,人的感觉、感觉的人性,都只是由于它的对象的存在,由于人化的自然界,才产生出来的。……因此,一方面为了使人的感觉成为人的,另一方面为了创造同人的本质和自然界的本质的全部丰富性相适应的人的感觉,无论从理论方面还是从实践方面来说,人的本质的对象化都是必要的。

——马克思《1844年经济学-哲学手稿》,《马克思恩格斯全集》第42卷,
北京:人民出版社,2008年,第126页

一个作家或者学者假使只属于他的专业的那个行会,他就慢慢会养成从他那行会的观点来观察生活的习惯;可是从行会观点来观察世界,不管这种观点属于哪个行会,——高级的还是低级的,庸俗的还是理想的,对于思想总是有害的。一个诗人从艺术方面来观察人物,他的片面性,还有,说老实话,他的平庸,也不下于一个鞋匠从制靴作鞋方面来观察人们一样。因此,一个文学家假使不仅作为一个文学家来观察生活,同样也作为一个被日常生活安排在其中的、处于复杂多变的情势中的人物来观察生活,那对他来说,就是最大的幸福了,——到这时候,他就容易脱离片面性,而理解生活的全部真实。

——车尔尼雪夫斯基《莱辛,他的时代,他的一生与活动》,
《车尔尼雪夫斯基论文学》中卷,北京:人民文学出版社,1965年,第413-414页

观察这些技术的发展,我们可以发现这样一个事实,即我准备称之为复式传送(multiple transmission)的稳步发展。用印刷技术印制的书籍是复式传送的第一个伟大的范例,随之而来的是其他的技术。我们的社会有一个新的因素,就是这种传送的潜在观众的扩展,这种扩展是如此之大因而形成了各种新问题。可是很明显,反对这种扩展是不适当的,至少,除非是我们服从于某种颇为特异的政治学,可以另当别论。观众的扩展是由两个因素引起的:第一,

伴随着民主的发展而来的普及教育的发展;第二,技术改善本身。根据前一节关于"群众"的讨论,这种扩展要用"大众传播"一语来解释,是很有趣的。

一位对人数有限的听众讲话的演讲者或作家往往能够了解这群听众,以至于感觉到与他们有一种直接的个人关系,而这种感觉又会影响他的讲演方式。听众是会扩大的;正如从书籍到电视播放的客厅游戏,观众就都扩大了。听众一旦扩大,上述那种直接的个人关系的感觉显然就不可能有了。但是,认为没有那种直接的个人关系的感觉必然对他和对听众都不利,未免过于轻率。某些讲演的类型,尤其是严肃的艺术、辩论和阐述,其特色似乎确实正是在于具有一种与个人无关的特质,这种特质使它们常常能超越它们当时发生的直接场合。这种与个人无关的性质,到底在多大的程度上依赖于一种亲密的直接关系,实际上很难估计。但是,任何这样的演讲者或作家,永远不太可能会使用像"群众"这类未加修饰的观念作为传播的模式。因此,大众传播的观念取决于演讲者或作家意图的程度,似乎远远超过取决于被采用的那种特殊技术的程度。

在向听众演讲时,一位演讲者或作家如果知道自己的演讲几乎会立即传给几百万的听众,他会面临一个显然很困难的解释问题。但是,无论有多大困难,一位好的演讲者或好的作家都会意识到他对他所要传播的东西负有直接的责任。的确,他如果意识到自己是某种特殊传送的本源,他就不可能会没有这种感觉。他的职责是充分地表达这个本源,无论这种传送是感觉、见解或者信息。为了进行这种表达,他将极尽他的特殊技能,努力使用共同的语言。这种表达会变成复式传送,但那是下一个阶段,他很可能会意识到那个阶段,但是那个阶段无法影响这个本源。他当然总是会关心表达这个本源所存在的困难——即共同经验、习俗以及语言等方面的困难。但是他无论如何不能否定这个本源,否则就是否定他自己。

现在,如果我们在这个永恒的传播问题上加上大众这个观念,我们就从根本上改动了这个主张。把人视为大众的观念,并不是因为没有能力了解他们,而是因为依照一个公式来解释他们。在这里,传送意图变成决定一切的问题。我们的公式可以是针对讲我们的语言的有理性的人而定下的公式。它可以是针对参预我们的共同经验面对我们感兴趣的人而定下的公式。或者——"大众"一词在这里发生作用了——可以是群氓的公式:容易受骗、变化无常、乌合之众、趣味习惯低下。事实上,公式出自我们的意图。如果我们的目的是艺术、教育、传递信息或见解,我们的解释也会是以有理性的人和感兴趣的人为尺度而作出的解释。另一方面,如果我们的目的在于操纵——说服大量的人以某种方式去行动、感觉、思考、了解——那么大众公式将是合适的公式了。

在这里,在本源与代理人之间要有一个重要的区别。一个提出见解、建议、感觉的人,通常当然希望别人会接受这见解、建议、感觉,并且按照他所界定的方式去行动或感觉。这样的人可以恰如其分地被称为本源,以区别于代理人。代理人的特征是,他的表达要附从于一个没有宣布的意图。他是代理人,而不是本源,因为意图在于其他人。……代理的功能和意图如果没有公开宣布,没有受到共同的赞成和控制,则往往是危险的。如果功能和意图公开宣布,而且受到共同的赞同和控制,代理人就成为一个集体本源,而且,如果要他传送的是他能完全承认和接受的东西——是他自身重新创造出来的东西,他就会遵守这类表达的标准。如果要他传送的是他自己都不能接受的东西,而他只是被说服、认为要他传送的东西适合其他人传送——推测起来是低下的——而且认为他的任务只是使要传送的东西有效地到达其他人手中,他就是个贬义代理人,他所做的也就不如最拙劣的那种本源所完成的任务。任何对信念与传播之间的关系的实际否定,对经验与表达之间的关系的实际否定,无论对个人或是对共同的语言,在道德上都是有害的。

——雷蒙·威廉斯《文化与社会》,吴松江、张文定译,

北京:北京大学出版社,1991年,第381-383页

　　文学生产的客观性与特定的意识形态的国家机器中特定的社会实践不可分割。更准确地说,我们将看到,它也与特定的语言实践不可分割(有"法语"文学,这是因为有一种"法语"的语言实践,即是说,一个矛盾的整体构成了一种民族语言),这种语言实践本身又与一种学术或教育实践不可分割,这种实践既决定着文学消费的条件,也决定着文学生产的条件。通过把文学的客观存在与这个实践整体联系起来,我们就可以确定物质的锚点,这些锚点使文学成为一种历史的和社会的现实。

——弗朗西斯·马尔赫恩编《当代马克思主义文学批评》,

刘象愚等译,北京:北京大学出版社,2002年,第44页

　　阿多诺觉得,当前大众文化中各种原型,即正在延续的各种主要特征,早在"中产阶级社会"的发展中就已经确立,即在两个世纪之前。也就是在17世纪末与18世纪初期的英国。当时在诸如笛福和理查逊等小说家的作品中,文学作品的生产已经面向市场。到20世纪,文化产业的商业化生产已经成为如此高效的一体化,以至它控制了所有的艺术表现媒体,而且成为一个体系。甚至在流行形式似乎在表面上没有什么共同之处的情况下,如爵士音乐与侦探小说,它们实际上在基本的结构与意义中都显示出一种令人惊奇的平行性。

——约翰·多克《后现代主义与大众文化》,吴松江、张天飞译,

沈阳:辽宁教育出版社,2001年,第61页

　　这种体系现在就是"我们时代流行的意识形态",而且正在造成社会和道德价值观的重大变化。甚至那些原来远离现代大众文化的人,一方面是农村人口,另一方面是受过高等教育的人,都"或多或少地受到影响"——正在出现一种水准的下降。阿多诺(采用了戴维·里斯曼1950年出版的《孤独的人群》一书中的措辞)论证说,早几代的美国人,特别在18世纪,是内向的,消化吸收了他们父母的价值观,尤其是消化吸收了中产阶级新教徒专注、努力学知识以及博学的价值观而融为自我意识的一部分。现代大众文化似乎保留而且仍然在传播这些

价值观。但是,我们会越来越注意到,这些早期中产阶级社会的价值观只停留在表面上。现代大众艺术"隐含的寓意"是另一个朝向的,朝向"愈演愈烈的等级制度与独裁主义的社会结构准则"。这种隐含的寓意是一种调整和无思想的服从,而且它如今似乎处于支配和无孔不入的地位。对现代大众媒体而言,社会总是胜利者,而"个人只不过是通过社会法规被操纵的傀儡"。这种寓意就是"始终如一地认同于现状"。

——约翰·多克《后现代主义与大众文化》,吴松江、张天飞译,

沈阳:辽宁教育出版社,2001年,第61-62页

艺术家和作家的许多行为和表现(比如他们对"老百姓"和"资产者"的矛盾态度)只有参照权力场才能得到解释,在权力场内部文学场(等等)自身占据了被统治地位。权力场是各种因素和机制之间的力量关系空间,这些因素和机制的共同点是拥有在不同场(尤其是经济场或文化场)中占据统治地位的必要资本。权力场是不同权力(或各种资本)的持有者之间的斗争场所,这些斗争如同19世纪的艺术家与"资本者"之间的象征斗争,把赌注下在各种不同的资本的相对价值的转变和保留上,而资本本身每时每刻都决定能参加这些斗争的力量。

文学范畴(等等)对一切形式的经济主义构成了真正的挑战,它在漫长而缓慢的自主化过程中逐渐形成,像一个颠倒的经济世界:进入的人想要做到不计利害;它像一个预言,特别是不幸的预言,按照韦伯的观点,这个预言通过它不能提供任何报偿证明了它的真实性,与严格意义上的艺术传统的异端式决裂在不计利害中找到了真实标准。这并不意味着其中没有这种建立在社会奇迹上的权威经济的经济逻辑,这个社会奇迹是严格意义上的美学愿望起一切决定作用的纯粹行为。人们将会看到有经济挑战的经济条件,经济挑战瞄准了先锋知识分子和艺术家这类风险最大的地位;还会看到在缺乏任何财政补偿的情况下稳固地保持自己富裕的经济条件;以及保持象征利益的经济条件,它们本身可能在或长或短的时期内,转化为经济效益。

应该在这种逻辑中分析作家或艺术家和出版商或画廊经理之间的关系。"经济"逻辑通过这些双重人物(福楼拜曾以阿尔努这个人物描绘了其典型形象)一直深入到为生产者生产的空间的核心;这些双重人物也应该把完全冲突的支配权集中起来:经济支配权在场的某些区域,对生产者是完全陌生的,知识支配权接近生产者支配权,生产者只有在懂得欣赏劳动和确认其价值的时候,才能剥削这种劳动。事实上,出版商或画廊的场和相应的艺术家或作家的场之间的结构同源逻辑,使得每个艺术"殿堂的商人"体现出与"他的"艺术家或"他的"作家相似的特征,这对相信和信任的关系有利,剥削就是建立在信任的基础上(商人会拉拢作家或艺术家感到心满意足,这样自己赚钱就有了可能,因为后者是不计利害的象征,放弃了世俗利益)。

由于建立在各种不同的资本及其持有者之间的关系中的等级制度,文化生产场暂时在权力场内部处于被统治地位。为了从外部限制和要求中解放出来,包罗万象的场如利益场、经

济场或政治场必不可少。因此,文化生产场每时每刻都是等级化的两条原则之间斗争的场所,两条原则分别是不能自主的原则和自主的原则(比如"为艺术而艺术"),前者有利于在经济政治方面对场实施统治的人,后者驱使最激进的捍卫者把暂时的失败作为上帝挑选的一个标志,把成功当作与时代妥协的标志。这场斗争中的力量关系状况取决于场总体上掌握的自主权,也就是场自身的律令和制约在多大程度上加诸全体文化财富生产者和暂时(临时)在文化生产场中占据统治地位的人(成功的剧作家或小说家)以及有待占据统治地位的人(唯利是图的被统治的生产者),暂时占据统治地位的人和有待占据统治地位的人最接近权力场中相似位置的占据者,因而对外部需要最敏感,同时是最不自主的。

布迪厄《艺术的法则:文学场的生成和结构》,刘晖译,
北京:中央编译出版社,2001 年,第 263-265 页

第二节　文学创作的影响因素

　　文学创作的双重属性,决定了文学创作是主体与客体相互作用的过程,既离不开作家个人的精神劳动,又是在具体的社会历史语境中发生的,同时,文学创作还依赖于一定的文学传统。影响文学创作的因素纷繁复杂,一般可以从作者、社会和文学传统三方面进行考察。

一、文学创作与个人素质

　　文学创作是一种个体化的、创造性的特殊精神文化活动,它对作家个人素质有特别的要求。中外文学理论有大量相关论述,有的认为作家的艺术才能主要来自个人天赋,比如柏拉图的"灵感论",康德的"天才论",克罗齐、科林伍德的"直觉表现主义",曹丕的"气之清浊有体,不可力强而致",王国维的"主观之诗人不必多阅世"等等。有的看重后天的阅历和艺术修养,中国古人有"诗穷而后工"的说法,西方从古希腊起就强调修辞、结构等技巧的重要性。第三种看法认为,天才和后天的阅历、训练相结合,才能真正成就一个优秀的艺术家,这种看法更符合实际,也是古今中外的主流观点。古罗马的贺拉斯在

《诗艺》中明确指出："苦学而没有丰富的天才,有天才而没有训练,都归无用"①,清代叶燮提出的"才、胆、识、力"说,都是第三种观点的代表。

具体而言,文学创作所需的艺术才能主要体现在两方面:一是对生活经验具有高度的艺术敏感,一是对审美形式具有高度的艺术敏感。

第一种素质,使作家比一般人更擅长把生活经验转化为艺术经验。任何文学创作都不是凭空产生的,不可能是"无米之炊",它必然以一定的生活经验作为创作材料。但文学创作不是对生活经验进行历史还原或客观再现,而是把生活经验作为艺术体验的对象,经过作家主观的选择、提炼、加工之后,形成一种想象性的艺术经验,它凝聚着作家的感受和情绪,此时它还只是存在于作家的想象之中,但已经是一种创造物,相对于原有的生活经验,已经被赋予了新的意义。生活经验分为直接经验和间接经验。直接经验与文学创作的关系,较为显性,不少文学作品,都带有作家自身经历的影子。间接经验在文学创作中的呈现更为隐性,往往要通过作家对自己创作过程的解说,才能发现痕迹。间接经验给作家带来更多自由发挥的空间,也对作家的艺术才能有更高的要求。在大多数时候,作家对间接经验的接受是零散的,是不完整的,这需要作家对经验材料的意义进行创造,使原本互不相干的经验材料因为新的意义关联而成为一个有机整体。

在想象中把生活经验转化为艺术经验,只是完成了文学创作的一半,作家还需要第二种素质,即对于审美形式的艺术敏感。如果没有审美形式作为艺术经验的载体,艺术经验就只存在于作家的想象之中,只属于作家个人,不属于读者,不属于社会,也不能进入文学传统。能否为艺术经验创造出恰当的审美形式,是艺术作品成功的关键。

陆机在《文赋》中所讲的"恒患意不称物,言不逮意",就涉及文学创作对两种素质的要求。如果对生活经验缺乏艺术敏感,作者或者对经验材料(物)视而不见,或者从经验材料(物)中感受、提取的意义显得牵强或平淡,缺乏艺术深度,这就是"意不称物";如果对审美形式缺乏艺术敏感,则不能为作者对生活的艺术体验(意)找到恰当的载体,使艺术体验(意)在表达和传递的过程中发生扭曲或损耗,这就是"言不逮意"。这两方面素质的获得,既需要一定的艺术天赋,也需要后天的艺术修养。

在艺术才能之外,学识、思想、胸襟、阅历,也是有利于文学创作的重要的个人素质。这些素质首先可以丰富作家的间接生活经验,扩大文学创作的素材基础。其次,这些素质可以开阔眼界,提升境界,使作家对生活经验的艺术体验更为丰富和深刻。再次,这些素质也有助于作家增强艺术形式方面的修养。比如,中国古典诗词中的用典,就是从学识中发展出来的一种艺术形式。

综上所述,文学创作是有门槛的,在艺术和思想学识上具有必要的素质,是文学创作

---

① 贺拉斯:《诗艺》,杨周翰译,北京:人民文学出版社,1962 年,第 158 页。

的前提。此外,其他一些个人因素,比如作家的人生经历、个性偏好,以及某些偶然的触发因素,都会对具体的文学创作产生一定影响。

二、文学创作与社会因素

文学创作虽然是个体精神劳动,但任何作家都生活在一定的社会关系网络之中,其创作过程也是在一定的社会环境中进行的,因而时代性、民族性、社会伦理观念、宗教思想、文化生产方式等多种社会性因素都会对文学创作产生影响。这些因素既是文学创作的重要素材,又制约着作家主观世界的形成。因此,作家对生活进行怎样的艺术体验,从经验材料中提炼怎样的主题,都会受到这些因素的影响或引导。另一方面,这些因素也影响作家对创作方式和艺术形式的运用。刘勰的"时运交移,质文代变",就指出社会性因素对文学的精神内容和艺术形式两方面都会产生影响。

时代生活内容和时代精神风貌通常对文学创作产生重要影响,甚至构成一定时期文学作品共有的时代主题。18、19世纪的法国,资产阶级作为一种新兴的社会力量,急欲改变原有的社会秩序,表现出蓬勃的生命力和不择手段的进取心,而封建贵族并不愿意主动放弃既得利益,不同势力、不同利益之间矛盾尖锐、对抗激烈,导致了大革命、拿破仑帝国的扩张、波旁王朝复辟等一系列的社会动荡。19世纪法国文学成就达到一个历史高峰,与这一时期的文学家们对时代的深切关注是分不开的。

民族性对文学创作的影响如同盐溶入水,无处不在,因此,文学也往往是一个民族的文化精神的重要表征,是民族文化的主要构成内容。民族性的生活内容是文学创作的直接经验材料,民族语言直接塑造了文学的面貌,民族性的价值观念和审美心理制约着文学的思想、情感、风格、形式,民族文化气质赋予文学独特的精神风貌和艺术魅力,民族命运也往往是文学创作的关注焦点,尤其是当一个民族面临某种危机或处于历史转折的时期。中国近现代以来的文学创作就与我们民族的脉动息息相关。

道德伦理观念与文学创作之间的影响关系是双向的。文学创作关注人类生活,道德伦理是其中的重要内容,具体文学作品所体现的道德伦理观念,大体上与作家的道德伦理观念一致,不可避免地受到社会主流道德伦理秩序的影响;同时,文学作品的道德内容,也对社会价值观念产生影响,尤其因为文学诉诸感性,其艺术感染力往往使得文学作品的道德熏陶作用优于一般的道德宣传。在历史上,人们很早就注意到文学艺术的教化功能,常常据此对文学创作提出道德要求,比如儒家的"美教化,移风俗",古希腊亚里士多德的"净化说"等。

社会性因素并非孤立地对文学创作发挥影响,而是通过相互作用、相互牵制形成合力。泰纳提出的"时代、种族、环境"三元素说,法兰克福学派揭示的意识形态与文化市场的共谋,布迪厄提出的"文学场"等,这些理论都指出社会性因素对文学创作的影响是综合性的,并以此判断为基础建立了各自的理论解释框架。

三、文学创作与文学传统

文学与现实客观世界和作家主观世界都存在密切关系,同时,文学自身也构成一个相对独立的世界,这就是文学传统,包括作为实体存在的作家作品的集合,以及在精神层面上存在的关于文学感受、审美标准、形式规范的共识,这两个层面相互印证、彼此补充。文学传统是动态的,是一个人类文学实践的积累过程,对既有的文学创作进行筛选、评价,实施经典化,为未来的文学创作提供标准和范本。对于作家而言,文学传统是一个无法回避的既有存在,具体的文学创作也总会受到文学传统的影响。

这种影响首先体现为,人们通常是从一定的文学传统中获得关于文学的基本判断,比如,什么是文学,什么是好的文学作品,什么是作家,什么是语言技巧,什么是艺术虚构等。这些认识为作家步入创作提供一个基本的规范,使强调感性、个性化、独创性的文学领域仍然要遵循一个相对稳定的创作标准,类似于 T.S.艾略特所说的文学的"历史感"和"同时并存的秩序"①。

其次,文学传统有助于作家提升艺术修养,积累创作经验。从意识上讲,作家在文学传统的熏陶中发展自身的艺术品位、审美能力、思想情操。从技巧上讲,作家需要从前人的经验中学习怎样处理经验材料,怎样运用艺术技巧。正如歌德所说:"各门艺术都有一种源流关系。每逢看到一位大师,你总可以看出他吸取了前人的精华,就是这种精华培育出他的伟大。像拉斐尔那种人不是从土里冒出来的,而是植根于古代艺术,吸取了其中的精华的。"②绘画如此,文学创作同样如此。我们在作家对自己创作经历的回顾中,常常看到他们与文学传统的渊源。巴金说过:"我在法国学会了写小说,我忘记不了的老师是卢骚(今译卢梭)、雨果、左拉和罗曼·罗兰。"③废名说过:"就表现的手法说,我分明地受了中国诗词的影响,我写小说同唐人写绝句一样,绝句二十个字,或二十八个字,成功一首诗,我的一篇小说,篇幅当然长得多,实是用写绝句的方法写的,不肯浪费语言。……就《桥》与《莫须有先生传》说,英国的哈代、艾略特,尤其是莎士比亚,都是我的老师,西班牙的伟大小说《唐吉诃德先生》我也呼吸了它的空气。总括一句,我从外国文学

---

① 参见 T.S.艾略特:《传统与个人才能》,卞之琳译,王恩衷编译《艾略特诗学文集》,北京:国际文化出版公司,1989 年,第 2 页。

② 爱克曼:《歌德谈话录》,朱光潜译,北京:人民文学出版社,1978 年,第 105 页。

③ 巴金:《文学生活五十年》,《巴金选集》第一卷,成都:四川人民出版社,2003 年,第 3 页。

学会了写小说,我爱好美丽的祖国的语言,这算是我的经验。"①

再次,文学传统形成了一定的文学类型、文学母题,在不同时代、不同作家的创作中反复出现。文学类型,例如西方的骑士小说、流浪汉小说、成长小说、公路小说等,例如中国的家族小说、神怪小说、历史演义等。文学母题,例如西方文学中的神话母题、宗教母题,中国古典诗歌中的怀乡悼亡、伤春悲秋等。这些类型和母题,一方面因为它们反映人类生存中的某些常见境遇,或表达人类的某些深层愿望,或触及某些基本的心理状态,从而吸引文学创作不断以此为题进行演绎;另一方面,这些类型和母题的不断重现也与文学传统有关,或者是前人的作品赋予它们巨大的艺术魅力,形成文学传统中的经典形象,对后来的文学创作产生影响,或者是前人的作品有令人意犹未尽之处,也吸引后来者进行再创作。

最后,文学创作对传统不仅仅是被动地模仿和继承,而是不断融入新的创造,使文学传统不断丰富,甚至,新的创作还会以有意颠覆传统的方式来突出自身的创造力。因此,文学传统不仅从正面影响文学创作,而且,作为一个力求突破的对象,也从反方向影响着作家的艺术探索。塞万提斯创作《堂吉诃德》,就是出于对流俗的骑士小说的不满。在文体的发展过程中,也常有这样的现象。王国维就曾经从突破传统、激活创造力的角度来解释中国古典诗词在文体格律上的演变。"四言敝而有楚辞,楚辞敝而有五言,五言敝而有七言,古诗敝而有律绝,律绝敝而有词。盖文体通行既久,染指遂多,自成习套。豪杰之士亦难于其中自出新意,故遁而作他体,以自解脱。一切文体所以始盛终衰者,皆由于此。"②俄国形式主义以"陌生化"作为文学发展的动力,美国文学理论家哈罗德·布鲁姆以摆脱"影响的焦虑"来解释诗人对传统、对前辈的修正和突破,也都是从颠覆与创新的意义上来看待文学传统对文学创作的影响。

作家的个人素质与人生阅历,民族性、时代性、政治环境、伦理观念等社会历史因素,以及文学传统,对于文学创作而言都是重要的影响因素,它们既给文学创作提供各种材料和资源,也给文学创作带来种种限制。因而,文学创作与各种影响因素之间构成复杂的矛盾关系,文学创作作为一种精神创造活动,既不能绝对摆脱各种客观的和主观的条件,又总是力求对个人的、社会的、传统的种种限制进行抵抗和超越。

【原典选读】

　　治世之音安以乐,其政和;乱世之音怨以怒,其政乖;亡国之音哀以思,其民困。

---

① 废名:《废名小说选·序》,陈振国编《冯文炳的研究资料》,福州:海峡文艺出版社,1991年,第129-130页。
② 王国维:《新订〈人间词话〉》,佛雏校辑,上海:华东师范大学出版社,1990年,第99页。

——《礼记·乐记》,阮元刻《十三经注疏》本《礼记正义》卷三十七,

上海古籍出版社编,上海:上海古籍出版社,2019年,第1527页

……七年而太史公遭李陵之祸,幽于缧绁。乃喟然而叹曰:"是余之罪也夫? 是余之罪也夫! 身毁不用矣。"退而深惟曰:"夫《诗》、《书》隐约者,欲遂其志之思也。昔西伯拘羑里,演《周易》;孔子厄陈蔡,作《春秋》;屈原放逐,著《离骚》;左丘失明,厥有《国语》;孙子膑脚,而论兵法;不韦迁蜀,世传《吕览》;韩非囚秦,《说难》、《孤愤》;《诗》三百篇,大抵贤圣发愤之所为作也。此人皆意有所郁结,不得通其道也,故述往事,思来者。"于是卒述陶唐以来,至于麟止。

——司马迁《史记·太史公自序》,韩兆琦译注《史记》卷一百三十,

北京:中华书局,2010年,第7671-7672页,第7675页

王粲长于辞赋,徐干时有齐气,然粲之匹也。如粲之初征、登楼、槐赋、征思,干之玄猿、漏卮、圆扇、橘赋,虽张、蔡不过也,然于他文未能称是。琳、瑀之章表书记,今之隽也。应玚和而不壮;刘桢壮而不密。孔融体气高妙,有过人者;然不能持论,理不胜辞;至于杂以嘲戏;及其所善,扬、班俦也。常人贵远贱近,向声背实,又患闇于自见,谓己为贤。夫文本同而末异,盖奏议宜雅,书论宜理,铭诔尚实,诗赋欲丽。此四科不同,故能之者偏也;唯通才能备其体。

文以气为主,气之清浊有体,不可力强而致。譬诸音乐,曲度虽均,节奏同检,至于引气不齐,巧拙有素,虽在父兄,不能以移子弟。

盖文章经国之大业,不朽之盛事。年寿有时而尽,荣乐止乎其身,二者必至之常期,未若文章之无穷。是以古之作者,寄身于翰墨,见意于篇籍,不假良史之辞,不托飞驰之势,而声名自传于后。故西伯幽而演易,周旦显而制礼,不以隐约而弗务,不以康乐而加思。夫然,则古人贱尺璧而重寸阴,惧乎时之过已。而人多不强力;贫贱则慑于饥寒,富贵则流于逸乐,遂营目前之务,而遗千载之功。日月逝于上,体貌衰于下,忽然与万物迁化,斯志士之大痛也! 融等已逝,唯干著论,成一家言。

——曹丕《典论·论文》,李善注《文选》卷五十二,

北京:商务印书馆,1959年,第1127-1128页

气之动物,物之感人,故摇荡性情,形诸舞咏。照烛三才,晖丽万有,灵祇待之以致飨,幽微藉之以昭告。动天地,感鬼神,莫近于诗。……若乃春风春鸟,秋月秋蝉,夏云暑雨,冬月祁寒,斯四候之感诸诗者也。嘉会寄诗以亲,离群托诗以怨。至于楚臣去境,汉妾辞宫;或骨横朔野,魂逐飞蓬;或负戈外戍,杀气雄边;塞客衣单,孀闺泪尽;或士有解佩出朝,一去忘返;女有扬蛾入宠,再盼倾国;凡斯种种,感荡心灵,非陈诗何以展其义? 非长歌何以骋其情?

——钟嵘《诗品序》,选自陈延杰《诗品注》,

北京:人民文学出版社,1961年,第1-3页

文章由学,能在天资。才自内发,学以外成,有学饱而才馁,有才富而学贫。学贫者,迍邅于事义;才馁者,劬劳于辞情:此内外之殊分也。是以属意立文,心与笔谋,才为盟主,学为辅佐,主佐合德,文采必霸,才学褊狭,虽美少功。夫以子云之才,而自奏不学,及观书石室,乃成鸿采。表里相资,古今一也。故魏武称张子之文为拙,然学问肤浅,所见不博,专拾掇崔杜小文,所作不可悉难,难便不知所出,斯则寡闻之病也。夫经典沈深,载籍浩瀚,实群言之奥区,而才思之神皋也。

——刘勰《文心雕龙·事类》,周振甫《文心雕龙注释》,

北京:人民文学出版社,1981年,第411-412页

夫诗有别材,非关书也;诗有别趣,非关理也。然非多读书,多穷理,则不能极其至。所谓不涉理路,不落言筌者,上也。诗者,吟咏情性也。盛唐诸人惟在兴趣,羚羊挂角,无迹可求。故其妙处透彻玲珑,不可凑泊,如空中之音,相中之色,水中之月,镜中之象,言有尽而意无穷。近代诸公乃作奇特解会,遂以文字为诗,以才学为诗,以议论为诗。夫岂不工,终非古人之诗也。盖于一唱三叹之音,有所歉焉。

——严羽《沧浪诗话·诗辨》,选自郭绍虞《沧浪诗话校释》,

北京:人民文学出版社,1983年,第23-24页

大约才、识、胆、力,四者交相为济。苟一有所歉,则不可登作者之坛。四者无缓急,而要在先之以识;使无识,则三者俱无所托。无识而有胆,则为妄、为鲁莽、为无知,其言背理、叛道,蔑如也。无识而有才,虽议论纵横,思致挥霍,而是非淆乱,黑白颠倒,才反为累矣。无识而有力,则坚僻、妄诞之辞,足以误人而惑世,为害甚烈。若在骚坛,均为风雅之罪人。惟有识,则能知所从、知所奋、知所决,而后才与胆力,皆确然有以自信;举世非之,举世誉之,而不为其所摇。安有随人之是非以为是非者哉!

——叶燮《原诗·内篇下》,霍松林校注,

北京:人民文学出版社,1979年,第29页

……北方派之理想,置于当日之社会中;南方派之理想,则树于当日之社会外。易言以明之;北方派之理想,在改作旧社会;南方派之理想,在创造新社会。然改作与创造,皆当日之社会之所不许也。南方之人,以长于思辨而短于实行,故知实践之不可能,而即于其理想中求其安慰之地,故有遁世无闷、嚣然自得以没齿者矣。若北方之人,则往往以坚忍之志,强毅之气,持其改作之理想,以与当日之社会争;而社会之仇视之也,亦与其仇视南方学者无异,或有甚焉,故彼之视社会也,一时以为寇,一时以为亲,如此循环,而遂生欧穆亚(Humour)之人生观,《小雅》中之杰作,皆此种竞争之产物也。且北方之人,不为离世绝俗之举,而日周旋于君臣、

父子、夫妇之间,此等在在界以诗歌之题目,与以作诗之动机。此诗歌的文学,所以独产于北方学派中,而无与于南方学派者也。

　　然南方文学中,又非无诗歌的原质也。南人想象力之伟大丰富,胜于北人远甚。彼等巧于比类,而善于滑稽,故言大则有若北溟之鱼,语小则有若蜗角之国;语久则大椿冥灵,语短则蟪蛄朝菌;至于襄城之野,七圣皆迷;汾水之阳,四子独往:此种想象决不能于北方文学中发见之。故庄列书中之某部分,即谓之散文诗,无不可也。夫儿童想象力之活泼,此人人公认之事实也;国民文化发达之初期亦然,古代印度及希腊之壮丽之神话,皆此等想象之产物。以我中国论,则南方之文化发达较后于北方,则南人之富于想象,亦自然之势也。此南方文学中之诗歌的特质之优于北方文学者也。

　　由此观之,北方人之感情,诗歌的也,以不得想象之助,故其所作遂止于小篇;南方人之想象,亦诗歌的也,以无深邃之感情之后援,故其想象亦散漫而无所丽,是以无纯粹之诗歌。而大诗歌之出,必须俟北方人之感情与南方人之想象合而为一,即必通南北之驿骑而后可,斯即屈子其人也。……

——王国维《屈子文学之精神》,郑振铎编世界文库本《晚清文选》,
上海:上海书店,1987 年,第 715-716 页

　　从写作的风格来认出一个意大利人、一个法国人、一个英国人或一个西班牙人,就象从他面孔的轮廓,他的发音和他的行动举止来认出他的国籍一样容易。意大利语的柔和和甜蜜在不知不觉中渗入到意大利作家的资质中去。在我看来,词藻的华丽、隐喻的运用、风格的庄严,通常标志着西班牙作家的特点。对于英国人来说,他们更加讲究作品的力量,活力和雄浑,他们爱讽喻和明喻甚于一切。法国人则具有明彻、严密和幽雅的风格。他们既没有英国人的力量,也没有意大利人的柔和,前者在他们看来显得凶猛粗暴,后者在他们看来又未免缺乏气概。

——伏尔泰《论史诗》,伍蠡甫主编《西方文论选》上卷,
上海:上海文艺出版社,1979 年,第 323 页

　　(每个时代)创作出标志着本时代特点的字,自古已然,将来也永远如此。每当岁晚,林中的树叶发生变化,最老的树叶落到地上;文字也如此,老一辈的消逝了,新生的字就像青年一样将会开花、茂盛。……我们的语言不论多么光辉优美,更难以长存千古了。许多词汇已经衰亡了,但是将来又会复兴;现在人人崇尚的词汇,将来又会衰亡;这都看"习惯"喜欢怎样,"习惯"是语言的裁判,它给语言制定法律和标准。

——贺拉斯《诗艺》,杨周翰译,北京:人民文学出版社,1962 年,第 140-141 页

　　所有用爱尔兰文写的诗,每一节都是四行;因此,这种四行一节的格式,虽然往往不大明

显,通常还是大多数歌曲、特别是古老的歌曲的基础;此外还常常附有叠句或竖琴弹奏的尾声。

……

这些歌曲大部分充满着深沉的忧郁,这种忧郁直到今天也还是民族情绪的表现。

——恩格斯《爱尔兰歌曲集代序》,《马克思恩格斯全集》第16卷,
北京:人民出版社,2008年,第575页

古代诗人的力量是建立在有限物的艺术上面,而近代诗人的力量则建立在无限物的艺术上面。……如果古代诗人的素朴的形式,以从感觉上描绘的具体的对象占有上风,那末近代诗人则以丰富的内容,以超出造形艺术和感性表现的界限的对象,总之,以称为艺术作品的精神的东西胜过了古代诗人。

——席勒《论素朴的诗和感伤的诗》,李醒尘主编《十九世纪西方美学名著选·德国卷》,
上海:复旦大学出版社,1990年,第168-169页

上面考察过艺术品的本质,现在需要研究产生艺术品的规律。我们一开始就可以说:"作品的产生取决于时代精神和周围的风俗";我以前曾经向你们提出这规律,现在要加以证明。

……我们要分析所谓时代精神与风俗概况;要根据人性的一般规则,研究某种情况对群众与艺术家的影响,也就是对艺术品的影响。由此所得的结论是两者有必然的关系,两者的符合是固定不移的;早先认为偶然的巧合其实是必然的配合。

……

为了使艺术品与环境完全一致的情形格外显著,不妨把我们以前作过的比较,艺术品与植物的比较,再应用一下,看看在什么情形之下,某一株或某一类植物能够生长,繁殖。以桔树为例……

在这个例子中间,我们来研究一下事情发展的经过。环境与气候的作用,你们已经看到。严格说来,环境与气候并未产生桔树。我们先有种子,全部的生命力都在种子里头,也只在种子里头。但以上描写的客观形势对桔树的生长与繁殖是必要的;没有那客观形势,就没有那植物。

……

的确,有一种"精神的"气候,就是风俗习惯与时代精神,和自然界的气候起着同样的作用。严格说来,精神气候并不产生艺术家;我们先有天才和高手,像先有植物的种子一样。在同一国家的两个不同的时代,有才能的人和平庸的人数目很可能相同。我们从统计上看到,兵役检查的结果,身量合格的壮丁与身材矮小而不合格的壮丁,在前后两代中数目相仿。人的体格是如此,大概聪明才智也是如此。造化是人的播种者,他始终用同一只手,在同一口袋里掏出差不多同等数量,同样质地,同样比例的种子,撒在地上。但他在时间空间迈着大步撒

在周围的一把一把的种子,并不颗颗发芽。必须有某种精神气候,某种才干才能发展;否则就流产。因此,气候改变,才干的种类也随之而变;倘若气候变成相反,才干的种类也变成相反。精神气候仿佛在各种才干中作着"选择",只允许某几类才干发展而多多少少排斥别的。由于这个作用,你们才看到某些时代某些国家的艺术宗派,忽而发展理想的精神,忽而发展写实的精神,有时以素描为主,有时以色彩为主。时代的趋向始终占着统治地位。企图向别方面发展的才干会发觉此路不通;群众思想和社会风气的压力,给艺术家定下一条发展的路,不是压制艺术家,就是逼他改弦易辙。

……

由此可以得出结论,不管在复杂的还是简单的情形之下,总是环境,就是风俗习惯与时代精神,决定艺术品的种类;环境只接受同它一致的品种而淘汰其余的品种;环境用重重障碍和不断的攻击,阻止别的品种发展。

……你们将要看到,浏览一下历史上的各个重要时期也能证实我们的规律。我要挑出四个时期,欧洲文化的四大高峰:一个是古希腊与古罗马的时代;一个是封建与基督教的中古时代;一个是正规的贵族君主政体,就是十七世纪;一个是受科学支配的工业化的民主政体,就是我们现在生存的时代。每个时期都有它特有的艺术或艺术品种,雕塑,建筑,戏剧,音乐;至少在这些高级艺术的每个部门内,每个时期有它一定的品种,成为与众不同的产物,非常丰富非常完全;而作品的一些主要特色都反映时代与民族的主要特色。

——丹纳《艺术哲学》,傅雷译,北京:人民文学出版社,1981 年,第 32-40 页

在英文著述中我们不常说起传统,虽然有时候也用它的名字来惋惜它的缺乏。我们无从讲到"这种传统"或"一种传统";至多不过用形容词来说某人的诗是"传统的",或甚至"太传统化了"。这种字眼恐怕根本就不常见,除非在贬责一类的语句中。不然的话,也是用来表示一种浮泛的称许,而言外对于所称许的作品不过认作一件有趣的考古学的复制品而已。你几乎无法用传统这个字眼叫英国人听来觉得顺耳,如果没有轻松地提到令人放心的考古学的话。

当然在我们对已往或现在作家的鉴赏中,这个名词不会出现。每个国家,每个民族,不但有自己的创作的也有自己的批评的气质;但对于自己批评习惯的短处与局限性甚至于比自己创作天才的短处与局限性更容易忘掉。从许多法文论著中我们知道,或自以为知道了,法国人的批评方法或习惯;我们便断定(我们是这样不自觉的民族)说法国人比我们"更挑剔",有时候甚至于因此自鸣得意,仿佛法国人比不上我们来得自然。也许他们是这样;但我们自己该想到批评是像呼吸一样重要的,该想到当我们读一本书而觉得有所感的时候,我们不妨明白表示我们心里想到的种种,也不妨批评我们在批评工作中的心理。在这种过程中有一点事实可以看出来:我们称赞一个诗人的时候,我们的倾向往往专注于他在作品中和别人最不相同的地方。我们自以为在他的作品中的这些方面或这些部分看出了什么是他个人的,什么是

他的特质。我们很满意地谈论诗人和他前辈的异点,尤其是和他前一辈的异点,我们竭力想挑出可以独立的地方来欣赏。实在呢,假如我们研究一个诗人,撇开了偏见,我们却常常会看出:他的作品中,不仅最好的部分,就是最个人的部分,也是他的前辈诗人最有力地表明他们的不朽的地方。我并非指易接受影响的青年时期,乃指完全成熟的时期。

然而,如果传统的方式仅限于追随前一代,或仅限于盲目地或胆怯地墨守前一代成功的方法,"传统"自然是不足称道了。我们见过许多这样单纯的潮流很快便消失在沙里了;新颖总比重复好。传统是具有广泛得多的意义的东西。它不是继承得到的,你如要得到它,你必须用很大的劳力。首先,它含有历史的意识,我们可以说这对于任何想在二十五岁以上还要继续作诗人的人,差不多是不可缺少的;历史的意识又含有一种领悟,不但要理解过去的过去性,而且还要理解过去的现存性,历史的意识不但使人写作时有他自己那一代的背景,而且还要感到从荷马以来欧洲整个的文学及其本国整个的文学有一个同时的存在,组成一个同时的局面。这个历史的意识是对于永久的意识,也是对于暂时的意识,也是对于永久和暂时结合起来的意识。就是这个意识使一个作家成为传统性的。同时也就是这个意识使一个作家最敏锐地意识到自己在时间中的地位,自己和当代的关系。

诗人,任何艺术的艺术家,谁也不能单独具有他完全的意义。他的重要性以及我们对他的鉴赏,就是鉴赏他和已往诗人以及艺术家的关系。你不能把他单独评价;你得把他放在前人之间来对照,来比较。我认为这不仅是一个历史的批评原则,也是美学的批评原则。他之必须适应,必须符合,并不是单方面的;产生一件新艺术作品,成为一个事件,以前的全部艺术作品就同时遭逢了一个新事件。现存的艺术经典本身就构成一个理想的秩序,这个秩序由于新的(真正新的)作品被介绍进来而发生变化。这个已成的秩序在新作品出现以前本是完整的,加入新花样以后要继续保持完整,整个的秩序就必须改变一下,即使改变得很小;因此每件艺术作品对于整体的关系、比例和价值就重新调整了;这就是新与旧的适应。谁要是同意这个关于秩序的看法,同意欧洲文学和英国文学自有其格局,谁听到说过去因现在而改变正如现在为过去所指引,就不至于认为荒谬。诗人若知道这一点,他就会知道重大的艰难和责任了。

在一个特殊的意义中,他也会知道他是不可避免地要经受过去标准所裁判。我说被裁判,不是被制裁;不是被裁判比从前的坏些,好些,或是一样好;当然也不是用从前许多批评家的规律来裁判。这是把两种东西互相权衡的一种裁判,一种比较。如果只是适应过去的种种标准,那么,对一部新作品来说,实际上根本不会去适应这些标准;它也不会是新的,因此就算不得是一件艺术作品。我们也不是说,因为它适合,新的就更有价值;但是它之能适合,总是对于它的价值的一种测验——这种测验,的确只能慢慢地谨慎地进行,因为我们谁也不是决不会错误地对适应进行裁判的人,我们说:它看来是适应的,也许倒是独特的,或是,它看来是独特的,也许可以是适应的;但我们总不至于断定它只是这个而不是那个。

现在进一步来更明白地解释诗人对于过去的关系:他不能把过去当作乱七八糟的一团,

也不能完全靠私自崇拜的一两个作家来训练自己,也不能完全靠特别喜欢的某一时期来训练自己。第一条路是走不通的,第二条是年轻人的一种重要经验,第三条是愉快而可取的一种弥补。诗人必须深刻地感觉到主要的潮流,而主要的潮流却未必都经过那些声名卓著的作家。他必须深知这个明显的事实;艺术从不会进步,而艺术的题材也从不会完全一样。他必须明了欧洲的心灵,本国的心灵——他到时候自会知道这比他自己私人的心灵更重要几倍——是一种会变化的心灵,而这种变化,是一种发展,这种发展决不会在路上抛弃什么东西,也不会把莎士比亚、荷马或马格德林时期的作画人的石画,都变成老朽。这种发展,也许是精炼化,当然是复杂化,但在艺术家看来不是什么进步。也许在心理学家看来也不是进步,或没有达到我们所想象的程度;也许最后发现这不过是出之于经济与机器的影响而已。但是现在与过去的不同在于:我们所意识到的现在是对于过去的一种认识,而过去对于它自身的认识就不能表示出这种认识处于什么状况,达到什么程度。

有人说:"死去的作家离我们很远,因为我们比他们知道得多得多。"确是这样,他们正是我们所知道的。

我很知道往往有一种反对意见,反对我显然是为诗歌这一个行当所拟的部分纲领。反对的理由是:我这种教条要求博学多识(简直是炫学)达到了可笑的地步,这种要求即使向任何一座众神殿去了解诗人生平也会遭到拒绝。我们甚至于断然说学识丰富会使诗的敏感麻木或者反常。可是,我们虽然坚信诗人应该知道得愈多愈好,只要不妨害他必需的感受性和必需的懒散性,如把知识仅限于用来应付考试,客厅应酬,当众炫耀的种种,那就不足取了。有些人能吸收知识,而较为迟钝的则非流汗不能得。莎士比亚从普鲁塔克所得到的真实历史知识比大多数人从整个大英博物馆所能得到的还要多。我们所应坚持的,是诗人必须获得或发展对于过去的意识,也必须在他的毕生事业中继续发展这个意识。

于是他就得随时不断地放弃当前的自己,归附更有价值的东西,一个艺术家的前进是不断地牺牲自己,不断地消灭自己的个性。

现在应当要说明的,是这个消灭个性的过程及其对于传统意识的关系。要做到消灭个性这一点,艺术才可以说达到科学的地步了。因此,我请你们(作为一种发人深省的比喻)注意:当一根白金丝放到一个贮有氧气和二氧化硫的瓶里去的时候所发生的作用。

——T.S.艾略特《传统与个人才能》,卞之琳译,艾略特《传统与个人才能:
艾略特文集·论文》,卞之琳、李赋宁等译,上海:上海译文出版社,2012年,第1-6页

诗的历史是无法和诗的影响截然区分的。因为,一部诗的历史就是诗人中的强者为了廓清自己的想象空间而相互"误读"对方的诗的历史。……

所谓诗人中的强者,就是以坚韧不拔的毅力向威名显赫的前代巨擘进行至死不休的挑战的诗坛主将们。天赋较逊者把前人理想化;而具有较丰富想象力者则取前人之所有为己用。然而,不花出代价者终无所获。取前人之所有为己用会引起由于受人恩惠而产生的负债之焦

虑。试想,哪一位强者诗人希望意识到:他并没有能够创造出自己的独特风格。

……

诗的影响——当它涉及到两位强者诗人,两位真正的诗人时——总是以对前一位诗人的误读而进行的。这种误读是一种创造性的校正,实际上必然是一种误译。一部成果斐然的"诗的影响"的历史——亦即文艺复兴以来的西方诗歌的主要传统——乃是一部焦虑和自我拯救之漫画的历史,是歪曲和误解的历史,是反常和随心所欲的修正的历史,而没有所有这一切,现代诗歌本身是根本不可能生存的。

——哈罗德·布鲁姆《影响的焦虑》,徐文博译,

北京:生活·读书·新知三联书店,1989年,第3页,第31页

把十八世纪末作为非常粗略的限定起点,我们可以把东方主义作为与研究东方的团体机构来分析和讨论——这种研究包括发表关于东方的声明,阐述关于东方的权威观点,描写东方,以及教东方、占领东方和统治东方;简言之,东方主义已经成为西方统治、重建、管辖东方的一种风格。我发现在这方面可以使用米歇尔·福柯在《知识考古学》和《监禁与惩罚》中提出的话语观念来认识东方主义。我的论点是,如果不把东方主义作为一种话语来探讨,那就不可能理解欧洲文化庞大的规章制度,正是借助这个庞大的规章制度欧洲才能在政治上、社会上、军事上、意识形态上、科学上、想象上于后启蒙时代对东方施加管理——甚至生产。此外,东方主义占据了如此权威的地位,以致于我认为任何关于东方的写作、思想和行动都不能不考虑到东方主义所强加给思想和行动的局限。简言之,由于东方主义,东方过去不是(现在仍然不是)一个自由的思想或行动主体。

——爱德华·赛义德《赛义德自选集》,谢少波、韩刚等译,

北京:中国社会科学出版社,1999年,第3页

第三节　文学创作的动态过程

在分析了文学创作的双重属性和影响因素之后,以下将具体考察文学创作过程。创作过程是文学活动的主要环节之一,一般包括这样两个层次:一是在艺术体验中创造审美意义系统,即通常所说的艺术构思;二是为意义系统创造独特的艺术形式,即通常所说

的艺术表达。在具体创作实践中,这两个层次可能是同时进行的,也有可能是分阶段完成的。

一、对世界与生活的艺术掌握

人类在面对自然世界和社会生活时能够对之进行艺术的把握,这是一切艺术活动的前提。德国哲学家康德认为纯粹理性、实践理性、判断力先天地存在于人类的主体精神结构,因此,在精神活动中相应地形成了科学、伦理、艺术三大领域。马克思在《1844 年经济学-哲学手稿》和《〈政治经济学批判〉导言》等著作中进一步指出,人类掌握世界具有四种基本方式:理论的方式,艺术的方式,宗教的方式,实践精神的方式。① 艺术掌握的方式,意味着人类能够把主体内在的尺度运用到对象身上,能够按照美的规律来进行创造。② 可见,人类在认识和体验世界的过程中,不仅有能力发现其中的自然规律,对世界进行改造使之符合人类生存的实际需要,有能力建立一定的道德伦理秩序以调节各种社会关系,也对世界进行神学的解释使之符合信仰的需要,还能超越于物质的、道德的、科学的、宗教的各种功利之外,专门关注事物的外观和形式,从中获得审美快感。于是,经过艺术掌握而重新呈现于人们心目中的世界,具有独特的形象和意义。"山石荦确行径微,黄昏到寺蝙蝠飞。升堂坐阶新雨足,芭蕉叶大栀子肥"(韩愈《山石》),在眼目所及的景物中,率先吸引诗人的是嶙峋的山石,诗人对它的兴趣不在于要了解它的矿物质构成或地质年代,不在于要用它来铺路筑桥,而是因为它坚硬的质地,奇特的形状,厚重的色泽,或者是它与周围环境的关系,触发了主体的某种感性体验,似乎在一刹那间向人昭示出心灵与世界之间的某种潜在关联。这种体验就是人对世界的艺术掌握。又譬如一段人生经历,如果人们感兴趣的不是从中获得某种道德教训或生活常识,不是对之进行社会学考察,也不是以之印证某种宗教理念,而是从中感受人物的鲜活个性,理解其中的人性与心理,想象其中的情绪体验和人生境遇,并由此触动、补充、发挥自身的人生体验和价值思考。这也是人对世界的艺术掌握。

一般人在对世界与生活的精神把握中,多多少少都会产生一些艺术体验,但这种艺术掌握大多是无意识的,不自觉的,一般不会进一步发展为艺术创作。比如看见美丽的自然景物,一般人都会产生审美愉悦,但未必会就此写诗作画。艺术家则不同,他们能够意识到自己对外物的某种感受是艺术体验,甚至有意识地为平凡的风景赋予不同寻常的美感,有意识地从普通生活场景中挖掘能够反映社会生活本质,能够触及人们灵魂深处

① 马克思:《〈政治经济学批判〉导言》,《马克思恩格斯选集》第二卷,北京:人民出版社 2012 年,第 3 页。
② 马克思:《1844 年经济学-哲学手稿》,《马克思恩格斯选集》第一卷,北京:人民出版社 2012 年,第 57 页。

的意义,化腐朽为神奇。朱自清眼中的清华园荷塘,托尔斯泰眼中的牛蒡花,与一般人所见大相径庭。一个普通的由婚外恋引发的悲剧,在福楼拜心目中,可以成为对贵族式教育,平庸的生活和道德,以及人性虚荣的社会现实的整体批判,于是有了《包法利夫人》。路途遇雨,在人们的日常生活中司空见惯,苏轼却由此悟出"回首向来萧瑟处,归去,也无风雨也无晴"(《定风波》)的人生境界。英国诗人济慈无意间听到夜莺鸣叫,便为那一只飞鸟、一声天籁创造出穿越亘古时空、穿越生死流转的永生的象征意义(《夜莺颂》)。艺术家对这种超乎常人的审美敏感,往往都有切身体验和自觉认识。雕塑家罗丹曾说:"所谓大师,就是这样的人:他们用自己的眼睛去看别人见过的东西,在别人司空见惯的东西上能够发现出美来。"①福楼拜在对莫泊桑谈创作时也强调:"对你所要表现的东西,要长时间很注意去观察它,以便能发现别人没有发现过和没有写过的特点。……最细微的事物里也会有一点点未被认识过的东西。让我们去发掘它。为了要描写一堆篝火和平原上的一株树木,我们要面对着这堆火和这株树,一直到我们发现了它们和其他的树其他的火不相同的特点的时候。"②艺术家甚至能从墙上的污迹中看出风景,钱钟书就曾举出这种中外皆有的例子,中国的例子出自《梦溪笔谈》:"汝先当求一败墙,张绢素讫,倚之败墙之上,朝夕观之。观之既久,隔素见败墙之上,高下曲折,皆成山水之象,心存目想";西方的例子则出自达·芬奇:"达文齐亦云,作画时构思造境,可面对墙痕斑驳或石色错杂,目注心营,则人物风景仿佛纷呈。"③

所以,日常生活中人们对世界的一般性审美体验,与文学创作过程中作家对世界的艺术掌握,虽然具有关联性和相似性,但并不能完全等同。后者是一种综合了长期生活积累、艺术积累和敏锐的艺术天赋而产生的精神活动,也是一种综合了知觉、想象、情感、理性的精神活动,能够从个别的、特殊的物象中意识到它作为类的存在,在偶然的境遇中体悟到人类普遍的命运,能够为眼前的物象创造出新的形象,赋予新的意义,比一般性审美体验更具概括性、创造性。这种创造性的构思,最初往往是作家因外物触发而产生的无意识活动,但它的完善成形,却离不开作家对既有积累进行有意识的筛选、增删、改造、整合。

二、以形式为载体的艺术加工

在艺术家对世界的审美把握中,世界已经不再是原来的状态,而是呈现出新的形象和意义,但它们可能还只是存在于艺术家的主观意识之中,如果要记录、描绘、传递这些

---

① 罗丹:《罗丹艺术论》,沈琪译,北京:人民美术出版社,1978年,第5页。
② 莫泊桑:《论小说》,《西方文艺理论名著选编》(中卷),北京:北京大学出版社,1996年,第271页。
③ 钱钟书:《管锥编》,北京:生活·读书·新知三联书店,2007年,第1588页。

形象和意义,就需要为之创造审美形式,艺术作品总是以具体的语言文字、线条、形体、色彩、音符、旋律等实体形式而存在的。

在有些时候,艺术形象和审美形式是同时获得的。例如在某些诗歌创作中,生成意义系统的不是那些已经被抒发了无数遍的思想情感,而是对意象的捕获和音韵格律的呈现。梁宗岱甚至这样解说象征主义的"纯诗":"所谓纯诗,便是摒除一切客观的写景,叙事,说理以至感伤的情调,而纯粹凭藉那构成它的形体底原素——音乐和色彩——产生一种符咒似的暗示力,以唤起我们感官与想象底感应,而超度我们的灵魂到一种神游物表的光明极乐的境域。"[1]一些小说作家有意识地运用独特的叙事形式来构造意义系统,如伍尔夫《达罗卫夫人》《到灯塔去》,博尔赫斯《交叉小径的花园》,帕穆克《我的名字叫红》等,在这些例子中,艺术形式本身就意味着作家心目中的形象和意义。除文学之外,其他艺术门类中也存在此种情况,如中国的书法艺术和写意画,其艺术形象与意义系统就是随审美形式而出现的。

当然,在大多数创作过程中,作家是首先在对世界和生活的审美把握中逐渐构想出凝聚着意义的艺术形象,经历了艺术情绪的激荡,随之产生艺术表达的欲望,然后进入创造艺术形式的阶段。"我们自身灵里以及周遭空气里多的是要求投胎的思想的灵魂,我们的责任是替它们构造适当的躯壳,这就是诗文与各种美术的新格式与新音节的发见。"[2]不仅艺术构思可能经历一个长期过程,比如雨果最初了解到农民皮埃尔·莫兰的遭遇,触发创作动机,到他正式开始写作《悲惨世界》,中间已有近 20 年的间隔,而这部作品又历时 14 年才最终完成;艺术形式的创造成型,也可能是一个长期的、反复的过程,曹雪芹写《红楼梦》就曾"批阅十载,增删五次",推敲不已的诗人贾岛更曾感慨"二句三年得,一吟双泪流"(《题诗后》)。

创作过程中之所以存在这样的困难,固然可以从作家的艺术才能找原因,但更为本质的原因在于,艺术形式对于形象和意义的表达总会具有这样那样的局限性。郑板桥从自己的绘画创作经验中,体会到"眼中之竹""胸中之竹""笔下之竹"三者的不相吻合,形象地说明了艺术家头脑中的艺术形象不是实物的再现,而是以经验材料为基础的创造物;而艺术形式又具有一定的独立性,它本身要生成意义,并非只是作为媒介或容器负载先在于作家头脑中的形象与意义。从消极的角度看,这意味着任何艺术形式都难以完美地呈现出艺术家希望表达的形象内容和意义系统,以有形的线条、色彩、形状为载体的绘画尚且如此,以更为抽象的语言符号为载体的文学就更是如此。中国古人很早就注意到"言不尽意"的现象,陆机讲过"文不逮意"(《文赋》),刘勰讲过"意翻空而易奇,言征实而

---

① 梁宗岱:《诗与真》,卫建民校注,北京:中央编译出版社,2006 年,第 100 页。
② 徐志摩:《诗刊弁言》,《徐志摩诗全编》(编年体),杭州:浙江文艺出版社,1998 年,第 566 页。

难巧"(《文心雕龙·神思》),苏轼讲过"能使是物了然于心者,盖千万人而不一遇也,而况能使了然于口与手者乎?"(《答谢民师书》)然而,对于文学创作而言,"言不尽意"也可能产生积极的影响:一是有助于发挥艺术形式的独立审美意义,使人们充分感受音韵格律词藻结构之美;二是使艺术形式的创造同时也成为意义系统的再创造,作家对存在于头脑中的艺术体验的表达,就不仅仅是为之寻找一个载体,一个形式,而是对于形象和意义的再次打造。所以,当作品真正成型以后,所生成的艺术形象和意义系统可能与作家最初的设想有所差别。所以,中国古人意识到"言不尽意"之后,并不是被动接受这种局限,而是化被动为主动,一方面把诗歌、文章的形式之美发挥到淋漓尽致的地步,融整齐对称与错落有致为一体,集回环呼应与摇曳多姿为一身;一方面有意识地追求"言已尽而意无穷"的表达效果,形成了含蓄隽永、意味深长的民族审美风格。西方艺术家在意识到艺术形式的局限性之后,也开始突破再现论传统"艺术模仿现实"的观念,突破表现论传统"艺术表现心灵"的观念,不再把艺术形式视为表达工具,而强调艺术形式本身所能创造出的审美意蕴,在理论上提出"形式的陌生化"、语言的"诗功能""有意味的形式""文本的召唤结构"等新见,在创作实践上发展出各种新颖的语言风格、叙事技巧和结构形式,使 20 世纪的文学创作继 19 世纪现实主义、浪漫主义达到高峰之后,得以凭借现代主义而走向新的艺术高峰。

就文学创作过程而言,以形式为载体进行艺术加工是一个必经阶段,它是文学创作的最终完成,是作家艺术体验、艺术才能的实体化,也是作家艺术个性的体现。对艺术形式的加工一般遵循审美性、创造性、个性化的原则,但这个阶段不仅仅是对艺术形式的打磨,更是对意义的重新提炼,对形象的重新锻造。在一个完整的创造过程中,艺术形象的生成与艺术形式的实现,虽然从理论上讲是两个层次,但在艺术实践中是很难被截然分开的。

三、创作过程中的灵感现象

在文学创作的两个层次中,都有可能出现灵感现象。灵感是一种特殊的精神状态,在这种状态中,艺术感知特别敏捷活跃,创作主体能于一刹那间不由自主地捕获到平时经过艰苦构思也难以得到的艺术形象与审美意蕴,能够"下笔千言,倚马可待"地写就平时经过千锤百炼也难以拥有的清词丽句。许多作家都曾经谈到对灵感状态的切身体会,陆机说:"若夫应感之会,通塞之纪。来不可遏,去不可止。……虽兹物之在我,非余力之所戮。故时抚空怀而自惋,吾未识夫开塞之所由。"[1]皎然说:"有时意静神王,佳句纵横,

---

[1] 陆机:《文赋》,李善注《文选》卷十七,北京:商务印书馆,1959 年,第 356 页。

若不可遏,宛若神助。"①汤显祖说:"自然灵气,恍惚而来,不思而至。怪怪奇奇,莫可名状。"②歌德说:"事先毫无印象或预感,诗意突如其来,我感到一种压力,仿佛非马上把它写出来不可,这种压力就像一种本能的梦境的冲动。在这种梦行症的状态中,我往往面前斜放着一张稿纸而没有注意到,等我注意到时,上面已写满了字,没有空白可以再写什么了。"③

灵感的产生,是主体所不能控制的,具有偶发性。历来对于灵感现象的解释,有的具有神秘主义色彩,例如,柏拉图就把灵感视为受到神灵禀赋而产生的一种迷狂状态;有的则从心理甚至生理刺激中寻求解答,例如,李白、王勃借助饮酒,伏尔泰、巴尔扎克借助咖啡,柯勒律治吸食鸦片,卢梭需要让阳光晒着脑袋,弥尔顿依赖于特定的季节,席勒认为烂苹果的味道刺激灵感,马克·吐温觉得躺在床上构思灵感才会降临……尽管灵感的确具有偶然性、个体性,稍纵即逝,但并非全然不可捉摸,它实际上是生活阅历、审美经验的丰富积累,长期创作实践的训练,再加上偶然因素触发而造成的思维瞬间活跃状态。正类似于王国维所说的"三境界",最高境界的达成需要前两个境界的准备和铺垫,如果没有"独上高楼,望尽天涯路"的艺术志向,没有长期冥思苦想,"为伊消得人憔悴"的执着,也不可能达到"蓦然回首",灵感乍现,得来全不费工夫的境界。

【原典选读】

余每观才士之所作,窃有以得其用心。夫放言遣辞,良多变矣,妍蚩好恶,可得而言。每自属文,尤见其情。恒患意不称物,文不逮意。盖非知之难,能之难也。故作《文赋》,以述先士之盛藻,因论作文之利害所由,它日殆可谓曲尽其妙。至于操斧伐柯,虽取则不远,若夫随手之变,良难以辞逮。盖所能言者具于此云。

伫中区以玄览,颐情志于典坟。遵四时以叹逝,瞻万物而思纷。悲落叶于劲秋,喜柔条于芳春。心懔懔以怀霜,志眇眇而临云。咏世德之骏烈,诵先人之清芬。游文章之林府,嘉丽藻之彬彬。慨投篇而援笔,聊宣之乎斯文。

其始也,皆收视反听,耽思傍讯。精骛八极,心游万仞。其致也,情瞳昽而弥鲜,物昭晰而互进。倾群言之沥液、漱六艺之芳润。浮天渊以安流,濯下泉而潜浸。于是沉辞怫悦,若游鱼衔钩,而出重渊之深;浮藻联翩,若翰鸟婴缴,而坠曾云之峻。收百世之阙文,采千载之遗韵。谢朝华于已披,启夕秀于未振。观古今于须臾,抚四海于一瞬。然后选义按部,考辞就班。抱

---

① 皎然:《诗式·取境》,何文焕《历代诗话》,北京:中华书局,1981年,第31页。
② 汤显祖:《合奇序》,徐朔方笺校《汤显祖全集》(二),北京:北京古籍出版社,1998年,第1138页。
③ 爱克曼:《歌德谈话录》,朱光潜译,北京:人民文学出版社,1978年,第207页。

景者咸叩,怀响者毕弹。或因枝以振叶,或沿波而讨源。或本隐以之显,或求易而得难。或虎变而兽扰,或龙见而鸟澜。或妥帖而易施,或岨峿而不安。罄澄心以凝思,眇众虑而为言。笼天地于形内,挫万物于笔端。始踯躅于燥吻,终流离于濡翰。理扶质以立干,文垂条而结繁。信情貌之不差,故每变而在颜。思涉乐其必笑,方言哀而已叹。或操觚以率尔,或含毫而邈然。

伊兹事之可乐,固圣贤之所钦。课虚无以责有,叩寂寞而求音。函绵邈于尺素,吐滂沛乎寸心。言恢之而弥广,思按之而逾深。播芳蕤之馥馥,发青条之森森。粲风飞而猋竖,郁云起乎翰林。

体有万殊,物无一量。纷纭挥霍,形难为状。辞程才以效伎,意司契而为匠。在有无而僶俛,当浅深而不让。虽离方而遁员,期穷形而尽相。故夫夸目者尚奢,惬心者贵当。言穷者无隘,论达者唯旷。

诗缘情而绮靡,赋体物而浏亮。碑披文以相质,诔缠绵而凄怆。铭博约而温润,箴顿挫而清壮。颂优游以彬蔚,论精微而朗畅。奏平彻以闲雅,说炜晔而谲诳。虽区分之在兹,亦禁邪而制放。要辞达而理举,故无取乎冗长。

其为物也多姿,其为体也屡迁;其会意也尚巧,其遣言也贵妍。暨音声之迭代,若五色之相宣。虽逝止之无常,故崎錡而难便。苟达变而相次,犹开流以纳泉;如失机而后会,恒操末以续颠。谬玄黄之秩叙,故淟涊而不鲜。

或仰逼于先条,或俯侵于后章;或辞害而理比,或言顺而意妨。离之则双美,合之则两伤。考殿最于锱铢,定去留于毫芒;苟铨衡之所裁,固应绳其必当。

或文繁理富,而意不指适。极无两致,尽不可益。立片言而居要,乃一篇之警策;虽众辞之有条,必待兹而效绩。亮功多而累寡,故取足而不易。

或藻思绮合,清丽千眠。炳若缛绣,凄若繁弦。必所拟之不殊,乃暗合乎曩篇。虽杼轴于予怀,怵他人之我先。苟伤廉而愆义,亦虽爱而必捐。

或苕发颖竖,离众绝致;形不可逐,响难为系。块孤立而特峙,非常音之所纬。心牢落而无偶,意徘徊而不能揥。石韫玉而山辉,水怀珠而川媚。彼榛楉之勿翦,亦蒙荣于集翠。缀《下里》于《白雪》,吾亦济夫所伟。

或托言于短韵,对穷迹而孤兴,俯寂寞而无友,仰寥廓而莫承;譬偏弦之独张,含清唱而靡应。或寄辞于瘁音,言徒靡而弗华,混妍蚩而成体,累良质而为瑕;象下管之偏疾,故虽应而不和。或遗理以存异,徒寻虚以逐微,言寡情而鲜爱,辞浮漂而不归;犹弦么而徽急,故虽和而不悲。或奔放以谐合,务嘈囋而妖冶,徒悦目而偶俗,固高声而曲下;寤《防露》与桑间,又虽悲而不雅。或清虚以婉约,每除烦而去滥,阙大羹之遗味,同朱弦之清氾;虽一唱而三叹,固既雅而不艳。

若夫丰约之裁,俯仰之形,因宜适变,曲有微情。或言拙而喻巧,或理朴而辞轻;或袭故而弥新,或沿浊而更清;或览之而必察,或研之而后精。譬犹舞者赴节以投袂,歌者应弦而遣声。

是盖轮扁所不得言,故亦非华说之所能精。

普辞条与文律,良余膺之所服。练世情之常尤,识前修之所淑。虽浚发于巧心,或受欸于拙目。彼琼敷与玉藻,若中原之有菽。同橐籥之罔穷,与天地乎并育。虽纷蔼于此世,嗟不盈于予掬。患挈瓶之屡空,病昌言之难属。故踸踔于短垣,放庸音以足曲。恒遗恨以终篇,岂怀盈而自足?惧蒙尘于叩缶,顾取笑乎鸣玉。

若夫应感之会,通塞之纪,来不可遏,去不可止,藏若景灭,行犹响起。方天机之骏利,夫何纷而不理?思风发于胸臆,言泉流于唇齿;纷葳蕤以馺遝,唯豪素之所拟;文徽徽以溢目,音泠泠而盈耳。及其六情底滞,志往神留,兀若枯木,豁若涸流;揽营魂以探赜,顿精爽于自求;理翳翳而愈伏,思乙乙其若抽。是以或竭情而多悔,或率意而寡尤。虽兹物之在我,非余力之所戮。故时抚空怀而自惋,吾未识夫开塞之所由。

伊兹文之为用,固众理之所因。恢万里而无阂,通亿载而为津。俯殆则于来叶,仰观象乎古人。济文武于将坠,宣风声于不泯。途无远而不弥,理无微而弗纶。配沾润于云雨,象变化乎鬼神。被金石而德广,流管弦而日新。

——陆机《文赋》,李善注《文选》卷十七,

北京:商务印书馆,1959 年,第 349-357 页

古人云:"形在江海之上,心存魏阙之下。"神思之谓也。文之思也,其神远矣。故寂然凝虑,思接千载,悄焉动容,视通万里;吟咏之间,吐纳珠玉之声,眉睫之前,卷舒风云之色:其思理之致乎?故思理为妙,神与物游,神居胸臆,而志气统其关键;物沿耳目,而辞令管其枢机。枢机方通,则物无隐貌;关键将塞,则神有遁心。是以陶钧文思,贵在虚静,疏瀹五藏,澡雪精神;积学以储宝,酌理以富才,研阅以穷照,驯致以怿辞;然后使玄解之宰,寻声律而定墨;独照之匠,窥意象而运斤:此盖驭文之首术,谋篇之大端。

夫神思方运,万涂竞萌,规矩虚位,刻镂无形;登山则情满于山,观海则意溢于海,我才之多少,将与风云而并驱矣。方其搦翰,气倍辞前;暨乎篇成,半折心始。何则?意翻空而易奇,言徵实而难巧也。是以意授于思,言授于意,密则无际,疏则千里;或理在方寸,而求之域表,或义在咫尺,而思隔山河:是以秉心养术,无务苦虑,含章司契,不必劳情也。

人之禀才,迟速异分;文之制体,大小殊功:相如含笔而腐毫,扬雄辍翰而惊梦,桓谭疾感于苦思,王充气竭于思虑,张衡研京以十年,左思练都以一纪,虽有巨文,亦思之缓也。淮南崇朝而赋骚,枚皋应诏而成赋,子建援牍如口诵,仲宣举笔似宿构,阮瑀据案而制书,祢衡当食而草奏,虽有短篇,亦思之速也。若夫骏发之士,心总要术,敏在虑前,应机立断;覃思之人,情饶歧路,鉴在疑后,研虑方定:机敏故造次而成功,虑疑故愈久而致绩。难易虽殊,并资博练;若学浅而空迟,才疏而徒速,以斯成器,未之前闻。是以临篇缀虑,必有二患:理郁者苦贫,辞溺者伤乱。然则博见为馈贫之粮,贯一为拯乱之药,博而能一,亦有助乎心力矣。

若情数诡杂,体变迁贸,拙辞或孕于巧义,庸事或萌于新意;视布于麻,虽云未费,杼轴献

功,焕然乃珍。至于思表纤旨,文外曲致,言所不追,笔固知止;至精而后阐其妙,至变而后通其数,伊挚不能言鼎,轮扁不能语斤,其微矣乎!

赞曰:神用象通,情变所孕。物心貌求,心以理应。刻镂声律,萌芽比兴。结虑司契,垂帷制胜。

——刘勰《文心雕龙·神思》,选自周振甫《文心雕龙注释》,

北京:人民文学出版社,1981年,第295-296页

凡思绪初发,辞采苦杂,心非权衡,势必轻重。是以草创鸿笔,先标三准:履端于始,则设情以位体;举正于中,则酌事以取类;归余于终,则撮辞以举要。然后舒华布实,献替节文,绳墨以外,美材既斲,故能首尾圆合,条贯统序。若术不素定,而委心逐辞,异端丛至,骈赘必多。

故三准既定,次讨字句。句有可削,足见其疏;字不得减,乃知其密。精论要语,极略之体;游心窜句,极繁之体;谓繁与略,随分所好。引而申之,则两句敷为一章;约以贯之,则一章删成两句。思赡者善敷,才核者善删。善删者字去而意留,善敷者辞殊而义显。字删而意阙,则短乏而非核;辞敷而言重,则芜秽而非赡。

昔谢艾王济,西河文士,张俊以为"艾繁而不可删,济略而不可益",若二子者,可谓练熔裁而晓繁略矣。至如士衡才优,而缀辞尤繁;士龙思劣,而雅好清省。及云之论机,亟恨其多,而称清新相接,不以为病,盖崇友于耳。夫美锦制衣,修短有度,虽玩其采,不倍领袖,巧犹难繁,况在乎拙。而文赋以为榛楛勿剪,庸音足曲,其识非不鉴,乃情苦芟繁也。夫百节成体,共资荣卫;万趣会文,不离辞情。若情周而不繁,辞运而不滥,非夫熔裁,何以行之乎!

——刘勰《文心雕龙·熔裁》,选自周振甫《文心雕龙注释》,

北京:人民文学出版社,1981年,第355-356页

孔子曰:"言之不文,行而不远。"又曰:"辞达而已矣。"夫言止于达意,即疑若不文,是大不然。求物之妙,如系风捕影,能使是物了然于心者,盖千万人而不一遇也,而况能使了然于口与手者乎?是之谓辞达。辞至于能达,则文不可胜用矣。……

——苏轼《答谢民师书》,《经进东坡文集事略》卷四十六,

北京:文学古籍刊行社,1957年,第780页

江馆清秋,晨起看竹,烟光日影露气,皆浮动于疏枝密叶之间,胸中勃勃遂有画意。其实胸中之竹,并不是眼中之竹也。因而磨墨展纸,落笔倏作变相,手中之竹又不是胸中之竹也。总之,意在笔先者,定则也;趣在法外者,化机也。独画云乎哉!

——郑燮《题画》,吴泽顺编注《郑板桥集》,长沙:岳麓书社,2002年,第340页

你这副长于解说荷马的本领并不是一种技艺,而是一种灵感,象我已经说过的。有一种

106

神力在驱遣你，象欧里庇得斯所说的磁石……磁石不仅能吸引铁环本身，而且把吸引力传给那些铁环，使它们也象磁石一样，能吸引其他铁环。有时你看到许多个铁环互相吸引着，挂成一条长锁链，这些全从一块磁石得到悬在一起的力量。诗神就象这块磁石，她首先给人灵感，得到这灵感的人们又把它递传给旁人，让旁人接上他们，悬成一条锁链。凡是高明的诗人，无论在史诗或抒情诗方面，都不是凭技艺来做成他们的优美的诗歌，而是因为他们得到灵感，有神力凭附着。科里班特巫师们在舞蹈时，心理都受一种迷狂支配；抒情诗人们在做诗时也是如此。他们一旦受到音乐和韵节力量的支配，就感到酒神的狂欢，由于这种灵感的影响，他们正如酒神的女信徒们受酒神凭附，可以从河水中汲取乳蜜，这是她们在神智清醒时所不能做的事。抒情诗人们的心灵也正象这样，他们自己也说他们象酿蜜，飞到诗神的园里，从流蜜的泉源吸取精英，来酿成他们的诗歌。他们这番话是不错的，因为诗人们是一种轻飘的长着羽翼的神明的东西，不得到灵感，不失去平常理智而陷入迷狂，就没有能力创造，就不能做诗或代神说话。诗人们对于他们所写的那些题材，说出那样多的优美辞句，象你自己说荷马那样，并非凭技艺的规矩，而是依诗神的驱遣。因为诗人制作都是凭神力而不是凭技艺，他们各随其长，专做某一类诗，例如激昂的酒神歌，颂神诗，合唱歌，史诗，或短长格诗，长于某一种体裁的不一定长于他种体裁。假如诗人可以凭技艺的规矩去制作，这种情形就不会有，他就会遇到任何题目都一样能做。神对于诗人们象对于占卜家和预言家一样，夺去他们的平常理智，用他们作代言人，正因为要使听众知道，诗人并非借自己的力量在无知无觉中说出那些珍贵的辞句，而是由神凭附着来向人说话。……这类优美的诗歌本质上不是人的而是神的，不是人的制作而是神的诏语；诗人只是神的代言人，由神凭附着。最平庸的诗人也有时唱出最美妙的诗歌，神不是有意借此教训这个道理吗？

——柏拉图《柏拉图文艺对话集·伊安篇》，朱光潜译，
北京：人民文学出版社，1963 年，第 7-9 页

世界是那样广阔丰富，生活是那样丰富多彩，你不会缺乏做诗的动因。但是写出来的必须全是应景即兴的诗，也就是说，现实生活必须既提供诗的机缘，又提供诗的材料。一个特殊具体的情境通过诗人的处理，就变成带有普遍性和诗意的东西。……不要说现实生活没有诗意。诗人的本领，正在于他有足够的智慧，能从惯见的平凡事物中见出引人入胜的一个侧面。

……

艺术要通过一种完整体向世界说话。但这种完整体不是他在自然中所能找到的，而是他自己的心智的果实，或者说，是一种丰产的神圣的精神灌注生气的结果。

——爱克曼辑录《歌德谈话录》，朱光潜译，
北京：人民文学出版社，1978 年，第 6 页，第 137 页

想象，这是一种特质，没有它，人既不能成为诗人，也不能成为哲学家、有思想的人、有理

性的生物,甚至不能算是一个人。……

想象是人们追忆形象的机能。一个完全失去这种机能的人是一个愚昧的人,他的全部知识功能将限于发出他在儿时学会组合的声音,机械地在生活中应用。……

把一系列必然相联的形象按照它们在自然中的先后顺序加以追忆,这就叫做根据事实进行推理。如已知某一现象,而把一系列的形象按照它们在自然中必然会先后相联的顺序加以追忆,这就叫做根据假设进行推理,或者叫做想象;按照你所选的不同目标,你就是哲学家或诗人。……

但是,诗人不能完全听任想象力的狂热摆布,诗人有他一定的范围。诗人在事物的一般秩序的罕见情况中,取得他行动的范本。这就是他的规律。

——狄德罗《论戏剧艺术》,《狄德罗美学论文选》,

北京:人民文学出版社,1984 年,第 161 页,第 163 页

在自己心里唤起曾经一度体验过的感情,在唤起这种感情之后,用动作、线条、色彩、音响和语言所表达的形象来传达出这种感情,使别人也体验到这同样的感情,这就是艺术活动。艺术是这样的一项人类的活动:一个人用某些外在的符号有意识地把自己体验过的感情传达给别人,而别人为这些感情所感染,也体验到这些感情。

——列夫·托尔斯泰《艺术论》,《列夫·托尔斯泰文集》第 14 卷,

陈燊、丰陈宝等译,北京:人民文学出版社,1992 年,第 174 页

知识有两种形式:不是直觉的,就是逻辑的;不是想像得来的,就是从理智得来的;不是关于个体的,就是关于共相的;不是关于诸个别事物的,就是关于它们中间关系的;总之,知识所产生的不是意象,就是概念。

……

每一个真直觉或表象同时也是表现。没有在表现中对象化了的东西就不是直觉或表象,就还只是感受和自然的事实。心灵只有借造作、赋形、表现才能直觉。若把直觉与表现分开,就永没有办法把它们再联合起来。

直觉的活动能表现所直觉的形象,才能掌握那些形象。如果这话像是离奇的,那就多少由于"表现"一词的意义通常定得太狭了。它通常只限用于所谓"文字的表现"。但是表现也有非文字的,例如线条、颜色、声音的表现。我们的学说必须扩充到能适用于这些上面,它须包含人在辞令家、音乐家、画家或任何其它的地位所有的每一种表现。但是无论表现是图画的、音乐的,或是任何其它形式的,它对于直觉都绝不可少;直觉必须以某一种形式的表现出现,表现其实就是直觉的一个不可缺少的部分。我们如何真正能对一个几何图形有直觉,除非我们对它有一个形象,明确到能使我们马上把它画在纸上或黑板上?我们如何真正能对一个区域——比如说西西里岛——的轮廓有直觉,如果我们不能把它所有的曲曲折折都画出

来？每个人都经验过,在把自己的印象和感觉抓住而且表达出来时,心中都有一种光辉焕发;但是如果没有抓住和表达它们,就不能有这种内心的光辉焕发。所以感觉或印象,借文字的助力,从心灵的浑暗地带提升到凝神观照界的明朗。在这个认识的过程中,直觉与表现是无法可分的。此出现则彼同时出现,因为它们并非二物而是一体。……我们常听到人们说他们心里有许多伟大的思想,但是不能把它们表现出来。但是他们如果真有那些伟大的思想,他们就理应已把它们铸成恰如其分的美妙响亮的文字,那就是已把它们表现出来了。如果在要表现时,这些思想好像消散了或是变得贫乏了,理由就在它们本来不存在或本来贫乏。人们以为我们一般人都像画家一样能想象或直觉山川人物和景致,和雕刻家一样能想象或直觉形体,所不同者,画家和雕刻家知道怎样去画去雕这些形象,而我们却只让它们留在心里不表现。他们相信任何人都能想象出一幅拉斐尔所画的圣母像;拉斐尔之所以为拉斐尔,只是由于他有技艺方面的本领,能把那圣母画在画幅上。这种见解是极其荒谬的。我们所直觉到的世界通常是微乎其微的,只是一些窄小的表现品,这些表现品随某时会的精神凝聚之加强而逐渐变大变广。……由微细的直觉品转到较深广的直觉品,逐渐达到最广大最崇高的直觉品。这个转有时很不容易。

——克罗齐《美学原理·美学纲要》,朱光潜等译,

北京:人民文学出版社,1983年,第7页,第13-14页

在艺术活动中,精神分析学一再把行为看作是想要缓解不满足的愿望——这首先体现在创造性艺术家本人身上,继而体现在听众和观众身上。……艺术家的第一个目标是使自己自由,并且靠着把他的作品传达给其他一些有着同样被抑制的愿望的人们,他使这些人得到同样的发泄。他那最个性化的、充满愿望的幻想在他的表达中得到实现,但它们经过了转化——这个转化缓和了幻想中显得唐突的东西,掩盖了幻想的个性化的起因,并遵循美的规律,用快乐这种补偿方式来取悦于人——这时它们才变成了艺术作品。

——西格蒙德·弗洛伊德《精神分析学在美学上的应用》,张唤民、陈伟奇译,

裘小龙校,选自《弗洛伊德论美文选》,上海:知识出版社,1987年,第139页

集体无意识是精神的一部分,它与个人无意识截然不同,因为它的存在不象后者那样可以归结为个人的经验,因此不能为个人所获得。构成个人无意识的主要是一些我们曾经意识到,但以后由于遗忘或压抑而从意识中消失了的内容;集体无意识的内容从来就没有出现在意识之中,因此也就从未为个人所获得过,它们的存在完全得自于遗传。个人无意识主要是由各种情结构成的,集体无意识的内容则主要是"原型"。

　　……

伟大的诗歌总是从人类生活汲取力量,假如我们认为它来源于个人因素,我们就是完全不懂它的意义。每当集体无意识变成一种活生生的经验,并且影响到一个时代的自觉意识观

念,这一事件就是一种创造性行动,它对于每个生活在那一时代的人,就都具有重大意义。一部艺术作品被生产出来后,也就包含着那种可以说是世代相传的信息。因此,《浮士德》触及到每个法国人灵魂深处的某种东西。……每一历史时期都有它自己的倾向,它的特殊偏见和精神疾患。一个时代就如同一个个人;它有它自己意识观念的局限,因此需要一种补偿和调节。这种补偿和调节通过集体无意识获得实现。在集体无意识中,诗人、先知和领袖,听凭自己受他们时代未得到表达的欲望的指引,通过言论或行动,给每一个盲目渴求和期待的人,指引一条获得满足的道路,而不管这一满足所带来的究竟是福是祸,是拯救一个时代还是毁灭一个时代。

——荣格《心理学与文学》,冯川、苏克译,

北京:生活·读书·新知三联书店,1987年,第94页,第138页

那种被称为艺术的东西的存在,正是为了唤回人对生活的感受,使人感受到事物,使石头更成其为石头。艺术的目的是使你对事物的感觉如你所见的视象那样,而不是如同你所认知的那样;艺术的手法是事物的"反常化"(остранение)手法,是复杂化形式的手法,它增加了感受的难度和时延,既然艺术中的领悟过程是以自身为目的的,它就理应延长;艺术是一种体验事物之创造的方式,而被创造物在艺术中已无足轻重。

——维克托·什克洛夫斯基《作为手法的艺术》,《俄国形式主义文论选》,

方珊等译,北京:生活·读书·新知三联书店,1989年,第6页

【本章复习思考题】

1.中、西方文学传统中支持"作者中心论"的代表性理论有哪些?

2.20世纪以来,传统的"作者中心论"遭到了哪些挑战?

3.如何理解文学创作的"双重属性"?

4.文化生产机制对文学创作的制约和影响体现在哪些方面?

5.如何理解文学创作与个人素质的关系?

6.如何理解文学创作与社会因素的关系?

7.如何理解文学创作与文学传统的关系?

8."对世界的艺术掌握"理论包含哪些具体内容?

9.以艺术形式来表达形象和意义的复杂性有哪些具体表现?

10.如何理解文学创作过程中的"灵感"现象?

(本章执笔:马睿)

第四章　文学接受论

【概　述】

在汉语中,"接受"一词的基本意思是"对事物容纳而不拒绝"①。因此,所谓"文学接受",应当是指对一切文学作品的接纳,也即阅读活动。它既包括审美的也包括非审美的阅读活动,前者即人们通常所说的文学欣赏,后者包括不以审美为目的或不能达到审美水准的阅读活动。文学批评作为一种指导广大读者如何去接受文学作品的活动,必须以批评主体自身的阅读欣赏为基础和前提,因此,它也应纳入文学接受的范畴,被看成是一种侧重于理性分析和把握的、具指导性意义的阅读层次。

文学接受是一种异常复杂的精神活动,很早就有人对它进行思考和研究。在先秦儒家看来,诗和乐不仅反映了国家的伦理政治状况,而且也都是实现百姓教化的工具。在中国较早谈到文学接受问题的是孟子,他所说的"以意逆志"和"知人论世"从原则和方法上为文学接受奠定了儒学的基调,强调在心灵普遍性基础上的完全理解,以及通过文本所达到的理解的跨时空性。孟子所暗示的人的心灵普遍性是一个实践概念,从最抽象的"四端之心",到成熟的公共形式的"志",是在阅读、理解、实践他人的文本和思想过程中,不断展开潜在的本性之善的过程。但与现代西方的生存论诠释学不同,孟子并没有要发展个体特殊性的意愿,因此也不能容忍对原文本的"误读"。对先秦儒家来说,能否

---

① 中国社会科学院语言研究所词典编辑室:《现代汉语词典》(第5版),北京:商务印书馆,2005年,第694页。

111

听懂诗志乐声,是与接受者心灵或道德修养层次甚至政治实践有密切关系的。而老庄的道家思想除了强调要超越形式之外,也都认为接受者的精神能力与所接受的文本密切相关。

其后中国的文学接受理论都是在这个基调上展开的,只不过因为不同时代的思想方法不同而有不同的重点。总结来说有两种,一是偏重公共性的理情,一是偏重个体性的兴会。刘勰面对东汉之后儒学礼义衰败、形式之风大盛的时代弊端,力图重塑儒家之文的深刻内涵,在《文心雕龙·知音》中,他提出的阅文先标"六观",虽然在逻辑上受到汉代象数思维的影响,但也不失为一种系统的总结。从位体、置辞,到通变、奇正、事义、宫商,刘勰试图将对立的形式与道义统合在一起,共同作为文学批评的标准。

偏重个体性的方法是在个体心灵觉醒之后,尤其是受到佛教影响,在唐代以后发展起来的。它强调读者心灵的主动性,但在接受目的上仍然是以共同达到大道或精神的最高境界为最终旨归。

在古希腊时期,读者也是处于被教化的地位的。在亚里士多德的《诗学》中,"卡塔西斯"(catharsis)作为悲剧在观众中产生的效果,具有净化和澄清的含义,即通过引发观众的思考,对其心灵产生指引。虽然读者在此参与了阐释的过程,不过仍然没有其个体的特殊性,卡塔西斯最终将人的心灵引导向一种普遍的道德标准。直到启蒙主义之后,主体的特殊个性才得到重视,例如,英国批评家燕卜逊在他的《朦胧的七种类型》中不仅自己对诗人的意图进行了弗洛伊德式的随意解读[1],而且认为诗歌意义的含混性就在于文本本身的多样性,以及读者对这些多样性的不同把握。

正面强调读者的作用并且形成系统理论的是 20 世纪 60 年代兴起于德国的接受美学。作为创始人之一的尧斯,最初试图解决的是文学史的问题,在流行的形式主义文学理论下,文学史是文学形式自身发展的历史,相对封闭;而马克思主义的文学理论则由于过多强调文学的外部因素而忽略了审美的特殊规律。尧斯认为,通过引入读者的视角,可以将审美和历史贯通起来,让"文学史按此方法从形成一种连续性的作品与读者间对话的视野去观察,那么,文学史研究的美学方面与历史方面的对立便可不断地得以调节"[2]。

另一位接受美学的代表人物是伊瑟尔,在他看来,尧斯的接受美学希望重建读者的"期待视野",以确定特定历史时期的读者品味,而他自己的接受理论是一种审美反应理论,"集中探讨文学作品如何对隐含的读者(implied reader)产生影响,并引发他们的反应。审美反应理论根植于文本之中,而接受美学则产生于读者对作品的判断史。因而,

---

① 雷纳·韦勒克:《近代文学批评史》第五卷,杨自伍译,上海:上海译文出版社,2002 年,第 424 页。

② 尧斯、霍拉勃:《接受美学与接受理论》,周宁、金元浦译,沈阳:辽宁人民出版社,1987 年,第 24 页。

前者本质上是系统化的,而后者从根本上说是历史性的,这两个相互关联的部分构成了接受理论"①。虽然接受美学在一定程度上与产生于德国的诠释学无法分开,但按照伊瑟尔的说法,接受美学并非一种依赖于某种哲学的理论,而更多的是针对时代的矛盾冲突产生的。不过应该看到,20世纪后半期出现的利柯所谓的"解释的冲突"并非偶然,这些根植于不同哲学、宗教观念等基础上的解释,正是读者自我个体意识觉醒并诉诸普遍性的社会表征。

如果说接受美学仍然是一种以审美为目的的批评活动,那么马克思对文学的看法则完全超越了文学和审美,他放弃了文学写作和阅读的个人视角,将它们放置在作为整体的社会活动中来看,即生产和消费的视角。应该说,社会作为一个整体是发展个人个体性的前提,马克思所敏锐把握的正是这样的时代倾向。社会中的任何一个主体都不是孤立和封闭的,他们应该是开放和交流的,而遵循何种法则进行精神、艺术交流则是马克思主义的"艺术生产"理论所关心的核心。实际上,马克思已经看到,文学接受不应该是孤独地阐释自己(不论是作者还是读者)的立场,而是社会性的交流实践。通过生产、消费与流通的完整性社会视角观察,才能更深刻地认识资本对作为社会的人的精神异化,最终达到人的全面解放。生产和消费是组成社会经济关系的两极,马克思关于生产和消费辩证关系的论述,为我们从社会作为一个整体来看待文学的写作与接受活动提供了基本指导,不仅让文学更多地以一种实践的形态存在着,而且也为解决"解释的冲突"提供了思路。

20世纪以来,随着生产力的快速提升,西方资本主义社会不论在思想上还是社会构成方面,都发生了翻天覆地的变化,文学活动日益沿着生产和消费的社会化两极展开。不仅如此,处于生产和消费中间环节的传播,其重要地位和作用也逐步突显出来。这些对于传统的以审美为主要目的的文学理论来说,是一个全新的挑战:在面临文学生产、文学传播、文学消费、文学市场等一系列文学现象冲击下,如何描述新的文学观念、文学内部构成机制、作家的地位、文学的社会功能等等,都应该带有新的社会学和哲学的视角。

现代图书出版业的快速崛起为文学市场提供了物质基础,同时也改变了传统的写作与阅读方式,将作家与读者用一种更短期、更紧密的方式结合在一起。在题材和体裁上不断推陈出新,文学不仅在内容上与写实的新闻、历史、神话、宗教、科学等交融在一起,而且还创造了诸如非虚构小说、架空小说等新的文学形式,读者的接受目的也从单一的审美演变为多元性、多层次的阅读诉求,其中,休闲娱乐、社交、猎奇、科学或历史知识、神话幻想等和审美交织混杂在一起,成为现代读者的主要追求。

文学市场的诞生意味着文学在现实形态上成为一种商品,文学接受因而变成了文学

① 沃尔夫冈·伊瑟尔:《怎样做理论》,朱刚、谷婷婷、潘玉莎译,南京:南京大学出版社,2008年,第68页。

消费,其社会属性日益突出:文学消费、文化消费不仅逐渐成为人们日常生活不可缺少的组成部分,而且也构成了国家经济的重要产业支柱。文学也不再是一种纯净的、与世无染的精神活动,它所体现的是各种群体、利益集团,以及不同个体之间的社会性的矛盾与冲突。对文学消费现象的深入研究与辨识,不仅有助于我们了解文学在新时代下的社会功能,而且也为我们以什么样的方式、接受什么样的文学,提供了参考。

第一节　文学的审美接受

文学的审美接受又称文学欣赏,是以审美为目的的文学阅读。审美这个词本身即含有运用观赏者本身主体能动性的意味,不过如前所述,对这一欣赏过程的系统研究是接受美学展开的。

尧斯认为,决定文学历史性的不是一堆被认定为神圣的文学材料,而是读者对于作品接受的动态过程与结果。他几经反复,最终选择了一个已被使用过的观念:期待视野或期待地平线,用来表达读者在阅读与接受过程中的开始状态。在尧斯看来,期待视野是一定历史时期下,读者自身审美理想、审美趣味等在阅读接受过程中的能动体现,每一个读者都带着自己的期待视野来参与阅读,而这个视野又带有时代与社会环境的烙印。期待视野与作品中所体现的审美倾向的差异,决定了作品被接受的程度与方式,那些与社会中绝大多数人审美期待视野差异小甚至无差异的,属于通俗作品。而一些带来新的审美感知与审美观念的作品,即作家与读者间审美距离大的作品,则挑战甚至颠覆了许多读者的期待视野。不过由于期待视野不是一成不变的,随着读者被作品的审美观念所改变,他们的期待视野得到了提升。文学也因此完成了其社会功能。

另一方面,作家在创作时,也会不自觉地受到读者期待视野的影响甚至引导,这意味着作家从来都不是在社会和历史之外写作,尧斯进一步说,作家在文学接受所形成的文学史潮流中甚至是被动的,"易言之,后继作品能够解决前一作品遗留下来的形式的和道德的问题,并且再提出新问题"①。这样,通过期待视野的动态历史演进,尧斯将形式化的审美规律发展与社会历史结合在了一起。

———————————

① 尧斯、霍拉勃:《接受美学与接受理论》,周宁、金元浦译,前引书,第40页。

从施莱尔马赫承认误读的合理性之后，德国的诠释学一直致力于研究读者对于文本的诠释方式以及所带来的后果，并且越来越突出读者自身的精神特性在理解与解释中的特殊作用。而后起的接受美学与这一传统显然关系密切，例如尧斯所使用的"前理解"一词，就来自海德格尔的《存在与时间》。虽然如此，尧斯认为他与生存论诠释学，尤其是伽达默尔有着明显的不同，后者是在所谓人文精神领域中运行其诠释学方法的，在伽达默尔那里，理解与解释的最终目的都在于读者自身的存在意义的展开，而这样的逻辑与目的仅仅是尧斯认定的诸多期待视野或思想范式中的一种，他说："伽达默尔所死守的古典主义艺术的概念，这种艺术在超出其根源即人文主义之后，已无法成为接受美学的普遍基础。这是一种理解为'认识'的'模仿'概念。"①这种起源于古希腊的模仿自然的观念，仅对人文主义时期的艺术有效，但无论与中世纪，还是现代的形式艺术都没有关联。可以看到，尧斯所设想的接受美学，是一种建立在经验基础上的、试图涵盖一切文学的审美接受史演变的学说。

如果说尧斯关注的是读者对文本作出的审美反应的话，那么另一位接受美学的重要人物沃尔夫冈·伊瑟尔则关注的是文本：一个文本能使读者作出什么样的反应。伊瑟尔将现象学的方法引入文学阅读过程中来。他把文学阅读分为作品结构与接受者两极，认为文学文本的具体化过程便是二者的相互作用，在这个过程中，作者本义的一极是艺术，读者的一极是审美，最终生成的文学文本并不存在于两个极的任何一个，而是二者之间的相互作用。

伊瑟尔认为，文学文本中总是结构性地存在着大量没有实际写出来或明确写出来的东西，他称之为"未定性"。"未定性来自文学的交流功能"，包括两个基本结构：空白和否定。空白是文本中不同结构段落间的连接断裂，最常见的是情节转移，它是指文本整体系统中存在的空缺，是在文本中各图式间已经连接起来，或想象客体已经形成之后产生的新的连接需求。空白会触发读者的想象活动，去补充空白带来的含混性，"当图式和视点被联为一体时，空白就'消失'了"②。因而，空白的存在及其与读者的相互作用，决定着文本模式的生成。不仅如此，对于那些意识清醒的读者来说，填补文本的空白可能会带来的是一场自我批判。

否定是一种更加难以填补的空白，它产生于读者意识到自己已有的、可供选择的阅读范式的无效，并且无法提供有效的新范式，例如我们对文本所涉及的历史或社会问题毫无经验，发现自己用于理解文本的那些熟悉的标准并不起作用，于是开始"否定"这些曾经的标准。"这种否定在阅读过程的范式之轴上产生了一个动态的空白，因为这种无

---

①　尧斯、霍拉勃：《接受美学与接受理论》，周宁、金元浦译，前引书，第39页。
②　伊瑟尔：《阅读活动——审美反应理论》，北京：中国社会科学出版社，1991年，第220页。

效状态意味着缺乏可供选择的标准。"①否定迫使那些对此有清醒意识的读者去发现否定所暗含的特殊倾向或文本态度。它类似于尧斯所说的作品对读者期待视野的改变,只不过是在纵向的阅读范式层面。

可以看出,尽管尧斯试图走出诠释学的人文主义立场,但接受美学对读者的设定仍然是启蒙式的,他们都认为读者作为一个孤独个体,可以凭借其自身的理性能力与审美能力,单纯地在阅读过程中不断发现客观世界、反省自我,甚至提升自我。实际上,读者通过阅读能够获得的只有知识、观念和世界图式之类的想象,而无法改变其自身的主体局限性。在缺乏真实社会实践与社会交往的环境中,读者只能强化其审美立场,并将他人的审美经验转化甚至扭曲成自己的审美反应。

欧洲接受美学的风潮影响了美国的文学批评界,出现了"读者反应运动"。在此之前,美国的文学批评是以新批评为主的形式批评,随着欧洲学者与美国学者的对话与交流,他们以读者为中心的思想逐渐占据了美国文学批评的主流。1980年,简·汤普金斯编辑了《读者反应批评》一书,收集了有关的具代表性的论文。此后,人们便将这一批评思潮称为"读者反应批评"。

实际上,读者反应批评是一场松散的思潮,内部并没有统一的理论和主张,其中可以大致分为三个主要方向:以伊瑟尔与斯坦利·费什为代表的"读者反应批评",强调现象学的理论基础;乔治·普莱为代表的"意识批评",偏重读者对作者意识的重塑以及对自我意识方式的反思;以及以N.霍兰德为代表的"布法罗批评学派",是以精神分析、主体投射等为其理论方法的。

强调读者立场的文学审美接受理论,在其后发生了深远的影响,我国当代的文学理论也认为文学不仅仅是作者创造出来的文本,而是一个集创作活动、文本以及读者接受为一体的综合体,只有被读者接受了的文学才是完整意义上的文学。

【原典选读】

大方无隅,大器晚成,大音希声,大象无形。

——王弼注《老子道德经注校释·四十一章》,楼宇烈校释,
北京:中华书局,2008年,第112-113页

咸池九韶之乐,张之洞庭之野,鸟闻之而飞,兽闻之而走,鱼闻之而下入,人卒闻之,相与

---

① 伊瑟尔:《阅读活动——审美反应理论》,北京:中国社会科学出版社,1991年,第255页。

还而观之。鱼处水而生,人处水而死。彼必相与异,其好恶故异也。

——郭象注《庄子注疏·至乐》,成玄英疏,北京:中华书局,2011 年,第 338 页

　　夫篇章杂沓,质文交加,知多偏好,人莫圆该。慷慨者逆声而击节,酝籍者见密而高蹈,浮慧者观绮而跃心,爱奇者闻诡而惊听。会己则嗟讽,异我则沮弃,各执一隅之解,欲拟万端之变。所谓东向而望,不见西墙也。

　　凡操千曲而后晓声,观千剑而后识器;故圆照之象,务先博观。阅乔岳以形培塿,酌沧波以喻畎浍,无私于轻重,不偏于憎爱,然后能平理若衡,照辞如镜矣。是以将阅文情,先标六观:一观位体,二观置辞,三观通变,四观奇正,五观事义,六观宫商,斯术既形,则优劣见矣。

——刘勰《文心雕龙·知音》,选自范文澜《文心雕龙注》

北京:人民文学出版社 1962 年,第 714-715 页

　　以物喜物,以物悲物,此发而中节者也。

　　不我物,则能物物。

　　任我则情,情则蔽,蔽则昏矣。因物则性,性则神,神则明矣。潜天潜地,不行而至,不为阴阳所摄者,神也。

　　以物观物,性也;以我观物,情也。性公而明,情偏而暗。

——邵雍《观物外篇·下之中》,选自《邵雍集》,

北京:中华书局,2010 年,第 152 页

　　夫诗有别材,非关书也;诗有别趣,非关理也。然非多读书,多穷理,则不能极其至。所谓不涉理路,不落言筌者,上也。诗者,吟咏情性也。盛唐诸人惟在兴趣,羚羊挂角,无迹可求。故其妙处透彻玲珑,不可凑泊,如空中之音,相中之色,水中之月,镜中之象,言有尽而意无穷。

——严羽《沧浪诗话校释·诗辩》,选自郭绍虞《沧浪诗话校释》,

北京:人民文学出版社,1983 年,第 23-24 页

　　代替那存在着阶级和阶级对立的资产阶级旧社会的,将是这样一个联合体,在那里,每个人的自由发展是一切人的自由发展的条件。

——马克思、恩格斯《共产党宣言》,选自《马克思恩格斯选集》第一卷,

北京:人民出版社,2012 年,第 422 页

　　按照这样一种方法重新结构——一部作品的期待视野允许人们根据它对于一个预先假定的读者发生影响的种类和等级来决定它的艺术特性。假如人们把既定期待视野与新作品出现之间的不一致描绘成审美距离,那么新作品的接受就可以通过对熟悉经验的否定或通过

117

把新经验提高到意识层次,造成"视野的变化",然后,这种审美距离又可以根据读者反应与批评家的判断(自发的成功、拒绝或振动,零散的赞同,逐渐的或滞后的理解)历史性地对象化。

一部文学作品在其出现的历史时刻,对它的第一读者的期待视野是满足、超越、失望或反驳,这种方法明显地提供了一个决定其审美价值的尺度。期待视野与作品间的距离,熟识的先在审美经验与新作品的接受所需求的"视野的变化"之间的距离,决定着文学作品的艺术特性。根据接受美学,就尽可能缩短接受距离的范围内,接受意识无须转向未知经验的视野,作品就更能接近"通俗"艺术或娱乐艺术(Unterhaltungskunst)。通俗或娱乐艺术作品的特点是,这种接受美学不需要视野的任何变化,根据流行的趣味标准,实现人们的期待。它能够满足熟识的美的再生产需求,巩固熟悉的情感,维护有希望的观念,使不同寻常的经验象"感知"一样令人喜闻乐见,甚至可以提出道德问题,但只是作为一种预设的问题以一种教育方式"解决"这些问题。相反,假如一部作品的艺术特征是以它与第一位读者的审美期待相对立所造成的审美距离决定的,那么,这种首先作为愉快的或疏离的新角度的经验的距离,对于后来的读者会随之消失。作品的独创性的否定已经变成不证自明的,并且已进入未来审美经验的视野中,因而成为一种熟悉的期待。所谓经世名著的古典主义特征就属于第二视野的改变。在接受美学看来,它们不证自明的美丽的形式,和它们似乎无疑的"永恒意义",都使它们与具有不可抵抗的诱惑力和娱乐性的"通俗"艺术,十分危险地接近了。所以,就需要一种特殊的努力去阅读这些作品以反对习惯性经验的本质,再次抓住它们的艺术特性。

——姚斯《文学史作为向文学理论的挑战》,选自《接受美学与接受理论》,
周宁、金元浦译,沈阳:辽宁人民出版社,1987 年,第 31-32 页

把"文学演变"建立在接受美学上,不仅重建了文学史家失去的作为立足点的历史发展方向,而且还拓展了文学经验的时间深度,使人们能够认识到一部文学作品的现实意义与实质意义之间的可变的距离。这就意味着,一部作品的艺术特点在其初次显现的视野中不可能被立即感知到。形式主义学派把作品的语义潜势简化为把创新当做唯一的价值标准,更不必说在纯粹新旧形式的对立中作品已被抽空了内容。一部作品实际上的首次感知与其本质意义之间的距离,或易言之,新作品与其第一个读者的期待之间的差距是如此之大,以至于它需要一个较长的接受过程,在第一视野中不断消化那些没有预料到的、出乎寻常的东西。因而,作品的本质意义就要经过很长一段时间,直到"文学演变"通过更新形式的现实化来达到这一视野,使人们得以理解那些曾被误解的旧形式。这样,马拉美及其流派的朦胧的抒情诗就为久被埋没的巴洛克诗歌的复归奠定了基础,尤其有助于对贡哥拉诗歌的语文学解构和"复活"。一种新的文学形式重新打开通往被人遗忘的文学的途径,这种例子不胜枚举。其中包括所谓的"文艺复兴"——之所以这样称它,是因为这个词的意义正好表现了这种自主的复归,人们常常认识不到文学传统往往不是靠自身延续的,一种过去文学的复归,仅仅取决于新的接受是否恢复其现实性,取决于一种变化了的审美态度是否愿意转回去对过去作品再予欣赏,或者文学演变的一个新阶段出乎意料地把一束光投到被遗忘的文学上,使人们从过去没有留心

的文学中找到某些东西。

因此,新就不仅是一个美学范畴,它并不是仅仅专注于创新、惊人、超越、重新安排、疏导化等因素,这些因素正是形式主义理论所一再强调的,而且,新也是一个历史范畴。文学的历时性分析进而研究:哪一个历史时刻首起创新,而且是文学现象中前所未有的;这一新的因素在它产生的历史瞬刻是在何种程度上被感觉到的;在对内容的理解中,哪一种距离、途径或曲折是认识所必需的;它在彻底的现实化中,哪一个时刻影响重大以至能够改变观察旧形式的视角,并因而改变过去的文学标准。

——姚斯《文学史作为向文学理论的挑战》,选自《接受美学与接受理论》,
周宁、金元浦译,沈阳:辽宁人民出版社,1987年,第43—44页

因此,接受理论主要集中于两个相互交叉的方面:文本与情境之间的交叉,以及文本与读者之间的交叉。每一个文学文本通常都包含从不同的社会、历史、文化与文学系统中选取的片段,这些系统以参照场的形式存在于文本之外。这种选择本身就是对界限的逾越,因为被选取的那些因素都是从它们所处的并在其中起特殊作用的系统之中提取出来的。这既适用于文化规范,也同样适用于文学典故,它们以某种方式被纳入每一个新的文本中,以至于相关系统的结构和意义都被瓦解了。……

如果说文学作品产生于读者自身所处的社会和文化背景,那么,它就会将主导规范从其功能情境中分离出来,使读者能够观察这些制约社会的规范如何发生作用,以及这些规范对其所制约的人们来说起到了怎样的影响。这样,读者就被放在某个位置,他从中得以重新审视那些对自己进行引导和指示的力量,而迄今为止这些力量可能未经质疑就被接受了。然而,假如这些规范已经消失在历史的长河中,读者也不再深陷有关的系统之中,那么对系统进行重新编码,不仅能使他们重建文本对之做出反应的历史背景框架,而且还能亲身体验这些规范所带来的缺陷,使他们发现隐藏于文本之中的答案。因此,文学文本对社会和文化规范进行的重新编码具有双重功能:一方面,它使当时的读者能够看到平淡无奇的日常生活中无法看到的东西;另一方面,它使后来的读者能够领会一个他们未曾经历的社会现实。

……然而,文本不仅与其社会文化环境之间进行相互作用,而且还同样与读者进行互动。……伍尔夫所说的"永久的生命形态"并没有显现在印刷的纸张上,它是文本和读者之间相互作用的产物。这种互动不是由既定的代码所启动和控制,而是由明确与含蓄、揭示与隐藏之间的相互作用来控制,双方互相限制,互相放大。由于文本的结构既包括具有确定性的部分,又包括具有不确定性的部分与部分之间的连接,那么文本的基本模式是由表达部分与未表达部分间的相互影响构成的。表达出来的内容发展到一定程度后,读者对未表达内容进行实在化,因此,阅读过程将文本转变成了读者头脑中的一个关联物。

由于没有任何一个故事能够被完整地讲述出来,因而文本不时被空白和空隙所打断,而对空白和空隙的填补只能在阅读行为中进行。读者消除空隙之时就是交流开始之际。这些空隙和结构化空白(例如,它们的最基本形式出现于小说中一个新人物的出场)充当了一个枢

轴,全部的文本—读者关系都以它为中心转动,因为它们促使读者在文本设定的条件下去完成想象过程。然而,在文本系统中还存在着另一个位置,在这一位置上,文本和读者汇聚于一点,而它的特征就是各种不同类型的否定。空白和否定以各自不同的方式控制着意义的汇聚。空白使各个文本视角之间的关系具有开放性,例如,在叙事中,这些文本视角通过叙述者、人物、情节以及内化于文本的虚构读者等透视角度勾勒出作者的观点。空白促使读者对这些模式化的视角进行协调——换言之,它们引导接受者在文本内部完成基本活动。各种不同类型的否定唤起熟悉的、具有确定性的知识成分,目的正是为了将其否定。然而,被取消的成分仍然清晰可察,结果就是,读者对熟悉的或是确定的因素不得不调整态度,亦即读者被引导着采取与文本相关的立场。

……这一过程由文本结构化的空白描绘出来,并可被指定为阅读的横组合轴(syntagmatic axis of reading)。

阅读的纵聚合轴(Paradigmatic axis of reading)是由文本中的否定预构的。空白预示即将建立的联系,否定则指对被废弃的因素做出反应。

——沃尔夫冈·伊瑟尔《怎样做理论》,朱刚、谷婷婷、潘玉莎译,

南京:南京大学出版社,2008 年,第 71-77 页

诗歌特点本身并不足以能够使它具有某种吸引力;对于(诗歌)给予某种关注反而可以最终能发现诗歌特点本身。一旦我的学生意识到,他们所阅读(看到)的是诗,他们就会用理解——观察诗歌的目光,也就是说,以他们所知道的与诗歌所具有的一切特点相关的那种眼光去对待它。例如,(教师已事先告诉他们)他们知道,诗歌的结构(或者说被认为是)比之日常交谈更为严谨复杂;这一认识本身(对于他们来说)已转化成认同——甚至可以说成为一种思想定势——去观察字与字之间以及每一个字与诗歌的中心思想或者说诗眼(central sight)之间的联系。再者,假定一首诗歌中存在着某一诗眼,便能使它更加显示出诗歌的独特性,正是这一诗眼决定了这首诗的意趣。……

因此,由此得出的结论是,所有的客体是制作的,而不是被发现的,它们是我们所实施的解释策略(interpretive strategies)的制成品。……因此,当我们承认,我们制造了诗歌(作业以及名单之类)时,这就意味着,通过解释策略,我们创造了它们;但归根结蒂,解释策略的根源并不在我们本身而是存在于一个适用于公众的解释系统中。在这个系统范围内(就我们现在所讨论的文学系统而言),我们虽然受到它的制约,但是它也在适应我们,向我们提供理解范畴,我们因而反过来使我们的理解范畴同我们欲面对的客体存在相适应。简言之,我们必须把我们自己也引入被制作的认识对象(客体)的名单中,因为像我们所看见的诗歌以及作业一样,我们自己也是社会和文化思想模式的产物。

——斯坦利·费什《读者反应批评:理论与实践》,文楚安译,

北京:中国社会科学出版社,1998 年,第 50-57 页

第二节　文学生产与文学消费

　　文学生产的观念是伴随着社会化大生产的日益扩大化而出现的,马克思论述生产与消费辩证关系的理论在很长的时期内,为我们理解 19 世纪末、20 世纪以来的文学变化提供了新的视野和思路。

　　马克思认为在理想的社会生产活动中,生产与消费是一对直接互相作用的因素,它们不仅直接就是对方,而且也经由各种中间环节互相决定、互相生产着。然而当商品社会出现后,生产与消费之间增加了流通环节,生产和消费的物品因此也不能再作为特殊的、具有使用价值的物品而存在了,相应地,它们以一种抽象物的状态存在,即商品。随着资本主义社会化大生产的扩张,流通和分配环节日益演变成一个起决定作用的环节,成为生产和消费的主导者。实际上,当商业兴起之后,物品的使用价值就一直处于被延迟交付的境地,在商品社会中更是让位给了(交换)价值,后者是对商业中流通物品即商品的社会价值的抽象表达,而商品拜物教则让最初的生产与消费的对接产生了断裂甚至停滞。正如马克思觉察到的,作家不再为自己和读者写作,他们更多地为书商写作;他们不再关注自己作品的特殊含义,取而代之的是对其金钱价值,即抽象的普遍价值的追求。

　　文学成为一种"艺术生产"的形式是文学在自己漫长的发展过程中所发生的一次意义最为深刻的变化,是文学的现代性转型。

　　文学成为一种"艺术生产"形式的确切内涵是指,以现代图书出版业的出现为标志,文学的创作者——作家由原来的纯粹意义上的精神成果的创造者演变为现代意义上的作家,即从事"直接同资本交换的劳动"的"生产劳动者";而文学的成果——作品则成为一种试图满足广大读者多元的精神需求的、在图书市场上待价而沽的商品。这样,文学便兼具了上层建筑和经济基础的双重性质,成为融文化科学技术、工业、商业等为一体的"文化产业"的一个重要组成部分。

　　文学成为一种"艺术生产"形式是以现代图书出版业的出现为标志和前提的,而严格意义上的现代图书出版业,即以活字印刷为基本手段,在短时间内大量复制和迅速发行传递书籍,产生广泛而巨大的社会影响,这样一种性质的社会生产部类或行当的产生却为时甚晚。据美国出版史研究的权威德索尔的考证,在西欧,它的正式创始应当是在 18

世纪启蒙运动的大百科全书编著时代,而成熟则是在 19 世纪以后,在中国,现代图书出版业的出现和趋于繁荣更晚一些,是 19 世纪末 20 世纪初的事情。

文学成为一种"艺术生产"形式,即文学生产,给文学的接受带来了巨大而深刻的影响。

首先,是文学的空前大普及,成为人们的闲暇生活方式的重要组成部分,精神生活的重要内容,文学的社会功能从来没有像今天这样得到广泛、深入的发挥。

其次,是文学接受由传统的审美中心、审美至上向精神需求的多元化、多层次的转变,文学越来越成为一本大书,每个人都可以从中找到适合自己的那一页。

再次,则是文学接受的需求的变化,使得文学的观念泛化,出现了文学与历史、文献、科学、新闻、教育等相融会的现象,通俗文学、文献小说、新新闻小说、全景文学等新的文学样式、品种如雨后春笋、层出不穷。而文学观念的这些变化和实践,反过来又强化和深化了文学接受的需求的变化,形成一种良性循环、提升的机制,成为推动文学发展变化的深刻而强大的内部动力,这已越来越成为我们观察文学的重要的、不可或缺的视角。

但是,文学成为艺术生产的同时也存在着文学受制于资本的风险,在资本主义社会中,片面追求利润的资本通过文学的生产与消费,将造成更为普遍更为隐蔽的人的深度异化。西方马克思主义的法兰克福学派就对此进行了大量的研究和批判,代表人物是霍克海默、阿多诺、马尔库塞等,其中,阿多诺以对文化工业的批判揭示了资本对传统文学的危害,他认为当代的文学生产已经转变为社会化大生产式的,私人企业与国家行政结合起来,给人们营造了文化繁荣、社会化生产与个体微观需求之间和谐发展的假象,将他们本不需要的文化产品经过产业的包装贩卖给他们,同时也削弱了人们的反思能力和意识。马尔库塞和弗洛姆都从现代精神分析中获得了批判资本主义文化生产的灵感,不同的是,马尔库塞是从社会学视角出发,指出大众文化和商业文化的同质化是资本主义压抑人的新方式,它带来的是社会与人的单向度。马尔库塞倡导通过诗歌激发人内心深处的、保持生命更大统一的爱欲冲动,来抵抗死亡与攻击性的死欲冲动,前者通过经典的文学作品表达出来,而后者则表现为社会的生产性原则。弗洛姆则更多地从个体与心理学层面出发,强调资本主义社会对人的异化。

随着资本主义社会的深入发展,生产过剩的矛盾日益加剧,到了 20 世纪中期,一些主要的发达资本主义国家纷纷采纳"福特主义",通过支付工人更多的工资以及给予他们更多的闲暇时间来改善劳资矛盾,但其最终后果是导致了大规模的消费活动。消费社会出现的原因是多方面的,除了将工人从劳动力转化为消费力,凯恩斯主义的国家干预和福利国家制度,也导致了生产、流通、消费以及再分配等领域的同质化、有序化的结果,避免了经济活动中各领域无序状态带来的冲突恶果。与此同时,为了完成这一同质化的序列,物品必须被进行社会性的"编码",因此在消费社会中,物或商品不再仅仅具有使用价值与价值的双重性,而且还被附加上了符号价值。通过将传统的、当下的文化符号化,符号价值连通了现实的社会等级结构与大规模的商品生产活动。

消费社会的这种符号价值特征深刻影响了文学的接受,人们购买文学作品不再单纯是为了阅读,也可能是通过购买炫耀自己的社会地位,而无须阅读。阅读的目的也不再单一地限制在审美上,社交、娱乐、时尚、猎奇,甚至打发时间,都可以成为阅读的理由。另一方面,文学也以一种从未有过的广度在大众之中普及开来,阅读成了人们生活中一个重要的组成部分。文学也从以前那种消极的生产产品,变成了生产甚至社会的引导者,作品中虚构出的甚至是设计出来的场景、观念、人际关系、风尚等,成为人们竞相模仿的对象,虚构与现实通过符号价值系统融合在一起。法国学者鲍德里亚对消费社会的批判是深刻而悲观的,他运用符号学理论改造了马克思的政治经济学,指出消费社会对文化的根本来源,即人的感性生活的架空的危险。在《消费社会》一书的结尾他谈道,当国家权力、生产、市场与社会文化彻底同质化之后,人们其实只能诉诸一种无缘由的暴力。在他看来,这种同质化是通过取消商品的使用价值,将商品价值符号化,以及符号化之后的价值社会等级化一系列过程来完成的。按照这一逻辑,符号系统生产或指派出来的需求,取代了人们"真正的"自然需求,国家化甚至全球化的资本绑架了个体的自由意志。可以说,鲍德里亚的这种观点与法兰克福学派的批判都是站在启蒙立场上对文化消费现象的审视。与西方启蒙式的反思批判不同,我国的文艺始终坚持人民路线,反对资本对文化的过度干预,致力于修复人的异化,倡导不同文化的特殊价值以及它们之间的和谐关系。

我们看到,诚如启蒙批判者们所言,文化消费产生于资本的同质化过程;但另一方面,通过消费,文化也给人们带来了新的生活体验,随着互联网的发展,这种体验越来越多地呈现出交往性、非封闭性、主动性的特点,文学的形式也越来越多样化,每个人都可以参与到写作中去,写作的篇幅越来越短小、越来越需要他人的关注,等等。这意味着我们开始从启蒙主体那种封闭、偏执、忧郁的自我中走出来,抛弃了一部小说即一个世界的自闭带来的深度;同时每个人既有坚持自我的自由,也并非仅仅从自我出发、以自我标准来衡量周围以至世界,文学更多地成了交往的媒介,潜移默化地改变着启蒙主体。

【原典选读】

从资本主义生产的意义上说,生产劳动是雇佣劳动,它同资本的可变部分(花在工资上的那部分资本)相交换,不仅把这部分资本(也就是自己劳动能力的价值)再生产出来,而且,除此之外,还为资本家生产剩余价值。仅仅由于这一点,商品或货币才转化为资本,才作为资本生产出来。只有生产资本的雇佣劳动才是生产劳动。(这就是说,雇佣劳动把花在它身上的价值额以增大了的数额再生产出来,换句话说,它归还的劳动大于它以工资形式取得的劳动。因而,只有创造的价值大于本身价值的劳动能力才是生产的)。

——马克思《1861—1863 年经济学手稿》,选自《马克思恩格斯全集》第三十三卷,
北京:人民出版社,2004 年,第 136 页

这里,从资本主义生产的观点给生产劳动下了定义,亚·斯密在这里触及了问题的本质,抓住了要领。他的巨大科学功绩之一(如马尔萨斯正确指出的,斯密对生产劳动和非生产劳动在批判中所做的区分,仍然是全部资产阶级经济学的基础)就在于,他下了生产劳动是直接同资本交换的劳动这样一个定义,也就是说,他根据这样一种交换来给生产劳动下定义,只有通过这种交换,劳动的生产条件和一般价值即货币或商品,才转化为资本(而劳动则转化为科学意义上的雇佣劳动)。

什么是非生产劳动,因此也绝对地确定下来了。那就是不同资本交换,而直接同收入即工资或利润交换的劳动(当然也包括同参与分享资本家利润者的各个项目,如利息和地租相交换的劳动)。凡是在劳动一部分还是自己支付自己(例如徭役农民的农业劳动),一部分直接同收入交换(例如亚洲城市中的制造业劳动)的地方,不存在资产阶级经济学意义上的资本和雇佣劳动。因此,这些定义不是从劳动的物质规定性(不是从劳动产品的性质,不是从劳动作为具体劳动的规定性)得出来的,而是从一定的社会形式,从这个劳动借以实现的社会生产关系得出来的。例如一个演员,哪怕是丑角,只要他被资本家(剧院老板)雇用,他偿还给资本家的劳动,多于他以工资形式从资本家那里取得的劳动,那么,他就是生产劳动者;而一个缝补工,他来到资本家家里,给资本家缝补裤子,只为资本家创造使用价值,他就是非生产劳动者。前者的劳动同资本交换,后者的劳动同收入交换。前一种劳动创造剩余价值;在后一种劳动中收入被消费了。

——马克思《1861—1863 年经济学手稿》,选自《马克思恩格斯全集》第三十三卷,
北京:人民出版社,2004 年,第 141-142 页

生产劳动者的劳动能力,对他本人来说是商品。非生产劳动者的劳动能力也是这样。但是,生产劳动者为他的劳动能力的买者生产商品。而非生产劳动者为买者生产的只是使用价值,想像的或现实的使用价值,而决不是商品。非生产劳动者的特点是,他不为自己的买者生产商品,却从买者那里获得商品。

——马克思《1861—1863 年经济学手稿》,选自《马克思恩格斯全集》第三十三卷,
北京:人民出版社,2004 年,第 145 页

关于艺术,大家知道,它的一定的繁盛时期决不是同社会的一般发展成比例的,因而也决

不是同仿佛是社会组织的骨骼的物质基础的一般发展成比例的。例如,拿希腊人或莎士比亚同现代人相比。就某些艺术形式,例如史诗来说,甚至谁都承认:当艺术生产一旦作为艺术生产出现,它们就再不能以那种在世界史上划时代的、古典的形式创造出来;因此,在艺术本身的领域内,某些有重大意义的艺术形式只有在艺术发展的不发达阶段上才是可能的。

——马克思《〈政治政治学批判〉导言》,选自《马克思恩格斯选集》第二卷,

北京:人民出版社,2012年,第710页

成为希腊人的幻想的基础、从而成为希腊[艺术]的基础的那种对自然的观点和对社会关系的观点,能够同走锭精纺机、铁道、机车和电报并存吗? 在罗伯茨公司面前,武尔坎又在哪里? 在避雷针面前,丘必特又在哪里? 在动产信用公司面前,海尔梅斯又在哪里? 任何神话都是用想象和借助想象以征服自然力,支配自然力,把自然力加以形象化;因而,随着这些自然力实际上被支配,神话也就消失了。……因此,决不是这样一种社会发展,这种发展排斥一切对自然的神话态度,一切把自然神话化的态度;因而要求艺术家具备一种与神话无关的幻想。

从另一方面看:阿基里斯能够同火药和铅弹并存吗? 或者,《伊利亚特》能够同活字盘甚至印刷机并存吗? 随着印刷机的出现,歌谣、传说和诗神缪斯岂不是必然要绝迹,因而史诗的必要条件岂不是要消失吗?

……希腊人是正常的儿童。他们的艺术对我们所产生的魅力,同这种艺术在其中生长的那个不发达的社会阶段并不矛盾。这种艺术倒是这个社会阶段的结果,并且是同这种艺术在其中产生而且只能在其中产生的那些未成熟的社会条件永远不能复返这一点分不开的。

——马克思《〈政治政治学批判〉导言》,选自《马克思恩格斯选集》第二卷,

北京:人民出版社,2012年,第711-712页

可见,生产直接是消费,消费直接是生产。每一方直接是它的对方。可是同时在两者之间存在着一种中介运动。生产中介着消费,它创造出消费的材料,没有生产,消费就没有对象。但是消费也中介着生产,因为正是消费替产品创造了主体,产品对这个主体才是产品。产品在消费中才得到最后完成。一条铁路,如果没有通车、不被磨损、不被消费,它只是可能性的铁路,不是现实的铁路。没有生产,就没有消费;但是,没有消费,也就没有生产,因为如果没有消费,生产就没有目的。消费从两方面生产着生产:

(1)因为产品只是在消费中才成为现实的产品,例如,一件衣服由于穿的行为才现实地成为衣服;一间房屋无人居住,事实上就不成其为现实的房屋;因此,产品不同于单纯的自然对象,它在消费中才证实自己是产品,才成为产品。消费是在把产品消灭的时候才使产品最后完成,因为产品之所以是产品,不在于它是物化了的活动,而只是在于它是活动着的主体的对象。

（2）因为消费创造出新的生产的需要，也就是创造出生产的观念上的内在动机，后者是生产的前提。消费创造出生产的动力；它也创造出在生产中作为决定目的的东西而发生作用的对象。如果说，生产在外部提供消费的对象是显而易见的，那么，同样显而易见的是，消费在观念上提出生产的对象，把它作为内心的图像、作为需要、作为动力和目的提出来。消费创造出还是在主观形式上的生产对象。没有需要，就没有生产。而消费则把需要再生产出来。

与此相应，就生产方面来说：

（1）它为消费提供材料、对象。消费而无对象，不成其为消费；因而在这方面生产创造出、生产出消费。

（2）但是，生产为消费创造的不只是对象。它也给予消费以消费的规定性、消费的性质，使消费得以完成。正如消费使产品得以完成其为产品一样，生产使消费得以完成。首先，对象不是一般的对象，而是一定的对象，是必须用一定的而又是由生产本身所中介的方式来消费的。饥饿总是饥饿，但是用刀叉吃熟肉来解除的饥饿不同于用手、指甲和牙齿啃生肉来解除的饥饿。因此，不仅消费的对象，而且消费的方式，不仅在客体方面，而且在主体方面，都是生产所生产的。所以，生产创造消费者。

（3）生产不仅为需要提供材料，而且它也为材料提供需要。一旦消费脱离了它最初的自然粗野状态和直接状态——如果消费停留在这种状态，那也是生产停滞在自然粗野状态的结果——，那么消费本身作为动力就靠对象来作中介。消费对于对象所感到的需要，是对于对象的知觉所创造的。艺术对象创造出懂得艺术和具有审美能力的大众，——任何其他产品也都是这样。因此，生产不仅为主体生产对象，而且也为对象生产主体。

——马克思《〈政治政治学批判〉导言》，选自《马克思恩格斯选集》第二卷，

北京：人民出版社，2012年，第691-692页

旧社会的一切关系一般脱去了神圣的外衣，因为它们变成了纯粹的金钱关系。

同样，一切所谓最高尚的劳动——脑力劳动、艺术劳动等都变成了交易的对象，并因此失去了从前的荣誉。全体牧师、医生、律师等，从而宗教、法学等，都只是根据他们的商业价值来估价了，这是多么巨大的进步呵。

——马克思《工资》，选自《马克思恩格斯全集》第6卷，

北京：人民出版社，2016年，第659-660页

于是，资本就违背自己的意志，成了为社会可以自由支配的时间创造条件的工具，使整个社会的劳动时间缩减到不断下降的最低限度，从而为全体[社会成员]本身的发展腾出时间。但是，资本的不变趋势一方面是创造可以自由支配的时间，另一方面是把这些可以自由支配的时间变为剩余劳动。如果它在第一个方面太成功了，那么，它就要吃到生产过剩的苦头，这时必要劳动就会中断，因为资本无法实现剩余劳动。

　　这个矛盾越发展,下述情况就越明显:生产力的增长再也不能被占有他人的剩余劳动所束缚了,工人群众自己应当占有自己的剩余劳动。当他们已经这样做的时候,——这样一来,可以自由支配的时间就不再是对立的存在物了,——那时,一方面,社会的个人的需要将成为必要劳动时间的尺度,另一方面,社会生产力的发展将如此迅速,以致尽管生产将以所有的人富裕为目的,所有的人的可以自由支配的时间还是会增加。因为真正的财富就是所有个人的发达的生产力。那时,财富的尺度决不再是劳动时间,而是可以自由支配的时间。以劳动时间作为财富的尺度,这表明财富本身是建立在贫困的基础上的,而可以自由支配的时间是同剩余劳动时间相对立并且是由于这种对立而存在的,或者说,个人的全部时间都成为劳动时间,从而使个人降到仅仅是工人的地位,使他从属于劳动。

——马克思《经济学手稿(1857—1858年)》,

选自《马克思恩格斯全集》第三十一卷,北京:人民出版社1998年,第104页

　　节约劳动时间等于增加自由时间,即增加使个人得到充分发展的时间,而个人的充分发展又作为最大的生产力反作用于劳动生产力。从直接生产过程的角度来看,节约劳动时间可以看作生产固定资本,这种固定资本就是人本身。

——马克思《经济学手稿(1857—1858年)》下册,

选自《马克思恩格斯全集》第三十一卷,北京:人民出版社1998年,第107-108页

　　正是由于这种工业革命,人的劳动生产力才达到了相当高的水平,以致在人类历史上破天荒第一次创造了这样的可能性:在所有的人实行明智分工的条件下,不仅生产的东西可以满足全体社会成员丰裕的消费和造成充足的储备,而且使每个人都有充分的闲暇时间去获得历史上遗留下来的文化——科学、艺术、社交方式等等——中一切真正有价值的东西;并且不仅是去获得,而且还要把这一切从统治阶级的独占品变成全社会的共同财富并加以进一步发展。

——恩格斯《论住宅问题》,选自《马克思恩格斯选集》第三卷,

北京:人民出版社,2012年,第199页

　　当社会成为全部生产资料的主人,可以在社会范围内有计划地利用这些生产资料的时候,社会就消灭了迄今为止的人自己的生产资料对人的奴役。不言而喻,要不是每一个人都得到解放,社会也不能得到解放。因此,旧的生产方式必须彻底变革,特别是旧的分工必须消灭。代替它们的应该是这样的生产组织:在这样的组织中,一方面,任何个人都不能把自己在生产劳动这个人类生存的必要条件中所应承担的部分推给别人;另一方面,生产劳动给每一个人提供全面发展和表现自己全部能力即体能和智能的机会,这样,生产劳动就不再是奴役人的手段,而成了解放人的手段,因此,生产劳动就从一种负担变成一种快乐。

——恩格斯《反杜林论》,选自《马克思恩格斯选集》第三卷,

北京:人民出版社,2012年,第681页

　　利益群体总喜欢从技术的角度来解释文化工业。据说,正因为千百万人参与了这一再生产过程,所以这种再生产不仅是必需的,而且无论何地都需要用统一的需求来满足统一的产品。人们经常从技术的角度出发,认为少数的生产中心与大量分散的消费者之间的对立,需要用管理所决定的组织和计划来解决。而且,各种生产标准也首先是以消费者的需求为基础的,正因为如此,人们才会顺顺当当地接受这些标准。结果,在这种统一的体系中,制造与上述能够产生反作用的需求之间便形成了一种循环,而且越演越烈。然而,却没有人提出,技术用来获得支配社会的权力的基础,正是那些支配社会的最强大的经济权力。技术合理性已经变成了支配合理性本身,具有了社会异化于自身的强制本性。汽车、炸弹和电影将所有事物都联成了一个整体,直到它们所包含的夷平因素演变成一种邪恶的力量。文化工业的技术,通过祛除掉社会劳动和社会系统这两种逻辑之间的区别,实现了标准化和大众生产。这一切,并不是技术运动规律所产生的结果,而是由今天经济所行使的功能造成的。需求不再受中央控制了,相反,它为个人意识的控制作用所约束。电话和广播具有两种截然不同的作用,这简直可以说是一种飞跃。电话还依然可以使每个人成为一个主体,使每个主体成为自由的主体。而广播则完全是民主的:它使所有的参与者都变成了听众,使所有听众都被迫去收听几乎完全雷同的节目。人们还没有设计出解答器,私人不可以随便设立电台。因此,所有人都被纳入到了真伪难辨的"业余爱好者"的范围之中,而且不得不接受这样的组织形式。

——霍克海默、阿道尔诺《启蒙辩证法》,渠敬东、曹卫东译,

上海:上海人民出版社,2006年,第108-109页

　　一个人只要有了闲暇时间,就不得不接受文化制造商提供给他的产品。康德的形式主义还依然期待个人的作用,在他看来,个人完全可以在各种各样的感性经验与基本概念之间建立一定的联系;然而,工业却掠夺了个人的这种作用。一旦它首先为消费者提供了服务,就会将消费者图式化。康德认为,心灵中有一种秘密机制,能够对直接的意图作出筹划,并借此方式使其切合于纯粹理性的体系。然而在今天,这种秘密已经被揭穿了。如果说这种机制所针对的是所有表象,那么这些表象却是由那些可以用来支持经验数据的机制,或者说是文化工业计划好了的,事实上,社会权力对文化工业产生了强制作用,尽管我们始终在努力使这种权力理性化,但它依然是非理性的;不仅如此,商业机构也拥有着这种我们无法摆脱的力量,因而使人们对这种控制作用产生了一种人为的印象。这样,再也没有什么可供消费者分类的东西了。为大众的艺术已经粉碎了人们的梦想……对大众意识来说,一切也都是从制造商们的意识中来的。不但颠来倒去的流行歌曲、电影明星和肥皂剧具有僵化不变的模式,而且娱乐本身的特定内容也是从这里产生出来的,它的变化也不过是表面上的变化。……

在文化工业中,这种模仿最终变成了绝对的模仿。一切业已消失,仅仅剩下了风格,于是,文化工业戳穿了风格的秘密:即对社会等级秩序的遵从。……文化已经变成了一种很普通的说法,已经被带进了行政领域,具有了图式化、索引和分类的涵义。很明显,这也是一种工业化,结果,依据这种文化观念,文化已经变成了归类活动。所有知识生产领域也采用了同样的方式,服务于同样的目的,从晚上下班到次日早晨上班,所有这些都占据着人们的感受,与此同时,人们在一整天的劳动过程中,也留下了这样的印记。正是这种归类活动,以嘲讽的方式满足了同一文化的概念,而这一概念恰恰是人格哲学家们用来对抗大众文化的武器。

——霍克海默、阿道尔诺《启蒙辩证法》,渠敬东、曹卫东译,
上海:上海人民出版社,2006 年,第 111-118 页

小说更加接近这种审美的超越性。无论以什么样的特定"情节"和环境作为小说的主题,它那松散的文体,都能够将现存的世界打破。卡夫卡也许是最突出的例子。在他那里,一开始,与现存现实的联系,就被直呼事物的名字(这最终变得用词不当)所打断。那个名字所述说的东西,与实际存在的东西之间的矛盾,已成为不可调和的了。是否可以说,使人恐怖的东西正是两者之间的实质上的同一,即两者之间的同步?在任何情况下,这种语言都把那些虚假的面目撕破,也就是说,这种语言揭示出幻象是在现实本身之中,而不在艺术作品中。卡夫卡这类作品,就其结构本身而言是反抗性的,在它描述的世界中,不存在任何可以接受的和解。

艺术这种第二层次的异化,在今日减小(如果不曾取消的话)艺术与现实之间距离的全面努力中,正在消失。这种努力注定要失败。的确,在游击式的戏剧舞台上,在"随意榨取"的诗歌中,在摇滚乐中,都存在着反抗。但是,它们的反抗依然是没有艺术的否定力量的艺术。就其使自身在一定程度上成为现实生活的一部分看,这种反抗丧失了使艺术与现存秩序对立的超越性,这种反抗仍然内在于现存秩序中。……

艺术异化之器官的退化,是由物质过程造成的。社会的极权组织所造成的暴行和攻击性已侵入那个仍能体验到和诚心接受艺术的极端审美性质的内外空间。它们与现实恐怖的对立非常明显;这个对立似乎想逃离在其中无路可逃的现实。艺术在一定程度上需要摆脱直接经验,摆脱实际上已成为不可能的和虚假的"隐私"的体验。这也就是非行为的、非操作性的艺术:它并不"主动作用于"任何东西,而是反省和记忆,也即是梦幻般的承诺。然而,梦幻必须成为变革的力量,而不只是去梦想人类的环境条件;梦幻必须成为政治力量,假如艺术在历史的余晖中梦寐以求解放,那么,通过革命去实现梦想就一定是可能的——超现实主义的纲领,就仍然有存在的理由。文化革命是否证明了这种可能?

——赫伯特·马尔库塞《审美之维》,李小兵译,
桂林:广西师范大学出版社,2001 年,第 160-162 页

人民在他们的商品中识别出自身;他们在他们的汽车、高保真度音响设备、错层式房屋、厨房设备中找到自己的灵魂。那种使个人依附于他的社会的根本机制已经变化了,社会控制锚定在它已产生的新需求上。

——马尔库塞《单向度的人——发达工业社会意识形态研究》,
张峰、吕世平译,重庆:重庆出版社,1988年,第9页

在现代工业社会中,"活动"的概念依赖于人的最普遍的一个幻觉。我们的整个文化是与活动紧紧地联系在一起的,所谓活动,也就是忙,保持忙碌的状态(忙碌对事业是必要的)。实际上,大多数人是如此的"积极",以致他们无法忍受无所事事的状态;他们甚至把所谓空闲时间转变为另一种形式的活动。如果你不是为了赚钱而活动,你就是在为开车兜风、玩高尔夫球,或谈山海经而活动。你所害怕的是你真正无事"可做"的时刻。这种行为是否称之为活动,乃是一个用词的问题。麻烦在于,大部分认为自己是非常主动的人,并未意识到,尽管他们"忙忙碌碌",但他们完全是被动的。他们不断地需要外来的刺激,或者是听别人闲聊,或者是看电影,或者是旅行,或者是其它形式的更富于刺激性的消费享乐……他们需要被推动,被攻击,被诱惑,被勾引。他们永远跑来跑去,从不停顿下来。他们总是"加入",而不是放弃。他们把自己想象为十分主动的,实际上,他们只是受着驱动去做一些事情,以便逃避当他们面对着自己时所引起的焦虑。

——黄颂杰主编《弗洛姆著作精选——人性·社会·拯救》,上海:上海人民出版社,
1989年,第484-485页

工业社会的基本设想是同人类的幸福相矛盾的,这些设想是什么呢?

第一种设想是必须控制自然。但是,工业化前的社会没有控制过自然吗? 显然是控制过的,否则人们早就饿死了。但是,在工业社会中,我们控制自然的方式与农业社会控制的方式不同,自从工业社会使用技术控制自然以来尤其如此。技术利用人们的思考能力生产物品。男人取代了妇女的子宫。……

工业社会的第二种基本假设是通过强力、奖励,或(更经常的是)二者结合以剥削别人。

第三种设想是经济活动必须是有利可图的。在工业化社会中,谋利动机主要不是表现在个人的贪婪上,而是对经济行为正确与否的检验。……利润就是正确的经济行为的一个证明,因而是衡量经营能力的一种标准。

第四个特征,工业化社会的一个典型特征,是竞争。……

我想提出的第五点是,在我们这个世纪,同情心早已萎缩。……

有许多人从来不知道幸福。但是没有任何人从来没有经受过痛苦,不管他们怎样顽强地竭力抑制他们对痛苦的意识。同情心是与对人的爱不可分离的。没有爱的地方就不可能有同情。冷漠是同情的对立面。我们可以把冷漠说成是一种精神分裂症趋向的病理状态。

对另外一个人的爱常常不能说明什么问题,只能说明他对那个人的依赖。任何只爱一个人的人实际上谁也不爱。

——埃里希·弗洛姆《生命之爱》,王大鹏译,北京:国际文化出版社,

2001 年,第 160-162 页

　　国家的职能是为健康的消费确定种种规范,以反对病态的、低质量的消费。……

　　……我们有必要确定哪些需求根源于我们的有机体;哪些需求则是文化发展的产物;哪些又是个人成长的体现;哪些需求是人为的,是由工业社会强加给个人的;哪些需求"使人积极进取";哪些需求"使人消极颓废";哪些是由病理决定的,哪些则根源于精神的健康。

　　……

　　政府可以通过给予令人满意的商品的生产和服务设施以补贴的办法来大大推进这一教育过程,直到这些商品的生产和服务设施有利可图为止。同时要开展一场大规模的宣传健康消费的教育运动来配合这些努力。可以预料,只要各方共同努力,激起人们健康消费的欲望,消费模式是可以改变的。

——黄颂杰主编《弗洛姆著作精选——人性·社会·拯救》,上海:上海人民出版社,

1989 年,第 647-648 页

　　文学可以是一件人工产品,一种社会意识的产物,一种世界观;但同时也是一种制造业。书籍不止是有意义的结构,也是出版商为利润销售市场的商品。戏剧不止是文学脚本的集成;它是一种资本主义的商业,雇佣一些人(作家、导演、演员、舞台设计人员)产生为观众所消费的、能赚钱的商品。……作家不止是超个人思想结构的调遣者,而是出版公司雇佣的工人,去生产能卖钱的商品。马克思在《剩余价值理论》中说,"作家所以是生产劳动者,并不是因为他生产出观念,而是因为他使出版商发财,也就是说,他为薪金而生产劳动。"

　　……艺术可以如恩格斯所说,是与经济基础关系最为"间接"的社会生产,但是从另一意义上也是经济基础的一部分:它象别的东西一样,是一种经济方面的实践,一类商品的生产。……我在这一章将提到的马克思主义批评家都理解这一事实,即艺术是一种社会生产的形式,就是说,他们并不将它看成一个表面的事实,交由文学社会学家去处理,而是认为它对决定艺术本身的性质有着紧密的关系。这些批评家——我主要指瓦尔特·本雅明和布莱希特——认为艺术首先是一种社会实践,而不是供学院式解剖的对象。我们可以视文学为文本,但也可以把它看作一种社会活动,一种与其它形式并存和有关的社会、经济生产的形式。

——特里·伊格尔顿《马克思主义与文学批评》,文宝译,

北京:人民文学出版社,1980 年,第 65-66 页

　　如何说明艺术中的"基础"与"上层建筑"的关系,即作为生产的艺术与作为意识形态的

131

艺术之间的关系,依我看来,是马克思主义批评当前面临的最重要的问题之一。

——特里·伊格尔顿《马克思主义与文学批评》,文宝译,

北京:人民文学出版社,1980 年,第 81 页

  增长的矛盾之一是,它创造财富的同时也激发了需求。不过,两者形成的节奏并不一致——创造财富的节奏与工业经济的生产力有关,而激发需求的节奏则随社会区分逻辑的变化而变化。但是,由增长所"解放"出来的需求(即由工业体系依据自身受限制的内在逻辑所产生的)的自下而上的、不可逆转的机动性,具有其自身的活力。它与所谓为满足它的物质与文化财富而产生的活力不尽相同。……

  ……作为社会存在(也就是说,能产生感觉,在价值上相对于其他人),人的"需求"是没有限制的。物的量的吸收是有限的,消化系统是有限的,但物的文化系统则是不确定的。相对来说,它还是个无关紧要的系统。广告的窍门和战略性价值就在于此:通过他人来激起每个人对物化社会的神话产生欲望。它从不与单个人说话,而是在区分性的关系中瞄准他,好似要捕获其"深层的"动机。它的行为方式总是富有戏剧性的,也就是说,它总是在阅读和解释过程中,在创建过程中,把亲近的人、团体以及整个等级社会召唤到一起。

  ……由于这种竞争性的需求和生产之间存在着持续不断的压力,由于这种匮乏的压力,由于这种"心理贫困化",生产秩序安排的目的,只是为了让适应它的需求产生并得到"满足"罢了。在物质增长的范围里,依据这种逻辑,没有也不可能有独立的需求,只有增长的需求。在体系的内部,隔绝的目的是没有位置的,只有体系的目的才有位置。加尔布雷思、贝尔特朗·德·朱纳韦尔等所指出的各种功能失调是合乎逻辑的。机车和高速公路是体系的一种需求,这一点几乎是毫无疑问的,大学的"民主化"与汽车生产实际是一回事。因为体系只为自己的需求而生产,所以,它就更系统地以个人需求作为挡箭牌。

——让·波德里亚《消费社会》,刘成富、全志钢译,

南京:南京大学出版社,2000 年,第 51-54 页

  在种姓社会、封建社会、古代社会,即在残忍的社会,符号数量有限,传播范围也有限,每个符号都有自己的完整禁忌价值,每个符号都是种姓、氏族或个人之间的相互义务:因此它们不是任意的。符号的任意性开始于能指不再用不可逾越的相互性连接两个人,而是指向一个失去魅力的所指世界的时候,这个所指是真实世界的公分母,对它而言,任何人都不再有义务。

  这是强制符号的终结,是获得解放的符号的统治,所有阶级都可以没有区别地玩弄符号。竞争的民主接替了法定秩序特有的符号内婚制。这样人们就同阶级之间名望价值/符号的变迁一起,必然地进入仿造。因为,人们从符号受到限制的秩序(一种禁忌在打击符号的

"自由"生产),过渡到了符号的按需增生。但这种增生的符号与那种有限传播的强制符号不再有任何关系:前者是后者的仿造,但这种仿造不是通过"原型"的变性,而是通过材料的延伸,以前这种材料的全部清晰性都来自于那种打击它的限制。现代符号是不加区分的(它从此只是竞争的),它摆脱了一切束缚,可以普遍使用,但它仍然在模拟必然性,装出与世界有联系的样子。现代符号在梦想从前的符号,可能非常希望重新找到自己的真实参照和一种义务:它仅仅找到了一个理由:它的生存所依赖的这个参照理由,这种真实,这种"自然"。不过这种指示性联系从此只是象征义务的仿像:它从此只能生产中性价值,即客观世界中相互交换的价值。符号在这里的命运和劳动相同。"自由"劳动者的自由仅仅是生产等价关系的自由——"获得解放而自由"的符号的自由仅仅是生产等价所指的自由。

——让·波德里亚《象征交换与死亡》,车槿山译,
南京:译林出版社,2006 年,第 68-69 页

符号/价值是被某种特定社会劳动所生产出来的。但是差异的生产,以及差异性等级体系的生产,都不能与对剩余价值的剥削相混淆,同时这些生产也不是以它为原因。在差异的生产与剩余价值的生产之间,还存在着另一种类型的劳动,正是它将经济价值与剩余价值转换为符号/价值:这一过程依据另外一种完全不同的交换,它是一种奢侈(somptuaire)的运作,是一种消耗(consumation),或者是一种超越了经济的价值。然而,以某种特定的方式,它也产生剩余价值:统治(domination),这种统治不能与经济的特权或者利益混淆起来。后者只是政治运作最初的物质跳板,这种政治运作包括了通过符号所实现的权力的转换。统治由此与经济权力相连,但它不是自发地或者神秘地从其中"产生"出来的;而是在对经济价值的修正中产生出来。……正是由于忽略了符号生产的社会劳动,才使得意识形态产生了它的超越性,符号和文化似乎都隐藏于"拜物教"之中,神秘地与商品的拜物教等同起来,并相伴而生。

符号政治经济学的批判理论家凤毛麟角。他们被马克思主义(或者新马克思主义)中暴力革命者的分析所驱逐、掩盖。凡勃伦与戈布罗(Goblot)是两位对阶级进行文化分析的先驱,他们都超越了生产力的"唯物主义辩证法",转而去考察一种奢侈价值的逻辑,通过它的编码而赋予了统治阶级以霸权并将其永久化了。

——让·鲍德里亚《符号政治经济学批判》,夏莹译,
南京:南京大学出版社,2009 年,第 105 页

$$\frac{经济交换价值}{使用价值}=\frac{能指}{所指}$$

使用价值和所指并不分别与交换价值和能指有相等的分量。在我们看来,使用价值与所指拥有战术上的价值(valeur tactique),而交换价值和能指则具有战略上的价值(valeur stratégique)。体系就是由这功能性的两极构造的,但这两极之间存在着等级差别。其中交换

价值和能指处于明显的支配地位。使用价值和需要只是交换价值的一种实现。所指(以及指涉物)只是能指的一种实现(我们还会回到这一点)。两者都不是交换价值或者能指在它们的符码中可以表达或者阐明的一种拥有自主性的现实。最终,它们不过是被交换价值和能指的游戏所产生出来的拟真模型(modèles de simulation)。它们为后者提供了真实的、活生生的、具体的保障;然而,交换价值和能指同时以其为体系的存在,而用它们的整个逻辑来代替由使用价值和所指所保证的客观的真实。……

——让·鲍德里亚《符号政治经济学批判》,夏莹译,

南京:南京大学出版社,2009 年,第 132 页

第三节　文学传播

　　和读者接受活动一样,传播在文学中的独立作用也是到了 20 世纪才显现出来的。在文字发明以前,很多民族的文学都是以口头形式传承的,为此人们发明了音韵来方便记忆。即使是在文字发明之后,由于书写器具的稀少和不便,书写出来的文章也相对简练、抽象。

　　实际上,直到印刷术,尤其是活字印刷术发明前后,文学都是以口头传播和手抄书写为主。在口头传播的过程中,每一个接受者都可能成为下一个文学作品的讲述者,也不可避免地在讲述的时候带上自己的色彩甚至发挥创造。他们所注重的传播效果是听众的兴趣,而非对最初作者原意的还原。在柏拉图的《伊安篇》中,伊安作为讲述荷马史诗最出色的年轻人,能够比其他人讲得好,也说明了在口头传播过程中,讲述者有着自己的发挥空间。即使是有了文字之后的手抄文学,也会在传抄过程中出现抄写者对原文字句的改动,这些改动往往是由于字迹不清,传抄者加上自己理解之后的产物。

　　西方现代印刷术发明以来,在 19 世纪与机器工业结合,大幅度提升了印刷的质量和数量,使文学传播向大众传播转变,将作者、传播者与读者分别置于社会化大分工的不同环节,各自独立,同时又密切关联。印刷媒介的出现,杜绝了文字的变动,使作者的权威大幅度提高。同时,读者也不再是少数能够接触到作品和作者的人,他们数量众多,互相不认识,却能通过印刷的作品及时接触到作者的文学思想,这使一位作家、一部作品能够在短时期内影响社会上大多数受众得以可能,也正因为如此,文学才发挥了前所未有的

集体性的社会功能。在这样的印刷媒介的影响下,作者的思想向着社会和人生的两个维度深入展开,文学的审美性达到了一个新的人类全体的高度,作者也变身为最高的权威者与审判者。这种倾向在法国浪漫主义、现实主义小说那里尤其明显。

然而,如上节所述,随着市场经济的发展,生产与消费的不断整合与加速,文学生产的一极不再具有权威性,相应地,文学传播在协调文学生产与文学消费中扮演着日趋重要的角色:一方面不断加速为读者提供他们所无法想象的新需求,另一方面也将读者的需求和时尚的要求反馈到作者那里,形成新型的文学市场。此时,作者的权威性不仅受到了来自文学市场的挑战,也受到了作者自身的质疑,即作为主体的作者的有限性。

本雅明是一位试图描绘时代转变的思想家,在他的思考和观察中,口头传播的讲故事、印刷媒介时代的小说,以及当代的新闻,有着非常不同的表达形式,也因此有着完全不同的接受内容和接受效果。在他看来,讲故事传播的是个人经验,对接受者来说,需要的不是思考和结论,而是对故事内容的感受与情感反馈,这是一种代代传承的对世界和生活的经验。小说作为单个个体对世界整体深入体察和思考的结果,它本身就是深广的,它并不需要读者接受它的结论,而是启发读者自身对世界的思考。新闻作为一种现代信息交流的产物,已经远远超出了其具体的行业模式,体现出了现代交流形式的基本特征,即关注周围的生活,并对一切所发生的现象提供解释。新闻所呈现出的碎片化陈述与体系化解释的矛盾性,与观念化文学、体验文学、类型化文学等,存在着深层的一致性。它们都假定读者具有独立的人格和思想能力,并为读者提供相应的生活片段与现象,虽然这些现象已经被作者以自己的方式解读过了。因此,通过信息的方式,文学呈现出的是一种复杂的、以个体为单位的社会化交流。

近年来,随着新型媒介互联网的普及,文学的传播模式继续向社会交往转变,一些新的创作形式也应运而生,如超文本小说、同人小说,甚至博客文学、微博文学等等,模糊了作者与读者的界限。互联网作为传播媒介,其链接、搜索等功能,为文学阅读提供了极大的便捷。同时其高速更新的速度也给作者的写作造成了巨大的压力,一位单独的作者往往很难在短时期内完成大量的文字写作,即使能够完成也难以长期维持下去,由此造成了作品质量低下、文字粗糙的现象。近年来,随着我国互联网经济迅猛发展,出现了代表企业方的文化平台,与代表个体创作的签约作者之间各种形式的生产关系,其间的种种矛盾也极大地影响着文学创作的质量、题材与社会效应等。

在新的文学传播方式之下,文学所扮演的社会角色不再是宣传而是交流,无论是作者还是读者,都不再只关注自身,他们在写作和阅读之前就关注着对方,并通过对方关注着整个社会。可以说,读者通过互联网,能够随时关注到世界范围内文学的新变动,跟踪一个甚至一类作家的思想变化,让读者从原来对单一作者的审美迷恋中解放出来,真正感知到世界的文学。

【原典选读】

火药、指南针、印刷术——这是预告资产阶级社会到来的三大发明。火药把骑士阶层炸得粉碎,指南针打开了世界市场并建立了殖民地,而印刷术则变成新教的工具,总的来说变成科学复兴的手段,变成对精神发展创造必要前提的最强大杠杆。

——马克思《经济学手稿(1861—1863 年)》,
《马克思恩格斯全集》第四十七卷,北京:人民出版社,2016 年,第 427 页

一

虽然这一称谓我们可能还熟悉,但活生生的、其声可闻其容可睹的讲故事的人无论如何是踪影难觅了。他早已成为某种离我们遥远——而且是越来越远的东西了。……要想碰到一个能很精彩地讲一则故事的人是难而又难了。平常又平常的倒是,当有人提出谁给大家讲个故事的时候,满座面面相觑,一片尴尬。就仿佛是与我们不可分割的某种东西,我们的某种最可放心的财产被夺走了:这东西、这财产就是交流经验的能力。

二

……德国有句话:"远行者必会讲故事。"在人们的想象中,讲故事的人就是从远方归来的人。但他们同样喜欢听守在家里、安安分分过日子,了解当地掌故传说的人讲故事。如果要通过他们在旧日的典型来刻画这两种类型,那么一个可由作为当地住户的农夫代表,另一个则是商船上的水手。实际上,可以说每一个生活圈子都会产生其讲故事的人的群体。……

四

实用关怀是天才的讲故事的人所特有的倾向。例如,戈特赫尔夫向农民提供农业建议,与列斯科夫相比,在他的作品中人们可以更为明显地看到这种特性;诺迪埃表现出对煤气灯的危险的担忧,在他的作品中也能看到这一点;黑贝尔则在他的《莱茵家庭之友小宝盒》中为读者夹带了点点滴滴的科学知识,他擅长此道。所有这些都指示出每一篇真正的故事的性质,或明或暗地,它都会包含某种有用的东西。这有三种情况:第一,有用性可能寓于一种伦理观念;第二,可能寓于某种实用建议;第三,可能寓于一条谚语或警句。在每一种情况,讲故事的人都向读者提出了忠告。但如果说,在今天"提出忠告"已经有点过时的味道的话,那是因为经验的可交流性降低了。其结果是,我们既无法对自己提出忠告,也无法向别人提出忠告,而忠告终究不是回答一个问题,而是关于一个刚刚展开的故事如何继续的建议。……编织到实际生活中的忠告就是智慧。智慧是真理的一个壮丽侧面。由于智慧渐趋式微,讲故事的艺术便行将终结了。不过,这是一个已经持续了很长时间的过程了。但把它简单地看做一

种"衰败的征候",甚至是一种"现代社会"的征候,却是愚蠢至极的。其实这只是历史的世俗性生产力的伴随征候,它作为历史的世俗性生产力的伴随物,逐渐把叙事能力逐出日常言语的王国,与此同时,又使我们得以在渐渐消亡的东西中看到一种新的美。

五

这个过程的结果是讲故事艺术的衰落。它的最早的征候是近代之初小说的兴起。小说区别于故事(在狭义上区别于史诗)的是它对书本的严重依赖。只是随着印刷的发明,小说的传播才成为可能。能口口相传是史诗的财富,它迥异于小说的路数。使小说不同于散文文学的所有其他形式的——如童话、传说,甚至通俗小说——是它既不是来自口头传说,也不会汇入口头传说,这使它尤其不同于讲故事。讲故事的人所讲述的取自经验——亲身经验或别人转述的经验,他又使之成为听他的故事的人的经验。小说家把自己孤立于别人,小说的诞生地是孤独的个人——是不再能举几例自己所最关心的事情,告诉别人自己所经验的,自己得不到别人的忠告,也不能向别人提出忠告的孤独的个人。写一部小说的意思就是通过表现人的生活把深广不可量度的带向极致。小说在生活的丰富性中,通过表现这种丰富性,去证明人生的深刻的困惑。甚至这一体裁的第一部杰作《堂·吉诃德》,所讲述的也不外是堂·吉诃德这一极高尚的人的精神的伟大、勇敢和扶危济困,是怎样全无方寸,全无一丁点的智慧。……

六

……在另一方面,我们看到,一种新的交流形式诞生了,这种新的交流性就是新闻报道,它完全控制在中产阶级手里。在充分发达的资本主义社会,新闻业是它最重要的工具。不论新闻报道的源头是多么久远,在此之前,它从来不曾对史诗的形式产生过决定性的影响;但现在它却真的产生了这样的影响。事实表明,它和小说一样,都是讲故事艺术面对的陌生力量,但它更具威胁;而且它也给小说带来了危机。

《费加罗报》的创始人维尔梅桑用一句名言概括出新闻报道的特性。他曾说:"对我的读者来说,拉丁区阁楼里发生个火比在马德里爆发一场革命更重要。"这句话异常清楚地表明,公众最愿意听的已不再是来自远方的消息,而是使人得以把握身边的事情的信息。……

每天早晨,我们都会听到发生在全球的新闻,然而我们所拥有的值得一听的故事却少得可怜。这是因为我们所获知的事件,无不是早已被各种解释穿透的。换言之,到如今,发生的任何事情,几乎没有一件是有利于讲故事艺术的存在,而几乎每一件都是有利于信息的发展的。事实上,讲故事艺术有一半的秘诀就在于,当一个人复述故事时,无须解释。列斯科夫是此中高手。(试比较《骗局》和《白鹰》等篇什)最特殊的事情,最离奇的事情,都讲得极精确,但事件之间的心理联系却没有强加给读者。读者尽可以按自己的理解对事情作出解释,这样,叙事作品就获得了新闻报道所缺少的丰富性。

——瓦尔特·本雅明《讲故事的人》,选自《本雅明文选》,陈永国、马海良,编,

北京:中国社会科学出版社,1999 年,第 291-297 页

我们已经看到,传播学中的许多基本术语在用于大众传播领域时,具有不同的含义,因此我们有必要了解后者的特性。一个常被引用的大众传播的定义是:

> 大众传播由一些机构和技术所构成,专业化群体凭借这些机构和技术,通过技术手段(如报刊、广播、电影等等)向为数众多、各不相同而又分布广泛的受众传播符号的内容。(参见杰诺维茨,1968 年)

这个定义揭示了我们需要加以考虑的大部分变化问题和附加问题。大众传播中的"发送者"始终是一个有组织的群体的一部分,也常常是一个除传播以外还有其它多种功能的机构的成员。"接收者"始终是某些个人,但经常会被发送组织看作是一个具有某种普遍特性的群体或集体。传递渠道不再是由社会关系、表达工具和感受器官所组成,而是包括大规模的、以先进技术为基础的分发设备和分发系统。这些系统仍然含有社会因素,因为它们依赖于法规、习俗和期望。大众传播中的讯息并不是一个独特的和短暂的现象,而是一种可以大量生产并不断复制、常常是十分复杂的符号结构物。

大众传播中具有特别重要意义的是:一切传播的公众性与开放性;接近"发送"设施的有限性与有控性;发送者与接收者之间关系的非人格性;发送者与接收者之间关系的不平衡性;发送者与接收者之间制度化安排的介入。事实上,普遍统一的大众传播过程是不存在的;现实的多样性在一定程度上说明了可能出现的模式的多样性,从而表明其全体或局部。

——丹尼斯·麦奎尔、斯文·温德尔《大众传播模式论》,祝建华、武伟译,

上海:上海译文出版社,1987 年,第 6-7 页

新的大众传播手段代表了一个重大的技术进展。最古老的、然而至今仍然是最重要的传播技术是印刷;印刷本身就经历了多次重大的技术变革,特别是 1811 年以蒸汽为动力的印刷机的出现,以及 1815 年发展起来的更加快速的滚筒机和轮转机。公路、铁路、海空交通的重大发展对印刷也产生了巨大的影响;既加快了新闻的搜集,又使印刷品的分送更加广泛更为迅速。电缆、电报和电话服务的发展更是方便了新闻的收集。后来又出现了新的传播媒介:广播、电影和电视。

这些大家所熟悉的事实因素产生了"大众传播"的观念;如果我们要能够充分地考察这个观念,我们必须首先详细地考虑这些因素。总的来看,这些变化为我们提供了更多的,而且通常是更廉价的书籍、杂志和报纸,提供了更多的招贴广告和海报,更多的广播和电视节目以及各种电影……我要提出的问题是:"大众传播"的观念是不是一个有助于进行价值判断的公式。

——雷蒙德·威廉斯《文化与社会》,吴松江、张文定译,

北京:北京大学出版社,1991 年,第 379-380 页

　　大众传播　人类文化传播活动的一种特殊类型。指传播者通过一定传播媒介向众多的人传递信息的活动。现代社会大众传播的基本特征是:(1)单向性,没有直接反馈(人们之间面对面的交谈不属大众传播);(2)间接性,即借助报纸、杂志、广播、电影、电视等技术手段作为媒介(一个人向众多人作报告、讲演也不属大众传播);(3)受传者是众多的、分散的群体或个人(个人之间的书信来往不属大众传播);(4)……需要有一定的物质技术条件和社会精神文化条件。大众传播的产生虽有较长的历史,但只是到了十九世纪后半叶,由于印刷、造纸等技术的改进和交通事业的发达,才使文字传播事业有了较大的发展。而十九世纪末到二十世纪中叶,随着电影、广播、电视等传播工具的相继出现和日趋普及,提高了传播的能力和范围,使大众传播事业迅速发展。大众传播现在已经成为社会和家庭生活不可缺少的组成部分。大众传播具有多种社会功能:(1)社会雷达(监视和观察周围环境);(2)沟通社会交流,提供各种信息;(3)对广大群众进行思想道德教育,影响和调整人们的相互关系;(4)促进社会文化知识的普及和文化遗产的延续;(5)提供文化娱乐。大众传播的社会作用可以是积极的,也可以是消极的。因此,如何发挥大众传播的积极作用,克服消极影响,推动社会文化健康发展,成为传播研究的重要课题。大众传播概念及其研究,有助于加深人们对于交流种类和形式多样性及其社会性质的认识,也有助于人们深化对现代文化的理解。

　　　　　　　　——覃光广、冯利、陈朴主编《文化学辞典》,北京:中央民族学院出版社,

　　　　　　　　1988年,第33-34页

　　大众媒介　所谓"大众媒介",是另一种视点的"模糊"分类:人们把所有用于"大众传播"的媒介,都称之为"大众媒介"。

　　在当代,大众媒介可分为两大形态:

　　一是印刷媒介。书籍,报纸,杂志都属于印刷媒介。印刷媒介是人类最古老的大众传播媒介。

　　二是电子媒介。如广播,电视,电影,录音,录像等。电子媒介是新兴的大众媒介,其中"年长者",至今亦不过百年历史。

　　……"大众媒介"主要是一种再现性和技术性媒介;而"人际交流"则主要采用呈现性媒介。这种媒介上的区别,正是大众传播与一般面对面人际交流的区别之一。

　　必须指出:上述所谓的"大众媒介",还只是一种狭义的概念。在西方,大众媒介或大众传播研究中的"大众媒介"一词,有时还包括那些与物质、技术性的大众媒介相关联的机构、体制等——即大众媒介实际运作中的系统。

　　大众传播　大众传播,是以大众媒介进行的交流;是一种"媒介指向型交流"。

　　在这种媒介指向型交流中,消息的发送者与接收者之间的"人际关系"不复存在;传播者与受众间的"员额差异"更为悬殊;从而使交流中的信息流向带有非常明显的"单向扩散"和"大范围播布"的特征。正是在这种意义上,我将"大众交流"称之为"大众传播",以强调其

"人际互动交往关系阙如",以及消息传递上的"单向"和"大规模流布"的品格特质。

大众传播,作为一种交流系统,主要由下列几种基本要素所构成,它们是"传播者","守门者","媒介","滤过器","受众"等。……

传播者,即大众传播的发送者。……大众传播不同于其他人际交流的特征之一,就在于大众传播往往需要一组传播者,即大众传播中的传播者具有群体性。……

"守门者"一词,先前主要是一个社会学术语。……

研究者们,以"守门者"指称那些在决定某种消息的性质和流量方面有着一定权力的人或机构。正是这些人、或机构,在交流系统内和交流过程中,决定着什么可被传播以及怎样传播。……

守门者不仅给消息改变增添点什么,而且也常改变修整整个消息的重心。

在电影史上,最有名的例子,莫过于爱森斯坦的《战船波将金》被西方电影发行商购买过去,并加以重新处理的例子了。当时,一位德国电影发行商找到爱森斯坦,说想购买《战船波将金》这部影片拷贝,以在西方公映。爱森斯坦以该影片商不能对这部影片作任何删减为前提,将拷贝卖给了他。但在当时的西方,俄国革命被视为洪水猛兽,要使这部革命性极强的影片顺利通过各种"守门者",简直是不可能的。为此,该片商便将这部影片的某些场景的顺序,进行了调换,将起义的原因——船上的旧军官对士兵的血腥镇压一场戏,放到了影片的结尾。于是,它便成了这场起义的结果。经过这种调换后,该片在西方获得公开上映的许可。……

要言之,出于各种原因和动机,大众媒介的守门者们,往往不满足只是一个消极的检查者;更常见的情况是,他们力图成为一个参与者,一个创造性的评价者。但无论是作为检查者,还是参与者、评价者,守门者都是任何种类的大众传播媒介系统的一个重要的结构性要素;都是大众传播乃至许多其他形式的交流过程中的一个常规部分或环节。……

在大众传播的过程中,当消息自信源始,由传播者制作,并经过守门者的检查、评价后,便通过大众媒介向广大接收者发送。那么,是否所有的发出的消息,都能完完全全按照传播者的意愿,为观众、听众或读者所接受呢?事实上,并不是如此,因为在每个接收者面前,或是接收者的头脑中,还存在一个有形或无形的"滤过器"。它们势必阻止一些信息,滤过一些信息,或歪曲一些信息。

交流学意义上的滤过器,亦称"过滤器",是各种参照框架或系统;接收者经由这些框架或系统接收、读解消息。……它们绝大多数是后天获得的,即经由学习或训练获得的,并可在以后的生活中发生改变。……它们有的是纯粹个人性的,有的则是为一群人、甚至一个社会所分享的。……

大众传播受众,是大众传播消息的接收者。它们位于大众传播系统的终端。

受众的概念,不同于"公众"的概念。公众,是指社会上作为群体而存在的一般民众。而"受众"则专指大众媒介产品的使用"消费者"。一个人,可以"自然而然"地成为"公众"的一份子;但要成为"受众",他就必须要介入大众交流的过程之中去,即采取某种主动行为,如读书、听广播、看电影、电视等,而成为大众传播的接收对象。……

关于大众传播中受众与媒介消息的互动关系,主要有两大类理论表述。其中一类,侧重于受众对于媒介消息的反响,因此,可被称之为"受众反响理论"。

德夫勒尔(Melvin Defleur)等人在其《大众传播理论》一书中,指出有以下三种关于受众与媒介消息互动反应的透视。

一种是"不同个体观"。此种透视把大众传播受众看作是单个人,而不是一个联合的整体。由于每个个体的心理、性格、经验不一样,他们对媒介刺激的反响,也各不相同。

第二种是"社会类型观"。这种理论认为,一个社会中的公众,由于在性别,年龄,职业,教育,经济地位,文化状况等方面的共同点,可以形成不同的社会群体。共属于某一社会群体的受众,可以在社会标准、信仰、价值观、态度、倾向等方面,形成某些共同或相近的地方。因此,他们往往能以大致相同的滤过器选择、感知某些消息,并作出大致相同或相近的反应。

第三种是"社会联系观"。从这种视点出发,拉查斯菲尔德(Paul Lazarsfeld)等人认为,受众之间的非正式社会联系,极大地影响着受众对于大众媒介消息的接收和反应。换言之,大众媒介对于受众的效果影响,可以为受众个人自身与他人之间的社会联系所改变。

将上述三种受众反响理论综合到一起,我们便可以得出这样一种认识:大众传播系统中,存在多种多样的受众结构。每个人既是受众个体,又归属于某一类受众群体。不同的受众个体,对于同一消息的反应可以不同;但同一类型的受众群,对同一消息可作出大致相近的反应。此外,受众对于媒介消息的反应,还受制于受众各成员间,一般受众与意见领袖间,受众与非受众之间的社会联系和互动过程。

——周晓明《人类交流与传播》,上海:上海文艺出版社,1990 年,
第 341-342、351-352、354、357、358-359、363-364、367-368 页

这些形式的整合是控制不确定因素的重要手段,如果一家公司只依赖外部市场来完成生产周期,必然会遇到各种不确定。商业史学家们早就认识到整合过程对于当代资本主义发展的重要性,不管我们称它是财团资本主义、经营资本主义、组织资本主义,还是垄断资本主义。……

在媒介产业中,时代—华纳公司是建立多层分工的先驱,它处理畅销小说——罗伯特·詹姆斯·沃勒(Robert James Waller)的《廊桥遗梦》的手法证明了这种组织形式的价值。华纳图书公司出版了这部小说,截止到 1973 年 7 月,共售出 250 万册。时代—华纳属下的亚特兰大唱片公司灌制了根据这部小说创作的歌曲唱片,由作者本人演唱,同时制作了音乐录像带。时代—华纳公司所属的杂志报道评析了这部小说和唱片(亚特兰大公司一共签下了五张),并刊登广告。公司还为时代—华纳有线电视网制作了一个短小节目,其中由这位作家作为流行歌手来促销自己的作品,并提供 800 这一电话号码以便电话订购。到 1996 年,华纳兄弟公司又把它拍成畅销电影和录像带。

——文森特·莫斯可《传播:在政治和经济的张力下》,
胡正荣等译,北京:华夏出版社,2000 年,第 172-174 页

【本章复习思考题】

1."文学接受"包括哪几个主要方面的内容？

2.如何看待文学的现代生产机制对文学接受的影响和制约？

3.如何理解读者在文学审美接受过程中的"能动作用"？

4.如何理解诠释学所说的"误读的合理性"？

5.文学生产与消费涉及哪些重要环节和制约因素？

6.如何理解文学消费"符号化"的趋势？

7.如何理解文学在消费社会中成为"交往媒介"的现象？

8.文学的传播媒介经历过哪些重要的发展阶段和变化？

9.印刷技术的普及对文学传播产生过哪些重要影响？

10.如何看待新媒体的发展对文学传播的影响？

(本章执笔:任真)

第五章　文学阐释论

【概　述】

　　文学阐释是对文学现象的分析与评价,是对文学意义的揭示。它既有对审美经验的分析,又有理性的认识和提升。在文学研究中,文学阐释是不可缺少的,它既能够发掘作品的意义和价值,又能够引导文学创作和读者欣赏,同时文学作品通过阐释不断释放其人文价值,从而促进社会文化的进步。

　　在 20 世纪以前,文学阐释就已经存在,中国的《诗大序》《文心雕龙》《诗品》《沧浪诗话》等著述,西方的亚里士多德的《诗学》、贺拉斯的《诗艺》、朗吉努斯的《论崇高》、黑格尔的《美学》等著作,皆是文学阐释的经典之作。但是,这些著述在古代比较少,还没有具备系统的文学理论和文学批评的学科形态。在传统社会中,文学现象总是与社会共同体有机统一的,人们不需要批评家和理论家的阐释。随着现代学科意识的出现,哲学、美学、伦理学、社会学等学科形态开始出现,文艺创作领域也开始走向成熟,文学的自律性意识开始成为一项深思熟虑的工程。随着文艺创作自律性意识的发展,文学开始脱离现代日常生活而形成一块"飞地",作品愈来愈抽象、深邃、个体化,人们难以理解。人们渴求对文学作品的意义、价值、合理性进行说明,文学阐释成为必然。

　　在 20 世纪以前,文学阐释虽然获得了发展,但与文学创作相比,却是低下的,作家的创作和作品的声名远远高于文学批评家与理论家,因此文学理论和批评仍旧没有获得独立的学科意识,要么成为哲学、美学的附庸,要么就只是文学作品的附庸。20 世纪以来,这种局面发生了巨大变化。文学理论和批评风起云涌,争奇斗艳,获得了长足的发展,逐步形成了自律性的学科。它们获得了独立存在的资格,在各大学和研究机构有大批专门阐释文学作品、探讨文学理论的相对稳定的学者群体,有不少文学理论和批评的学术阵地,有规范的培养文学理论专业学生的学位制度,尤其是出现了众多有意识阐释文学作品的流派和主张。文学理论与批评的自律性的发展,促进了文学理论与批评学科的迅猛发展,涌现了许多很有价值的著述,甚至达到了与文学创作并驾齐驱的地步。同时,学科自律的形成也导致了文学理论、文学批评与文学创作活动脱节的现象,双方似乎各自沿着自己的道路前进,难以找到共同语言。这是文学阐释自律性发展所付出的代价。

文学阐释是对文学作品的批评性分析,它与文学理论息息相关。文学理论建立在具体的文学作品、对文学活动的批评基础之上,并反过来为文学批评提供理论资源。它是文学批评的新突破、对文学的新分析和理解的关键因素,也有助于检验文学批评的合法性与价值有效性。文学批评往往立足于一定的理论基础之上,如刘勰的文学阐释与《周易》的关联,朱熹的诗经批判与其理学思想的关联,李泽厚的文艺阐释与其哲学美学的关联。西方更为昭然,如现象学文学批评立足于胡塞尔的现象学哲学以及现象学美学的基础之上。文学阐释的理论性也是有意识地推进的,如英美新批评是一种分析文学作品的方法,但它却超越了纯粹的文学分析方法,形成了自身的理论形态,有着自身的概念和术语、规范模式与操作策略。德里达的解构主义文学批评超越了纯粹的文学批评而不断向哲学、美学理论延伸。许多文学批评事实上就是其文学理论的实践。由于文学批评与文学理论彼此交织、相互渗透,20世纪的文学阐释显得复杂、抽象,并且不断从语言学、社会学、人类学、心理学等学科中挪用概念和术语,所阐释的文本具有多方面意义,而不像以往的文学阐释那样单纯、明白、易懂。

随着文学理论和批评的自律性学科意识的形成,文学阐释的方法或模式逐渐走向多元化,新的文学阐释陆续出现,进而很快发展为相反的模式,这构成了20世纪以来文学阐释的复杂局面。面对文学现象的事实,不同的理论家得出了关于文学本质的不同认知,对文学本质的认知又进一步影响到看待具体文学现象的不同方式。因此,在20世纪的文学阐释中,作家、文本、读者、世界不仅成为思考文学本质的视点,而且也成了文学阐释的不同视点,从而形成不同的阐释模式。具体地说,有侧重于作家与传统关系的象征主义批评、精神分析心理学批评;有侧重于语言、文本、形式、结构的形式主义批评、新批评、结构主义批评;有侧重于读者的读者反应批评、阐释学批评、接受美学的文学批评;有侧重于社会文化、政治、民族、性属等元素的社会批评、历史批评、意识形态批评、后殖民批判、女性主义文学批评等。即使从同一视点来阐释文学作品,也有各种不同的批评方法。譬如,对作家的批评有采用传记式批评的,有采用创作心理学批评的,也有采用世界观批评的。尤其是在当代的文学阐释中,随着人们对传统的文学阐释模式的质疑,一些新方法不断涌现,诸如他者批评、流散者批评、超性别批评、酷儿批评等等。各种阐释方法不仅形成了一系列的理论,有着自身的阐释符码与关键词语,而且对具体文学作品也进行了详细的解读。正是这些多样的阐释模式从不同角度挖掘出了作品的价值与意义,甚至挖掘出了以往没有发现的意蕴,从而大大丰富了文学活动。文学阐释对文学发展和人文价值的张扬所做出的贡献是不容抹杀的。

　　文学的不同阐释方式都有自身的优势,但也有其局限性。通常的情况是,一种方法可以弥补另一种方法的不足。譬如,社会历史方法的优点在于认识到形成文学现象的社会文化因素,可以从宏观的背景看待文学现象的精神价值与意义,但是它容易忽视文学作品本身的审美性质;而文本批评强调对文学作品的语言、结构、形式等文学性方面的分析,则可以弥补社会历史批评的不足;社会历史批评强调外在的社会文化因素与文学现象的关系,而心理批评则借助20世纪各种心理学、精神分析学理论可以直接触及最内在的隐蔽世界和动机,打开作者创作心理和作品人物心理的新大陆。事实上,在当代众多的文学阐释中,单一的文学阐释模式已经不被人们所看重,而表现出多种阐释模式的综合运用,尤其是出现了文本批评、社会文化批评和心理批评相结合的阐释模式。英国文学批评家和理论家伊格尔顿、美国文学及文化研究学者杰姆逊、法国符号学家克里斯蒂瓦等的文学阐释理论,都呈现出了这样的特征,"文本意识形态"成为一个显著的思考路径。譬如,在剖析《米德尔马奇》这篇小说时,伊格尔顿对小说中的主要意象"蛛网"与意识形态的微妙关系进行了阐发。蛛网是衍生性的有机形象,是复杂的、有机对称的,又是脆弱的。这种形象实际上是助长审慎的政治保守主义的隐喻。蛛网的交织越是精致,行动造成的破坏性后果就越是成倍地增加,因此在发起总体行动时越发要瞻前顾后。反过来说,蛛网任意一点上的行动都会通过网丝的振动影响整个构形。这种蛛网的意象无疑是社会结构的象征。小说以自然形象"蛛网"来象征地表现如何获得与社会整体的一种完满关系。因此,伊格尔顿认为,小说内容的总体性问题被有效地移置为美学形式本身的问题,小说从形式上回答了作为主题提出的意识形态问题,也就是说,小说的审美形式表现出了意识形态的选择。伊格尔顿的这种阐释综合了社会历史批评、意识形态批评、文本批评等多种批评模式。当然,多种文学阐释模式的综合运用导致了文学阐释文本的复杂性和晦涩难解,它在给文学带来丰富意义的同时,也给阅读带来了困难。

　　文学阐释的兴盛催生了文学意义的大量剩余,不过,文学现象依然是文学现象,这是文学阐释所要面临的困境。本章主要选择几种有代表性的阐释模式:社会历史批评,文本批评,心理批评,意识形态批评,读者反应批评和身份批评。

第一节　社会历史批评

社会历史批评主要强调社会现实与历史对文学现象的决定作用。它主张,在考察文学现象时,应从作品产生的社会、地理、时代等环境因素的影响入手,把作品放回到具体的社会历史环境中,把作家的经历与作品联系起来,才能更准确地理解、分析和评价文学现象。

中国古代文学阐释很早就开始从社会历史角度讨论文学。依循"诗言志"的传统,《孟子·万章》中提出的"以意逆志"与"知人论世"的方法,就是要求读者把文学作品放到作家生活的环境中去,试图把握和重现作家的思想脉络,以便更好地了解作家的作品。司马迁在对屈原的评价中使用的就是这种方法。此外,中国古代文论还特别强调文学对社会道德、伦理建设方面的作用和影响,注重文学是否能有利于国家的和谐、社会的安定等。例如,孔子在《论语·阳货》中提到的"《诗》可以兴,可以观,可以群,可以怨",涉及诗歌的社会功能的发掘。

在西方文学批评史中,社会历史批评最初出现于古希腊。在柏拉图、亚里士多德论文艺的著作中,都提到了文艺与社会生活有着一定的关系,但严格意义上的社会历史批评的兴起,则出现在18世纪。意大利历史哲学家维柯的《新科学》从古希腊社会的文化历史背景来讨论《荷马史诗》,认为人类历史在产生之初都是诗性的,二者无法截然分开,人们接受悲剧是因为悲剧人物的性格都不完全是虚构的①;因此,要讨论诗歌,就需要把它们放回到当时的历史与社会背景中去。法国文学理论家斯达尔夫人在《从文学与社会制度的关系论文学》(简称《论文学》)一书中,从宗教、社会风俗、法律、时代、气候、环境等方面考察了不同民族文学的情况,提出了南方文学与北方文学的差异,在方法上对社会历史批评产生了很大影响。

社会历史批评方法的重要代表人物是法国学者丹纳。他在《〈英国文学史〉序言》和《艺术哲学》中提出并阐述了著名的"三因素"说,认为决定作家创作和文学发展的力量是种族、环境与时代。但是,由于丹纳受到19世纪实证主义的影响,过分重视自然环境、

---

① 参见维柯:《新科学》,朱光潜译,北京:人民文学出版社,1986年,第425-427页。

民族生理和心理因素的作用,他的方法缺乏对于社会自身发展对文学影响的分析,试图仅仅从外部环境的描述中去确定文学作品的内涵与价值,忽略了文学作品内在的审美要求和发展规律。

　　由马克思和恩格斯开创的经典马克思主义批评主要也是运用社会历史的批评方法,但不同之处在于:马克思主义批评要求把文学放到具体历史时代的社会结构之中,从经济基础与上层建筑的复杂关系中去看待文学作品。另外,由恩格斯提出的"美学的观点和历史的观点"相结合的批评(恩格斯称为"最高的标准")①,弥补了丹纳等人只注重"外部研究"的缺陷。梅林、拉法格、普列汉诺夫等马克思主义者都属于这一派批评。20世纪二三十年代兴起的以卢卡奇等人为代表的"西方马克思主义",继续发展了经典马克思主义从社会结构、阶级、意识形态等角度考察文学的方法,提出了一些新的观念和批评方式,如德国法兰克福学派的阿多诺十分强调文学艺术对现实社会的批判作用,试图从文学艺术中寻求社会历史发展的动力等等。

【原典选读】

　　咸丘蒙曰:"舜之不臣尧,则吾既得闻命矣。《诗》云:'普天之下,莫非王土;率土之滨,莫非王臣。'而舜既为天子矣,敢问瞽瞍之非臣如何?"

　　曰:"是诗也,非是之谓也。劳于王事,而不得养父母也。曰此莫非王事,我独贤劳也。故说诗者,不以文害辞,不以辞害志,以意逆志,是为得之。如以辞而已矣,《云汉》之诗曰:'周馀黎民,靡有孑遗。'信斯言也,是周无遗民也。"……

——《孟子正义·万章上》,北京:中华书局,1987年,第637-638页

　　孟子谓万章曰:"一乡之善士斯友一乡之善士,一国之善士斯友一国之善士,天下之善士斯友天下之善士。以友天下之善士为未足,又尚论古之人,颂其诗,读其书,不知其人可乎?是以论其世也。是尚友也。"

——《孟子正义·万章下》,北京:中华书局,1987年,第725-726页

　　屈平疾王听之不聪也,谗谄之蔽明也,邪曲之害公也,方正之不容也,故忧愁幽思而作《离骚》。离骚者,犹离忧也。夫天者,人之始也;父母者,人之本也。人穷则反本,故劳苦倦极,未尝不呼天也;疾痛惨怛,未尝不呼父母也。屈平正道直行,竭忠尽智以事其君,谗人间

---

①　参见恩格斯:《致斐迪南·拉萨尔》,《马克思恩格斯选集》第四卷,北京:人民出版社,2012年,第443页。

之,可谓穷矣。信而见疑,忠而被谤,能无怨乎? 屈平之作《离骚》,盖自怨生也。《国风》好色而不淫,《小雅》怨诽而不乱。若《离骚》者,可谓兼之矣。上称帝喾,下道齐桓,中述汤武,以刺世事。明道德之广崇,治乱之条贯,靡不毕见。其文约,其辞微,其志洁,其行廉,其称文小而其指极大,举类迩而见义远。其志洁,故其称物芳。其行廉,故死而不容自疏。濯淖污泥之中,蝉蜕于浊秽,以浮游尘埃之外,不获世之滋垢,皭然泥而不滓者也。推此志也,虽与日月争光可也。

——司马迁《史记·屈原贾生列传》,北京:中华书局,1959 年,第 2482 页

我觉得存在着两种完全不同的文学,一种来自南方,一种源出北方;前者以荷马为鼻祖,后者以莪相为渊源。希腊人、拉丁人、意大利人、西班牙人和路易十四时代的法兰西人属于我所谓南方文学这一类型。英国作品、德国作品、丹麦和瑞典的某些作品应该列入由苏格兰行吟诗人、冰岛寓言和斯堪的纳维亚诗歌肇始的北方文学。在指出英国和德国作家的特点以前,我觉得有必要对前述两大类型的文学间的主要区别作一番一般的考察。

当然,英国人和德国人也时常模仿古人。他们从这个富有成果的学习中汲取了有益的教训;而他们两国人带有北方神话印记的独创之美也有着某种相似之处,那就是以莪相为最早范例的那种在诗歌中的崇高伟大。有人可能这样说,英国诗人以其哲学思想著称;这种思想在他们所有的作品中都显示出来,而莪相则几乎从来没有过经过深思熟虑的思想;他只是把一连串的事件和印象叙述出来。我现在来答复这个异议。莪相诗歌中最常见的形象和思想是与生命的短促、对死者的尊敬、对他们的思念、存者对亡者的崇拜这些方面有关的。如果说诗人既没有把这些情操和道德教条结合起来,也没有把它们和哲学思考结合起来,那是因为在那个时代,人类的思想还不能进行必要的抽象,得出很多的结论。然而莪相诗歌对想象所引起的振动,足以引起人们最深刻的沉思。

忧郁的诗歌是和哲学最为协调的诗歌。和人心的其他任何气质比起来,忧伤对人的性格和命运的影响要深刻得多。继承苏格兰行吟诗人的英国诗人,在前者描绘的图景上又加上从这些图景本身应该产生出来的思考和概念;然而英国诗人还是保留了北方的想象,保留了这个喜爱海滨、喜爱风啸、喜爱灌木荒原的想象;保留了这个仰望未来、仰望来世的想象——保留了这个对命运产生厌倦的心灵。北方人的想象超出他们居住于其边缘的地球,穿透那笼罩着他们的地平线,象是代表着从生命到永恒之间那段阴暗路程的云层。

我们不能泛泛地说分别以荷马和莪相为最早典范的两种类型诗歌孰优孰劣。我的一切印象、一切见解都使我更偏向北方文学。不过现在的问题是来研究北方文学的特征。

北方人喜爱的形象和南方人乐于追忆的形象之间存在着差别。气候当然是产生这些差别的主要原因之一。诗人的遐想固然可以产生非凡的事物;然而惯常的印象必然出现在人们所写的一切作品之中。如果避免对这些印象的回忆,那就要失去诗歌的最有利条件,也就是描绘作家的亲身感受这样一个有利条件。南方的诗人不断把清新的空气、繁茂的树林、清澈

的溪流这样一些形象和人的情操结合起来。甚至在追忆心之欢乐的时候,他们也总要把使他们免于受烈日照射的仁慈的阴影换和进去。他们周围如此生动活泼的自然界在他们身上所激起的情绪超过在他们心中所引起的感想。我觉得,不应该说南方人的激情比北方人强烈。在南方,人们的兴趣更广,而思想的强烈程度却较逊;然而产生激情和意志的奇迹的,却正是对同一思想的专注。

北方各民族萦怀于心的不是逸乐而是痛苦,他们的想象却因而更加丰富。大自然的景象在他们身上起着强烈的作用。这个大自然,跟它在天气方面所表现的那样,总是阴霾而暗淡。当然,其他种种生活条件也可以使这种趋于忧郁的气质产生种种变化;然而只有这种气质带有民族精神的印记。在一个民族当中,跟在一个人身上一样,固然不应该只找它的特点,然而所有其他各个方面只是万千偶然因素的产物,惟有这个特点才构成这个民族的本质。

跟南方诗歌相比,北方诗歌与一个自由民族的精神更为相宜。南方文学公认的创始者雅典人,是世界上最热爱其独立的民族。然而,使希腊人习惯于奴役却比使北方人习惯于奴役容易得多。对艺术的爱、气候的美、所有那些充分赐给雅典人的享受,这些可能构成他们忍受奴役的一种补偿。对北方民族来说,独立却是他们首要的和惟一的幸福。由于土壤硗薄和天气阴沉而产生的心灵的某种自豪感以及生活乐趣的缺乏,使他们不能忍受奴役。在英国人认识宪政理论和代议政府的优点以前,上苏格兰和斯堪的纳维亚诗歌如此热烈歌颂的战斗精神,早就使人们对他们的个人能力和意志力量产生了强烈的印象。个人独立不羁的精神早在取得集体的自由以前就存在了。

在文艺复兴时,哲学是由北方民族开始的。在他们的宗教习惯当中,需要由理性来克服的偏见比在南方人的宗教习惯中的少得多。北方古代文学含有的迷信成分也比希腊神话中少得多。《埃达》中固然也有一些荒谬的教条和寓言,但北方的宗教观念差不多全都是和被热烈颂扬的理性相适合的。他们神话里的所谓飘浮在云端的鬼魂,只不过是由感官形象产生的一种回忆罢了。

……

英国人和后来德国人的伟大戏剧效果根本不是得自希腊题材,也不是得自希腊的神话教条。英国人和德国人是以与最近几个世纪的轻信较为接近的迷信成分来激起人们的恐惧之感。他们特别善于刻画意志坚强而思想深刻的人们所痛苦地感受到的不幸,来激起读者的上述感觉。我曾经说过,死亡这个概念在人身上产生的效果是大是小,主要取决于人们的宗教信仰。苏格兰行吟诗人的宗教,它的色彩一直比南方的宗教阴沉些,也更加超越世俗。……

在各个国家中,爱情发展的历史都可以从哲学的观点去考察。爱情这种感情的描绘似乎完全因表现这种感情的作家的个人感受而异。作家在表现他们最切身的情感时所采用的语言也必须受周围社会风尚的制约,这就是社会风尚对他们的影响。彼特拉克一生中经历的爱情看来要比《少年维特之烦恼》的作者以及好些英国诗人如蒲柏、汤姆逊、奥特维等来得幸福些。在读北方作家的作品时,我们不是仿佛觉得那是另外一个大自然、另外一些人与人间的关系、另外一个世界吗? 他们所写的某些诗歌的完美当然体现了作者的天才;可是,同样可以肯定的是,同样的作家如果是在意大利,即使当他们感受到同样的激情,也写不出这样的作品。这是因为,在以追求名声为目的的文学作品中,通常总是民族和时代的普遍精神比作家的个人性格留下更多的痕迹。

最后,促使现代北方各民族比南方居民具有更多哲学精神的是新教,这是差不多所有北方各民族都接受了的。宗教改革时期是最有效地促进人类走向完善的一个历史时期。新教当中没有任何足以产生迷信的幼芽,反而给予德行从感官判断中可能取得的全部支持。在信奉新教的国家中,新教丝毫也不妨碍哲学的研究,它还有效地维护风尚的纯洁。……

——斯达尔夫人《论文学》,徐继曾译,北京:人民文学出版社,

1986 年,第 145-152 页

当你已在人的身上观察并注意一个、两个、三个,以至多个感觉的时候,这就算是足够了吗,或者你的知识就显得完全了吗? 心理学就只是一系列的观察吗? 不是的;这儿也和别处一样,我们在搜集事实之后,还必须找出原因。不论事实属于肉体或属于道德,它们都有它们的原因;野心、勇敢、真理,各有它的原因,同样,消化、肌肉的运动、体温,也各有它的原因。就象硫酸和糖一样,罪过和德行都是某些原因的产物;每一个复杂的现象,产生于它所依存的另一些比较简单的现象。那么,就象找出产生多样肉体性质的简单现象那样,让我们找出产生多样道德性质的简单现象来吧……

有助于产生这个基本的道德状态的,是三个不同的根源——“种族”、“环境”和“时代”。我们所谓的种族,是指天生的和遗传的那些倾向,人带着它们来到这个世界上,而且它们通常更和身体的气质与结构所含的明显差别相结合。这些倾向因民族的不同而不同。人和牛马一样,存在着不同的天性,某些人勇敢而聪明,某些人胆小而存依赖心,某些人能有高级的概念和创造,某些人只有初步的观念和设计,某些人更适合于特殊的工作,并且生来就有更丰富的特殊的本能,正如我们遇见这一类的狗优于另一类的狗——这些狗会追逐,那些狗会战斗,那些狗会打猎,这些狗会看家或牧羊。这儿我们有一种突出的力量——它是如此突出,以致我们仍能在其他两种动力给人所产生的巨大偏向之中,把这一力量辨别出来;一个种族,如古老的阿利安人,散布于从恒河到赫布里底的地带,定居于具有各种气候的地区,生活在各个阶段的文明中,经过三十个世纪的变革而起着变化,然而在它的语言、宗教、文学、哲学中,仍显示出血统和智力的共同点,直到今天,这个共同点还把这一种族的各个支派结合起来。这些支派虽然不同,但他们的血统并没有被消灭;野蛮、文化和移植、天空和土壤的不同,命运的好坏,都不曾起作用:原始模型的巨大标记仍然存在,我们仍能从时代所给予他们的第二性的痕迹下面,发现原始印记所含有的两个或三个显著特征。……

我们这样勾画出了种族的内部结构之后,必须考察种族生存于其中的环境。因为人在

150

世界上不是孤立的;自然界环绕着他,人类环绕着他;偶然性的和第二性的倾向掩盖了他的原始的倾向,并且物质环境或社会环境在影响事物的本质时,起了干扰或凝固的作用。有时,气候产生过影响。虽然我们只能模糊地追溯,阿利安人如何从他们共同的故乡到达他们最终分别定居的地方,但是我们却能断言,以日耳曼民族为一方面和以希腊民族与拉丁民族为一方面、二者之间所显出的深刻差异,主要是由于他们所居住的国家之间的差异:有的住在寒冷潮湿的地带,深入崎岖卑湿的森林或濒临惊涛骇浪的海岸,为忧郁或过激的感觉所缠绕,倾向于狂醉和贪食,喜欢战斗流血的生活;其他的却住在可爱的风景区,站在光明愉快的海岸上,向往于航海或商业,并没有强大的胃欲,一开始就倾向于社会的事物,固定的国家组织,以及属于感情和气质方面的发展雄辩术、鉴赏力、科学发明、文学、艺术等。有时,国家的政策也起着作用,例如意大利的两种文明便是这样形成的:第一种完全倾向于行动、征服、政治、立法,这是由于用以自卫的城的原来位置、边境的大市场、武装的贵族政权,这些贵族弄来许多外国人或被征服者,加以训练,建立了两支互相敌对的军队,于是无法摆脱内部不和与贪婪本能,而只有经常的战争了;另一种则由于各个城邦政权的稳固、教皇的世界地位以及邻国的军事干涉,因而没有统一的政治局面和任何巨大的政治野心,但这种文明受到高尚和谐的精神的全面指导,而趋向于对快乐和美的崇拜。有时,社会的种种情况也会打下它们的烙印,如十八个世纪以前的基督教,和二十五个世纪以前的佛教,当时在地中海周围,以及在印度斯坦,阿利安的征服和它的文明产生了一些最后的结果,造成了难于忍受的压迫、个人的被征服、极度的失望,以及认为世界是苦恼的思想,同时也发展了形而上学和神话,以致处在这悲惨地狱中的人感到他的心已经软化,便产生自我否定、慈悲、温柔、驯良、谦逊、博爱等观念——那儿,是抱着一切皆空的想法,这儿,是处于上帝的天父般的权威之下。你应该看看你的周围,看看那个植根于一个种族之中而控制一切的本能和才能吧——简而言之,那就是今天这个种族在思考和行动时,它的智力所表现的状态:你将会时常发现,某些持续的局面以及周围的环境、顽强而巨大的压力,被加于一个人类集体而起着作用,使这一集体中从个别到一般,都受到这种作用的陶铸和塑造……

还有一个第三级的原因;因为,同内力和外力一起,存在着一个内、外力所共同产生的作用,这个作用又有助于产生以后的作用。除了永恒的冲动和特定的环境外,还有一个后天的动量。当民族性格和周围环境发生影响的时候,它们不是影响于一张白纸,而是影响于一个已经印有标记的底子。人们在不同的项间里运用这个底子,因而印记也不相同;这就使得整个效果也不相同。例如,考察一下文学或艺术的两个时代——高乃依时代的和伏尔泰时代的法国文学,埃斯库罗斯时代的和欧里庇得斯时代的希腊戏剧,达·芬奇时代的和伽多时代的意大利绘画。真的,在这两个极端的任何一端上,一般的思想并没有变;再现或描画的主题,总还是同样的、人的类型;诗句的格式、戏剧的结构、人体的形式,也都持续不变。但是,在若干差异中,却有这样一种差异,即一个艺术家是先驱者,另一个是后继者;第一个没有范本,第二个有范本;第一个面对面地观看事物,第二个通过第一个来观看事物;艺术的许多主干丧失了,许多细节完美了,印象的简洁庄严减少了,悦人的优美的形式增加了——总而言之,第一个作品影响了第二个作品。因此一个民族的情况就像一种植物的情况;相同的树液、温度和土壤,却在向前发展的若干不同阶段里产生出不同的形态、芽、花、果、子、壳,其方式是必须有它的前驱者,必须从前驱者的死亡中诞生。……这种创新而又普遍的观念,出现在整个行为和思想的领域里;当它以毫不自觉却又成为体系的一些作品覆盖了世界之后,它就消萎了、死去了,而一个新的观念兴起了,它注定要占同样的支配地位,创造同样多的事物。这儿要记着,后者部分地依靠于前者,前者以其自身的影响去结合民族思想和周围境况的影响,从而把它的倾向和方向给予了每个新创事物。……我们可以如此断言:若干世纪的主流把我们导向一些不可预知的创造,这些创造全由这三个原始力量所产生和控制;如果这些力量是能够加以衡量和计算的话,那么我们就会从它们那里,犹如从一个公式上演绎出未来文明的特征;尽管我们的计算显然是粗略的,我们的衡量根本上也不精确,但是,如果我们现在企图对我们的一般命运提出某种看法的话,我们的预言的基础仍必须建筑在对这些力量的考察上。因为,我们在列举它们时,已接触到这些动因的整个范围;我们在考察那作为内部主源、外部压力和后天动量的"种族"、"环境"和"时代"时,我们不仅彻底研究了实际原因的全部,也彻底研究了可能的动因的全部。

——泰纳《〈英国文学史〉序言》,杨烈译,选自伍蠡甫、胡经之主编
《西方文艺理论名著选编》中卷,北京:北京大学出版社,1986 年,第 149-153 页

上面考察过艺术品的本质,现在需要研究产生艺术品的规律。我们一开始就可以说:"作品的产生取决于时代精神和周围的风俗";我以前曾经向你们提出这规律,现在要加以证明。

……

为了使艺术品与环境完全一致的情形格外显著,不妨把我们以前作过的比较,艺术品与植物的比较,再应用一下……

……

所以气候与自然形势仿佛在各种树木中作着"选择",只允许某一种树木生存繁殖,而多多少少排斥其余的。自然界的气候起着清算与取消的作用,就是所谓"自然淘汰"。各种生物的起源与结构,现在就是用这个重要的规律解释的;而且对于精神与物质,历史学与动物学植物学,才具与性格,草木与禽兽,这个规律都能适用。

……

的确,有一种"精神的"气候,就是风俗习惯与时代精神,和自然界的气候起着同样的作用。严格说来,精神气候并不产生艺术家;我们先有天才和高手,像先有植物的种子一样。在同一国家的两个不同的时代,有才能的人和平庸的人数目很可能相同。……必须有某种精神气候,某种才干才能发展;否则就流产。因此,气候改变,才干的种类也随之而变;倘若气候变

成相反,才干的种类也变成相反。精神气候仿佛在各种才干中作着"选择",只允许某几类才干发展而多多少少排斥别的。由于这个作用,你们才看到某些时代某些国家的艺术宗派,忽而发展理想的精神,忽而发展写实的精神,有时以素描为主,有时以色彩为主。时代的趋向始终占着统治地位。企图向别方面发展的才干会发觉此路不通;群众思想和社会风气的压力,给艺术家定下一条发展的路,不是压制艺术家,就是逼他改弦易辙。

……你们将要看到,浏览一下历史上的各个重要时期也能证实我们的规律。我要挑出四个时期,欧洲文化的四大高峰:一个是古希腊与古罗马的时代;一个是封建与基督教的中古时代;一个是正规的贵族君主政体,就是十七世纪;一个是受科学支配的工业化的民主政体,就是我们现在生存的时代。每个时期都有它特有的艺术或艺术品种,雕塑,建筑,戏剧,音乐;至少在这些高级艺术的每个部门内,每个时期有它一定的品种,成为与众不同的产物,非常丰富非常完全;而作品的一些主要特色都反映时代与民族的主要特色。……

——丹纳《艺术哲学》,傅雷译,北京:人民文学出版社,1981年,第32-40页

第二节　文本批评

文本批评是对文学作品的文学性进行阐释的一种模式,主要是在20世纪语言学研究的基础上形成的。事实上,这种批评在中国传统文学阐释中比较普遍。中国传统的诗评重视炼字,关注作品的音韵、词语等,强调比兴,注重文本细读,反复吟咏,"读书百遍,其义自见"。譬如,汉代经生的微言大义,六朝文士的印象主义细读,宋严羽的"熟参",明清的小说评点,清代况周颐的读词之法,王国维的以境界论词等,都非常强调文本的审美性。

西方的文本批评是20世纪以来一种突出的文学阐释模式。它试图抛弃19世纪那种强调文学的"社会-历史"维度的实证研究,以及推崇作者的传记式、印象式批评,极力将凝视的目光倾注到语言文本之上。因此,人们不顾各种批评流派内在的丰富差异,把那些主张回归文本、注重形式和结构、强调批评的科学性的流派,汇聚在"文本批评"的旗下。

1915年前后,俄罗斯民族意识处于觉醒之际,俄罗斯正经历着文学创作和批评理论繁荣的"白银时代"。此时,一批大学生以"诗学科学探索"的名义,发起了对传统注重内

容研究的现实主义批评和象征主义的主观美学理论的挑战。这群试图从语言角度探讨诗歌和文学内部规律的批评者从他们的论敌那里得到了"形式主义"这个颇有贬义的名字,然而,这并未阻止他们以客观科学的方法探索文学的内部规律。他们关心语言结构甚于关心语言到底说了什么。雅各布森提出了影响到文本批评的重要概念——"文学性",主张文学研究重在发现使文学成为文学的特殊素质。他们受到瑞士语言学家索绪尔语言学理论的影响,认为文学语言独立于日常语言,并运用语言学的共时方法讨论文学形式。他们颠倒了对内容和形式关系的传统看法,认为内容只是形式的动因,文学作品是特定修辞技巧、形式和手法的特殊集合。例如,《堂吉诃德》这部小说与以此命名的主人公无关,不过是聚拢一系列形式技巧的文学手段。此外,什克洛夫斯基提出了"陌生化"理论,认为文学语言不同于日常语言,文学不同于日常世界之处,正是运用陌生化效果拉伸、扭曲和变形日常经验,从而唤醒读者的联想和记忆。俄国形式主义者在 20 世纪 20 年代后期逐渐解散并转移到布拉格和巴黎,他们的批评主张和研究方法影响了此后的布拉格学派、结构主义和接受美学等批评流派。

影响和主导北美文学批评领域长达半个世纪的"新批评"流派崛起于 20 世纪 20 年代,此派以兰色姆的《新批评》(1941)一书而得名。新批评反对浪漫主义者强调表现作家的主观情感,也反对像实证主义那样考察作品的社会历史档案,他们把作品视为自主的、相对封闭的和谐整体,主张批评和创作的纯粹、独立与客观性。新批评的开拓者之一,T.S.艾略特在《传统与个人才能》中提出了诗歌的"非个性"观点,认为"诗不是放纵情感,而是逃避感情;不是表现个性,而是逃避个性"。诗人必须不断回归更有价值的传统,要放弃狭隘的"个性"。诗歌的价值不在于感情的伟大,而在于艺术过程的强度和复杂微妙。新批评主将兰色姆系统地阐述了"本体论批评",把文学视为独立自足的世界,并提出了颇有争议的"构架-肌质"理论,强调诗歌应该是理性和感性的有机统一体。此外,布鲁克斯提出了"细读""悖论"和"反讽"等具体批评方法,燕卜逊论述了诗歌语言的"复义"类型,肯定了诗歌语言的审美价值源于"复义"。威姆萨特和比尔兹利的"意图谬见"和"感受谬见"说,深化了新批评派割断作品与作者、读者、社会的联系的观点,回归到传统文论忽视了的作品本体之上。

20 世纪 50 年代和 60 年代,加拿大文学批评家诺思罗普·弗莱的原型批评理论作为对新批评忽视文本间关系的反拨,试图将成千上万的文学作品纳入一个整体的、独立的结构,并且重视文学与文化、文学批评与其他学科之间的丰富联系。原型批评在新批评式微和结构主义到来的空当时期成了北美文本批评的重要范式。

20 世纪 60 年代,强调"结构"和"系统"的结构主义思潮在西方取代了存在主义的主观论调。结构主义者始终追求一种超越个别、具体因素的共时结构,注重研究结构内在的二元对立模式。作为其方法论基础的索绪尔语言学,将语言(language)和具体的言语

（parole）运用分开，并将语言符号分为能指（signifer）和所指（signified）。结构主义方法在人文科学领域导致了深刻的范式革命，如列维-斯特劳斯的结构人类学、福柯的考古学和拉康的精神分析理论等。在文学批评界，托多洛夫追随结构主义思想，主张关注作品自主性的系统阅读理论，并提出叙事时间、语态和语式的叙事语法理论。格雷马斯的结构主义语义学叙事理论则以"角色模式"和"语义方阵"闻名。罗兰·巴特建立了符号学方法，并用以分析大众文化的意识形态效果——"神话"。他还从作品文本研究的角度提出了"作者之死"。巴特的后期思想转向了解构主义阵营，发现能指和所指并不能构成一个完整的固定符号，能指指涉的与其说是一个概念，不如说是能指群，从而导致了能指和所指的分裂，以及意义的滑动。

以索绪尔的理论为基础的结构主义受到了法国学者德里达的深刻质疑。他认同尼采"重估一切价值"的立场，抛弃了卢梭式的怀旧伤感，肯定文字的自由游戏。同时，他还深受海德格尔本体论存在主义思想的影响。德里达在《论文字学》等著作中，颠覆了结构主义的"语音中心主义"，即贯穿西方传统形而上学的"逻各斯中心主义"，宣告文字的间接性、含混性正是语言的本质特征，"原型文字"是语言的基础而非附属的符号、表征。继而，他试图解构哲学和文学的对立，解构所谓真理言述和文学虚构的对立。

德里达的思想传播到北美形成了以耶鲁学派（包括保罗·德·曼、希利斯·米勒、哈罗德·布鲁姆和杰弗里·哈特曼）为代表的解构批评。解构批评虽然同意文学是语言符号系统，但认为修辞性才是语言的根本特征，因而文本是一个不存在中心的多重结构系统，没有绝对的指涉意义，意义是多元和不确定的。他们进一步否定了文学创作和批评的界限，提出了文本的"不可解读性"等观点。解构批评对文本意义采取的相对主义态度，他们的批评策略以及解构主义思想构成的悖论，都遭到颇多质疑，如艾布拉姆斯就以《解构的安琪儿》等文章与解构批评展开对话。但是，解构批评对当代文学研究理解文学的地位、性质产生了深刻影响，成了当代文学和文化研究的重要资源。

【原典选读】

　　大抵禅道惟在妙悟，诗道亦在妙悟。且孟襄阳学力下韩退之远甚，而其诗独出退之之上者，一味妙悟而已。惟悟乃为当行，乃为本色。然悟有浅深，有分限，有透彻之悟，有但得一知半解之悟。汉魏尚矣，不假悟也。谢灵运至盛唐诸公，透彻之悟也；他虽有悟者，皆非第一义也。吾评之非僭也，辩之非妄也。天下有可废之人，无可废之言。诗道如是也。若以为不然，则是见诗之不广，参诗之不熟耳。试取汉魏之诗而熟参之，次取晋宋之诗而熟参之，次取南北朝之诗而熟参之，次取沈宋王杨卢骆陈拾遗之诗而熟参之，次取开元天宝诸家之诗而熟参之，次独取李杜二公之诗而熟参之,又取大历十才子之诗而熟参之,又取元和之诗而熟参之,又尽取晚唐诸家之诗而熟参之,又取本朝苏黄以下诸家之诗而熟参之,其真是非自有不能隐者。倘犹于此而无见焉,则是野狐外道,蒙蔽其真识,不可救药,终不悟也。

——严羽《沧浪诗话校释》,郭绍虞校释,

北京:人民文学出版社,1961 年,第 12 页

　　读词之法,取前人名句意境绝佳者,将此意境缔构于吾想望中。然后澄思渺虑,以吾身入乎其中而涵泳玩索之。吾性灵与相浃而俱化,乃真实为吾有而外物不能夺。三十年前,以此法为日课,养成不入时之性情,不遑恤也。

——况周颐《蕙风词话》,北京:人民文学出版社,1960 年,第 9 页

　　境非独谓景物也。喜怒哀乐,亦人心中之一境界。故能写真景物、真感情者,谓之有境界。否则谓之无境界。

　　"红杏枝头春意闹",着一"闹"字,而境界全出。"云破月来花弄影",着一"弄"字而境界全出矣。

　　境界有大小,不以是而分优劣。"细雨鱼儿出,微风燕子斜。"何遽不若"落日照大旗,马鸣风萧萧。""宝帘闲挂小银钩",何遽不若"雾失楼台,月迷津渡"也。

——王国维《人间词话》,北京:人民文学出版社,1960 年,第 193 页

　　我已经辩明,反讽作为对于语境压力的承认,存在于任何时期的诗、甚至简单的抒情诗里。但在我们时代的诗里,这种压力显得特别突出。大量的现代诗确实运用反讽当做特殊的、也许是典型的策略。这是有理由的,而且有强有力的理由。只举几条这样的理由:共同承认的象征系统粉碎了;对于普遍性,大家都有怀疑;并非最不重要的一点是,广告术和大量生产的艺术,广播、电影、低级小说使语言本身失血了,腐败了。现代诗人负有使一个疲杳的、枯竭的语言复活的任务,使它再能有力地、准确地表达意义。这种修饰和调节语言的任务是永恒的;但它是强加在现代诗人身上的一种特殊的负担。那些把反讽技巧的使用归罪于诗人苍白无色的故弄玄虚和奄无生气的怀疑主义的批评家,最好还是把这些罪过归之于诗人可能有的读者,被好莱坞和"每月畅销书"所败坏的公众吧。因为现代诗人并非对头脑简单的原始人发言,而是对被商业艺术迷惑了的公众发言。

——克林斯·布鲁克斯《反讽,一种结构原则》,选自赵毅衡编选

《"新批评"文集》,卞之琳等译,天津:百花文艺出版社,2001 年,第 390 页

　　我们公认的许多好诗——还有我们忽视的一些好诗——具有某种共同的特点,我们可以为这种单一性质造一个名字,以更加透彻地理解这些诗。这种性质,我称之为"张力"。用

抽象的话来说,一首诗突出的性质就是诗的整体效果,而这整体就是意义构造的产物,考察和评价这个整体构造正是批评家的任务。本文为承担这个任务,我将阐明我在其它文章中已经用过的一种批评方法,同时也不放弃先前的方法,这种先前的方法可以称为诗的总体思想分离法。

全文结尾时我将举例说明"张力",但那些诗例说明的当然不只是张力,也不是说诗的其它品质不值得一提。诗种类之多,就像诗人种类之多,就像好诗之多。但没有一种批评立场能把一种排它的正确性封赐给某一种诗。历史上每个时期都有一些诗派要求只写一种诗——即他们的那种诗:为事业而写的政治诗;为家乡而写的风景诗;为教区而写的说教诗;甚至为寻求宽心和安全而写的一般化的个人诗。最后一种我看是最常见的,一种作者面目不清的抒情诗,其中平庸的个性展现其平庸性,及其朦胧而又标准的怪癖,其语言则是日益败坏。因此,今天许多诗人被迫创造其个人的语言,或极其狭隘的语言,因为公众语言已经浓重地染上大众感情色彩。

——艾伦·退特《论诗的张力》,选自赵毅衡编选《"新批评"文集》,
卞之琳等译,天津:百花文艺出版社,2001年,第121-122页

所谓朦胧,在普通语言中指的是一种非常明显的、而且通常是机智的或骗人的语言现象。我准备在这个词的引伸义上使用它,而且认为任何导致对同一文字的不同解释及文字歧义,不管多么细微,都与我的论题有关。有时候,尤其是在本章中,这一字眼所包括的范围之广可能近乎可笑。但是它是描述性的,因为它暗示了我所关心的分析方法。

在足够广泛的意义上,一切白话陈述都可以说是朦胧的。首先,它是可以分析的。这样"那只棕色的猫坐在红色的垫子上"这句话就可分析为以下一系列的陈述:这是关于一只猫的陈述;这句陈述涉及的猫是棕色的等等。每一句这种简单的陈述可以变成包括另外的词语的复杂的陈述,于是你所面临的任务就是解释猫是什么东西;而每一句这种复杂陈述又可以分解成一组简单陈述。这样一来,每一样构成猫的概念的东西都跟"垫子"具有某种空间关系。解释者可按照自己的意愿,通过选择一定的词语,使"解释"朝任何方向发展。

——威廉·燕卜荪《朦胧的七种类型》,周邦宪、王作虹、邓鹏译,
杭州:中国美术学院出版社,1996年,第1-2页

因此,为了恢复对生活的感觉,为了感觉到事物,为了使石头成为石头,存在着一种名为艺术的东西。艺术的目的是提供作为视觉而不是作为识别的事物的感觉;艺术的手法就是使事物奇特化的手法,是使形式变得模糊、增加感觉的困难和时间的手法,因为艺术中的感觉行为本身就是目的,应该延长;艺术是一种体验事物的制作的方法,而"制作"成功的东西对艺术来说是无关重要的。

——维·什克洛甫斯基《艺术作为手法》,选自茨维坦·托多罗夫编选
《俄苏形式主义文论选》,蔡鸿斌译,北京:中国社会科学出版社,1989年,第65页

　　文学科学的对象不是文学,而是"文学性",也就是说使一部作品成为文学作品的东西。不过,直到现在我们还是可以把文学史家比作一名警察,他要逮捕某个人,可能把凡是在房间里遇到的人,甚至从旁边街上经过的人都抓了起来。文学史家就是这样无所不用,诸如个人生活、心理学、政治、哲学,无一例外。这样便凑成一堆雕虫小技,而不是文学科学,仿佛他们已经忘记,每一种对象都分别属于一门科学,如哲学史、文化史、心理学等等,而这些科学自然也可以使用文学现象作为不完善的二流材料。

　　语言现象应根据讲话的人在某一具体情况下所针对的目标加以分类。如果他们为了纯属实际交流的目的利用语言现象,那就属于日常语言的系统(即口头思想的系统),在实际交流中,语言学的各种构词因素(语音、形态因素等)没有独立的价值,而只是一种交流手段。但是,我们可以想象还有其它的语言学系统(实际上也是存在的),在这些系统中,实际的目的退居第二位(虽然没有完全消失),而语言学的构词因素获得独立的价值。

　　——鲍·艾亨鲍姆《"形式方法"的理论》,选自茨维坦·托多罗夫编选《俄苏形式主义文论选》,蔡鸿斌译,北京:中国社会科学出版社,1989年,第24-25页

　　我们所描写的意义结构在交流中表征,就是说它在人的感觉活动中自呈于前。交流汇集了其表征的必要条件。正是在交流活动或"交流动程"中,内容重新找到了表达。

　　能指与所指——或按丹麦人叶姆斯列夫的说法,表达层面与内容层面——的结合表征出话语中的两个最小单位:音位和词位。bas 的在场假定了未在场的 pas 的存在,并实现了能指与所指之间的双向预设:若想 b 成为能指的一个具有分辨功能的元素,在 bas/pas 的背景中,b/p 对立应能生成一个意义上的区别;不过,若要分辨出 bas 的意义,b/p 对立则必须先期存在。

　　对能指的分析必须参照所指,反之亦然。当然,这并不是能指与所指不能分离的终极原因(ultime ratio)。借此机会,我们正好谈一谈另外两个不容忽视的原因:

　　1.我们首先应该清楚,能指和所指之间不存在同构关系,分处在两个层面上的交流单位并不对等,不是一个音位对应于一个词位,而是数个音位的组合对应于一个词位。所以,分析两个层面所用的方法虽然一致,但却必须分别进行。分析的目的是确立能指与所指的最小单位,它们分别是形素和义素。

　　2.音位对立在更大一些的语言单位中构成,并产生一个意思。不过这个意思只能是"否定"的,它仅仅是意思生成的一种可能,为什么这么说呢?如 bas/pas,其对立似乎赋予 bas 以某种含义,于是有人会说:那是因为在交流过程中,在选择的多种可能性中,说话者选中了 bas(低):天低,天花板低(Le ciel est bas.Le plafond est bas.);其选择必然与未表征的 pas 产生联系,pas 和 bas 是一对捆绑在一起的关系。此话大谬,因为藏在 bas(低)的背影中的是 haut(高),而不是 pas。这说明我们在借用其他兄弟学科的概念时一定要慎之又慎。比如说信息

158

理论,它处理的仅仅是能指方面的材料,而且是根据自然语言进行过代码转换的能指材料,所以,它可以对意义的基本问题置之不理(记得曾有人试图在词的长度和信息量之间找到某种必然的联系)。

如果我们想在能指或者所指的研究上稍有建树,就必须把交流中合体的所指与能指再次分开。要记住,我们有可能也有必要在研究能指时借助所指,在研究所指时借助能指。这也正是"对象词项"所扮演的角色。

——格雷马斯《结构语义学》,选自朱立元等编《二十世纪西方美学经典文本》
第三卷,上海:复旦大学出版社,2001年,第401-402页

话语段(discourse)的发展可以沿两条不同的语义路线进行;这就是说,一个主题(topic)是通过相似性关系或者毗连性关系引导出下一个主题的。由于这两种关系分别在隐喻和换喻当中得到最集中的体现,看来最好用"隐喻过程"这一术语来称谓前一种情形,而用"换喻过程"来说明后一种情形。在失语症当中,这两个过程非此即彼地受到抑制,甚至会完全停滞——这一事实使失语症研究对于语言学家来说特别富于教益。然而在正常的言语行为当中,这两个过程是始终在发挥效用的;当然,若仔细观察便会发现,在不同的文化模式、个性和语言风格的影响下,往往是其中一方——不是隐喻过程便是换喻过程——取得对另一方的优势。……

特定的个人正是在其两个方面(位置和语义)——通过选择、组合或归类——运用上述两种类型的联系(相似性和毗连性),从而显示出个人风格、趣味和语言偏好的。

上述两个因素之间的相互作用在语言艺术上表现得尤为显著。在诗歌格律的各种形式里可以找到可供研究这一关系的丰富的材料。在诗歌格律上,前后相继的诗句必须遵从对偶(paralle-lism)的原则,例如在圣经诗歌或西部芬兰的口传诗歌当中,以及在某种意义上的俄国口传诗歌当中那样。这样便为我们在特定的语言集团当中判断哪些是对应现象提供了客观的依据。因为,上述两种关系(相似性和毗连性)之一在语言的任一层面上——无论形态的、词汇的、句法的,还是措辞用句上的——都会以其两个方面之一的方式出现,从而产生了引人注目的一个完整系列,其中包括可能出现的各种构形。在这系列中取得优势地位的可以是上述两大主要类型的关系当中的任一类型。例如,在俄国抒情诗歌当中,占据优势地位的是隐喻结构;而在英雄史诗里则以换喻手法为主。

在诗歌当中,有不同的原因导致对这两种比喻手法(tropes)的取舍。人们已经多次指出过隐喻手法在浪漫主义和象征主义流派当中所占据的优势地位,然而却尚未充分认识到:正是换喻手法支配了并且实际上决定着所谓"现实主义"的文学潮流。后者属于介乎浪漫主义的衰落和象征主义的兴起之间的过渡时期并与两者迥然不同。现实主义作家循着毗连性关系的路线,从情节到气氛以及从人物到时空背景都采用换喻式的离题话。

——罗曼·雅各布森《隐喻与换喻两极》,选自伍蠡甫、胡经之主编
《西方文艺理论名著选编》下卷,北京:北京大学出版社,1987年,第429-431页

今天,在法国和其他国家使用的符号学的最突出特点,是语法(尤其是句法)结构同修辞学结构的共同运用,而又显然没有意识到两者之间可能存在的差异。巴尔特、托多洛夫、热奈特、格雷马斯及其门徒,在其文学分析中,都在使语法和修辞学于完全的连续性中发挥功能方面,在没有困难或阻碍地从语法结构转移到修辞学结构方面,进行了简化,并从雅克布逊那里抽身退回。确实,当语法结构研究被阐述为当代的有关生成、转换和分布语法的理论时,转义和修辞格(这里,"修辞学"这一术语正是这样使用的,而不是在评论、雄辩和劝导等方面的引申意义上使用)的研究,变成了语法模式的单纯延伸,即句法关系上的一套特定的亚类模式。在近来问世的《语言科学百科辞典》中,杜克洛和托多洛夫写道,修辞学总满足于对词语的纵向审视(即词语的相互替代),而不诘问其横向关系(即词语之间的相邻性)。此外,还应该有一种同第一种角度互补的视角,在其中,比方说,隐喻不再界定为一种替换,而是界定为一种特殊类型的结合。由语言学,或更狭义地讲,由句法研究所激发的研究,开始揭示出了这种可能性,但仍有待进行探索。把自己的一部著作定名为《十日谈的语法》的托多洛夫,正确地把他自己和同事的研究视为在文学样式、文类、以及文学修辞格等系统语法方面进行阐发的初步探索。或许,出于这一学派的最具洞察力的著作,是热奈特对于修辞格模式的研究。这部著作说明,它是吸收了修辞学转换或者修辞学上句法语法模式的组合的结果。这样,一项最近的研究成果,它在如今已问世的《修辞格》第 3 卷中被题为《普鲁斯特的隐喻和转喻》,便在经过精明选择的大量文章中,揭示了纵向隐喻修辞格同横向转喻结构的存在。两者的结合,是从非辩证的、描写性的角度予以处理的,并没有考虑到产生逻辑张力的可能性。

——保罗·德·曼《符号学与修辞学》,选自《解构之图》,李自修译,

北京:中国社会科学出版社,1998 年,第 53-54 页

每一位批评家都有(或应该有)她或他自己所喜欢的批评主题。我的主题是想对"弗洛伊德的文学批评"与神圣罗马帝国加以比较:不单是神圣的,也不单是罗马,亦不单是帝国;不单是弗洛伊德的,也不单是文学,亦不单是批评。对于英美追随者的简约化倾向,弗洛伊德只应承担部分责任;而对雅克·拉康及其同伙的法国海德格尔式的心理语言学潮流,弗洛伊德则不必分担任何责任。不论你认为无意识是一种内燃机(美国式的弗洛伊德主义),还是一种音素结构(法国式的弗洛伊德主义),抑或是一种远古的隐喻(正如我所认为的),你都无法更为有效地通过把弗洛伊德的心灵地图或分析体系运用于戏剧来解释莎士比亚。和时下流行的福柯主义(或新历史主义)、马克思主义和女性主义的寓言化以及过去透过意识形态视角来看待戏剧的基督教的和道德的观点一样,弗洛伊德对莎士比亚的寓言化也是无法令人满意的。

……

我认为,所谓弗洛伊德对莎士比亚的热爱并不亚于他对歌德和弥尔顿的热爱的说法是

不准确的。在我看来,甚至连能否认为弗洛伊德对莎士比亚怀有一种既爱又恨的矛盾心理也是大可怀疑的。弗洛伊德就不喜欢《圣经》,也没有显示出对后者有任何矛盾心理,而莎士比亚——其对弗洛伊德的影响要比《圣经》的影响大得多——却是弗洛伊德的秘密权威,是他的父亲,尽管他并不愿意承认。

——哈罗德·布鲁姆《弗洛伊德:一种莎士比亚式的解读》,选自《批评·正典结构
与预言》,吴琼译,北京:中国社会科学出版社,2000年,第120-121页

第三节　心理批评

　　心理批评是借助心理学尤其是精神分析的理论和方法来阐释文学活动的一种路径。这是从外在世界的研究转向内心世界的分析,透过文本的表面现象或者"症候"透视更为内在的真实意义。文学是人学,它总是关乎心灵世界,涉及内心意识、本能、焦虑、欲望、精神分裂、情感、想象、梦幻等心理因素。

　　中国古代早就有周公解梦的心理分析的先例,明代李贽的"童心说"则以真正的童心来解读真正的文学创作,发人深省。不过,随着20世纪心理学的蓬勃发展,出现了各种心理学理论。这些理论的一个重要维度就是研究文学现象,从而形成了对文学活动进行心理批评的模式,同时,这种模式不断延展到文学批评和理论的内部,深刻影响到文学批评。文学研究者有意识地借鉴心理学理论进行文学阐释,这样,心理批评就成了文学阐释的重要方法之一。

　　心理批评涉及文学活动的内容是广泛的,主要有这样几个方面:一是对作家及其创作心理的批评,挖掘作家的创作人格,甚至作家的病态心理;二是对作品中的形象进行分析,既探讨作品人物的行动与内在心灵世界,也探讨文学作品的物象与人物内在心灵的关系;三是研究读者接受作品的心理动机与效应。

　　心理批评的主要代表人物有弗洛伊德、荣格、拉康等人。他们都是心理学研究专家,但也充分关注文学艺术,提出了相似但又各具特色的文学批评模式与阐释话语。弗洛伊德作为奥地利的精神病医生,提出了无意识理论、泛性说、人格结构理论、梦的理论等精神病理学说,尤其是提出了"恋母情结"和"恋父情结"。他对文学艺术作品的解读就是为了追寻他的精神分析学说。他对文艺活动的精神分析涉及作家、人物、欣赏者等方面,

161

探讨了作家与精神病患者的类似关系,认为文学创作是一种欲望冲动的表现,欣赏是欲望的替代性满足。他分析了达·芬奇、莎士比亚、詹森、陀思妥耶夫斯基、茨威格等作家的创作心理及其作品中的人物形象,尤其关注作家的病态心理与作品人物的幻觉和梦等。荣格是弗洛伊德的学生,但后来由于不同意老师的泛性说而提出了"集体无意识"理论。所谓集体无意识,是指一种并非个人获得的、而是由祖辈遗传保留下来的普遍性精神机能,它通过神话、传说、童话中的原型意象对个体产生决定性的影响。这样,荣格用集体无意识理论来阐释文学事实,通过分析文艺作品中的重复出现的叙事模式、人物形象或意象、母题等,进而探究作品集体的原始精神意义,从而揭示出文学作品的价值。拉康的批评受到弗洛伊德理论的影响,但是,他没有把无意识视为最初的决定因素,而是从结构和语言学方面切入人的主体问题,认为不是无意识决定语言,而是语言决定无意识,能指决定所指,人的主体不过是一种语言的建构。因此,在文学批评中,他注重的是语言能指的重要性。

心理批评有很大的影响。它已经融入了各种各样的文学批评之中,在当代文学理论和批评中仍然产生着重要的影响。霍兰德把它引入读者的阅读过程,文化研究、女性主义批评、后殖民主义批评都在不同程度和不同方面融合了这种文学阐释的模式。

【原典选读】

龙洞山农叙《西厢》,末语云:"知者勿谓我尚有童心可也。"夫童心者,真心也,若以童心为不可,是以真心为不可也。夫童心者,绝假纯真,最初一念之本心也。若失却童心,便失却真心;失却真心,便失却真人。人而非真,全不复有初矣。

童子者,人之初也;童心者,心之初也。夫心之初,曷可失也,然童心胡然而遽失也?盖方其始也,有闻见从耳目而入,而以为主于其内而童心失。其长也,有道理从闻见而入,而以为主于其内而童心失。其久也,道理闻见日以益多,则所知所觉日以益广,于是焉又知美名之可好也,而务欲以扬之而童心失;知不美之名之可丑也,而务欲以掩之而童心失。夫道理闻见,皆自多读书识义理而来也。古之圣人,曷尝不读书哉!然纵不读书,童心固自在也,纵多读书,亦以护此童心而使之勿失焉耳,非若学者反以多读书识义理而反障之也。夫学者既以多读书识义理障其童心矣,圣人又何用多著书立言以障学人为耶?童心既障,于是发而为言语,则言语不由衷;见而为政事,则政事无根柢;著而为文辞,则文辞不能达。非内含以章美也,非笃实生辉光也,欲求一句有德之言,卒不可得。所以者何?以童心既障,而以从外入者闻见道理为之心也。

夫既以闻见道理为心矣,则所言者皆闻见道理之言,非童心自出之言也。言虽工,于我何与？岂非以假人言假言，而事假事、文假文乎？盖其人既假，则无所不假矣。由是而以假言与假人言，则假人喜；以假事与假人道，则假人喜；以假文与假人谈，则假人喜。无所不假，则无所不喜。满场是假，矮人何辩也？然则虽有天下之至文，其湮灭于假人而不尽见于后世者，又岂少哉！何也？天下之至文，未有不出于童心焉者也。苟童心常存，则道理不行，闻见不立，无时不文，无人不文，无一样创制体格文字而非文者。诗何必古《选》，文何必先秦。降而为六朝，变而为近体，又变而为传奇，变为院本，为杂剧，为《西厢曲》，为《水浒传》，为今之举子业，大贤言圣人之道皆古今至文，不可得而时势先后论也。故吾因是而有感于童心者之自文也，更说什么六经，更说什么《语》《孟》乎？

——李贽《童心说》，选自郭绍虞主编《中国历代文论选》

第三册，上海：上海古籍出版社，2001 年，第 117-118 页

白日梦者小心地在别人面前掩藏起自己的幻想，因为他觉得他有理由为这些幻想感到害羞。现在我还想补充说一点：即使他把幻想告诉了我们，他这种泄露也不会给我们带来愉快。当我们知道这种幻想时，我们感到讨厌，或至少感到没意思。但是当一个作家把他创作的剧本摆在我们面前，或者把我们所认为是他个人的白日梦告诉我们时，我们感到很大的愉快，这种愉快也许是许多因素汇集起来而产生的。作家怎样会做到这一点，这属于他内心最深处的秘密；最根本的诗歌艺术就是用一种技巧来克服我们心中的厌恶感。这种厌恶感无疑与每一单个自我和许多其他自我之间的屏障相关联。我们可以猜测到这一技巧所运用的两种方法。作家通过改变和伪装来减弱他利己主义的白日梦的性质，并且在表达他的幻想时提供我们以纯粹形式的、也就是美的享受或乐趣，从而把我们收买了。我们给这样一种乐趣起了个名字叫"刺激品"，或者叫"预感快感"；向我们提供这种乐趣，是为了有可能得到那种来自更深的精神源泉的更大乐趣。我认为，一个创作家提供给我们的所有美的快感都具有这种"预感快感"的性质，实际上一种虚构的作品给予我们的享受，就是由于使我们的精神紧张得到解除。甚至于这种效果有不小的一部分是由于作家使我们能从作品中享受我们自己的白日梦，而用不着自我责备或害羞。

——弗洛伊德《创作家与白日梦》，林骧华译，丰华瞻校，

选自卡尔文·斯·霍尔等《弗洛伊德心理学与西方文学》，

包华富、陈昭全、杨莘燊编译，长沙：湖南文艺出版社，1986 年，第 143-144 页

陀思妥耶夫斯基的遗稿和他妻子的日记的出版，使我们对他在德国时如何沉迷于疯狂的赌博（gambling）的那一段人生插曲有了清楚的了解（参见费楼波-米勒和艾克斯坦的著作，1925），人们都把此看成是他激情的病态发作。这个不同寻常的、又毫无价值的行为不乏文饰作用（rationalizations）。正像神经症者身上经常发生的那样，他的罪疚感通过债务负担的方式表现出来，他可以在赌桌上赢钱以便返回俄国时不被债主逮捕的幌子下求得心安。这只不过

是个借口,陀思妥耶夫斯基的机智足以认识到这个事实,他也承认了这个事实。他清楚他主要还是为赌博而赌博——主要的是游戏本身。他由冲动而做出的荒诞行为的全部细节都表明了这一点,同时还表明了另外某些东西。不到输个精光,决不罢休。对他来说,赌博也是一种自我惩罚的手段。他一次又一次地向他年轻的妻子保证,或者用他的名誉许诺,说他再不去赌了,或者到某一天,他就不赌了。但是,正如他妻子所说,他从未遵守过诺言。当他的损失使他们的生活极其贫困时,他便从中获得继续的病态性的满足。事后,他在她面前责骂、羞辱自己,要她蔑视他,让她感到嫁给了这样一个恶习不改的罪人而遗憾。当他这样卸掉了他良心上的包袱后,第二天又会故态复萌。他年轻的妻子已习惯了这种周而复始的恶性循环,而她注意到有一种事可能成为拯救他的真正希望——他的文学写作——当他们失去了一切,当他们典当了他们最后的财物时,他的写作就会变得十分出色。她当然不理解其中的原由。当他的罪疚感通过把惩罚强加在自己身上而得到满足,那施加在他作品上的限制就变得不那么严格了,这样他就让自己沿着成功的路向前迈进几步。

——车文博主编《弗洛伊德文集》,长春:长春出版社,2010 年,第 154 页

以汉诺德击打佐伊-格拉迪沃的手为例,为了用试验证实幽灵的身体是否存在的问题,他找了一个十分有说服力的理由,难道这不是正像佐伊所说的他们童年时期经常玩的"打闹"游戏的重现吗?请再想一下,格拉迪沃问考古学家是否记得曾在二千年前共同吃过一顿饭。如果我们再次考察一下他们的童年历史——姑娘还记忆犹新,而小伙子却似乎已经淡忘,那么这个莫名其妙的问题似乎突然具有了某种意义。这一发现让我们有所顿悟,年轻的考古学家有关格拉迪沃的幻想,可能是他忘却了的童年记忆的回光返照。如果是这样的话,那么他的幻觉就不是想像的随意性产品了,而是受他已经忘却但事实上还发生作用的童年印象所决定的,只是他本人没有意识到罢了。我们应能详细地揭示他产生幻想的根源,虽然我们还只能推测,例如,他想像格拉迪沃一定是希腊血统,或许是某个受人尊敬的名士——比如谷神祭司的女儿。这似乎与他知道她有一个希腊名字佐伊以及来自一个动物教授的家庭这两个事实相吻合。如果汉诺德的幻想是记忆的变体的话,从佐伊·伯特冈提供的情况,我们有望找到那些幻想的根源。……

这样,她十分坦率地告诉我们,他们童年时期的友谊已变成什么样子了。在她那里,这种友谊逐步发展最终使她完全坠入爱河,因为一个姑娘必须有一个能够寄托情思的地方。佐伊小姐,既聪明又清纯,已经把她的思想清澈地暴露给了我们。虽然,对于一个人格健全的姑娘来说,第一次示爱都总是向着她的父亲,佐伊,她的家庭里除了父亲之外别无他人,就更容易这么做了。可是,她的父亲却没有给她留下任何情感财富,他将其全部兴趣都投入到他的科学事业上。因此,她不得不将其视线投向周围的其他人身上,尤其依恋于她的年轻伙伴。当他停止对她的关注后,她的爱并未因此而动摇,反而在不断加强,因为他开始变得像她的父亲,专注于他的科学事业并因此而远离生活,远离佐伊。这样,她在她的恋人身上再次发现了

她父亲的身影,在两者身上倾注同一种感情,或者我们也可以说在她的感情中将二者认同。这就使得她可以做到于不忠之中保持忠实。我们在这里所做的心理分析听起来很有点信口开河,那我们为什么要这么做呢?作者向我们提供了某种极具代表性的证据。当佐伊形容她的昔日伙伴感情嬗变令她伤心时,骂他是一只始祖鸟,这是动物考古学中的一个术语。仅用这一个具体词汇她就把两个人的身份给概括了。她用相同的措辞来抱怨她所爱的人和她的父亲。

——车文博主编《弗洛伊德文集》,长春:长春出版社,2010年,第23-24页

　　无论艺术家是否了解他的作品是在他自身内部产生、进展和成熟,还是以为这作品是他的创造发明,都没有多少差别。事实上,他的作品就象孩子和母亲一样是从他那里脱胎而出的。创造的过程具有母体的特质,创造性的作品源于无意识的深层——我们可以确切地说,它源于母体的王国。只要创造力占上风,生活就不是被意识的意志而是被无意识的意志所统治、塑造、自我被卷入暗流,完全沦落成为一个无能为力的人间诸事的旁观者。创作的进展变成了诗人的命运,左右着他的心理。不是歌德创造了浮士德,而是浮士德创造了歌德。浮士德是何物?他根本上是一种象征。我之所以这样说,意思不是指他就是众所熟知的意味着某件事物的类似物,而是指他是对深深地蕴藏在每一位德国人灵魂中的某种东西的表现。除了德国人,难道我们还能想象有别的什么人会写出《浮士德》和《查拉斯图特拉》吗?他们二人都拨动了震撼德国人心灵的音弦,恰如汲克哈特所称,激发出了一种"原始意象"——一位全人类的医师和教师的形象,或是一位魔力无边的医师和教师的形象。这是先贤和救世主的原型,也是妖师、骗子、贪官污吏和魔鬼的原型。这种意象自有史以来便暗暗地潜伏在无意识之中,一旦时局动乱,某一重大失误使社会走入歧途,它便被唤醒。因为在迷失方向时,人们便会感到对一位向导或教师、甚或一位医生的需要。那诱惑人心的谬误就象毒药一样有时照样能起治病的作用,而救世主的阴影却会变为恶魔似的破坏者。这类相互对立的力量作用于神话般的救世主自身,医治伤病的医师自己就是受伤者,古代的例子有奇伦(Chiron)。在基督教中,就是伟大的医师耶稣的自身之伤。足够的特征表明,浮士德是安然无恙的,这意味着他并未被道德问题所能及。假如一个人能够将其人格一分为二,他就既可以象浮士德那样品格高尚,也可象靡菲斯特那样穷凶极恶了,只有在此时,他才能感到"完全超越出善与恶"。靡菲斯特被骗走了奖金——那浮士德的灵魂,正由于此,他才代表了百年之后的一场血淋淋的报应。可现在谁肯认认真真地相信诗人会说出所有放之四海而皆准的真理呢?假若他们真能如此,我们又该怎样看待艺术作品呢?

　　就其自身而言,原型并无善恶之分。在道德上它是中性的,象远古的神灵一样,只有在与有意识之心灵接触时,它才会分为善与恶,或是成为似是而非的混合体。它究竟是有益于善还是有助于恶,无论已知或未知,都将由有意识之倾向来决定。诸如此类的原型意象为数不少,但只要它们没有通过脱离中性而活跃起来,它们也就不会出现在个人的梦中或艺术作

品中。一旦有意识之生活出现了片面性或采取了错误的态度,这些意象便"本能地"升浮于艺术家和先知们的幻想和睡梦的表层,重新恢复个人或时代的精神平衡。

——C.C.荣格《人,艺术和文学中的精神》,孔长安、丁刚译,

北京:华夏出版社,1989 年,第 102-104 页

《尤利西斯》从整体上说和现代艺术一样都不是病态的产物。从最深层的意义上说,它是"立体主义"的,因为它把现实的图画变成了一幅容量可观的复杂的绘画,这幅画的基调就是抽象客观的忧郁。立体主义不是一种病态,而是以一种特定的方式表现现实的趋势——这种方法可以是怪诞现实的方法或怪诞抽象的方法。精神分裂症的临床表现不过是一种类似的情况。精神分裂症患者明显地也有同样的倾向,他把现实变得与自己疏远,或者相反,使自己与现实疏远。在精神分裂症患者那里,他的倾向常常是没有可辨的目的,但却是一种从崩溃的个性向残缺个性必然发展的症状(即自主情绪)。在现代艺术家那里,这种症状不是个人的某种疾病造成的,它是我们时代的集体的表症。艺术家并不按个人的冲动活动,而是受制于一种集体的生活之流,这股流不是直接源于意识,而是源于现代心理的集体无意识。正由于它是一种集体的现象,它才在相距甚远的领域中结出了同样的果实,在绘画与文学中、在雕塑与建筑中都是如此。

——C.C.荣格《人,艺术和文学中的精神》,孔长安、丁刚译,

北京:华夏出版社,1989 年,第 115-116 页

在我们所评注的弗洛伊德的文章中,弗洛伊德教诲我们的就是主体随从象征的序列。而我们在这儿有形象说明的是种更加有趣的情况:不仅仅是一个主体,而是卷入在主体间性中的多个主体排进了队伍,也就是说成了我们的鸵鸟。我们现在又回到了鸵鸟上来了。这些鸵鸟比绵羊更驯顺,它们是按照它们在能指连环上移动的那一时刻来塑定它们的本身的。

如果说弗洛伊德以其越来越艰涩的文笔发现和重新发现的东西有什么意思的话,那就是说能指的移位决定了主体的行动,主体的命运,主体的拒绝,主体的盲目,主体的成功和主体的结局,而不管他们的才赋,他们的社会成就,他们的性格和性别。人的心理不管愿意不愿意地都跟随着能指的走向,就像是一堆武器装备一样。

我们又回到了那个十字路口,我们将我们的故事以及它的变迁留在那儿,还加上主体们是怎样交接的问题。我们的寓言的目的要表明的是信及其迂回规定了主体的出场和角色。因为信是待领的而吃苦的正是这些主体。因为要在它的影子下通过,他们却成了它的映像;因为要拥有信(语言的歧义是多么的了不起),信的意义却拥有了他们。

当为了获胜他的大胆首次造成形势的重复出现时,故事中的主人翁所向我们表明的正是这一点。如果说现在他屈服了,那是因为他在三角关系中转入了次要地位,在这个三角中他首先是第三者同时又是窃贼,——这是由于他窃去的东西的性质造成的。

倘若现在像以前一样需要藏起信不让人看到,他是不是能运用他自己拆穿了的办法:让它暴露在外? 我们有理由怀疑他是不是知道他是在做什么事情,因为我们看到他一下子就陷入到一种双重关系之中去,在这种关系中我们看到了假装的骗局和装死的动物的所有特点。我们也看到他落到了典型的想象形势的陷阱中去:看见别人没有看到他,漠视他被看到不在看的真实情形。他没看到的是什么呢? 就是他自己看得那么清楚的象征形势,而现在在这个形势中他被看到是自己看到没被人看见。

大臣的行动表明他知道警察的搜查就是他的防备,作者明白地告诉我们他是故意外出而让警察从容搜查的:但是他仍然没有看到这一点,就是说在这搜查之外他是没有了防备的。

如果我们还能再说说我们的怪物,那大臣是实施了他人鸟(autruiche)政策,他不可能是因为愚蠢而结果成为了傻瓜。

为了扮演藏匿者的角色,他必须去演王后的戏,一直到装出妇女和阴影的特征来。这些特征是非常适宜于隐藏的行动的。

这并不是说我们要将古老的对子阴和阳归结到原初的明和暗上去。因为阴阳的正确运用包含了闪光会使人致盲的内容,以及阴影用来抓住其捕获物的反光。

在这里,符号与存在漂亮地分离了开来。

——拉康《拉康选集》,褚孝泉译,上海:上海三联书店,2001 年,第 22-23 页

第四节　意识形态批评

"意识形态"一词是由法国哲学家特拉西提出的,但真正运用意识形态理论来进行文学艺术批判的,还是马克思。马克思发展了特拉西关于意识形态"观念学"的思想,从社会深层结构角度对意识形态的内涵进行了拓展。在《德意志意识形态》中,马克思把意识形态看作阶级社会中为统治阶级服务的社会意识形式,是为当下社会合理性进行阐释和辩护的意识。在这个意义上,意识形态并不代表全面、真实的社会意识,而仅仅是部分的和虚假的。西方马克思主义理论家特里·伊格尔顿解释说:"马克思的思想一开始就在意识形态的两种大相径庭的意义之间存在着张力。一方面,意识形态有目的、有功能,也有实践的政治力量;另一方面,似乎仅仅是一堆幻象,一堆观念,它们已经与现实没有

联系,过着一种与现实隔绝的明显自律的生活。"①正是意识形态的这种充满张力的矛盾,才使我们在研究文学艺术这一特殊的社会意识形态上,不得不注意到文学艺术本身作为意识形态所具有的二重性。

意大利的马克思主义者葛兰西也从现实性和理论性两方面分析了意识形态。他认为:"必须区别历史上固有的意识形态,也就是一定基础所必需的意识形态与随意的、合理化的,'设想出来的'意识形态。"②前者是现实的、必然的,后者仅仅是理论的、论战的。因此,为了使科学从空想到行动,他提出了著名的"实践哲学",强调革命行动中所谓"领导权"的重要性。这个"领导权"表现在文化思想领域就是统治阶级所掌握的"文化霸权"。因此,葛兰西认为,革命斗争应该重视意识形态领域的斗争。他提出了"民族-人民"文学的概念,认为文学批评不能仅仅来自某种理论的想象,而应该来自更丰富的社会生活。

法国的阿尔都塞继承并发展了葛兰西的"文化霸权"理论。他进一步拓展了意识形态理论,认为意识形态对社会的控制不仅仅是意识的,更多的还表现在潜意识的结构方面。他从结构主义方法入手,创造了一系列分析意识形态的方法,如"问题式"方法等,也被称为症候阅读法。阿尔都塞认为,社会意识形态不仅仅是理论的,还有一整套与之相对应的、塑造社会意识形态的"机器",他称之为"意识形态机器",教育机制就是其中一个非常重要的方面。

另外,以英国马克思主义者威廉斯为代表发展起来的文化研究,在理论上也经常借用意识形态的批评方法。

中国古代虽然没有使用"意识形态"这种术语,但是比较重视文学的政治意识形态的阐释活动,尤其强调文学的政治教化意义,譬如孔子、郑玄等人对《诗经》的政教化阐释。而在现代,把马克思主义的意识形态理论与中国文学批评传统联系起来的人是毛泽东。他在1942年著名的《在延安文艺座谈会上的讲话》中,结合我国文艺与社会政治生活紧密相关的传统,提出了政治和艺术的双重标准,把是否代表历史发展的方向、群众的利益,以及群众是否喜闻乐见树立为文学艺术批评的标准。与西方的理论家不同,毛泽东并不把批评者的主观理想和理论建设看得高于社会生活;相反,他认为,作家和批评家应该放弃自己的主观成见,以社会生活和广大人民群众为最终标准。新中国成立以来的文艺理论在很大程度上继承了这一思想。

---

① 特里·伊格尔顿:《意识形态》,选自《历史中的政治、哲学、爱欲》,马海良译,北京:中国社会科学出版社,1999年,第85页。

② 葛兰西:《狱中札记》,葆煦译,北京:人民出版社,1983年,第64页。

【原典选读】

　　《关雎》,后妃之德也,风之始也,所以风天下而正夫妇也。故用之乡人焉,用之邦国焉。风,风也,教也;风以动之,教以化之。

　　……

　　情发于声,声成文谓之音。治世之音安以乐,其政和;乱世之音怨以怒,其政乖;亡国之音哀以思,其民困。故正得失,动天地,感鬼神,莫近于诗。

——《毛诗序》,选自郭绍虞主编《中国历代文论选》第一册,
上海:上海古籍出版社,1979 年,第 63 页

　　诗之兴也,谅不于上皇之世。大庭、轩辕,逮于高辛,其时有亡,载籍亦蔑云焉。《虞书》曰:"诗言志,歌永言,声依永,律和声。"然则诗之道,放于此乎?

　　有夏承之,篇章泯弃,靡有孑遗。迄及商王,不风不雅。何者? 论功颂德,所以将顺其美;刺过讥失,所以匡救其恶。各于其党,则为法者彰显,为戒者著明。

　　周自后稷播种百谷,黎民阻饥,兹时乃粒,自传于此名也。陶唐之末中叶,公刘亦世修其业,以明民共财。至于大王、王季,克堪顾天。文、武之德,光熙前绪,以集大命于厥身,遂为天下父母,使民有政有居。其时诗,风有《周南》、《召南》,雅有《鹿鸣》、《文王》之属。及成王,周公致大平,制礼作乐,而有颂声兴焉,盛之至也。本之由此风雅而来,故皆录之,谓之诗之正经。

——郑玄《诗谱序》,郭绍虞主编《中国历代文论选》第一册,
上海:上海古籍出版社,1979 年,第 70 页

　　第一个问题:我们的文艺是为什么人的?

　　这个问题,本来是马克思主义者特别是列宁所早已解决了的。列宁还在一九〇五年就已着重指出过,我们的文艺应当"为千千万万劳动人民服务"。……

　　那末,什么是人民大众呢? 最广大的人民,占全人口百分之九十以上的人民,是工人、农民、兵士和城市小资产阶级。所以我们的文艺,第一是为工人的,这是领导革命的阶级。第二是为农民的,他们是革命中最广大最坚决的同盟军。第三是为武装起来了的工人农民即八路军、新四军和其他人民武装队伍的,这是革命战争的主力。第四是为城市小资产阶级劳动群众和知识分子的,他们也是革命的同盟者,他们是能够长期地和我们合作的。这四种人,就是中华民族的最大部分,就是最广大的人民大众。

我们的文艺,应该为着上面说的四种人。我们要为这四种人服务,就必须站在无产阶级的立场上,而不能站在小资产阶级的立场上。在今天,坚持个人主义的小资产阶级立场的作家是不可能真正地为革命的工农兵群众服务的,他们的兴趣,主要是放在少数小资产阶级知识分子上面。……

……在现在世界上,一切文化或文学艺术都是属于一定的阶级,属于一定的政治路线的。为艺术的艺术,超阶级的艺术,和政治并行或互相独立的艺术,实际上是不存在的。无产阶级的文学艺术是无产阶级整个革命事业的一部分,如同列宁所说,是整个革命机器中的"齿轮和螺丝钉"。因此,党的文艺工作,在党的整个革命工作中的位置,是确定了的,摆好了的;是服从党在一定革命时期内所规定的革命任务的。反对这种摆法,一定要走到二元论或多元论,而其实质就像托洛次基那样:"政治——马克思主义的;艺术——资产阶级的。"
……

文艺批评有两个标准,一个是政治标准,一个是艺术标准。按照政治标准来说,一切利于抗日和团结的,鼓励群众同心同德的,反对倒退、促成进步的东西,便都是好的;而一切不利于抗日和团结的,鼓动群众离心离德的,反对进步、拉着人们倒退的东西,便都是坏的。这里所说的好坏,究竟是看动机(主观愿望),还是看效果(社会实践)呢?……为大众的动机和被大众欢迎的效果,是分不开的,必须使二者统一起来。……检验一个作家的主观愿望即其动机是否正确,是否善良,不是看他的宣言,而是看他的行为(主要是作品)在社会大众中产生的效果。社会实践及其效果是检验主观愿望或动机的标准。……按着艺术标准来说,一切艺术性较高的,是好的,或较好的;艺术性较低的,则是坏的,或较坏的。这种分别,当然也要看社会效果。艺术家几乎没有不以为自己的作品是美的,我们的批评,也应该容许各种各色艺术品的自由竞争;但是按照艺术科学的标准给以正确的批判,使较低级的艺术逐渐提高成为较高级的艺术,使不适合广大群众斗争要求的艺术改变到适合广大群众斗争要求的艺术,也是完全必要的。

又是政治标准,又是艺术标准,这两者的关系怎么样呢?政治并不等于艺术,一般的宇宙观也并不等于艺术创作和艺术批评的方法。我们不但否认抽象的绝对不变的政治标准,也否认抽象的绝对不变的艺术标准,各个阶级社会中的各个阶级都有不同的政治标准和不同的艺术标准。但是任何阶级社会中的任何阶级,总是以政治标准放在第一位,以艺术标准放在第二位的。……我们的要求则是政治和艺术的统一,内容和形式的统一,革命的政治内容和尽可能完美的艺术形式的统一。缺乏艺术性的艺术品,无论政治上怎样进步,也是没有力量的。因此,我们既反对政治观点错误的艺术品,也反对只有正确的政治观点而没有艺术力量的所谓"标语口号式"的倾向。我们应该进行文艺问题上的两条战线斗争。

——毛泽东《在延安文艺座谈会上的讲话》,选自《毛泽东选集》第三卷,

北京:人民出版社,1991 年,第 854-857、865-866、868-870 页

Ideology1796 年出现在英文里,直接从法文的一个新词 *idéolgie* 翻译而来。那一年,法国理性主义哲学家特拉西(Destutt de Tracy)首先提出这个名词。泰勒在 1797 年写道:"……意识形态,或称作思想的科学,其目的是区分其与古代形而上学的不同。"具有这种科学意涵的Ideology,在知识论及语言学理论中一直被使用,直到 19 世纪末才停止。

另一种不同涵义——由拿破仑(Napoleon Blonaparte)所推广——现在已成为 ideology 的主要意涵。他批判民主制度的提倡者:"民主制度提倡者欺骗人民大众,原因是将百姓的地位提升到无法行使其主权的境界。"同时,他也认为将启蒙时期的原则视为"意识形态"(ideology)是不对的,并且加以谴责:

"就是这些空论家(ideologue)的学说——这种模糊不清的形而上学,以一种不自然的方式,试图寻出根本原因,据此制订各民族的法律,而不是让法律去顺应'一种有关人类心灵及历史教训的知识'(a knowledge of the human heart and of the lessons of history)——给我们美丽的法兰西带来不幸的灾难。"

这种对意识形态的看法,在 19 世纪期间得到很大回响,并且在保守派的批评里司空见惯;保守派押击那些刻意引用——不管是其中一部分或整体——社会学理论的社会政策。这种看法尤其出现在民主政策或社会主义政策中,并且在拿破仑使用之后,ideologist(特定意识形态者)这个词在 19 世纪通常等同于 *revolutionary*(革命者)。拿破仑的批判造成词义的扩大解释,因此 ideology,ideologist 与 ideological 这三个词便带有抽象、空想及激进理论的意涵。就ideology 这个词词义的后来演变而言,斯考特(Scott)所提到的这段文字(《拿破仑》,vi,251)读起来饶富趣味:"法国统治者已习惯根据'意识形态'这个熟悉名词来定义各种理论;他认为,这些'丝毫不是立基于利己主义'(resting in no respect upon the basis of self-interest)的理论,只能适用在那些性急的男孩与狂热分子身上。"……

19 世纪初保守派思想家将 ideology 视为贬义词。马克思与恩格斯——在其著作《德意志意识形态》(*The German Ideology*,1845—1847)——及后来的人将 ideology 的贬义意涵普及化。这两件事有直接的关联。拿破仑的另类看法——视意识形态为"有关人类心灵及历史教训的知识"——不是很明确。斯考特将意识形态明确界定为"丝毫不是立基于利己主义"的理论。马克思与恩格斯在批判德国当时的激进派人士的思想时,其焦点集中在思想的抽象化,因为这些思想抽离了真实的历史过程。尤其当马克思与恩格斯提到某一个时期的主导观念(ruling ideas)时,他们认为观念"只不过是以理想的方式表达支配性的物质关系罢了"。对此一论点如果无法充分了解,便会产生"意识形态"(ideology):一种上下错置的现实版本(an upside-down version of reality)。

"如果在全部意识形态中,人们和他们所处的情境就像'暗箱'(camera obscura)中一样上下颠倒,那么这种现象也是出于人们生活的历史过程(historical life process),正如物像在网膜的倒影是直接从人们生活的物理过程(physical life process)中产生的一样。"(《德意志意识形态》,47)

或者,正如恩格斯后来所说:

"任何意识形态……一经产生,就与现有的观念材料(conceptmaterial)相结合而发展起来,并且对这些材料做进一步加工;不然它就不是意识形态——也就是说,只是把思想当作独立体,独立地发展,且仅服从自身规律,就不属于意识形态。人的思维过程是在脑中进行,然而最终决定这种思考行为的是人们所处的物质环境。这种现象必然无法为这些人所理解,否则意识形态便会消失。"(《费尔巴赫》,65-66)

或者,再一次引用:

"意识形态是由所谓的思想家通过意识所形塑的一种过程,但是这种意识是一种虚妄的意识(false consciousness)。他本身仍然不明白整个过程中驱策他的真正动机为何,否则这个过程便不算是一种意识形态的过程。因此,他想像的是虚假或表面的动机,因为那是一种思考过程,其中的形式与内容皆源自于纯然思想(pure thought)——他自己的或是他前辈的。"(《致梅林的信》,1893)

意识形态因而是抽象的、虚假的思想;这种看法与原先保守派的用法虽有直接的关系,但是对于真正的物质情境与关系的了解却有不同。马克思与恩格斯使用意识形态这个词时,带着批判的态度。"思想家"在统治阶级里是"一群活跃积极、具想像力的空谈理论家(ideologist),他们将这个阶级自身的幻觉美化,这种工作乃是他们生计的主要来源"(《德意志意识形态》,65)。或者,再引用马克思的话,"法国民主政治的官员代表沉溺于共和国的意识形态,以致在六月抗争过后几个礼拜才对整个事件的意涵略知一二"(《法兰西阶级斗争》,1850)。这种将意识形态视为幻象、虚假意识、上下错置之现实、非现实等意涵,在马克思与恩格斯的作品中是很普遍的。恩格斯相信"较高级的意识形态"(哲学与宗教)比最直接的意识形态(政治与法律)更远离物质上的利益,但是其中的关联性——虽然复杂——却是明确的(《费尔巴赫》,277)。它们皆属"意识形态的领域;这些意识飞离地面,进入高空……成为有关大自然、人类自己、精神、魔力等的虚假观念"(《致施密特的信》[Letter to Schmidt],1890)。

然而在马克思的一些著作中,尤其是在著名的《政治哲学批判之贡献》(Contribution to the Critique of Political Philosophy,1859 年)中,很明显有另一种带有中性意涵的意识形态:

"应该做出一种区别;也就是说,生产的经济条件下所产生的物质性转变是不同于意识形态的形式(ideological forms)——法律、政治、宗教、美学或哲学。在这些形式里,人们察觉出这种冲突对立,并且提出因应之道。"

这种看法与早期有关 ideology 之部分意涵有明显的关系:意识形态的形式映现出生产的经济条件(之变化)。但是此处的意识形态形式是指那些能让人们置身其中,并且察觉出冲突对立——源自于经济生产的条件与变化——的种种形式。这种意涵与意识形态被视为"纯粹的幻象"(mere illusion)的用法不能混为一谈。

实际上,19 世纪时,意识形态被视为一组概念,而这组概念是源自某些特定的物质利益;或者,广义而言,这一组观念源自于特定的阶级或群体。这两种看法至少与视意识形态为幻象的意涵同样普遍。此外,在马克思传统里,这两种看法有时候在用法上相当混淆。在列宁的这段话里很明显不带有幻象与虚假意识之意涵:

"社会主义是无产阶级斗争的意识形态;就此而言,社会主义经历了意识形态的一般过程——诞生、发展与强化。换言之,它是建立在所有人类知识的物质基础上,它预先假定高级的科学存在,它需要科学性的工作等等……无产阶级斗争是根据资本主义的关系自然而然所发展出的一种力量。在这种阶级斗争里,社会主义借由意识形态得以现形。"(《致北方联盟的信》[Letter to the Federation of the North])

因此现在有"无产阶级意识形态"或"中产阶级意识形态"等各种意识形态。每一种类的意识形态是指适合那种阶级的观念体系。一种意识形态可能被认定为正确、先进,以便对抗其他的意识形态。当然,也有可能是:虽然其他种类的意识形态——代表敌对阶级——真正表达了自身阶级的利益,但是对于人类的广泛利益而言,却是虚假的。因此,早期的意涵——幻象与虚假意识——大体上可以和一般描绘某种阶级特色的文字联想在一起。但是,这种带有中性意涵的意识形态——亦即是,需要加上形容词才能描述其所代表(或服务)的阶级(或社会团体)——在许多论述里实际上已成为普遍。同时,为了要保留这种虚幻或纯然、抽象之思想这层意涵,马克思主义及其他学说对 ideology(意识形态)与 Science(科学)一直都有标准的区分。恩格斯所提出的区别如下:当人们了解到他们的实际生活状况及真正动机时,意识形态便会终止。之后,他们的意识就会变得真正具有科学性的(scientific),因为他们就会接触到现实。这种试图将马克思主义视为科学、将其他社会思想视为意识形态的区别,的确引起争议,尤其在马克思主义者之间。在较广泛的"社会科学"领域里,类似的区别——视意识形态为纯理论的制度,视科学为显现的事实——是很普遍的。

同时,在一般的论述里,意识形态这个词的意涵主要是根据拿破仑的用法。明智的人依赖经验(Experience)或具有哲学(philosophy)信念,愚蠢的人依赖意识形态。就这层意涵而言,意识形态——正如拿破仑的用法——主要是用来当作辱骂他人的词汇。

——雷蒙·威廉斯《关键词》,刘建基译,
北京:生活·读书·新知三联书店,2005年,第217-223页

艺术就是艺术,而不是"预谋的"和先写好的宣传的这种想法,本身能否成为形成一定文化倾向的障碍,这种倾向是自己时代的反映并且有助于加强一定的政治倾向呢?没有这样的想法。也许恰好相反,这种想法给与问题的更激进的提法,做了更积极与坚决的批评。我们假定在艺术作品中应当研究的只是艺术质量,可无论如何并不排除研究集中什么感情,对待生活是什么态度贯穿着艺术本身的作品。现代美学倾向允许这一点,这可以在戴·桑克蒂斯和柯罗齐本人方面看出来。例外的只是为了使艺术作品由于其道德与政治内容,而不是由于形式被认为是艺术的,抽象的内容在形式上并非如此,它是溶合起来并且混同起来了。还要研究的是艺术作品是否由于作者因外部实践的即是虚伪的和不诚实的考虑偏离了[他所选择

的道路]。我们看来,争论的决定性问题如下:某某人"愿意"把一定内容矫揉造作地贯穿自己的作品,而不去创造艺术作品。这一艺术作品的站不住脚(因为某某人在他真正感觉到和体验到的其他作品中显示自己是艺术家)表明:某某人的这类内容,是什么也没有谈的、和从所未闻的题材,某某人的热情是虚伪的,是从外部付与的,实际上在这一具体场合,某某人并不是艺术家,而是力图逢迎主人的仆从。由此可见,有两种事实:一种是属于纯粹艺术的美学方式,另一种是属于文化政策的即是单单属于政治的美学方式。与否定艺术作品价值相联系的事实,其本身可以为政治批评所利用来证明作为艺术家的某某并不属于某一特定的政界,因为在其中正如在个性上艺术家占优势地位,所以在其内心双重个性生活上,这种特定的世界并没有出现,并不存在。因此,某某人是政治丑角,他愿人们把他当另外的人看待,而不把他实际上是谁看待等等。所以政治批评家不把某某人当艺术家揭穿,而是作为"政治上机会主义者"揭穿。

如果政治活动家施加压力,旨在使自己时代的艺术表现一定的文化界——这将是政治的行为,而不是艺术批评的表现,因为为之而进行斗争的文化,是活生生的和必要的事业,文化发展的愿望成为不可遏止的,并且要寻找自己的艺术家。如果不顾压力,不看到这种愿望,而愿望也不起作用,那末这就是说,问题在于虚假的伪造的文化,问题在于平平凡凡的人纸上的热心,他们抱怨居于更高地位的人和他们不协调。提出问题本身的方法,可以作为文化与道德稳定的标志;而实际上,所谓"书法式"不外是保护微不足道的小艺术家,这些艺术家机会主义地维护某些规则,但他们感到给与它们的艺术表现,即是使它们体现在自己直接活动中软弱无力,并且梦想成为其本身内容的纯粹的形式等等。精神范畴不同的正式原则和它们要求的一致,纵然在其抽象形式上,却允许人们理解真正的现实,并且对那些或者不愿公开露面,或者随便成为偶然居于重要地位的平凡人物的恣意妄为和虚伪生活给以批评。

……必须记住以下的标准:文学与政治的相互关系。文学家比政治活动家不可避免地将具有较少精确和确定的前景,他应当是较小的"宗派主义者",假如可以这样表达的话,但是在"矛盾的"意义方面。对政治人物说来,每一"固定"形象,首先是反动的:政治家把一切运动看成是它的形成。恰好相反,艺术家应当具有"固定的"形象,这是它们最后形式所赋与的。政治家想象人就是人之所以为人,而正在同时,人应该是为要达到一定目的的那种人;人的工作恰好也在于引导人于运动之中,使他们超出今日的界限,并且使他们用集体方法成为有能力达到已定目标的人,即是与目标"相适应"的人。艺术家对个别的、未形成的事物等等的某种因素,有必要指出"本来是什么"——现实主义地指出来。因此,政治家从政治的观点看,永远也不满艺术家,而且也不能成为艺术家:政治家永远要寻找那种当尾巴的人,永远不适合于时代的人,永远落后于现实运动的人。如果历史是自觉心的解放和发展的不断过程,那末,显然,任何历史阶段,而在某一场合——文化史阶段将迅速地被超越而不再引起人们的兴趣。……

更流行的是以下一种成见:新文学应当和知识来源的一定艺术学校等量齐观,正如这和未来主义一样。新文学不能不具有历史的、政治的、人民的前提：这种文学应该努力深入研究已经存在的东西——，用争论或者其他方法是不重要的；重要的是要使新文学扎根于人民文化富饶基础，人民文化，正如文学那样，有它的趣味、倾向等等，有它的道德与智力境界，甚至就让它是落后并且相对的。

——安东尼奥·葛兰西《狱中札记》，葆煦译，北京：人民出版社，

1983 年，第 461-465 页

国家意识形态的机器

......

我试图设计一个关于这种相应的理论的非常初略的纲要。为此目的，我提出下列论点。

为推动国家理论向前发展，不仅必须考虑国家权力与国家机器的区别，还必须考虑另一个显然属于（强制性的）国家机器但不能与之混淆的现实。我将用其概念来称呼这个现实：意识形态国家机器。

何谓意识形态国家机器呢（ISAs）？

不可将它们与（强制性的）国家机器相混淆。切记，在马克思主义理论中，国家机器（SA）包括政府、行政部门、军队、警察、法庭、监狱等等，它们构成我将要称作的压制性国家机器。强制性的，暗示所讨论的国家机器是"通过暴力起作用"的——至少最终是这样的（因为压抑，即行政压制，可能采取非物质的形式）。

我将会称意识形态国家机器为一定数目的现实，它们以独特的、专门化的机构的形式呈现给其直接的观察者。我提出一个关于它们的经验主义的清单，它们显然需要加以详细的考察、检验、校正和重组。有了这种要求所暗示的一切准备，我们现在可以将下列机构看作是意识形态国家机器（以下排序没有特别的意义）：

宗教的 ISA（不同教会的系统）；

教育的 ISA（不同的公立、私立学校的系统）；

家庭的 ISA；

法律的 ISA；

政治的 ISA；

工会的 ISA；

通讯的 ISA（报纸、无线电和电视等）；

文化的 ISA（文学、艺术、体育运动等）。

......

强制的国家机器（只要它是一种强制的机器）的作用，本质上包括通过强制力量（物质的或其他的）保证了最终是剥削关系的生产关系再生产的政治条件。不仅国家机器充分地服务于其自身的再生产（资本主义国家包括政治王朝、军事王朝等等），而且，最重要的，国家机器

175

通过强制(从野蛮的物质力量,经由行政命令和禁止,到公开、默许的审查制度)保证意识形态国家机器起作用的政治条件。

事实上,正是后者,在强制性国家机器提供的"盾牌"后面,才极大地保证了尤其是生产关系的再生产。正是在这里,主导意识形态的作用得到了集中,即掌握国家权力的、统治阶级的意识形态。正是主导意识形态的调停,才保证了强制性国家机器与意识形态国家机器之间,与不同的国家意识形态的机器之间的(有时是咬牙切齿的)"和谐"。

……

事实上,教会作为主导意识形态国家机器的角色,今天已经被学校所取代。它与家庭结为一对,正如教会曾经与家庭结为一对。我们现在可以宣称,考虑到学校(和学校—家庭的组合)构成主导的意识形态国家机器,在一种其存在受到世界阶级斗争威胁的,生产方式之生产关系的再生产中起决定性作用的机器,正在动摇全球许多个国家的教育体制的空前的深刻危机,常常与动摇家庭的危机(已经在《共产党宣言》中宣布的)联手,具有了一种政治意义。

——路易·阿尔都塞《意识形态与意识形态国家机器》,选自斯拉沃热·齐泽克等《图绘意识形态》,方杰译,南京:南京大学出版社,2002 年,第 145-157 页

恩格斯在《路德维希·费尔巴哈和德国古典哲学的终结》(1888)中说,艺术远比政治、经济理论丰富和"隐晦",因为比较来说,它不是纯意识形态的东西。在这里,理解马克思主义关于"意识形态"的精确含义是重要的。首先,意识形态不是一套教义,而是指人们在阶级社会中完成自己的角色的方式,即把他们束缚在他们的社会职能上并因此阻碍他们真正地理解整个社会的那些价值、观念和形象。在这种意义上,《荒原》是意识形态的:它显示一个人按照那些阻止他真正理解他的社会的方式,也就是说,按照那些虚假的方式解释他的经验。一切艺术都产生于某种关于世界的意识形态观念。普列汉诺夫说,没有一部完全缺乏思想内容的艺术作品。但是,恩格斯的评论指出:比起更为明显地体现统治阶级利益的法律和政治理论来,艺术与意识形态有着更为复杂的关系。问题在于,艺术与意识形态是什么样的关系。

这不是一个容易回答的问题,可能会出现两种极端的、对立的观点。一种认为文学仅仅是具有一定艺术形式的意识形态,即文学作品只是那个时代意识形态的表现形式。它们是"虚假意识"的囚徒,不可能超越它而获得真理。这种观点代表"庸俗马克思主义"的批评,倾向于把文学作品看作仅仅是占统治地位的意识形态的反映。这样,就不能解释譬如何以有这样大量的文学作品实际上都向当时的意识形态臆说提出了挑战。与此对立的观点抓住许多文学作品对其所面临的意识形态提出挑战这一事实,并以此作为文学艺术本身的定义。如恩斯特·费歇尔在他的题为《对抗意识形态的艺术》(1969)的论著中说,真实的艺术常常超越它所处时代的意识形态界限,使我们看到意识形态掩盖下的现实。

我看这两种观点都过于简单。法国马克思主义理论家路易斯·阿尔修塞提出了一种关于文学与意识形态之间关系的更为细致(虽然仍不完全)的说明。阿尔修塞说,艺术不能被简

化成意识形态,可以说,它与意识形态有一种特殊的关系。意识形态表示人们借以体验现实世界的那种想象的方式,这当然也是文学提供给我们的那种经验,让人感到在特殊条件下的生活是什么样子,而不是对这些条件进行概念上的分析。然而,艺术不只是消极地反映那种经验,它包含在意识形态之中,但又尽量使自己与意识形态保持距离,使得我们"感觉"或"察觉"到产生它的意识形态。在这样做的时候,艺术并不能使我们认识意识形态所掩盖的真理,因为,在阿尔修塞看来,"知识"在严格意义上意味科学知识,譬如象马克思的《资本论》而不是狄更斯的《艰难时世》所提供给我们的那种关于资本主义的知识。科学与艺术之间的区别并不是它们处理的对象不同,而是它们处理同一对象的方法不同。科学给予我们有关一种状况的概念知识;而艺术给予我们那种状况的经验,这一点与意识形态相同。但是,艺术通过这种方法让我们"看到"那种意识形态的性质,由此逐渐使我们充分地理解意识形态,即达到科学的知识。

文学何以能做到这一点,阿尔修塞的一位同行皮埃尔·马舍雷阐述得更充分。马舍雷在他的《文学创作理论》(1966)中,将他称之为"幻觉"(主要指意识形态)和称之为"虚构"的两个术语作了区分。幻觉——人们普通的意识形态经验——是作家创作依据的材料,但是,作家在进行创作时,把它改变成某种不同的东西,赋予它形状和结构。正是通过赋予意识形态某种确定的形式,将它固定在某种虚构的界限内,艺术才能使自己与它保持距离,由此向我们显示那种意识形态的界限。马舍雷认为,在这样做的时候,艺术有助于我们摆脱意识形态的幻觉。

我发现在一些关键的地方,阿尔修塞和马舍雷两人的说明是含混不清的,但是,他们所提出的文学与意识形态的关系具有深刻的启发性。在这两位批评家看来,意识形态不完全是一堆杂乱无章、飘忽不定的形象和观念;在任何社会中,它都具有一定的结构上的连贯性。正因为它具有这种相对的连贯性,它才能成为科学分析的对象。由于文学作品"属于"意识形态,它们也能成为这样的科学分析的对象。科学的批评应该力求依据意识形态的结构阐明文学作品;文学作品既是这种结构的一部分,又以它的艺术改变了这种结构。科学的批评应该寻找出使文学作品受制于意识形态而又与它保持距离的原则。……

——特里·伊格尔顿《马克思主义与文学批评》,文宝译,

北京:人民文学出版社,1980年,第20-23页

第五节　阐释学、接受美学和读者反应批评

中国古代很重视对经典的解释、注疏,不论是对儒家还是道家、佛家经典的诠释,都

很丰富。陆九渊的"六经注我,我注六经"之论也体现了中国阐释学的不同路径。中国古典阐释学颇为强调文学的接受与读者的反应,诸如孔子的"兴观群怨"之说。在西方,阐释学曾经是一门解释文本,尤其是解释《圣经》意义的古老学科。它得名于希腊神话中上帝的信使赫尔墨斯,在近代经过德国哲学家施莱尔马赫、狄尔泰等人的发展,成为一种关注"理解"的哲学思想。然而,近代阐释学还未超越自然科学客观方法的影响,追求解释对"原义"的复原并与其吻合,因而被视为一种方法论的阐释学。现代阐释学将传统阐释学改造为一种本体论阐释学,它的奠基人海德格尔和伽达默尔都受益于胡塞尔现象学。

自然科学和工业文明的突飞猛进威胁着以探讨"认识如何可能"为基本任务的近代哲学的合法性,也动摇着人们对文化传统的理解,欧洲哲学和思想文化的危机促生了胡塞尔的现象学思想。现象学试图把自然科学分裂的主体和客体又重新弥合在一起,竭力从主客体统一的视角观察世界。海德格尔继承了现象学方法,但拒绝了胡塞尔的优越的先验主体,转向了对"存在"的关注。人这种特殊的"存在"("此在")是"在世界中的存在",必然与世界、他人在一起,"此在"与世界的关系不是主仆关系或对象关系,而是对话和倾听关系,因而"理解"是向死而生的"此在"不断超越自身的存在论实践。海德格尔的思想使"理解"不再是一种心理意识,而是存在最本质的内容,是历史性的,也是栖息于语言之中的。那么,对艺术作品的理解就不是去发现,而是使艺术作品和语言的真理敞现出来。

伽达默尔循此思路继续发展。他彻底放弃了依附于科学认识的传统真理观,将"理解"视为真理发生的方式,而艺术理解活动正是典范的真理发生样式,进而强调了理解的历史性和语言的构成性。人是历史中的主体,凝结在文化传统中的艺术品也是主体,因此,人和艺术品之间的关系不是主客体关系,而是主体间的对话和理解关系,人对艺术作品的理解被视为作品存在的根本前提。艺术作品和阐释者都有自己不同的历史视界,他们的邂逅就形成了"视界融合",即一种新的视界、新的阐释意义。

伽达默尔的阐释学认为,艺术作品的意义是开放的、不断再生的,这一观点受到来自美国的文艺理论家赫施的尖锐抨击。赫施不能容忍阐释学把作品和作者原义分隔开,即一种使得阐释失去衡量标准的相对主义态度。他站在"保卫作者"的立场指出,文本最根本的意义来自作者。因此,赫施区分出艺术文本的"意义"和"意思",前者指作者的意图,是确定不变的;而"意思"是文本的意义和其他事物发生联系的产物,与历史条件、具体的理解者等相关,是可变的。

在现代阐释学中较有影响的还有法国的利科和美国的马戈利斯等人的观点。利科阐释学的新意在于融合了结构主义、精神分析学、日常语言哲学和宗教哲学的成果,力图从语言分析入手拓展阐释学。关于象征的分析和文本理论是其核心内容,也是利科在方法论和认识论方面对现代阐释学的发展。

现代阐释学极大地影响了 20 世纪 60 年代兴起于德国的接受美学。接受美学以尧斯和伊瑟尔为主要代表,他们试图在文学的形式研究中重新引入历史维度,或者说引入理解的历史性。尧斯以《文学史作为向文学理论的挑战》一文吹响了接受美学的号角,认为如果从接受美学视角考察文学,那么,文学研究的形式和历史两块被割裂的内容将被重新连接起来。尧斯吸收了阐释学的"视界融合"与"效果史"的观点,认为文学意义既不能指望庸俗的实证式的历史研究,也不能被单纯地封闭在文本的形式结构中,因为意义发生于文本和历史性阐释者之间的对话事件中。他还接受了马克思的生产、消费观念,以及哈贝马斯提出的理想型交往理论等社会学理论的影响,将读者接受和社会的"一般历史"结合起来。当然,正如伊格尔顿质疑的:接受美学的"一般历史"其实是抽象的,是与具体的充满斗争、博弈的社会历史相区别的。接受美学的另一代表伊瑟尔则坚持从现象学方法考察文学阅读,因此,文学作品和阅读者不可分离,文学作品始终是在阅读过程中动态地构成的,文学作品的两端分别连接着作为艺术一极的文本和作为审美一极的读者。伊瑟尔在《召唤结构》中指出了文本始终潜藏着隐含读者,并需要读者的阅读来填补空白,连接空缺和建立新视界。而且有价值的文本必定形成对读者固有观念、思维方式和艺术经验的质疑。在文本的挑战中,阅读者得以摆脱日常生活的控制并获得解放。

接受美学越过大西洋,在美国形成了"读者反应批评"流派,其中影响最大的有费什、卡勒和霍兰德。费什试图通过读者对文本意义的颠覆,否定读者对自身知觉的自信,从而说明意义的不确定性。他的名言是"意义是事件","阅读是一种活动,是一件你正在做的事"。费什承认阅读者受到内化的语言、社会交往规则和语义知识的制约,但阅读没有绝对标准。批评实践就是研究读者阅读经验中随着时间流动对文本做出的反应模式。卡勒不像费什那么极端,他更在意读者的潜在能力,即"文学能力",或者说是文学接受的"习惯系统"。文学正是通过旧的习惯系统被新的习惯系统替代而实现文学的演进。诺曼·霍兰德则将读者反应批评置入精神分析学的框架中,读者和文本的关系是本文幻想和自我防御的关系。阅读作品使读者的潜在欲望转换成社会可以接受的合理内容,因而读者可以从阅读作品中释放并获得快乐。阅读的过程不是文本的被动解读,而是作者和读者通过文本获得交流的过程。

从阐释学的现代发展到接受美学,再到读者反应批评,我们可以发现一以贯之的线索是批评或理论在作者、文本和读者体系中偏向了读者、解释者。它们在重视语言文本的基础上,在文本意义和阐释主体、读者经验之间建立了新的联系。

【原典选读】

桓公读书于堂上。轮扁斫轮于堂下,释椎凿而上,问桓公曰:"敢问,公之所读者何言邪?"公曰:"圣人之言也。"曰:"圣人在乎?"公曰:"已死矣。"曰:"然则君之所读者,古人之糟魄已夫!"桓公曰:"寡人读书,轮人安得议乎! 有说则可,无说则死。"轮扁曰:"臣也以臣之事观之。斫轮,徐则甘而不固,疾则苦而不入。不徐不疾,得之于手而应于心,口不能言,有数存焉于其间。臣不能以喻臣之子,臣之子亦不能受之于臣,是以行年七十而老斫轮。古之人与其不可传也死矣,然则君之所读者,古人之糟魄已夫!"

——郭庆藩《庄子集释》,北京:中华书局,2013 年,第 438-439 页

艺术的万神庙并不是一个向纯粹审美意识呈现出来的永恒的现在,而是某个历史地积累和会聚着的精神活动,就连审美经验也是一种理解自身的方式,但是,所有理解自身都是在某些于此被理解的他物上实现的,并且包括这个他物的统一性和同一性。只要我们在世界中见到了艺术作品,并在单个艺术作品中见到了一个世界,那么,这个他物就不会始终是一个我们刹那间陶醉于其中的生疏的宇宙,毋庸说,我们学会了在他物中理解自身。这就是说,我们在我们此在的连续性中废除了体验的非连续性和确定性。因此,面对美和艺术我们获得这样一个立足点是有意义的,这个立足点并没有被宣称为直接性,而是与人类的历史现实相符合的对直接性、瞬间的完美物以及"体验"意义的引用。鉴于人类存在的要求未固执于自我理解的连续性和统一性,艺术经验并不能被推入到审美意识的非制约性中。

……

应研究对本文理解艺术的古典学科就是解释学。如果我们的探讨是正确的话,那么,解释学的真正问题却与人们所看到的是完全不同的,解释学的真正问题就是与我们对审美意识的批判把美学问题移入其中的方向相同的。的确,解释学本来就必须如此广泛地被理解,以致它包括整个艺术领域及其艺术问题。每一部艺术作品——不仅仅是文学的艺术作品——就必须象每一个不同地被理解着的本文一样被理解,而且这样的理解应是能成立的。由此,解释学的意识就获得了一个超出审美意识范围的广泛领域。美学必须在阐释学中出现,这不仅仅道出了美学问题所涉及的领域,而且还指出了,阐释学在内容上尤其适用于美学,这就是说解释学必须相反地在总体上这样得到规定,以致它正确对待了艺术经验。理解就必须被视为意义事件的一个组成部分,在这种理解中,一切表达的意义——艺术的意义以及一切从前流传物的意义——就形成并实现了。

——伽达默尔《真理与方法》,王才勇译,

沈阳:辽宁人民出版社,1987 年,第 139-140、242 页

这样,当批评家们蓄意要撇开原作者时,他们自己就篡夺了作者的位置。这就虽无过错却导致我们当前理论的某些混乱。在过去只存在一个作者的地方,现在涌现了一大批,每个人都有着像下一个人一样多的权威性。排除了作为意义决定者的原作者,就是拒绝了唯一令人感兴趣的、能把有效性赋予解释的标准原则。另一方面,情况也可能是这样,并不真的存在着一个支配着本文解释的标准的理想。如果要坚持种种背离作者的观点,那么,这种情况就会跟着出现。因为如果本文的意义不是作者的,那么,就不可能有一种解释会与本文的这个意义相符合,即使本文没有确定的或可确定的意义。如果有位理论家想要拯救有效性的理想,他就必须拯救作者,在当前的具体情况下,他的首要任务将是表明,占上风的反对作者的论点是成问题的、脆弱的。

......

因此,其他各种作者的不知就不具有理论上的重要性。当柏拉图注意到诗人不能解释他们意指的东西时,他在暗示,诗人是无能的、心灵虚弱的和模糊的——尤其就他们"最精心制作的段落"来说是这样。但是,他本来不会坚决主张,一个模糊的、不确定的、不明了的、矫饰的意义不是一个意义,或者,它不是一个诗人的意义。甚至当一位诗人宣布他的诗意味着人们喜欢要它意味的任何东西(就像某些现代作家相信公众的意义与作者无关那种情况)时,那么,毫无疑问,他的诗也许恰恰不意味着任何东西。然而,甚至在这种限定的情况下,仍然是作者"决定着"意义。

最后一种文学批评家所喜爱的,而作者却不知道的说明,建立在对作者早先草稿的考察的基础上,这些草稿常常暗示,当作者开始写作时他明显地想要表现的东西常常完全不同于他最后定稿作品所意味着的东西。这些例子显示出,对风格、类型和局部结构的考虑会如何在他最后的意义中起着大于由他原初意向所起的作用,但这些有趣的考察几乎没有什么理论的意义。如果一位诗人在他的初稿中意欲表示某种东西不同于他定稿中所意欲表示的东西,那么,这并不表明,某个不同于诗人的人正在表示这个意义。如果诗人利用了他最初不曾意想到的局部效果,而这效果产生了更好的诗,那么这种好会是好得多。所有这一切决不意味着,一位作者不意指他意指的东西,或者他的本文不意指着他想要传达的东西。

如果对这章的分析有某种寓意的话,那就是,意义是一种意识的事情,而不是一种物理的符号或事物。其次,意识是一种个人的事情。在本文的解释中,这被卷入的个人是作者与读者。读者所实现的意义既是与作者共享的,又单独属于读者。当对此问题的陈述可能冒犯了我们根深蒂固的关于语言具有它自己独立自主的意义的认识时,它决不怀疑语言的力量。相反,认为这一点是理所当然的:一切通过本文交流的意义在某种程度上是受语言约束的,本文的意义不可能超越用以表达本文的语言意义的可能性和控制。这儿所否定的是,语言学符号能以某种方式说明它们自己的意义——一种神秘的、从未得到有说服力的辩护的思想。

——赫施《为作者辩护》,选自朱立元等编《二十世纪西方美学经典文本》

第三卷,上海:复旦大学出版社,2001年,第706、720-721页

　　现在,我们就理解为什么我们需要两种语言了。我们需要一种用尺寸和数目来说话的语言,一种精确的、一致的和可证实的语言。这就是科学语言。用这种语言,我们形成一种关于实在的模式,这种实在易于为我们的逻辑所表明,它与我们的理性是相似的,因此,也可以说与我们自己是相似的。但这种语言并没有受到诗歌语言的限制或被诗歌语言抵消,它把我们引向一种与物的单纯联系——人对物,以及人对人的统治、探索、控制的联系。

　　从这种意义来说,诗歌通过阻碍产生这种对可控制东西的盲信,维护了科学。就科学自身而言,诗歌维护了一种真理的理想,根据这种理想,所表明的不是由我们支配的,也不是可控制的,而仍然是令人惊异的事物,仍然是天赋的东西。那么,语言可能是赞美和歌唱的仪式。然而,在这一点上,诗人必然会代替我去充满激情地谈论诗歌。正如我已说过的,哲学家并不去冒充诗人。他分析和创造理解,在这段文字里,创造理解就是引向诗歌的门槛。一旦到达了这一门槛,哲学家向欢迎他的诗人表示致意——然后就不再说什么了。

——保罗·利科《言语的力量:科学与诗歌》,朱国君译,选自朱立元等编
《二十世纪西方美学经典文本》第三卷,上海:复旦大学出版社,2001年,第650页

　　另一方面,在首批读物的地平线上,美学距离对于读者依然暂时停止不动;读者可以借助于回顾性的寓言从逝去年华的机缘性现象背后去感知这么个整体;它不知不觉地出现在机缘性现象之中,它属于过去什么时候曾经有过、已经成为过去、然后又再度找到的一个世界。这当然是这样一个世界:只有当它否认未来幸福的地平线时,它才能拯救过去的东西。不过,普鲁斯特的宇宙功能限制同时确定了他的"回忆诗"(用他人的眼光去观看世界)的交往功能:它让我们认识到,一个看起来对每个人都一样,然而对下一个人就已经是两样的世界能够以多么不同的形象出现,它的另一形象在回忆的目光里才能够揭开审美经验,并只是间接地进行艺术创作。

　　迄今为止的考察表明,自十九世纪中叶以来,生产的与接受的审美经验是参与了为艺术重新赢得认识功能这场斗争的。这须得同伽达默尔对"审美意识的抽象"所作的批判相对照;这一批判虽然可能击中了产生于德国魏玛新人文主义的"审美教育"的历史形象,然而却没有看到在这里用粗线条勾画出的背道而驰的过程。在这个过程中,面对正在加剧的社会存在的异化,审美经验在美学的平面上接过了在艺术史上还未曾给它提出过的一个任务:用审美感受的语言批判功能和创造功能来同"文化工业"的服务性语言和退化了的经验相对抗,面对社会作用和科学世界观的多元论,保护他人眼里的世界经验并借以保护一条共同地平线——最能在已经消失的宇宙学和整体位置上使这条地平线继续显现的,还是艺术。

——姚斯《审美:审美经验的接受方面》,选自刘小枫选编《接受美学译文集》,
北京:生活·读书·新知三联书店,1989年,第64-65页

　　奠基于接受美学之上的文学史的价值取决于它在通过审美经验对过去进行不断的整体化运用中所起到积极作用。这就需要接受美学一方面与实证主义文学史的客观主义相对,有意识地尝试建立一个标准;另一方面与古典主义的传统研究相对,如果不打破已接受的文学标准,就要进行批判性的修改。很清楚,接受美学已开始建立形成这样一种规范的标准和对文学史的必要复述。从个别著作的接受史到文学史这一步,必然导致我们把作品的历史延续看作并描述为作品在确定和证明文学的内聚力。对于我们来说,作品的历史延续只是作为作品的现时经验的史前史才有意义。

——姚斯《文学史作为文学理论的挑战》,选自《接受美学与接受理论》,
周宁、金元浦译,沈阳:辽宁人民出版社,1987 年,第 25 页

　　读者不断被迫思索种种选择,因为读者只有勾划出人物未曾考虑到的可能性,才能免于蹈入作品人物所处的确定和令人疑惑的地位。当读者发现了这些选择,他们的判断范围就扩展了,并且不断应邀考验和估价他所获得的洞察力,这洞察力是展示给读者的世界扩展的结果。这一技巧的美学感染力存在于这样的事实中,即小说给各个读者以一定自由,但也强迫读者产生特定的反应——常常是难以觉察地——而不是不加掩饰地使那些反应公式化,由于作品拒绝把读者卷入小说中虚幻的现实里,并使读者与事件保持一个可变的距离,作品就使读者误以为他可以按照他自己的观点来判断作品的进展。这样做,他只是不得不处于促使其做出判断的地位;而且,作品预先给予这些判断的重负越少,作品的美学效果就越强。

　　……毫无疑问,作者想引导读者对所描述的现实树立批评的态度。同时,作者也让读者在给予他观点中选择一个,或者发展他自己的观点。这一选择并非没有一定的危险。如果读者接受了作者提出的态度之一,他自然就排斥了其他态度。如果出现了这种情况,在这本特殊的小说里,人们就会有一种越来越强烈的印象,即人们要注重的是自己,而不是所描述的事件。每一个角度都存在着确定不疑的狭窄性,鉴于这一点,读者将要看到的自己在作品中的反映绝对不会是对他自己的赞美词。但是,如果读者为了避免这种狭窄性而改变了自己的视点,他就会另有一种体验,他就会发现自己的行为与那两个女孩的行为如出一辙,她们俩为了登上社会的阶梯而不断地改变着自己。同样,尽管读者对两个女孩子的批评言之有据,难道就没有理由作出这样的设想:这部小说的创作就是使得读者对社会机会主义的批评转向为对自己的批评的途径?作品并没有具体地提到这一点,但它无时不在发生着。这样,读者发现了批评的对象不是社会,而是他自己。

——沃尔夫冈·伊瑟尔《读者:现实主义小说的组成部分》,
选自刘小枫选编《接受美学译文集》,北京:生活·读书·新知三联书店,1989 年,第 273-274 页

　　当然,最关键的词是经验。沃德霍认为,阅读(一般意义上的理解)是一种去芜求精的过

程,"要求于读者的是从他面前的书页中获取意义"。(第139页)对我来说,阅读(一般意义上的理解)是一个事件,其中的每一部分都不能被抛弃。在这个事件发生的过程中,深层结构对于意义的具体化(或者说实现)至关重要,但它并不能代替其他作用,因为,我们并不是仅仅从深层结构而是根据及时地展开的表层结构与不断地检查表层结构这两种行为之间的关系来理解的。

这一切最终又回到了先前的那个问题:谁是读者? 显然,在我的分析方法中,这个读者是具有这样一种思维能力的人,是一个理想的,或理想化的读者,同沃德霍所说的"成熟的读者"或者弥尔顿所称"有资格的读者"(fit reader),有某种相似之处。或者按照我的术语,这种读者是有知识的读者。他们须符合以下要求:(1)能够熟练地讲写成作品本文的那种语言;(2)充分地掌握"一个成熟的……听者在其理解过程中所必须的语义知识",包括词组搭配的可能性、成语、专业以及其他方言行话之类的知识(亦即作为适用语言的人和作为语言的理解者所具有的经验);(3)文学能力。这就是说,作为一个读者,他在将文学话语的特性,包括那些最具有地方色彩技巧(比喻等手法)以及全部风格内在化的过程中,具有丰富的经验。如果承认这一理论,那么其他批评派别所关注的一些问题——风格体裁,规范性,知识背景等——必然会在潜在的和可能的反应的意义上被重新加以界定。由此出发,将有助于理解读者所期望的有关"史诗"这一概念的意义和价值以及使用古语或其他诸如此类的问题。

——斯坦利·费什《读者中的文学:感受文体学》,选自《读者反应批评:
理论与实践》,文楚安译,北京:中国社会科学出版社,1998年,第164-165页

第六节　身份批评

身份(identity)批评是伴随着主体性意识的觉醒而形成的一种批评方式,所谓身份是保持内在一致性的整体感受。在20世纪,现代个人主体和民族主体在现代性与全球化浪潮下遭遇了前所未有的危机,这种危机在文学艺术中有意识或无意识地流露了出来。一些文学理论家与批评家在马克思主义、文化人类学、精神分析心理学的影响下,对与文学艺术作品相关的"身份"问题进行了研究,由此形成了身份批评。虽然对于身份的认识不同,但是一般认为,身份主要是一种文化上的概念,具有固有的特征和历史社会建构的双重含义。

身份批评试图揭示文艺作品、文化现象中文化身份的构成。文化身份的内容颇为复杂,它具体体现在主体的各种思想、话语和行为之中。文学阐释中的身份批评也是复杂多样的,主要有两种:一是性别身份,二是族群身份。

性别身份批评关注的是男女性别的身份建构,尤其是女性身份的建构,这构成了女性主义文学批评所关注的核心问题。女性主义文学批评以妇女形象、女性创作以及女性阅读为研究中心,力图颠覆男性中心主义,以建构女性特有的写作方式、话语模式与文学经验,主要代表人物有沃尔夫、肖瓦尔特、阿特伍德、西克苏、克里斯蒂娃等人。另外,西方还出现了与性别身份批评相关的"超性别"批评。

族群身份批评的对象是一个族群的身份建构,其中最显著的是殖民身份的建构,这是后殖民主义批评尤为关注的。后殖民主义批评主要阐释文学作品中的殖民情结,探讨第三世界国家与殖民地国家的人民受西方殖民国家控制的文化身份建构,力图揭示帝国主义给从属国带来的文化阴影,代表性的批评家有萨义德、霍米·巴巴、斯皮瓦克等人。另外,流散者批评和他者批评也是与殖民批评相关的身份批评的分支。流散者批评把离开"祖国"和母语文化的"流散者"文学当作对象。在苏德西·米什拉看来,流散者批评作为一种跨学科的理论书写风格,致力于表明与身份政治、流亡的主体性、认同、群体分类和双重意识相关的复杂关系。霍米·巴巴认为,殖民话语把被殖民者创造成了这样一种社会现实,即被殖民者事实上成了"他者"。

身份批评是西方文学批评出现的新趋势,目前还在发展之中。它充分吸取了西方马克思主义、精神分析学说的话语,又整合了语言和文本批评,力求把握文学现象中的性别、阶级、种族和意识形态等问题,因此,在当代西方产生了很大的影响。

【原典选读】

男人的小说是关于男人的。女人的小说也是关于男人的,但观点不一样。男人的小说里可以没有女人,除了可能的女房东或马;但女人的小说里却不能没有男人。有时候男人把女人放在男人的小说里,她们一些部分被删掉了,例如头或手。女人的小说也删掉男人的一些部分。有时候是肚子至膝盖那一段,有时候是幽默感。穿大氅、起大风,在荒野上是很难有什么幽默感的。

……

我喜欢读这种小说:女主角的服装在她的乳房上面谨慎地沙沙响着;或者谨慎的乳房在她的服装下面沙沙响着——总之必须有一套服装,一些乳房,一些沙沙响,还有就是要处处谨慎。要处处谨慎,像一片雾,一片只能隐约看到事物轮廓的毒气。幽暗中闪现的情影,呼吸的声音,滑到地板上的缎子,露出什么? 我认为无关紧要。一点也无关紧要。

男人喜欢强硬的男主角:对男人强,对女人硬。有时候男主角对某个女人心软了,但这永远是一个错误。女人不喜欢强硬的女主角,而是要又强又软。这就导致了语言学上的困难。上次我们细看,单音节词都是男性的,仍然占主导地位但正在迅速下沉,缠在唇音多音节词章鱼状的怀中,用蜘蛛网状的温雅低语着:亲爱的,亲爱的。

       ——阿特伍德《女人的小说》,选自朱立元、李钧主编
  《二十世纪西方文论选》下卷,北京:高等教育出版社,2002 年,第 581 页

我从来不敢在小说里创造真正的男性人物。为什么? 因为我以身体来写作,而我是一个女人,男人却是男人,我对他的欢乐(jouissance)一无所知。去写一个没有身体、没有欢乐的男人,我是做不到的。那么在戏剧中男人又如何呢?

剧场不是性快乐的场所。罗密欧与朱丽叶彼此相爱却并不交欢。他们歌唱爱。在剧场里是心在歌唱,胸膛敞开,人们看见心的碎裂。人类的心没有性别。心的感受在一个男人胸中和在一个女人胸中是一样的。这并不意味着人物是没有腰带以下部分的半个生物。不,我们的生物一无所缺,不缺阳物、不缺乳房、不缺肾脏、也不缺肚子。但是我们并不是非把它们全写出来不可。男女演员把完整的身体给予我们,因此我们不必再去创造。每件事都亲身经历,每件事都是真实的。这就是剧场献给作者的礼物:实体化。它允许男性作者创造出并非虚构的女人,让女性作者获得机会创造出性格完美的男人!

    ——埃莱娜·西克苏《从无意识的场景到历史的场景》,选自朱立元、李钧主编
  《二十世纪西方文论选》下卷,北京:高等教育出版社,2002 年,第 655 页

俄狄浦斯那悲壮而又崇高的命运概括并转移了神秘的污秽,这种污秽将另一个性别、一个不可触及的"另一边"的不洁放置在身体的边缘上——欲望的刀刃上——而且从根本上说,放置在母亲兼女人身上——自然丰满的神话中。要确信这一点,必须跟踪索福克勒斯的《俄狄浦斯王》和《俄狄浦斯在科罗诺斯》。

俄狄浦斯王虽然是一个能够揭开众多逻辑迷的君主,但他对自己的欲望却知之甚少:他不知道自己杀死了父亲拉伊俄斯,并且与自己的母亲伊俄卡斯忒结婚。若不揭开面纱,这次谋杀和这个欲望一样,只能是合乎逻辑的权力的反面,所以也是政治权力的反面,这显然是相关的。俄狄浦斯想弄清真相,这个欲望把他自己推到了绝境,于是他在自己君王的身上发现了欲望和死亡,只有在这时卑贱才得以显露出来。他把这一切都归咎为国王至高无上的权力,这个权力是完全的、知晓一切的、对一切负责的。然而,在《俄狄浦斯王》中,最后的解决还是具有相当神秘色彩的:正像我们在其他神秘和仪式的体系中,所见到的那样,这种解决采用的是排斥。

首先是空间上的排斥:俄狄浦斯必须流亡,离开他当国王的那个地方,远离污秽,以便使

社会契约的边界消失在崇拜。

　　然后是视觉上的排斥:俄狄浦斯眼睛瞎了,以便不再忍受看到欲望和谋杀的客体(妻子的脸、母亲的脸、孩子们的脸)。如果说眼瞎确实能够等同于阉割,但它既不是性欲的失势,也不是身体的死亡。与此相关,它成了一个象征代替物,被用来建起一道防护墙,以加强与耻辱相隔离的边界,通过这个方法,虽然不能否认这种耻辱,至少可以把它指定为外来的。想像一下由瞎眼形成的这种分隔:它可以直接在身体上标示出污秽中本体的异化——一个疤疤代替着被揭示但又不可见的卑贱。这是个不可见的卑贱。通过它,城邦和知识得以延续。

——朱莉娅·克里斯蒂瓦《恐怖的权力:论卑贱》,张新木译,

北京:生活·读书·新知三联书店,2001 年,第 120-121 页

　　《黑暗的心》具有强大的力量,可以说,它从政治和美学的角度来看,都是帝国主义式的。这在 19 世纪的政治,美学甚至认识论上已都是不可避免的。因为,假如我们不能真正了解别人的经验,我们因此必须依靠丛林里的白人克尔茨、或另一个白人马罗作为故事叙述的权威,那么,寻找非帝国主义的经验是不会有结果的;帝国主义制度干脆把它们消灭了,或者使之无法被想像。这个圆圈如此完整,在艺术上和心理上都是无懈可击的。

　　康拉德非常有意识地把马罗的故事从叙述的角度来表达。他使我们认识到帝国主义不但远远没有吞掉自己的历史,而且正发生在一个更大的历史背景下,并且为它所限制。这个更大的历史处在"奈利"号甲板上那一小圈欧洲人之外。然而,到那时为止,似乎还没有任何人住在那个历史区域里。因此,康拉德就让它空白着。

　　康拉德恐怕不会通过马罗来展现帝国主义世界观以外的任何东西。这是因为,当时康拉德和马罗有可能看到的非欧洲的东西十分有限。独立是属于白人和欧洲的;低等人或臣民是要加以统治的;科学、知识和历史是从欧洲发源的。

　　的确,康拉德小心地记录下比利时的不光彩与英国殖民态度间的区别。但他只能想像世界被瓜分成这个或那个西方的势力范围。但是,因为康拉德有着他自己流亡边缘人身份的特别持久的残余意识,他十分小心地(有人说是令人发疯地)用一种站在两个世界的边缘而产生的限制来限制马罗的叙述。这两个世界的分界模糊不清,但却是不同的。康拉德当然不是塞西尔·罗兹(Rhodes,Cecil)或费德烈·鲁加德(Lugard,Frederick)那样的帝国主义企业家。虽然他完全了解,他们每个人,用汉娜·阿伦特的话说,要进入"无休止的扩张的旋涡,改变旧我,要服从扩张的进程,与那股看不见的力量认同,他必须为这种力量服务,以使扩张不断向前推进。因此,他就要把自己看作一种纯粹的功能,并且最终把这种功能、强有力的时尚的化身当作他可能取得的最高成就"。康拉德认识到,像叙述一样,如果帝国主义已经垄断了整个表现体系;尽管你和它不能完全沟通和同步,你作为一个局外人的自我意识还是能允许你积极地去理解这部机器是怎样运转的。这种垄断使帝国主义能在《黑暗的心》中既做非洲人、也做克尔茨以及其他冒险家,包括马罗和他的听众的代言人。因为康拉德没有完全被同化成为

187

英国人,所以在他的每部著作中都具有讽刺意味地与英国人保留了一段距离。

——爱德华·萨义德《文化与帝国主义》,李琨译,

北京:生活·读书·新知三联书店,2003 年,第 30-31 页

Sati 作为妇女的专有名词在今天的印度应用相当广泛。给一个女婴起名叫"好妻子"本身就具有预辩的讽刺性,而由于普通名词的这种意义并不是专有名词中的基本操作者,这种命名就愈加具有讽刺性了。在给婴儿命名的背后,是印度神话的 Sati,即作为一名好妻子而表现的德噶(Durga)。故事中,Sati——她已经被称为 Sati 了——未经邀请就来到了父亲的官殿,甚至缺乏给她的丈夫湿婆神的邀请。她父亲开始虐待湿婆,而 Sati 则死于痛苦之中。湿婆发怒了,肩扛着 Sati 的尸体在宇宙上舞蹈。毗湿奴解剖了她的尸体,把其碎块丢撒在大地上。在每一小块遗骸的周围都是一片伟大的朝圣之地。

像女神雅典娜(Athena)——"自称未被子宫污染的父亲的女儿们"——这样的人物对于确立妇女意识形态上的自我贬低都是有用的,这种自我贬低不同于对本质主义主体的消解态度。神话中 Sati 的故事把殉身仪式中的每一个叙述素(narrateme)颠倒了过来,因而起到了一种类似的作用:活着的丈夫为妻子的死复仇,伟大的男性之神之间的交易完成对女性身体的毁灭,因而把大地刻写成神圣的地理。以此证明古代印度教的女权主义或印度文化是以女神为中心的因而也是女权主义的,就如同在意识形态上受到土著保护主义的污染,或颠倒作为帝国主义的种族中心主义,以便抹掉闪光的战斗的德噶母亲的形象,惟只赋予专有名词 Sati 以焚烧无助的寡妇的仪式意义,寡妇只有作为祭祀的牺牲品才能得救。不存在受性歧视的属下主体可以说话的空间。

——加亚特里·查克拉沃尔蒂·斯皮瓦克《属下能说话吗》,选自赛义德等

《后殖民主义文化理论》,陈永国等译,北京:中国社会科学出版社,1999 年,第 154-155 页

正是一种机器,启动了对种族、文化和历史差异的认识与否定。它最为强有力的策略功能,就是通过知识生产为"主体民族"创造一个空间,根据那种知识生产实施监视,并激起快乐和痛苦的复杂形式。就其策略来说,正是通过殖民者和被殖民者的知识生产以寻求一种认可,它们才成为陈规,但对比起来却非常有价值。殖民话语的目的,是要把被殖民者分析为在种族根源上是退化的种群,以便证明征服是合理的,并建立起行政和指导体系。尽管在殖民话语的范围内有权力的运用和不断变化的殖民主体的定位(如阶级、性别、意识形态、不同的社会结构、殖民化的各种制度等的影响),但我仍然要谈到一种统治的形式,在划分"主体国家"时,这种统治形式挪用、指导并支配着它的各种活动范围。因此,尽管在殖民体系中"执行"其权力运作至关重要,但殖民话语却把被殖民者创造成了这样一种社会现实,即被殖民者立刻就成了"他者",并且是完全可认识和可见的。它类似于一种叙事形式,主体和符号的生产与流通借此被局限于一种革新了的和可辨识的总体性之中。它使用了一个表征系统和一种真理的统治,它们在结构上与现实主义相似。它也是为了在那种表征系统内进行干预,那

188

种表征系统就是爱德华·萨义德提出的"东方主义"权力的符号学,它考察了形形色色的欧洲话语,那些话语将"东方"建构成了一个具有统一种族、地理、政治和文化的世界地区……

一方面,殖民话语是学习、发现和实践的一个话题;另一方面,它是梦想、意象、幻想、神话、着迷和需求发生的场所。它成了"共时本质论"的一个静态系统,是有关"稳定性能指"的知识体系,像编纂词典或百科全书一样。然而,这个场所一直处于历史的历时形式和不稳定的叙事符号的威胁之中。最终,这条思路被赋予了一种类似于做梦的形态,萨义德此时明确提到了他称为"隐性东方主义"的"一种无意识的积极性",与他称为"显性东方主义"的陈述出来的关于东方的知识和观点之间的差异。

——霍米·巴巴《他者问题:陈规与殖民话语》,选自阎嘉主编
《文学理论读本》,南京:南京大学出版社,2013年,第488-489页

流散者批评试图通过瞄准一个叫作"流散者"的对象而把自己标明为一个新的理论领域,是当下的作家们挖苦性地指称的一项事业。……

流散主义者常用的一种策略,就是对流散社群的形成进行分类:(1)确证一个无根民族的集体性"存在"(身份)的各种新结构,因为它摇摆于祖国(不在场的"方位")与居留国(在场的"方位")之间;(2)通过列表显示这种集体性的一系列确切"特征";(3)通过暗示某种在意识层面显示出来的、在记忆中被具体化的背离。流散主义者也试图利用这些社会构成的文化生产(美学的、音乐的、电子的,等等)来支持自己的主张。……

世代和性别对流散者批评来说也许是最重要的因素。世代的变迁能够并且的确影响了形成流散的本质,有时甚至影响了它们的存在本身。有些流散者的确消失在了民族国家同质化的意识形态之中(只需考虑澳大利亚的爱尔兰流散者),而另一些流散者则在继续创建自己的民族国家,如在新加坡的中国流散者,因此摆脱了这种形式之决定性特征的少数民族流放的状态。不必说,在确定流散者群体本质时的一个共同因素是性别。这方面最突出的例子是从欧洲的菲律宾移民劳工的统计数字中得出的。在1995年合法与非法居留在欧洲(意大利、英国、西班牙、希腊、德国、法国、奥地利和荷兰)的50万劳工中,绝大部分(在某些国家占95%)是由本国私人家庭雇工或服务部门(餐馆和旅馆)雇佣的妇女,而在奥地利和荷兰做护士工作的流散者占了极大的百分比。按这种流散形式,与这种低就业状况结合在一起的性别不平衡类型的影响是什么?这是一种流散形式吗?性别不平衡完全是由劳动的性别分工决定的还是由相关的其他因素决定的?菲律宾的移民妇女把自己界定为一种转移了的集体性,展示了萨弗让所列举的各种特征吗?在到达欧洲之前和之后,菲律宾妇女在那些民族国家的意识形态中是如何被质问的?这些指向性别的问题也许揭示了欧洲与亚洲的一系列关系,如父权制与资本主义的关系,以及妇女在资源贫乏的第三世界中成了可以高价转让的商品。

——苏德西·米什拉《流散者批评》,选自阎嘉主编《文学理论读本》,
南京:南京大学出版社,2013年,第495、496、500、512-513页

"半机器人与超性别化的主体都是这样的人物,他们打破了决定论的意识形态和立场,打破了各种范畴,代表着新的、经常是矛盾的、跨越边界之联合的可能性。此外,两者都质疑了主体性的概念本身,因为在那些诉诸于'本质'的本质主义概念的话语内部,他们既不可能被编码,也不可能被容纳。哈拉维说,半机器人'是一种分组和重组,是后现代集体的和个人的自我',一种半机器人的政治将强调这种信念:'身体……能用几乎无限的和多种多样的方式拆解开来。'(哈拉维,1991,第163页)。"……

自传体写作的方式在20世纪90年代让位于一种新的超性别写作形式,它显然受到了社会性别理论崛起的影响,然而它也以一种反讽的形式保留了很多倾向于自我表露的自传体方式。在《"帝国"大反击》中,桑迪·斯通评论说:"很多变性者都保留着他们用隐语'O.T.F.'所称的某种东西:那隐语意即'时髦的超性别的一帮人'。它通常包括记录了'不恰当'性行为的报纸文章和一些被禁止的日记。"(斯通,1992,第285页),这种超性别化的身份概念根据各种资源整理出来的碎片而汇集了后现代的风格,成了对超性别者本身创造的理论写作来说很重要的概念。

在这个领域里已经取得最大影响的文本之一,就是由男变女的变性者凯特·伯恩斯坦所著的《性别坏分子:论男人、女人和其他的我们》。批评家杰伊·普罗瑟注意到,这个文本可以算作是"我们的第一个'后现代'变性者(因此也是后变性者)的自传",它"把连续的和有联系的叙事故意分解为支离破碎的片断。伯恩斯坦没有过多地像(一位表演艺术家)表演那样把她的变性生活叙事化,表演的是——没有融入单一稳定的性别身份之中的——其中的一些部分"(普罗瑟,1998,第174页)。伯恩斯坦自己声称,这本书试图形成"一种超性别的风格",它"以拼贴为基础。你明白——东拼西凑吗?一种剪贴的东西"(伯恩斯坦,1994,第3页)。她的文本的排印就突出了这一点,镶嵌着不同的字体,布局则反映了伯恩斯坦在个人表露与理论化之间的摇摆。然而,在其整体的核心之中,却是一次有关身份的严肃论争,包括个人身份和集体身份。但是,就伯恩斯坦所关注的方面而言,作为一个由异性恋男人变为同性恋的女人,社会性别身份是一个多种形态的、无限可变的概念。

——萨拉·甘布尔《社会性别与超性别批评》,选自阎嘉主编
《文学理论读本》,南京:南京大学出版社,2013年,第552-554页

【本章复习思考题】

1.如何理解文学阐释在文学活动中的地位和作用?
2.如何理解文学阐释方法的多样性和互补性?
3.社会历史批评的主要理论关注点是什么?

4.马克思主义对社会历史批评做出过哪些贡献?

5.文本批评的主要理论关注点是什么?

6."新批评"有哪些核心概念?

7.心理批评包含哪些主要内容?

8.意识形态批评的主要理论关注点是什么?

9.如何理解"文化霸权"这一概念?

10.身份批评的主要理论关注点是什么?

（本章执笔:傅其林,张意,任真）

第六章　文学流变论

【概　述】

　　任何社会历史现象都不可能没有历史的起点或逻辑的起点,而一旦有了历史的起点或逻辑的起点,那么,它就会在内外诸力的作用下发生流变与迁化。变化是一个永恒的过程,我们当下普遍默认的观念、意义或形态,到未来某一天可能就有新内容的注入,从而成为未来可能的样态。

　　文学是社会历史现象之一,所以,文学也理所当然有它的起源、流变与未来的可能性。这些内容本章将加以陈述和诠释。需要特别说明的是,之所以不采用传统上一直使用的"文学的起源与发展"中的"发展"观念而采用"流变"的观念,在于文学本是一种精神现象而不是物质现象,它并不一定遵循物质现象世界的线性发展观。这就是说,文学并不一定是进化的,只能说是流变的。

　　文学是广义的艺术的一部分,探讨文学的起源就必须首先探讨艺术的起源。而艺术的起源是一个特别复杂的问题,历史上探索文艺起源的途径较多。19 世纪后,主要的途径大概有三个:考古学的途径,人类学的途径,心理学的途径。

　　所谓考古学的途径是指以考古学上的实证来探讨文学艺术的起源。一般来说,此途径主要是用史前艺术的遗迹来实证性地回答艺术起源于何时。例如,在欧洲,1875 年发现的阿尔塔米拉洞穴壁画,就是艺术起源学上的一个重要成就。这个洞穴长度有一千英尺左右,洞穴顶部长达 46 英尺的壁画上画有 20 多只动物形象。壁画上所描绘的动物的生动形象,虽然不是为艺术而画,却是艺术的胚胎。这个洞穴壁画的发现开启了史前艺术考古学的先河。此后,在法国的西南部、南部和西班牙北部等欧洲地区,又先后发现了大小 80 多处史前洞穴艺术遗迹,为艺术起源的考古学研究提供了较多的实证性材料。但从总体上说,从考古学上去研究文学艺术的起源有很大的局限性,主要体现在两个方面:一是目前发现的史前艺术遗迹的总体数量还不多,它们保证了实证性,却又缺乏足够的准确性;二是今天发现的史前考古材料所证明的艺术起源的可能时间,也许会被新的史前艺术遗迹的发现修改,从而不能在根本上终极性地回答艺术起源的问题。也就是说,考古学的方法对艺术起源问题的回答具有波动性。

用人类学的方法来研究艺术起源问题,主要是利用现存的原始部落这些"社会活化石"中的文化艺术样本来进行研究。这方面研究的重要理论著作主要有美国人类学家摩尔根 1877 年出版的《古代社会》,英国艺术史家格罗塞 1894 年出版的《艺术的起源》,以及俄国理论家普列汉诺夫 1899 年出版的《没有地址的信》。这种方法的局限性在于:残存在现代社会中的原始部落虽然被称为"社会的活化石",但它们毕竟不是原始社会本身,以它们做标本可以间接推测出一些近似正确的结论或假说,但毕竟不是正面的直接回答。

心理学的方法主要是以如下假说为前提的:原始人的心理和儿童的心理近似。前提的假说性质决定了它的说服力是很有限的,在某些时候甚至是错误的。所以,用现代儿童的"艺术作品"去反推原始艺术从而推测艺术的起源,也和运用人类学的方法一样具有回答的不彻底性。

所以,历史上的理论家、文学家尝试性地用了各种方法去回答文学艺术的起源问题,但到目前为止,各种回答在很大程度上只能说是一个个的假说而不是定论。综合历史上对此问题的各种理论解答,通行的观点主要有以下五种:文学起源于模仿,文学起源于巫术,文学起源于游戏,文学起源于心理表现,文学起源于劳动。

有起源就有流变,文学也一样。文学流变的动力既来自内部,也来自外部。一般情况是在内部与外部动力的综合作用下发生流变,但内部动力与外部动力并不是平衡地综合起作用,可能此一流变的主要动力来自内部,而彼一流变的主要动力来自外部。内部动力主要指文学自身的原因,这种原因既可以是本国文学自身的原因,也可以是外国文学的原因。外部动力主要指社会历史的原因。由于文学的流变是内外动力综合作用的结果,那么,文学的流变就不是杂乱无章的,而有一定的规律可循。这些规律,既有一般的,也有特殊的。就一般规律而言,大体上是与时俱变,一时代有一时代的文学,其中既有文学进化论的主张,也有文学退化论的主张。与此同时,各种社会意识形态对文学流变也要产生不同程度的影响,这些也是我们关注文学流变必不可少的内容。就文学流变的特殊规律而言,主要是文学流变与社会发展之间不平衡的规律。这种不平衡分为纵向的不平衡和横向的不平衡。纵向的不平衡指的是社会发展到了高一级阶段,而其文学的成就可能并不如社会处于低级阶段的成就,这种不平衡又叫历时性的不平衡。横向的不平衡指的是在同一时空范围内的不平衡,又称共时性的不平衡。但必须指出的是,在文学流变的长河中,有一些作品速朽并消失在流变的历史长河中,而另一些作品却成为人们公认的永恒的阅读对象而被称为"经典"。所以,"流变中的经典",就理所当然地成了流变论中一个必不可少的有机组成部分。

文学的流变是从过去流向现在的历程,同时也是从现在流向未来的历程。虽然我们不能尽知未来样态的具体情形,但也可以做出有限的预测。可以肯定的是,文学的未来就是现在若干潜在因素的未来实现,或现在的局部现象在未来的普遍化。它们既包含文学观念层面上的内涵在未来的可能性,也包含文学外延方面的若干可能性。

第一节　文学的起源

历史上提出的艺术起源理论主要有以下几种。

一、模仿说

这是最早的关于艺术起源的学说。它的主要代表人物是古希腊的德谟克利特和亚里士多德。这种学说认为,模仿是人的本能,艺术起源于对自然和社会人生的模仿。柏拉图也是同意模仿说的,不过他以艺术是模仿不真实的世界从而否定了艺术,以为艺术是影子的影子,与真理隔了两层。

二、游戏说

游戏说最早是由德国哲学家康德提出来的,但明确提出和系统阐述这一理论的却是德国诗人席勒和英国学者斯宾塞,因此,艺术理论界也把游戏说称为"席勒-斯宾塞理论"。

游戏说认为,艺术活动是一种无功利目的的自由游戏活动,是人与生俱来的本能,艺术就起源于人的这种游戏的本能或冲动。不过,英国学者斯宾塞的理论主要是进一步发挥和补充席勒的观点,他的贡献是从生理学角度来解释过剩精力的由来。他认为,高等动物的营养物比低等动物的营养物丰富,所以,人类在维持和延续生命之外,还有过剩精力。这种过剩精力的发泄便导致了游戏和艺术这种非功利性的生命活动的产生。

三、巫术说

巫术说是 19 世纪末以来在西方兴起的最有影响的艺术起源理论,它的首创者是英国著名人类学家爱德华·泰勒和弗雷泽,因此,这种理论又被称为"泰勒-弗雷泽理论"。

所谓巫术,是人们利用虚构的自然力量来实现某种愿望的法术,其本意并不是为艺术的活动,而是原始先民带有宗教性质的活动。巫术说从原始人类的巫术活动中寻找艺术的起点,认为最早的艺术是原始人巫术活动的产物。原始人的所有创作活动都是为了实现巫术,艺术就是原始巫术的直接表现。

四、心理表现说

心理表现说是西方现代有影响的艺术起源理论。心理表现说主要从心理学的角度来考察艺术的起源。但在对心理因素的认知上,一些艺术理论家、心理学家认为是情感,另一些艺术理论家、心理学家则认为是本能。所以,心理表现说又可以分为情感表现说和本能表现说。

情感表现说侧重从人的心理意识层面来解释艺术的起源,认为艺术起源于人的情感表现的需要,情感通过声音、语言、形式等载体表现出来时,就产生了音乐、文学、舞蹈等艺术。最早提出情感表现说的是法国理论家维隆,在 1873 年出版的《美学》一书中,他把艺术定义为情感的表现。此后,俄国的列夫·托尔斯泰提出艺术起源于个人为了把自己体验的感情传达给别人。20 世纪初,意大利美学家克罗齐提出了"直觉即表现"的艺术观。科林伍德也认为,艺术不是再现和模仿,也不是纯粹游戏,艺术的目的仅仅是表现情感。

本能表现说根据人类心理的深层潜意识层面来解释艺术的起源,认为艺术是人的梦、幻觉、生命本能的表现,主要代表人物是奥地利精神病理学家、心理学家弗洛伊德。弗洛伊德用他的精神分析学说来解释艺术的本质和起源,把艺术理解和定义为人的潜意识与性本能的象征和表现。

在中国,把艺术的起源定义为心理表现是很早的事情。"言志说"和"缘情说"是其中最主要的看法和理论,如《尚书·尧典》中说:"诗言志,歌永言,声依永,律和声。"汉代《毛诗序》中也说:"情动于中而形于言,言之不足故嗟叹之,嗟叹之不足故永歌之,永歌之不足,不知手之舞之,足之蹈之也。"晋代陆机《文赋》中也提出过"诗缘情而绮靡"的观点。

五、劳动说

劳动说是艺术起源理论中影响很大的一种学说。有关劳动与艺术产生之间的联系,中外艺术史上都有论说,例如,19 世纪末的德国学者毕歇尔、俄国的普列汉诺夫以及我国文学家鲁迅等。从根本上说,没有劳动就没有人类,没有人类当然就不可能有艺术的诞生。在这个意义上,劳动当然是艺术起源的终极原因,但在理论上不应是唯一的原因。劳动既然是人类诞生的原因,那么,也可以说劳动是艺术与非艺术的一切"人文"的原因。所以,在劳动基础上的艺术起源的其他直接原因,也具有各自的合理性。正如朱狄指出的:"所有这些多元论的倾向,并不就是对在艺术起源问题上众说纷纭的一种无可奈何的调和折衷,而在于在艺术最初的阶段上,可能就是由多种多样的因素所促成的,因此推动它得以产生的原因不能不带有多元论的倾向。同时,各门艺术都有着自己的特殊性,因此的确很难整齐划一地被导源于一种单一的因素。"①"发现最早的艺术是一件困难的事情,解释它则更加困难。事实上尽管对艺术起源的推动力已经过了一个世纪的讨论,但仍然很难用一种理论能完全使人信服地去阐明各种艺术发生的原因。"②

【原典选读】

我们的祖先的原始人,原是连话也不会说的,为了共同劳作,必需发表意见,才渐渐的练出复杂的声音来,假如那时大家抬木头,都觉得吃力了,却想不到发表,其中有一个叫道"杭育杭育",那么,这就是创作;大家也要佩服,应用的,这就等于出版;倘若用什么记号留存了下来,这就是文学。

——鲁迅《门外文谈》,选自《鲁迅全集》第六卷,
北京:人民文学出版社,1981 年,第 94 页

诗歌起于劳动和宗教。其一,因劳动时,一面工作,一面歌唱,可以忘却劳苦,所以从单纯的呼叫发展开去。直到发挥自己的心意和感情,并偕有自然的韵调;其二,是因为原始民族对于神明,渐因畏惧而生敬仰,于是歌颂其威灵,赞叹其功烈,也就成了诗歌的起源。至于小

---

① 朱狄:《艺术的起源》,北京:中国社会科学出版社,1982 年,第 171 页。
② 朱狄:《艺术的起源》,北京:中国社会科学出版社,1982 年,第 172 页。

说,我以为倒是起于休息的。人在劳动时,既用歌吟以自娱,借它忘却劳苦了,则到休息时,亦必要寻一种事情以消遣闲暇。这种事情,就是彼此谈论故事,而这谈论故事,正就是小说的起源。

——鲁迅《中国小说的历史的变迁》,选自《鲁迅全集》第九卷,

北京:人民文学出版社,1981年,第302-303页

在许多重要的事情上,我们是摹仿禽兽,作禽兽的小学生的。从蜘蛛我们学会了织布和缝补;从燕子学了造房子;从天鹅和黄莺等歌唱的鸟学会了唱歌。

——德谟克利特《著作残篇》,选自伍蠡甫等编《西方文论选》上卷,

上海:上海译文出版社,1979年,第4-5页

诗的起源仿佛有两种原因,都是出于人的天性。人从孩提的时候起就有摹仿的本能(人和禽兽的分别之一,就在于人最善于摹仿,他们最初的知识就是从摹仿得来的),人对于摹仿的作品总是感到快感。经验证明了这样一点:事物本身看上去尽管引起痛感,但维妙维肖的图像看上去却能引起我们的快感,例如尸首或最可鄙的动物形象。

——亚里斯多德《诗学》,罗念生译,北京:人民文学出版社,1962年,第11页

艺术也和手工艺区别着。前者唤做自由的,后者也能唤做雇佣的艺术。前者人看做好像只是游戏,这就是一种工作,它是对自身愉快的,能够合目的地成功。后者作为劳动,即作为对于自己是困苦而不愉快的,只是由于它的结果(例如工资)吸引着,因而能够是被逼迫负担的。至于在行会的级表上是否钟表匠被认为是艺术家,而与此相反,铁匠作为手工艺匠工,这需要和我们现在所探取的观点不同的另一评判观点,即是作为这一事业或那一事业基础的才能的比例。在所谓七种自由艺术里是否有几种可以列入学术,有几种可以和手工艺相比拟,关于这一点我现在不愿谈论。至于在一切自由艺术里仍然需要着某些强制性的东西,如人们所说的机械性东西,若没有这个那在艺术里必须自由的,唯一使作品有生气的精神就会完全没躯体而全部化为虚空,这是应该提醒人们的,(例如在诗艺里语法的正确和词汇的丰富,以及诗学的形式韵律)现在有一些教育家认为促进自由艺术最好的途径就是把它从一切的强制中解放出来,并且把它从劳动转化为单纯的游戏。

——康德《判断力批判》上卷,宗白华译,

北京:商务印书馆,1964年,第149-150页

感性冲动的对象,用一个普通的概念来说明,就是最广义的生活,这个概念指一切物质存在以及一切直接呈现于感官的东西。形式冲动的对象,用一个普通的概念来说明,就是本义的和转义的形象,这个概念包括事物的一切形式特性以及事物对思维力的一切关系。游戏

197

冲动的对象,用一种普通的说法来表示,可以叫作活的形象,这个概念用以表示现象的一切审美特性,一言以蔽之,用以表示最广义的美。

——席勒《审美教育书简》,冯至译,北京:北京大学出版社,1985 年,第 76-77 页

我们可以举出那些由于它们的统一而产生美的成份,但因此还是完全没有说明美的渊源。因为要说明美的渊源,就需要了解这种统一本身,而这种统一,正如有限与无限之间的一切相互作用一样,我们是永远无法探究的。理性根据先验的理由提出要求:应在形式冲动与感性冲动之间有一个集合体,这就是游戏冲动,因为只有实在与形式的统一,偶然与必然的统一,受动与自由的统一,才会使人性的概念完满实现。

——席勒《审美教育书简》,冯至译,北京:北京大学出版社,1985 年,第 77 页

我们已经知道,在人的一切状态中,正是游戏而且只有游戏才使人成为完全的人,使人的双重天性一下子发挥出来,既然如此,那么究竟什么是纯粹的游戏? 您根据您对这个问题的意象认为是限制,我根据我已经用证据加以证明的我自己对这个问题的意象称为扩展。因此我要反过来说,人对舒适,善,完美只有严肃,但他同美是在游戏。当然,我们不能一谈到游戏,就想到现实生活中进行的、通常只是以非常物质性的对象为目标的那些游戏,但要在现实生活中寻找这里所谈到的美也是枉费心机。实际存在的美同实际存在的游戏冲动是相称的;但是由于理性提出了美的理想,同时也就提出了人在他的一切游戏中应该追求的理想。

如果一个人在为满足他的游戏冲动而走的路上去寻求他的美的理想,那是绝不会错的。

——席勒《审美教育书简》,冯至译,北京:北京大学出版社,1985 年,第 79 页

以假象为快乐的游戏冲动一发生,摹仿的创作冲动就紧跟而来,这种冲动把假象当作某种独立自主的东西。

——席勒《审美教育书简》,冯至译,北京:北京大学出版社,1985 年,第 139 页

我们称之为游戏的那些活动是由于这样的一种特征而和审美活动联系起来的,那就是它们都不以任何直接的方法来推动有利于生命的过程。

——斯宾塞《心理学原理》第二卷,选自朱狄《艺术的起源》,

北京:中国社会科学出版社,1982 年,第 121 页

巫术是建立在联想之上而以人类的智慧为基础的一种能力,但是在相当大的程度上,同样也是以人类的愚钝为基础的一种能力。这是我们理解魔法的关键。人早在低级智力状态中就学会了在思想中把那些也发现了彼此间的实际联系的事物结合起来。但是,以后他就曲解了这种联系,得出了错误的结论:联想当然是以实际上的同样联系为前提的。以此为指导,

他就力求用这种方法来发现、预言和引出事变,而这种方法,正如我们现在所看到的这种,具有纯粹幻想的性质。根据蒙昧人、野蛮人和文明人生活中广泛众多的事实,可以鲜明地按迹探求魔法术的发展:其起因是把想象的联系跟现实的联系错误地混同了起来;从它们兴起的那种低级文化到保留了它们的那种高级文化。

——爱德华·泰勒《原始文化》,连树声译,

上海:上海文艺出版社,1992 年,第 121 页

建立在简单的类比或象征性的联系之上的魔法术,在上千年的过程中是多得无计其数的。它们的一般原理可以很容易地从不多的典型事例中抽出,然后就大胆地应用到大量一般的事物上。

——爱德华·泰勒《原始文化》,连树声译,

上海:上海文艺出版社,1992 年,第 122 页

如果我们分析巫术赖以建立的思想原则,便会发现它们可归结为两个方面:第一是"同类相生"或果必同因,第二是"物体一经互相接触,在中断实体接触后还会继续远距离的互相作用"。前者可称之为"相似律",后者可称作"接触律"或"触染律"。巫师根据第一原则即"相似律"引伸出,他能够仅仅通过模仿就实现任何他想做的事;从第二个原则出发,他断定,他能通过一个物体来对一个人施加影响,只要该物体曾被那个人接触过,不论该物体是否为该人身体之一部份。基于相似律的法术叫做"顺势巫术"或"模拟巫术"。基于接触律或触染律的法术叫做"接触巫术"。用"顺势"这样的字眼来表示两类巫术中的第一类可能更好一些,因为,如果采用"模仿"或"模拟"这种术语,即使不是暗示也会使人想到有一个自觉的行为者在进行模仿,那就把巫术的范围限制得太狭窄了。巫师盲目地相信他施法时所应用的那些原则也同样可以支配无生命的自然界的运转。换句话说,他心中断定,这种"相似"和"接触"的规律不局限于人类的活动而是可以普遍应用的。总之,巫术是一种被歪曲了的自然规律的体系,也是一套谬误的指导行动的准则;它是一种伪科学,也是一种没有成效的技艺。巫术,作为一种自然法则体系,即关于决定世上各种事件发生顺序的规律的一种陈述,可称之为"理论巫术";而巫术作为人们为达到其目的所必须遵守的戒律,则可称之为"应用巫术"。同时,应当看到:最初的巫师们是仅仅从巫术应用的角度来看待巫术的,他从不分析他的巫术所依据的心理过程,也从不思考他的活动所包含的抽象原理,他也和其他绝大多数人一样根本不会逻辑推理。他进行推理却并不了解其智力活动过程,就象他消化食物却对其生理过程完全无知一样,而这两个过程对这两种活动都是最必要的。简言之,对他来说巫术始终只是一种技艺,而从不是一种科学。在他那尚未开化的头脑里还谈不上有任何关于科学的概念。哲学研究者应该探索构成巫师活动的思想状况,从一团乱麻中抽出几条线索来,从具体应用中

分析出抽象原理来。总之,要从这种假技艺后面辨别出它的伪科学的性质来。

——弗雷泽《金枝》,徐育新等译,北京:中国民间文艺出版社,

1987年,第19-20页

如果我对巫师逻辑的分析是正确的话,那么它的两大"原理"便纯粹是"联想"的两种不同的错误应用而已。"顺势巫术"是根据对"相似"的联想而建立的;而"接触巫术"则是根据对"接触"的联想而建立的。"顺势巫术"所犯的错误是把彼此相似的东西看成是同一个东西;"接触巫术"所犯的错误是把互相接触过的东西看成为总是保持接触的。但是在实践中这两种巫术经常是合在一起进行。或者,更确切地说,顺势或模拟巫术可以自己进行下去,而接触巫术,我们常发现它需要同时运用顺势或模拟原则才能进行。

——弗雷泽《金枝》,徐育新等译,北京:中国民间文艺出版社,1987年,第20页

在早期村落定居生活的阶段,巫术和宗教得到了发展并系统化了,我们现在称之为艺术的形式被作为一种巫术的工具用之于视觉或听觉的动物形象,人的形象以及自然现象(下雨或天晴)的再现,经常是用图画,偶象,假面和模仿性舞蹈来加以表现,这些都称之为交感巫术。祈求下雨就泼水,祈求打雷就击鼓,而符咒则经常被用之于雕刻和装饰,被认为能带来好运气和驱逐魔鬼。巫师有一整套的工具,包括假面、化装、棍棒和符咒、巫术油膏(magic ointment)、响板等。而礼仪的活动,说、唱、舞蹈都被用来保证巫术的成功。这些技巧常有所改进,但巫术总是能鼓励艺术的发展。一些最有力的对象是石头、陨石、尊为神物的树、骨头、皮、头发和纪念物,作为一种对艺术的刺激,它的影响比宗教有时还显得强烈。

——托马斯·芒罗《艺术的发展及其它文化史理论》,选自朱狄《艺术的起源》,

北京:中国社会科学出版社,1982年,第136页

一般说来,诗可以理解作"想像的表现";自有人类便有诗。……野蛮人(野蛮人之于历史年代,犹如儿童之于人生岁月)表达周围事物所感发他的感情,也是如此;语言,姿势,乃至塑像的或绘画的摹拟,不外是事物以及野蛮人对事物的理解两者结合而成的表象罢了。……在上古时代,人们跳舞,唱歌,摹仿自然的事物,在这类动作中,正如在其它动作中那样,遵守着某种节奏或规则。……近代作家把接近这规则的感觉能力称为趣味或鉴赏力。

——雪莱《为诗辩护》,缪灵珠译,选自《古典文艺理论译丛》1961年第1册

艺术活动是以下面这一事实为基础的:一个用听觉或视觉接受他人所表达的感情的人,能够体验到那个表达自己的感情的人所体验过的同样的感情。

举一个最简单的例子:一个人笑了,听到笑声的另一个人也高兴起来;一个人哭了,听到这哭声的人也难过起来;一个人生气了,而另一个看见他生气的人也激动起来。一个人用自

200

己的动作、声音表达蓬勃的朝气、果敢的精神,或相反地,表达忧伤或平静的心境,——这种心情就传达给别人。一个人受苦,用呻吟和痉挛来表达自己的痛苦,——这种痛苦就传达给别人;一个人表达出自己对某些事物、某些人或某些现象的喜爱、崇拜、恐怖或尊敬,——其他的人受了感染,对同样的事物、同样的人或同样的现象也感到同样的喜爱、崇拜、恐怖或尊敬。

艺术活动建立在人们能够受别人感情的感染这一基础上。

——列夫·托尔斯泰《艺术论》,丰陈宝译,

北京:人民文学出版社,1958 年,第 46 页

艺术起源于一个人为了要把自己体验过的感情传达给别人,于是在自己心里重新唤起这种感情,并用某种外在的标志表达出来。

——列夫·托尔斯泰《艺术论》,丰陈宝译,

北京:人民文学出版社,1958 年,第 46 页

各种各样的感情——非常强烈的或者非常微弱的，有意义的或者微不足道的,非常坏的或者非常好的,只要它们感染读者、观众、听众,就都是艺术。戏剧中所表达的自我牺牲以及顺从于命运或上帝等等感情,或者小说中所描写的恋爱的感情,或者图画中所描绘的淫荡的感情,或者庄严的进行曲中所表达的爽朗的感情,或者舞蹈所引起的愉快的感情,或者可笑的逸事引起的幽默的感情,或者描写晚景的风景画或催眠曲所传达的宁静的感情——这一切都是艺术。

作者所体验过的感情感染了观众或听众,这就是艺术。

——列夫·托尔斯泰《艺术论》,丰陈宝译,

北京:人民文学出版社,1958 年,第 47 页

在自己心里唤起曾经一度体验过的感情,在唤起这种感情之后,用动作、线条、色彩、声音,以及言词所表达的形象来传达出这种感情,使别人也能体验到这同样的感情,——这就是艺术活动。艺术是这样的一项人类的活动:一个人用某种外在的标志有意识地把自己体验过的感情传达给别人,而别人为这些感情所感染,也体验到这些感情。

——列夫·托尔斯泰《艺术论》,丰陈宝译,

北京:人民文学出版社,1958 年,第 47-48 页

(直觉与表现)要分辨真直觉、真表象和比它较低级的东西,即分辨心灵的事实与机械的、被动的、自然的事实,倒有一个稳妥的办法。每一个真直觉或表象同时也是表现。没有在表现中对象化了的东西就不是直觉或表象,就还只是感受和自然的事实。心灵只有借造作、赋形、表现才能直觉。若把直觉与表现分开,就永没有办法把它们再联合起来。

直觉的活动能表现所直觉的形象,才能掌握那些形象。如果这话像是离奇的,那就多少由于"表现"一词的意义通常定得太狭了。它通常只限用于所谓"文字的表现"。但是表现也有非文字的,例如线条、颜色、声音的表现。我们的学说必须扩充到能适用于这些上面,它须包含人在辞令家、音乐家、画家或任何其它的地位所有的每一种表现。但是无论表现是图画的、音乐的,或是任何其它形式的,它对于直觉都绝不可少;直觉必须以某一种形式的表现出现,表现其实就是直觉的一个不可缺少的部分。我们如何真正能对一个几何图形有直觉,除非我们对它有一个形象,明确到能使我们马上把它画在纸上或黑板上?我们如何真正能对一个区域——比如说西西里岛——的轮廓有直觉,如果我们不能把它所有的曲曲折折都画出来?每个人都经验过,在把自己的印象和感觉抓住而且表达出来时,心中都有一种光辉焕发;但是如果没有抓住和表达它们,就不能有这种内心的光辉焕发。所以感觉或印象,借文字的助力,从心灵的浑暗地带提升到凝神观照界的明朗。在这个认识的过程中,直觉与表现是无法可分的。此出现则彼同时出现,因为它们并非二物而是一体。

——克罗齐《美学原理·美学纲要》,朱光潜等译,北京:人民文学出版社,1983年,第13页

没有什么比说艺术家表现情感再平凡不过了,这个观念是每个艺术家都熟悉的,也是略知艺术的任何其他人都熟悉的。叙述这一点并不是在叙述一种哲学理论或者下艺术定义,而是在叙述事实或设想的事实,当我们充分加以辨别时,我们往后还必须从哲理上对这些事实加以理论说明。就目前而言,说起艺术家表现情感时所提出的事实,究竟是确有其事或者只是一个设想的事实,这是无关紧要的。不论是哪一种情况,我们都必须加以辨别,也就是说,判定一下人们使用"表现情感"这个词组时究竟是在说什么。往后,我们还必须搞明白它是否符合某种首尾一致的理论。

这里所指的情况(真实的或设想的)是某种明确的情况。当说起某人要表现情感时,所说的话无非是这个意思:首先,他意识到有某种情感,但是却没有意识到这种情感是什么,他所意识到的一切是一种烦躁不安或兴奋激动,他感到它在内心进行着,但是对于它的性质一无所知。处于此种状态的时候,关于他的情感他只能说:"我感到……我不知道我感到的是什么。"他通过做某种事情把自己从这种无依靠的受压抑的处境中解救出来,这种事情我们称之为表现他自己。这是一种和我们叫做语言的东西有某种关系的活动:他通过说话表现他自己。这种事情和意识也有某种关系,对于表现出来的情感,感受它的人对于它的性质不再是无意识的了。这种事情和他感受这种情感的方式也有某种关系,未加表现时,他感受的方式我们曾称之为是无依靠的和受压抑的方式,既加表现之后,这种抑郁的感觉从他感受的方式中消失了,他的精神不知什么原因就感到轻松自如了。

——科林伍德《艺术原理》,王至元、陈华中译,

北京:中国社会科学出版社,1985年,第112-113页

生活正如我们所发现的那样,对我们来说是太艰难了;它带给我们那么多痛苦、失望和难以完成的工作。为了忍受生活,我们不能没有缓冲的措施,正如西奥多·方坦所说:"我们不能没有补救的设施。"这类措施也许有三个:强而有力的转移,它使我们无视我们的痛苦;代替的满足,它减轻我们的痛苦;陶醉的方法,它使我们对我们的痛苦迟钝、麻木。这类措施是必不可少的。伏尔泰在《查第格》的结尾告诫人们要耕种他们自己花园的土地,其目的就是为了转移,科学活动也是这类转移。代替的满足正如艺术所提供的那样,是与现实对照的幻想,但是由于幻想在精神生活中担负的这种作用,它们仍然是精神上的满足。陶醉的方法作用于我们的身体并改变它的化学过程……

除上述措施之外,防范痛苦还有一种方式是我们心理结构所容许的里比多的转移,通过这一转移,这种方式的功能获得了那么多的机动性。这里的任务是改变本能的目标,使其不至于被外部世界所挫败。本能的升华借助于这一改变。如果一个人有能力增加从精神和智力工作这个源泉中获得的快乐,那么他的收益是极大的。命运摆布他的力量也就小多了。正如艺术家在创作中,在实现他的幻想中得到的快乐一样,或者象科学家在解决问题或发现真理时一样,这类满足有一个特殊的性质,将来有一天,我们肯定可以用心理玄学的术语去加以描述。现在,对我们来说,只能把这样的满足形容为"高尚的和美好的",但是这种满足的强度,与来自野蛮的原始的本能冲动的满足的强度相比较是温和的;它并不震动我们的肉体。但是,这种方式的弱点是不能普遍适用于人的,它只能为少数人所用。它以人的特殊的气质和天赋为其先决条件,而这种气质的天赋在实践中是远不够普遍的。甚至对占有它们的少数人来说,这个方式也不能用来彻底防止痛苦。这个方式无法制造穿不透的盔甲来抵御命运之神的箭矢,当痛苦来自这个人自己的身体时,它常常就失去了作用。

这个过程已经清楚地表明了一个意图,即通过在内部的、精神的过程中寻求满足,来使自己独立于外部世界,在第二个过程中,这些特征甚至更显著。在这个过程中,与现实的联系更加松散,满足是从幻想中获得的了,它表明幻想与现实之间的差异并不干扰幻想带来的快乐。产生幻想的那个领域是对生活的想象,当现实感发展了的时候,这个领域显然避开了现实检验所提出的要求,并为了实现那难以实现的愿望而保留下来。幻想带来的快乐首先是对艺术作品的享受——靠着艺术家的能力,这种享受甚至被那些自己并没有创造力的人得到了。那些受了艺术感染的人并不能把它作为生活中快乐和安慰的源泉,从而给它过高的评价;艺术在我们身上引起的温和的麻醉,可以暂时抵消加在生活需求上的压抑,但是它的力量决不能强到可以使我们忘记现实的痛苦……

从这里,我们可以接下去考虑一个有趣的情况,在这个情况中,生活中的幸福主要来自对美的享受,我们的感觉和判断究竟在哪里发现了美呢——人类形体的和运动的美,自然对象的美,风景的美,艺术的美,甚至科学创造物的美。为了生活的目的,审美态度稍许防卫了痛苦的威胁,它提供了大量的补偿。美的享受具有一种感情的、特殊的、温和的陶醉性质。美没有明显的用处,也不需要刻意的修养。但文明不能没有它。美学科学考察了事物的美的条件,但是它不能对美的本质和起源作任何说明,象往常一样,失败在于层出不穷的、响亮的、却是空洞的语词。不幸,精神分析学对美几乎也说不出什么话来。看来,所有这些确实是性感领域的衍生物。对美的爱,好象是被抑制的冲动的最完美的例证。"美"和"魅力"是性对象的最原始的特征。

——西格蒙德·弗洛伊德《论升华》,张唤民、陈伟奇译,
选自《弗洛伊德论美文选》,北京:知识出版社,1987 年,第 170-172 页

精神分析学令人满意地解释了有关艺术和艺术家的某些问题;但是这个领域中的另一些问题却完全没有得到解释。在艺术活动中,精神分析学一再把行为看作是想要缓解不满足的愿望——这首先体现在创造性艺术家本人身上,继而体现在听众和观众身上。艺术家的动力,与促使某些人成为精神病患者和促使社会建立它的制度的动力是同一种冲突。因此,艺术家获得他的创造能力不是一个心理学的问题。艺术家的第一个目标是使自己自由,并且靠着把他的作品传达给其他一些有着同样被抑制的愿望的人们,他使这些人得到同样的发泄。他那最个性化的、充满愿望的幻想在他的表达中得到实现,但它们经过了转化——这个转化缓和了幻想中显得唐突的东西,掩盖了幻想的个性化的起因,并遵循美的规律,用快乐这种补偿方式来取悦于人——这时它们才变成了艺术作品。精神分析学根据艺术享受这一明显作用,毫不困难地指出了隐藏着的本能释放这个源泉,它虽潜伏着却越显得有力。一方面是艺术家在童年时期与其后的生活历史所得的印象,另一方面是他的作品——这些印象的创作,这两者之间的关系对精神分析的审查来说是一个最有吸引力的问题。

至于其他,艺术创作和欣赏的大部分问题有待于进一步研究,精神分析学的知识将有助于解决这些问题,并且在补偿人类愿望的复杂结构中标出它们的位置。艺术是一个习惯上被接受的现实,在这个现实中——感谢艺术家的想象——象征和替代能够唤起真正的情感。这样,艺术就构成了阻挠愿望的实现和实现愿望的想象世界之间的中间地带——我们认为在这个中间地带,原始人为无限权力所进行的斗争仿佛依然充满着力量。

——西格蒙德·弗洛伊德《精神分析学在美学上的应用》,张唤民、陈伟奇译,裘小龙校,
选自《弗洛伊德论美文选》,上海:知识出版社,1987 年,第 139-140 页

我们所探讨的原始的模仿关系,因而不仅仅包括,被表现的东西在那儿存在着,而且也包括,这东西更真实地出现在那里。模仿和表现不单是描摹性的复现,而是对本质的认识,由于这些模仿和表现不单纯是复现,而是"展现"。因而,观者在模仿和表现中也就是同时被顾及的,这模仿和表现在自身中就包含着对每一种表现所企求事物的本质关联。

的确,人们还能更多地指出,本质的表现很少是单纯的模仿,以致这表现必然是展现着的。在模仿的人就必须去删除一些东西并突出一些东西,由于他在展现着,不管他愿意还是

不愿意,他就必定会去夸张。就这一点来看,在"如此这般"的在者和那种要与在者接近的东西之间就存在着一种不可扬弃的存在间距,众所周知,柏拉图就坚持了这种本体论上的间距,坚持了摹本在原型面前的或多或少的落后性,而且,柏拉图由此出发,把艺术游戏中的模仿和表现作为模仿之模仿而指向了第三等级。对作品的再认识,于艺术表现中仍然是实质性地被建成的,亚里士多德就称诗比历史更具有哲学味,那种在作品上的再认识,正是由于柏拉图把所有的本质认识理解成再认识,因而,就具有了真正的本质认识的特质。

　　因而,模仿作为表现就具有了一种杰出的认识功能,由此之故,模仿的概念在艺术理论中就一直是奏效的,就象艺术的认识意义是公认的一样。然而,在确定了对真实事物的认识就是对本质的认识之时,这一点才是有效的,因为,艺术是以一种令人信服的方式服务于这样的认识的,而对现代科学的唯名论以及康德由其得出美学上的不可知论观点的真实性概念来说,情况则相反,模仿概念失去了其审美上的制约性。

——H-G.伽达默尔《艺术经验中的真理问题》,选自《真理与方法》,

王才勇译,沈阳:辽宁人民出版社,1987 年,第 167-168 页

　　首先是劳动,然后是语言和劳动一起,成了两个最主要的推动力,在它们的影响下,猿脑就逐渐地过渡到人脑;后者和前者虽然十分相似,但是要大得多和完善得多。随着脑的进一步的发育,脑的最密切的工具,即感觉器官,也进一步发育起来。

——恩格斯《劳动在从猿到人的转变中的作用》,

选自《马克思恩格斯选集》第三卷,北京:人民出版社,2012 年,第 992 页

　　手不仅是劳动的器官,它还是劳动的产物。只是由于劳动,由于总是要去适应新的动作,由于这样所引起的肌肉、韧带以及经过更长的时间引起的骨骼的特殊发育遗传下来,而且由于这些遗传下来的灵巧性不断以新的方式应用于新的越来越复杂的动作,人的手才达到这样高度的完善,以致像施魔法一样产生了拉斐尔的绘画、托瓦森的雕刻和帕格尼尼的音乐。

——恩格斯《劳动在从猿到人的转变中的作用》,

选自《马克思恩格斯选集》第三卷,北京:人民出版社,2012 年,第 990 页

　　在其发展的最初阶段上,劳动、音乐和诗歌是极其紧密地互相联系着的,然而这三位一体的基本的组成部分是劳动,其余的组成部分只具有从属的意义。

——毕歇尔《劳动与节奏》,曹葆华译,选自普列汉诺夫

《论艺术(没有地址的信)》,北京:生活·读书·新知三联书店,1973 年,第 36 页

　　从我上面引证的一些事实可以看到,人的觉察节奏和欣赏节奏的能力,使原始社会的生

产者在自己劳动的过程中乐意服从一定的拍子,并且在生产性的身体运动上伴以均匀的唱的声音和挂在身上的各种东西发出的有节奏的响声。但是,原始社会的生产者所服从的拍子又是由什么决定的呢? 为什么在他的生产性的身体运动中恰好遵照着这种而非另一种的节奏呢? 这决定于一定生产过程的技术操作性质,决定于一定生产的技术。在原始部落那里,每种劳动有自己的歌,歌的拍子总是十分精确地适应于这种劳动所特有的生产动作的节奏。随着生产力的发展,生产过程中有节奏的活动的意义减弱了,但是甚至在文明民族那里,例如,在德国乡村里,一年的各个季节,按照毕歇尔的说法,都有它自己特别的工作声音,而每种工作都有它自己的音乐。

还必须注意到,工作如何进行——由一个生产者或是由整个一群人——决定了歌的产生是为一个歌手或是为整个合唱团,而且后一种又分成若干类。在所有这些场合下,歌的节奏总是严格地由生产过程的节奏所决定。不仅如此。生产过程的技术操作性质,对于伴随工作的歌的内容,也有着决定性的影响。

——普列汉诺夫《论艺术(没有地址的信)》,曹葆华译,
北京:生活·读书·新知三联书店,1973 年,第 35-36 页

各种原始艺术和所有观念形态之共同的根源是劳动,是人们的劳动实践。随着人类和人类社会的发展,随着观念形态的复杂化,艺术的这一最早的根源自然是越来越间接地以人类活动和关系的新生形式表现了出来。但无论自其本质、或自其内容看过去,各种手法表现的原始艺术总不外是表现人从劳动实践中得来的认识、情感、情绪和思想的一种形式。所以这种艺术决不是自为的东西,决不是什么为艺术而艺术的艺术,人在集体生活中自然有交际的要求,有表达自己的思想和情感的要求,艺术正是从这种要求中产生出来的。

艺术的最早内容及其题材也仍决定于人在集体中的劳动实践。以后随着社会和社会关系的发展,极其多样也极其复杂的、与个人经验及社会关系相联系的认识、情感、思想等等也表现到艺术中来了。

——柯斯文《原始文化史纲》,张锡彤译,
北京:生活·读书·新知三联书店,1955 年,第 182-183 页

音乐的起源问题应当和一般艺术的起源问题一道解决,这就是说,归根到底,音乐起源于人的劳动、人的劳动实践。但这并不意味着音乐完全是从工作中的节奏和工作中的声响发生的。布赫尔只在一点上说对了:音乐中有个别种类的节奏导源于劳动过程中的节奏。

——柯斯文《原始文化史纲》,张锡彤译,
北京:生活·读书·新知三联书店,1955 年,第 190 页

当我们转而讨论跳舞的起源问题的时候,也有不同的观点乃至"理论"伴随着我们。可是,在这里,我们仍应说明:作为一般艺术的起源的人的劳动实践,也就是跳舞的起源。最早

的跳舞即有不同的内容。可以断言,原始跳舞具有纯粹锻炼的性质:在晚间,已从当天工作的劳累休息过来之后,原始人感觉到一种自然的生理要求,要活动一下自己的肢体,以轻松的形式把自己的心情和感受传达给别人,表现一下自己的满足、适意和从原始式生存中得来的欢快。

——柯斯文《原始文化史纲》,张锡彤译,北京:生活·读书·新知三联书店,

1955 年,第 191-192 页

第二节　文学的流变

文学并不是一种静止的存在,它总会在不断的流变中显示着自身。文学从起源到现在,经历了极其漫长的社会历史阶段,发展到今天,其内容的丰富性、形式的多样性,是以往任何历史时代都无法比拟的。这说明文学同其他任何事物一样,都有自己产生和流变的历史。从总的情况看,文学的流变既是文学内容各要素的流变史,也是文学形式各要素的流变史。

文学本身的概念有一个发展演变的过程。从上古时代的诗、乐、舞合一的广义的文学,到后来的"文笔"之争,以至今天文学的文化转向,文学经历了一个不断扬弃、不断否定的过程。刘勰在《文心雕龙·通变》中说:"夫设文之体有常,变文之数无方。"这是指一定的文学样式总会有自己的属性特征,即"设文之体有常";但随着不同时代语境的变化更替,文学的具体面貌又会呈现出不同的风格,即"变文之数无方"。换言之,文学流变是一个继承与创新或"通"与"变"的过程。

从内涵上说,文学的流变体现为表现的内容在不同时代各不相同。《诗经》中大多如实记载了当时的一些社会生活和情感体验,如《大雅》中对周民族历史演变的叙述,《国风》中对上古先民生存质态的艺术反映等。后来,汉赋中的歌功颂德,唐诗中的自我表现,宋词中的娱宾遣兴,以及话本、小说中的爱情故事等,都说明了一时代有一时代之文学。文学作为一种特殊的审美意识形态,总是随着现实生活而不断流变的。

在古希腊,文学主要是指悲剧和史诗,到后来,诗歌、小说等文学样式才逐渐进入了文学的领域。在中国文学史上,文学最初指的是诗歌。实际上,《诗经》就是当时的文学范本,随着人类情感体验的不断丰富,诗歌的艺术表现性难以充分表达这种心境。于是,汉赋、六朝的志怪小说、唐诗、宋词、元曲等文学样式不断涌现出来,文学涵盖的范围逐渐

扩大。在当代,文学在新历史主义那里已经和历史具有相同的文本建构模式,历史的文本化与文学文本的历史化在当今已趋于融合。在文化研究者那里,文学也不再是单纯的平面书写文字构成的研究客体,往往被视为一种负载了具体社会文化意识形态的文化文本。

文学的流变当然不是无缘无故的。从总的方面说,内因和外因决定了文学自身的流变历程,从而也显示出流变的规律性。外因主要是社会历史方面的,是指社会历史中的各要素都不同程度地制约和影响着文学的流变。内因是文学自身的,它既可以是本民族文学自身的,也可以是外民族文学的。我们可以从以下三个方面来考察文学流变的原因。

一、社会历史的变迁与文学流变

(一)文学与时俱变,一时代有一时代之文学

我们确实很难说后世的文学一定超过了前世。正如钱穆所说:"骤然看来,似乎中国人讲学术,并无进步可言。但诸位当知,这只因对象不同之故。即如西方人讲宗教,永远是一不变的上帝,岂不较之中国人讲人文学,更为故步自封,顽固不前吗?当知中国传统学术所面对者,乃属一种瞬息万变把握不定的人事。如舜为孝子,周公亦孝子,闵子骞亦复是孝子,彼等均在不同环境不同对象中,各自实践孝道。但不能因舜行孝道在前,便谓周公可以凭于舜之孝道在前而孝得更进步些。闵子骞又因舜与周公之孝道在前而又可以孝得更进步些。当知从中国学术传统言,应亦无所谓进步。不能只望其推陈出新,后来居上。这是易明的事理。"①

(二)社会历史各要素与文学流变的关系

社会历史的要素很多,有经济的、政治的、法律的、道德的、哲学的等,它们都对文学的流变产生着间接或直接的影响。

(1)经济基础与文学的流变:人首先需要生存,然后才能进行文学创作。经济形态和水平不同,也相应地影响到文学的内容与形式的流变方向和状态。社会生活具体的历史性,其状态与经济基础密切相关。由于不同社会形态的经济基础不同,社会史上每个历史阶段都具有性质各不相同的社会生活内容,对此做出反映的文学,也必然具有不同的内容和状态。

---

① 钱穆:《中国历史研究法》,北京:生活·读书·新知三联书店,2001年,第79页。

（2）社会意识形态与文学的流变：经济基础对文学的影响并不是直接的，更多的时候是间接的。正如普列汉诺夫所说："应该记住，远不是一切'上层建筑'都是直接从经济基础中成长起来的：艺术同经济基础发生联系只是间接的。因此在探讨艺术的时候必须考虑到中间的环节。"①这些中间环节包括了政治、法律、道德、哲学等。社会意识形态的政治、法律、道德、哲学等，因为与文学处于同一个体系之内而互相作用，从而会影响到文学流变的方向和具体内容。例如，佛教传入中国后对中国文学从内容到形式的影响，就是典型的个案。

（三）社会发展与文学生产之间的不平衡关系

所谓"不平衡关系"，是说文学艺术的繁荣并非总是与社会的一般发展、物质生产的一般发展相一致，两者之间并不总是按比例增长的。这样的情形主要表现在两个方面：第一，从艺术形式来看，某种艺术形式的巨大成就只可能出现在社会发展的特定阶段上，随着生产的发展，这种艺术形式反而会停滞或衰落。第二，从整个艺术领域来看，文学的高度发展有时不是出现在经济繁荣时期，而是出现在经济比较落后的时期。马克思主义的经典作家对此做出过明确论述。

二、自我扬弃中的文学流变

文学的流变既有外在社会历史因素的影响，也有内在的自我扬弃。任何后代的文学都不是从天上掉下来的，都与前代的文学有着因果关系，也与后代的文学有着联系。正如马克思和恩格斯所说："人们自己创造自己的历史，但是他们并不是随心所欲地创造，并不是在他们自己选定的条件下创造，而是在直接碰到的、既定的、从过去承继下来的条件下创造。"②

文学内在的流变除了民族文学自身的扬弃外，也与外民族文学的影响有着密切关系，这在世界各民族联系和交往成为普遍现象的时代表现得尤其明显。在世界一体化的格局中，民族的文学形式可能会因为被其他民族接受而成为带有世界性的文学形式。就文学体裁而言，我国唐代以来新兴的说唱文学样式变文、弹词，是在印度佛教文学的影响下产生的，五四时期的新文学也受到了外国文学的影响，自由诗和话剧便是从外国移植来的。这方面的文学影响与流变，实际上属于比较文学中"影响研究"的领域。但是，无论民族文学的自我扬弃，还是受到外民族文学的影响，都会在文学历史的具体史实中表

---

① 普列汉诺夫：《关于经济因素》，冰夷译，《世界文学》1961 年第 11 期。
② 《马克思恩格斯选集》第一卷，北京：人民出版社，2012 年，第 669 页。

现出来。这就形成了文学自身各要素的流变史:或是体裁的流变史,或是风格的流变史,或是表现方法的流变史,或是语言形式的流变史,或是文学思潮、文学流派的流变史。当然,流变中也有"不变"。"不变"的是文学的"永恒主题",如"爱""战争""死亡"等。

三、流变中的经典

经典(canon)一词源于古希腊语 kanon,原意为用作测量工具的"苇杆"或"木棍",后来引申出"规范""规则"或"法则"的意义。这些引申义后来作为本义流传下来,并进入了理论之中。在文学批评中,这个词第一次显示其重要性和权威性是在公元 4 世纪,当时"经典"用以表示某一文本和作者,特别指《圣经》和早期基督教神学家的著作。

大体而论,既往的优秀文学遗产中那些具有长久生命力的作品,是在历史长河中经受大浪淘沙的洗礼而形成的文学流变中的经典,它们在中外文学的事实中呈现着,也被历代的人们所公认。古希腊艺术在西方文学史上成为不可重复的经典,具有永久的魅力,后来的西方文学有许多都直接或间接地取材于希腊神话。西方的《圣经》也被公认为具有经典的地位和意义。在中国文学史上,最早的诗歌总集《诗经》以其独特的魅力经久不衰,为后代的人们所喜爱。至于《红楼梦》那样的经典小说,对它的研究一直没有间断,并形成了一门独特的"红学"。"经典"是一个永恒的话题。当然,现在也有一股解构和重估经典的思潮,这是值得我们关注的一种趋势。

【原典选读】

时运交移,质文代变,古今情理,如可言乎!昔在陶唐,德盛化钧,野老吐何力之谈,郊童含不识之歌。有虞继作,政阜民眼,薰风诗于元后,烂云歌于列臣。尽其美者何?乃心乐而声泰也。至大禹敷土,九序咏功;成汤圣敬,猗欤作颂。逮姬文之德盛,周南勤而不怨;大王之化淳,邠风乐而不淫;幽厉昏而板荡怒,平王微而黍离哀。故知歌谣文理,与世推移,风动于上,而波震于下者也。春秋以后,角战英雄,六经泥蟠,百家飙骇。方是时也,韩魏力政,燕赵任权,五蠹六虱,严于秦令,唯齐楚两国,颇有文学。齐开庄衢之第,楚广兰台之宫,孟轲宾馆,荀卿宰邑,故稷下扇其清风,兰陵郁其茂俗,邹子以谈天飞誉,驺奭以雕龙驰响,屈平联藻于日月,宋玉交彩于风云。观其艳说,则笼罩雅颂,故知炜烨之奇意,出乎纵横之诡俗也。

爰至有汉,运接燔书,高祖尚武,戏儒简学,虽礼律草创,诗书未遑,然大风鸿鹄之歌,亦天纵之英作也。施及孝惠,迄于文景,经术颇兴,而辞人勿用。贾谊抑而邹枚沉,亦可知已。逮孝武崇儒,润色鸿业,礼乐争辉,辞藻竞骛:柏梁展朝宴之诗,金堤制恤民之咏,征枚乘以蒲轮,申主父以鼎食,擢公孙之对策,叹倪宽之拟奏,买臣负薪而衣锦,相如涤器而被绣,于是史迁寿王之徒,严终枚皋之属,应对固无方,篇章亦不匮,遗风余采,莫与比盛。越昭及宣,实继武绩,驰骋石渠,暇豫文会,集雕篆之轶材,发绮縠之高喻,于是王褒之伦,底禄待诏。自元暨成,降意图籍,美玉屑之谭,清金马之路,子云锐思于千首,子政雠校于六艺,亦已美矣。爰自汉室,迄至成哀,虽世渐百龄,辞人九变,而大抵所归,祖述楚辞,灵均余影,于是乎在。

自哀平陵替,光武中兴,深怀图谶,颇略文华,然杜笃献诔以免刑,班彪参奏以补令,虽非旁求,亦不遗弃。及明章迭耀,崇爱儒术,肄礼璧堂,讲文虎观,孟坚珥笔于国史,贾逵给札于瑞颂,东平擅其懿文,沛王振其通论,帝则藩仪,辉光相照矣。自和安已下,迄至顺桓,则有班傅三崔,王马张蔡,磊落鸿儒,才不时乏,而文章之选,存而不论。然中兴之后,群才稍改前辙,华实所附,斟酌经辞,盖历政讲聚,故渐靡儒风者也。降及灵帝,时好辞制,造羲皇之书,开鸿都之赋,而乐松之徒,招集浅陋,故杨赐号为驩兜,蔡邕比之俳优,其余风遗文,盖蔑如也。

自献帝播迁,文学蓬转,建安之末,区宇方辑。魏武以相王之尊,雅爱诗章;文帝以副君之重,妙善辞赋;陈思以公子之豪,下笔琳琅;并体貌英逸,故俊才云蒸。仲宣委质于汉南,孔璋归命于河北,伟长从宦于青土,公干徇质于海隅,德琏综其斐然之思,元瑜展其翩翩之乐,文蔚休伯之俦,子叔德祖之侣,傲雅觞豆之前,雍容衽席之上,洒笔以成酣歌,和墨以藉谈笑。观其时文,雅好慷慨,良由世积乱离,风衰俗怨,并志深而笔长,故梗概而多气也。至明帝纂戎,制诗度曲,征篇章之士,置崇文之观,何刘群才,迭相照耀。少主相仍,唯高贵英雅,顾盼合章,动言成论。于时正始余风,篇体轻澹,而嵇阮应缪,并驰文路矣。

逮晋宣始基,景文克构,并迹沉儒雅,而务深方术。至武帝惟新,承平受命,而胶序篇章,弗简皇虑。降及怀愍,缀旒而已。然晋虽不文,人才实盛:茂先摇笔而散珠,太冲动墨而横锦,岳湛曜联壁之华,机云标二俊之采,应傅三张之徒,孙挚成公之属,并结藻清英,流韵绮靡。前史以为运涉季世,人未尽才,诚哉斯谈,可为叹息!

元皇中兴,披文建学,刘刁礼吏而宠荣,景纯文敏而优擢。逮明帝秉哲,雅好文会,升储御极,孳孳讲艺,练情于诰策,振采于辞赋,庾以笔才逾亲,温以文思益厚,揄扬风流,亦彼时之汉武也。及成康促龄,穆哀短祚,简文勃兴,渊乎清峻,微言精理,亟满玄席,澹思浓采,时洒文囿。至孝武不嗣,安恭已矣。其文史则有袁殷之曹,孙干之辈,虽才或浅深,珪璋足用。自中朝贵玄,江左称盛,因谈余气,流成文体。是以世极迍邅,而辞意夷泰,诗必柱下之旨归,赋乃漆园之义疏。故知文变染乎世情,兴废系乎时序,原始以要终,虽百世可知也。

自宋武爱文,文帝彬雅,秉文之德,孝武多才,英采云构。自明帝以下,文理替矣。尔其缙绅之林,霞蔚而飙起;王袁联宗以龙章,颜谢重叶以凤采;何范张沈之徒,亦不可胜也。盖闻之于世,故略举大较。

暨皇齐驭宝,运集休明:太祖以圣武膺箓,世祖以睿文纂业,文帝以贰离含章,中宗以上哲兴运,并文明自天,缉熙景祚。今圣历方兴,文思光被,海岳降神,才英秀发,驭飞龙于天衢,驾骐骥于万里,经典礼章,跨周轹汉,唐虞之文,其鼎盛乎!鸿风懿采,短笔敢陈;飏言赞时,请寄明哲。

赞曰:蔚映十代,辞采九变。枢中所动,环流无倦。质文沿时,崇替在选。终古虽远,旷焉如面。

——刘勰《文心雕龙·时序》,选自范文澜《文心雕龙注》下,
北京:人民文学出版社,1958年,第671-676页

夫设文之体有常,变文之数无方,何以明其然耶?凡诗赋书记,名理相因,此有常之体也;文辞气力,通变则久,此无方之数也。名理有常,体必资于故实;通变无方,数必酌于新声;故能骋无穷之路,饮不竭之源。然绠短者衔渴,足疲者辍途,非文理之数尽,乃通变之术疏耳。故论文之方,譬诸草木,根干丽土而同性,臭味晞阳而异品矣。

是以九代咏歌,志合文则。黄歌断竹,质之至也;唐歌在昔,则广于黄世;虞歌卿云,则文于唐时;夏歌雕墙,缛于虞代;商周篇什,丽于夏年。至于序志述时,其揆一也。暨楚之骚文,矩式周人;汉之赋颂,影写楚世;魏之策制,顾慕汉风;晋之辞章,瞻望魏采。榷而论之,则黄唐淳而质,虞夏质而辨,商周丽而雅,楚汉侈而艳,魏晋浅而绮,宋初讹而新。从质及讹,弥近弥淡。何则?竞今疏古,风味气衰也。今才颖之士,刻意学文,多略汉篇,师范宋集,虽古今备阅,然近附而远疏矣。夫青生于蓝,绛生于蒨,虽逾本色,不能复化。桓君山云:"予见新进丽文,美而无采;及见刘扬言辞,常辄有得。"此共验也。故练青濯绛,必归蓝蒨,矫讹翻浅,还宗经诰。斯斟酌乎质文之间,而櫽括乎雅俗之际,可与言通变矣。

夫夸张声貌,则汉初已极,自兹厥后,循环相因,虽轩翥出辙,而终入笼内。枚乘七发云:"通望兮东海,虹洞兮苍天。"相如上林云:"视之无端,察之无涯,日出东沼,月生西陂。"马融广成云:"天地虹洞,固无端涯,大明出东,月生西陂。"扬雄校猎云:"出入日月,天与地杳。"张衡西京云:"日月于是乎出入,象扶桑与濛汜。"此并广寓极状,而五家如一。诸如此类,莫不相循。参伍因革,通变之数也。

是以规略文统,宜宏大体。先博览以精阅,总纲纪而摄契;然后拓衢路,置关键,长辔远驭,从容按节,凭情以会通,负气以适变,采如宛虹之奋鬐,光若长离之振翼,乃颖脱之文矣。若乃龌龊于偏解,矜激乎一致,此庭间之回骤,岂万里之逸步哉!

赞曰:文律运周,日新其业。变则其久,通则不乏。趋时必果,乘机无怯。望今制奇,参古定法。

——刘勰《文心雕龙·通变》,选自范文澜《文心雕龙注》下,
北京:人民文学出版社,1958年,第519-521页

凡一代有一代之文学:楚之骚,汉之赋,六代之骈语,唐之诗,宋之词,元之曲,皆所谓一代之文学,而后世莫能继焉者也。

——王国维《宋元戏曲史·自序》,上海:华东师范大学出版社,1995年,第1页

　　四言敝而有《楚辞》,《楚辞》敝而有五言,五言敝而有七言,古诗敝而有律绝,律绝敝而有词。……故谓文学后不如前,余未敢信。

——王国维《人间词话》,北京:人民文学出版社,1960 年,第 218 页

　　盖文体通行既久,染指遂多,自成习套。豪杰之士,亦难于其中自出新意,故遁而作他体,以自解脱。一切文体所以始盛终衰者,皆由于此。

——王国维《人间词话》,北京:人民文学出版社,1960 年,第 218 页

　　正像达尔文发现有机界的发展规律一样,马克思发现了人类历史的发展规律,即历来为繁芜丛杂的意识形态所掩盖着的一个简单事实:人们首先必须吃、喝、住、穿,然后才能从事政治、科学、艺术、宗教等等;所以,直接的物质的生活资料的生产,从而一个民族或一个时代的一定的经济发展阶段,便构成基础,人们的国家设施、法的观点、艺术以至宗教观念,就是从这个基础上发展起来的,因而,也必须由这个基础来解释,而不是像过去那样做得相反。

——恩格斯《在马克思墓前的讲话》,选自《马克思恩格斯选集》第三卷,
北京:人民出版社,2012 年,第 1002 页

　　只有奴隶制才使农业和工业之间的更大规模的分工成为可能,从而使古代世界的繁荣,使希腊文化成为可能。没有奴隶制,就没有希腊国家,就没有希腊的艺术和科学;没有奴隶制,就没有罗马帝国。没有希腊文化和罗马帝国所奠定的基础,也就没有现代的欧洲。我们永远不应该忘记,我们的全部经济、政治和智力的发展,是以奴隶制既成为必要、又得到公认这种状况为前提的。在这个意义上,我们有理由说:没有古希腊罗马的奴隶制,就没有现代的社会主义。

——恩格斯《反杜林论》,选自《马克思恩格斯选集》第三卷,
北京:人民出版社,2012 年,第 560-561 页

　　当人的劳动的生产率还非常低,除了必要生活资料只能提供很少的剩余的时候,生产力的提高、交往的扩大、国家和法的发展、艺术和科学的创立,都只有通过更大的分工才有可能,这种分工的基础是从事单纯体力劳动的群众同管理劳动、经营商业和掌管国事以及后来从事艺术和科学的少数特权分子之间的大分工。这种分工的最简单的完全自发的形式,正是奴隶制。

——恩格斯《反杜林论》,选自《马克思恩格斯选集》第三卷,
北京:人民出版社,2012 年,第 561 页

　　希腊艺术的前提是希腊神话,也就是已经通过人民的幻想用一种不自觉的艺术方式加工过的自然和社会形式本身。这是希腊艺术的素材。不是随便一种神话,就是说,不是对自

然(这里指一切对象的东西,包括社会在内)的随便一种不自觉的艺术加工。埃及神话决不能成为希腊艺术的土壤和母胎。但是无论如何总得是一种神话。因此,决不是这样一种社会发展,这种发展排斥一切对自然的神话态度,一切把自然神话化的态度;因而要求艺术家具备一种与神话无关的幻想。

——马克思《〈政治经济学批判〉导言》,选自《马克思恩格斯选集》第二卷,
北京:人民出版社,2012年,第711页

　　关于艺术,大家知道,它的一定的繁盛时期决不是同社会的一般发展成比例的,因而也决不是同仿佛是社会组织的骨骼的物质基础的一般发展成比例的。例如,拿希腊人或莎士比亚同现代人相比。就某些艺术形式,例如史诗来说,甚至谁都承认:当艺术生产一旦作为艺术生产出现,它们就再不能以那种在世界史上划时代的、古典的形式创造出来;因此,在艺术本身的领域内,某些有重大意义的艺术形式只有在艺术发展的不发达阶段上才是可能的。如果说在艺术本身的领域内部的不同艺术种类的关系中有这种情形,那么,在整个艺术领域同社会一般发展的关系上有这种情形,就不足为奇了。困难只在于对这些矛盾作一般的表述。一旦它们的特殊性被确定了,它们也就被解释明白了。

——马克思《〈政治经济学批判〉导言》,选自《马克思恩格斯选集》第二卷,
北京:人民出版社,2012年,第710-711页

　　但是,困难不在于理解希腊艺术和史诗同一定社会发展形式结合在一起。困难的是,它们何以仍然能够给我们以艺术享受,而且就某方面说还是一种规范和高不可及的范本。

　　一个成人不能再变成儿童,否则就变得稚气了。但是,儿童的天真不使成人感到愉快吗?他自己不该努力在一个更高的阶梯上把儿童的真实再现出来吗?在每一个时代,它固有的性格不是以其纯真性又活跃在儿童的天性中吗?为什么历史上的人类童年时代,在它发展得最完美的地方,不该作为永不复返的阶段而显示出永久的魅力呢?有粗野的儿童和早熟的儿童。古代民族中有许多是属于这一类的。希腊人是正常的儿童。他们的艺术对我们所产生的魅力,同这种艺术在其中生长的那个不发达的社会阶段并不矛盾。这种艺术倒是这个社会阶段的结果,并且是同这种艺术在其中产生而且只能在其中产生的那些未成熟的社会条件永远不能复返这一点分不开的。

——马克思《〈政治经济学批判〉导言》,选自《马克思恩格斯选集》第二卷,
北京:人民出版社,2012年,第711-712页

　　一种心智的产物是罕有孤立的。不论作者有意无意,像一幅画,一座雕像,一个奏鸣曲一样,一部书也是归入一个系列之中的,它有着前驱者,它也会有后继者。

——提格亨《比较文学论》,戴望舒译,北京:商务印书馆,1937年,第7页

在这种过程中有一点事实可以看出来:我们称赞一个诗人的时候,我们的倾向往往专注于他在作品中和别人最不相同的地方。我们自以为在他的作品中的这些方面或这些部分看出了什么是他个人的,什么是他的特质。我们很满意地谈论诗人和他前辈的异点,尤其是和他前一辈的异点,我们竭力想挑出可以独立的地方来欣赏。实在呢,假如我们研究一个诗人,撇开了偏见,我们却常常会看出:他的作品中,不仅最好的部分,就是最个人的部分,也是他的前辈诗人最有力地表明他们的不朽的地方。我并非指易接受影响的青年时期,乃指完全成熟的时期。

然而,如果传统的方式仅限于追随前一代,或仅限于盲目地或胆怯地墨守前一代成功的方法,"传统"自然是不足称道了。我们见过许多这样单纯的潮流很快便消失在沙里了;新颖总比重复好。传统是具有广泛得多的意义的东西。它不是继承得到的,你如要得到它,你必须用很大的劳力。首先,它含有历史的意识,我们可以说这对于任何想在二十五岁以上还要继续作诗人的人,差不多是不可缺少的;历史的意识又含有一种领悟,不但要理解过去的过去性,而且还要理解过去的现存性,历史的意识不但使人写作时有他自己那一代的背景,而且还要感到从荷马以来欧洲整个的文学及其本国整个的文学有一个同时的存在,组成一个同时的局面。这个历史的意识是对于永久的意识,也是对于暂时的意识,也是对于永久和暂时结合起来的意识。就是这个意识使一个作家成为传统性的。同时也就是这个意识使一个作家最敏锐地意识到自己在时间中的地位,自己和当代的关系。

诗人,任何艺术的艺术家,谁也不能单独具有他完全的意义。他的重要性以及我们对他的鉴赏,就是鉴赏他和已往诗人以及艺术家的关系。你不能把他单独评价;你得把他放在前人之间来对照,来比较。我认为这不仅是一个历史的批评原则,也是美学的批评原则。他之必须适应,必须符合,并不是单方面的;产生一件新艺术作品,成为一个事件,以前的全部艺术作品就同时遭逢了一个新事件。现存的艺术经典本身就构成一个理想的秩序,这个秩序由于新的(真正新的)作品被介绍进来而发生变化。这个已成的秩序在新作品出现以前本是完整的,加入新花样以后要继续保持完整,整个的秩序就必须改变一下,即使改变得很小;因此每件艺术作品对于整体的关系、比例和价值就重新调整了;这就是新与旧的适应。谁要是同意这个关于秩序的看法,同意欧洲文学和英国文学自有其格局,谁听到说过去因现在而改变正如现在为过去所指引,就不至于认为荒谬。诗人若知道这一点,他就会知道重大的艰难和责任了。

——T.S.艾略特《传统与个人才能》,卞之琳译,艾略特《传统与个人才能:艾略特文集·论文》,卞之琳、李赋宁等译,上海:上海译文出版社,2012 年,第 2-3 页

甚至过去伟大作品的影响与自我调节的事件或起源都无可比之处。艺术传统也假设了现在与过去的对话关系,根据这种对话关系,过去的作品可以回答我们并对我们"说些什么",因为现在的观察者把问题重新提出来了。在《真理与方法》一书中,理解被理解作海德格尔的

"存在事件"(Seinsgescheben),即"把自己置于传统过程中,过去与现在从这个过程中得到调节","处于理解中的创造因素"一定会有所损失,这种过程式的理解的创造性功能,其中也必然包括批判传统与忘记传统,在以后的各部分中根据接受美学去建立文学史方案的基础,这个方案从三个方面考察文学的历史性:文学作品接受的相互关系的历时性方面,同一时期文学参照构架的共时性方法以及这种构架的系列,最后是文学的内在发展与一般历史过程之间的关系。

——汉斯·罗伯特·姚斯《文学史作为向文学理论的挑战》,周宁、金元浦译,
选自《接受美学与接受理论》,沈阳:辽宁人民出版社,1987 年,第 40 页

第三节　文学的未来走向

按照现代语言学的观点,文学作为一个能指符号,本身没有固定的永恒所指。换言之,文学并不是一种先验的客观研究对象,而是随着时代和社会的发展变迁被不断赋予新的面貌和姿态。刘勰在《文心雕龙·时序》中所说的"文变染乎世情,兴废系乎时序",即出于此理。

文学流变至今,已经历了千蜕万变,而现代信息社会的迅猛发展,还在进一步对文学的生产方式、传播方式以及阅读方式起着革命性的作用。在新的语境下,"什么是文学""文学的本质是什么"这些重要问题又受到了重新审视和反思。毋庸置疑,消费社会和网络时代的到来,使传统的文学观念和文学形态受到了巨大冲击。文学的意义及其规则受制于怎样的话语机制和意识形态,再次成了文学家和文学研究者关注的焦点。

实际上,从柏拉图开始,文学存在的合法性和它作为学科的边界就不时遭到质疑。柏拉图在《理想国》中认为:文艺是自然的模仿,这个自然是以"理式"为蓝本的"自然",所以是"摹本的摹本""影子的影子""和真理隔了三层"。在 19 世纪初,黑格尔曾指出,艺术在工业面前无处容身,"就它的最高的职能来说,艺术对于我们现代人已是过去的事了。因此,它也已丧失了真正的真实和生命,已不复能维持它从前的在现实中的必需和崇高地位"[①]。在他看来,艺术源于感觉、情绪、知觉和想象,是人类的一种非理性的产物,

---

① 黑格尔:《美学》第一卷,朱光潜译,北京:商务印书馆,1979 年,第 15 页。

它用感性的形式去表现和抵达真理。科技的进步一方面使人类的物质生活更加丰富,同时也使其精神生活越加贫乏,在偏重理性、理智、规则和技术的时代,艺术的命运便是走向死亡和终结。

19世纪以来,本质主义意义上的文学概念受到了空前的动摇。尼采、德里达、巴特、弗洛姆等人都对本质主义的文学观提出了质疑。近年来,传统文学观念的解体出现了加速的趋势,向当代文学理论提出了严峻的挑战。在这种语境中,文学研究出现的新趋势主要有这样几个方面:一是从宏大叙事向私人化写作转变;二是从价值重估转向价值重建;三是从审美诉求转向文化文本;四是从精英文学转向平民文学。

从具体文本形态来看,主要有生态文学、网络文学、文化文本、短信文学等新的文学类型。

(1)生态文学。生态学本属于环境科学或生物学的研究领域,但随着工业社会带来的全球变暖、资源短缺、环境恶化等后果,人类不得不承担起自己的生态责任。当这种责任被文学家以文学形式具体化时,生态文学或环境文学就产生了。"生态文学"作为一个学科术语,最初是由美国学者密克尔1974年在《生存的悲剧:文学的生态学研究》中提出的,当时他采用了"文学生态学"(Literacy ecology)一词。1978年,美国学者鲁克尔特发表了《文学与生态学:一次生态批评实验》,首次使用了"生态批评"的术语。此后,生态文学和生态批评在文学领域里逐渐建立了自己的学理框架。随着生态文学的逐步发展,在文学的未来景观中,它的存在可能不只是一种文学样式,更有可能是一种生存观和世界观。

(2)网络文学。电脑网络的出现给当今世界带来了巨大变化,加拿大学者麦克卢汉用"地球村"和"信息时代"对这种变化作了概括。[①] 电脑网络在人际交流中具有自身快捷方便的优越性,在这种新的环境中,文学领域也出现了网络文学这个新种类。许多作家和评论家开始对它进行学理上的归类和研究,有关网络文学的批评、研究和争论也在发展之中。网络文学的出现,对传统的文学和文学观念造成了诸多挑战。但是,网络文学未来的发展趋势和前景,在目前还是一个有很大争议和值得研究的问题。

(3)文化文本。当今,文学被当成了文化的一个分支或一个维度,文学只是其中最具有审美性的艺术表现形式。但是,就文学观念本身的流变而言,杂文学的一个重要特征就是其文化性。传统文学的学科边界被"文化"这个更加宽泛的概念所拆解和整合。文学的这种转型与西方的符号学、文化研究的趋势有很大关系。文化文本的主要特征是文学与文化趋同。经典文学的样式往往是精英知识分子创作的具有独立个性的艺术世界,而文化文本却在文学与大众文化之间形成了共时态的对应关系。文化文本在西方有

---

① 马歇尔·麦克卢汉:《理解媒介——论人的延伸》,何道宽译,北京:商务印书馆,2000年,第1页。

多种形态,如后殖民文学、女性文学、都市文学等,在中国则有时尚读本、文化散文等。所谓时尚读本,是指"作为一种新近形成的小说形式的命名,则是对显现于 20 世纪 90 年代初,生成于 90 年代末期的,在文学市场化时代形成的小说形式的概括与认定"①。就其叙事风格而言,常常是对一种社会原生态的模拟;其美学特征有以下几个方面:时尚性质,复合特征,市场策划意识,都市流行风格。文化文本的形式非常多,总体来说,呈现出多元共生、杂语喧哗的局面。所谓文化散文,是指在消费社会的文化市场引导下,个体之间的时空距离和文化差异逐渐缩小,散文从传统的个体世界的温柔之乡,转向书写大时代文化品格的文学散文,它往往用一种厚重的文化历史反思来进行当下主体人格的重建。

(4)短信文学。网络和手机的普及促使人类的交流变得更加方便快捷,尤其是手机的大众持有量在很短时间里成倍猛增。手机普及的一个重要结果便是交流的多样性,如通话、发短信、上网等。在手机时代中,文学也开始以手机短信息的方式广泛流行。短信文学(或手机文学、"大拇指文学")的最初形态仅仅是生活交流语言的短信化,后来逐步确立了简洁、凝练、风趣、幽默的基本话语机制,能在瞬间流传到四面八方。最初的短信文学只是一些简单明快、具有文学色彩的语句或打油诗,后来则出现了简短精练的诗歌、散文、小说等,甚至也有严肃作家介入创作和评奖。这表明,短信文学或手机文学已经引起了文学界的关注。在今后的社会生活中,它或许能以更加成熟的形式进入到文学理论的研究中。

【原典选读】

所谓生态责任,就是人类对自然整体的责任;所谓回归自然,就是重返生态整体之中、重新确认人类在自然整体中正确的位置、恢复和重建与自然整体以及整体中的各个其他组成部分的和谐、稳定、生死与共的密切关系。

……

生态文学是以生态整体主义为思想基础、以生态系统整体利益为最高价值的考察和表现自然与人之关系和探寻生态危机之社会根源的文学。生态责任、文明批判、生态理想和生态预警是其突出特点。

……

生态文学家和生态文学研究者要探索的核心问题是:人类的文明和发展究竟出了什么问题、犯了什么大错,才导致如此之严重、危及整个地球和所有生命的生态危机? 自然与人的

---

① 李俊国:《时尚读本:当下小说创作的新型品种》,《中外文化与文论》第 10 辑,成都:四川教育出版社,2003年,第 52 页。

关系究竟是一种什么样的关系？人类到底应当怎样对待自然？人类究竟应当做什么，改变些什么，才能有效地缓解直至最终消除生态危机，才能保证生态的持续存在和包括人类在内的所有生命的持续生存？

……

生态文学及其研究的繁荣，是人类减轻和防止生态灾难的迫切需要在文学领域里的必然表现，也是作家和学者对地球以及所有地球生命之命运的深深忧虑在创作和研究领域里的必然反映。

——王诺《欧美生态文学》，北京：北京大学出版社，2003 年，第 206、11、2 页

奠定了生态思想之基础的就是生态文学家（利奥波德），掀起这一思潮的关键人物还是生态文学家（卡森）。生态文学研究或称生态批评从 20 世纪 70 年代发端，并迅速地在 90 年代成为文学研究的显学。

——王诺《欧美生态文学》，北京：北京大学出版社，2003 年，第 2 页

面向即将到来的 21 世纪，有这样两个悲喜交加的预言：下一个世纪将是"精神障碍症流行"的时代；下一个世纪将是"生态学时代"。

——鲁枢元《猞猁言说——关于文学、精神、生态的思考》，

北京：社会科学文献出版社，2001 年，第 247 页

所谓"生态学"，似乎已经不再仅仅是一门专业化的学问，它已经衍化为一种观点，一种统摄了自然、社会、生命、环境、物质、文化的观点，一种崭新的、尚且有待进一步完善的世界观。

——鲁枢元《生态文艺学》，西安：陕西人民出版社，2000 年，第 26 页

由于文艺的审美特性所依存的节律形式和节律感应在文艺生态系统诸因素中无处不在，于是文艺就可以直接地同生态系统诸层面和诸因素发生生态关联。

人类生态系统中一切具有生命之魂和生命之形的因素，都可在文艺中建立自己的对应形式；包括那些在人的现实生活中尚不存在的理想境界，也要把自己的姿影投射到文艺中去造成一种"虚拟实在"，构成人的心理环境。

——曾永成《文艺的绿色之思——文艺生态学引论》，

北京：人民文学出版社，2000 年，第 148 页

所谓环境文学，"以强化人们的环境意识为出发点，不仅揭露破坏污染环境的坏人坏事，环境观念淡薄的丑事蠢事，还大力讴歌促进环保事业蓬勃发展默默做出贡献的广大环保工作者，歌颂关心生态环境、热心环境的新人新事，新的道德风尚。同时抒写祖国壮丽山河，描绘

大自然和人与大自然美妙和谐的关系,从而升华人们的爱国主义情操和环境伦理道德,也是它的一项重要使命。"

——曾永成《文艺的绿色之思——文艺生态学引论》,

北京:人民文学出版社,2000年,第325页

什么是网络文学?这是个一直在持续的争议。我觉得网络文学就是新时代的大众文学,Internet的无限延伸创造了肥沃的土壤,大众化的自由创作空间使天地更为广阔。没有了印刷、纸张的繁琐,跳过了出版社、书商的层层限制,无数人执起了笔,一篇源自于平凡人手下的文章可以瞬间走进千家万户。

……

传统文学是一个大家闺秀,很有气质,很文静,但是要慢慢接近才行,而网络文学就像一个浓妆艳抹的小姐,谁都可以说说道道,网络文学吸引人的地方或许正在于此,它有更多的消闲和表达自我的成分,阅读起来非常轻松。但比起传统文学来,网络文学在艺术上还显得粗糙、随意,模式也还显得单一,它远远不能满足人们对美的更高要求。

……

网络文学使用的不仅仅是文字语言,它还有多媒体的声音语言和图像语言,不仅如此,借助一些新的硬、软件,网上文学的媒介还能发展到人的嗅觉、味觉、触觉,达成真正的审美通感,让人在电脑上体验到心跳、体温、晕眩、过敏等微妙的心理变化。

……

大众审美文化选择渠道的拓宽,改变了许多人的欣赏习惯,又培养了新一代"多媒体族"——把文字阅读与声音、图片、动画等视听观赏结合起来,其多感觉通道的全方位接纳,远比单纯的文字阅读来得直观和过瘾。所以有专家预测:未来的文学,更多地将是作为综合性的电子艺术的组成部分或附属品而存在,如电视剧的脚本、电子游戏的说明词、多媒体艺术的文本等。

文学类型的变化。网络文学的崛起使传统的文学艺术类型划分悄然发生着变化:在这里,纪实文学与虚构文学、文学与非文学的界限,抑或传统文学类型中诗歌、小说、散文、剧本的"四分法",都已变得模糊。

……

在创作手段上,网络作者首先需要以机换笔,让苦役般的"码字儿"变成轻松的键盘输入,也可以运用万通笔或无线压感笔作手写输入,或是在交互式语音平台上进行语音输入。

……

在构思方式上,传统的文学构思完全是个人化的艺术思维,即使是集体创作,其集思广益的范围也是十分有限的。而网络创作则不然,它可以由首创作者设定某一文学题材框架或文体类型,让互联网上的众多网民共同就这个题目发表意见,进行群体性艺术构思,然后集中

大家的艺术智慧进行创作。

......

在价值取向上由艺术真实向虚拟现实变迁。现实主义文学的客观现实、浪漫主义文学的情感写实和现代主义文学的主观真实在网络时代都趋于消解,因为网络文学只注重文本自身所营造的虚拟世界,以及对这个世界的真实表达。

......

网民们衡量网络文学的价值很少再有意义的探究和隐喻的延宕,有的只是对多媒体或超媒体感觉的全方位敞开。这时,个人的兴趣和当下的感受将是选择和评价网络作品的基本尺度。

——欧阳友权《网络文学论纲》,北京:人民文学出版社,2003 年,
第 8、9、44-49 页

20 世纪的中外文学,不约而同地经历了一场由杂到纯、再由纯变杂的演变:先是由杂到纯,不仅把古老的广义的人文写作划分为文史哲的等不同方式,而且文学文体的分化也是日益细密;20 世纪后期的文学则从这种文体的纯粹中突围出来,走向边界模糊的杂文学。

——蒋述卓《批评的文化之路·总序》,北京:中国社会科学出版社,2003 年,第 2 页

后现代主义则认为艺术和文化的轨迹,已经从独立的作品转移到艺术家的个性上,从永恒的客体转移到短暂的过程中。艺术不再是观照的对象,而是一个行为,一个事件。这标志着艺术家感情化艺术魅力的匮乏,已经退化到直接震动感官的地步。

——王岳川《后现代主义文化逻辑》,王岳川、尚水编《后现代主义文化与美学》代序,
北京:北京大学出版社,1992 年,第 10 页

他(按:指詹姆逊)在演讲中前提式地区分了泛文化、人类学文化和日常生活文化的异同,指出文化工业的产品泛滥使得研究者必须先把对象当作文化的产物才可能认识出其中的意义和本质,而现代后现代的社会事实把这些对象都转化成了"文化文本"。

——杨俊蕾《中国当代文论话语转型研究》,
北京:中国人民大学出版社,2003 年,第 186 页

......读本意味着多元意义空间,多种信息内容,多重技艺手段。与小说比较,读本则具备了复合功能。像一只拼盘,或者说像一只百宝箱,但凡与"时尚"相关联的内容要素和艺术元素,作家都运用近乎后现代艺术的拼贴技能,加以整合或构组,从而形成多元色调多义空间的复合体——"时尚读本"。

......

……准确的市场调研,清晰的时尚内容定位,快速的写作生产,新奇形式的包装与多样化的作品推广方式,是时尚读本创作过程中体现出来的市场意识。

……

时尚读本的形式美感与意义功能,与摩天大楼、仿古建筑、精品店、步行街、超市、酒吧等都市物态风景相匹配,形成可供人观赏、把玩、休闲、怡趣的都市流行格调和时尚风景。从这个意义上说,时尚读本是当今都市文化流行风格在文学创作中的反映,都市流行时尚是时尚读本及时追摄描摹的题材内容和风格形态。……

……

从文学社会学角度说,时尚读本写作作为都市欲望化时尚化的符号性文本,可以成为我们研究当代都市文化心理的文献性文本。在时尚读本中,准确而及时地记录着都市时尚元素的组合与流变趋向,传递出都市文化心态、生命形式、情感欲望空间的人生信息。

……时尚读本的复合性能也在一定程度上拓展了"小说"文体的形式疆界与艺术空间。虽然时尚读本的复合特性明显留有受后现代主义影响的拼贴性,显得粗糙生硬,但它体现了当代文化多元性复合性社会背景下的文学形式的变化趋向。

——李俊国《时尚读本:当下小说创作的新型品种》,

选自《中外文化与文论》第 10 辑,成都:四川教育出版社,2003 年,第 55-59 页

文化散文的高涨,是散文到达丰富深刻内涵的主要元素。以余秋雨、周涛、张承志、史铁生等人为代表的散文新流向,代表了当代散文文化反思的新高度与主体人格重建的深远指向。……在艺术品位上,他们的散文体现出来的"大品"意识、"大散文"气势,远在多年来散文柔弱、纤巧、琐碎一类平庸作品之上。

……

散文在他们笔下变得更加丰富多彩,蕴含深厚而潇洒灵动。他们以开阔的视野、凝重的思想厚度,深刻的人生体验和不拘一格的行文气势,为散文变革潮涌增添了厚重坚实的力量。

——魏天祥《九十年代文艺新变化研究》,

北京:中共中央党校出版社,2000 年,第 67-68 页

【本章复习思考题】

1.研究文学起源的主要方法有哪些?

2.在文学起源问题上有哪些主要学说和基本观点?

3.如何理解劳动起源说与巫术起源说的关系?

4.如何理解"一代有一代之文学"的流变观?

5.刘勰《文心雕龙·时序》就文学流变表达了哪些主要观点?

6.如何理解艺术生产与社会发展不平衡的原理?

7.刘勰《文心雕龙·通变》中的基本观点是什么?

8."文学经典"应当具备哪些特征?

9.随着当代文学研究的转型,出现了哪些新的文学类型?

10.你对文学的未来可能性有怎样的预期?

（本章执笔：刘文勇,彭静,杜婕欣,何嘉闵,王超）

参考文献

[1] M.H.艾布拉姆斯:《镜与灯:浪漫主义文论及批评传统》,郦稚牛、张照进、童庆生译,北京:北京大学出版社,1989年。

[2] 波德里亚:《消费社会》,刘成富、全志钢译,南京:南京大学出版社,2000年。

[3] 柏拉图:《柏拉图文艺对话集》,朱光潜译,北京:人民文学出版社,1963年。

[4] 车文博主编:《弗洛伊德文集》,长春:长春出版社,2010年。

[5] 陈延杰:《诗品注》,北京:人民文学出版社,1961年。

[6] 丹纳:《艺术哲学》,傅雷译,北京:人民文学出版社,1963年。

[7] 范文澜:《文心雕龙注》上、下,北京:人民文学出版社,1958年。

[8] 弗洛伊德:《弗洛伊德论美文选》,张唤民、陈奇译,北京:知识出版社,1987年。

[9] 高尔基:《论文学》,北京:人民文学出版社,1978年。

[10] 爱克曼:《歌德谈话录》,朱光潜译,北京:人民文学出版社,1978年。

[11] 葛兰西:《狱中札记》,葆煦译,北京:人民出版社,1983年。

[12] 郭绍虞主编:《中国历代文论选》第一、二、三、四册,上海:上海古籍出版社,1979—1980年。

[13] 黑格尔:《美学》第一、二、三卷,朱光潜译,北京:商务印书馆,1979—1981年。

[14] 乔纳森·卡勒:《文学理论入门》,李平译,南京:译林出版社,2008年。

[15] 约翰·克罗·兰色姆:《新批评》,王腊宝、张哲译,南京:江苏教育出版社,2006年。

[16] 刘小枫选编:《接受美学译文集》,北京:生活·读书·新知三联书店,1989年。

[17] 陆贵山、周忠厚:《马克思主义文艺论著选讲》,北京:中国人民大学出版社,1999年。

[18] 弗朗西斯·马尔赫恩编:《当代马克思主义文学批评》,刘象愚等译,北京:北京大学出版社,2002年。

[19] 毛泽东:《毛泽东论文艺》(增订本),北京:人民文学出版社,1992年。

[20] 《欧美古典作家论现实主义和浪漫主义》(一)、(二),北京:中国社会科学出版社,1980年。

[21] 普列汉诺夫:《论艺术(没有地址的信)》,北京:生活·读书·新知三联书店,1973 年。

[22] C.C.荣格:《人,艺术和文学中的精神》,孔长安、丁刚译,北京:华夏出版社,1989 年。

[23] 艾·阿·瑞恰慈:《文学批评原理》,杨自伍译,南昌:百花洲文艺出版社,2010 年。

[24] 拉曼·塞尔登编:《文学批评理论——从柏拉图到现在》,刘象愚等译,北京:北京大学出版社,2000 年。

[25] 维克托·什克洛夫斯基等:《俄国形式主义文论选》,方珊等译,北京:生活·读书·新知三联书店,1989 年。

[26] 童庆炳主编:《文学理论教程》,北京:高等教育出版社,1998 年。

[27] 托尔斯泰:《艺术论》,丰陈宝译,北京:人民文学出版社,1958 年。

[28] 王国维:《人间词话》,北京:人民文学出版社,1982 年。

[29] 雷·韦勒克、奥·沃伦:《文学理论》,刘象愚等译,北京:三联书店,1984 年。

[30] 雷纳·韦勒克:《近代文学批评史》,杨岂深、杨自伍译,上海:上海译文出版社,1997 年。

[31] R.韦勒克:《批评的诸种概念》,丁泓、余徵译,成都:四川文艺出版社,1988 年。

[32] 雷蒙·威廉斯《关键词:文化与社会的词汇》,刘建基译,北京:生活·读书·新知三联书店,2005 年。

[33] 伍蠡甫等编:《西方文论选》上、下卷,上海:上海译文出版社,1979 年。

[34] 伍蠡甫等编:《现代西方文论选》,上海:上海译文出版社,1983 年。

[35] 伍蠡甫、胡经之主编:《西方文艺理论名著选编》上、中、下卷,北京:北京大学出版社,1987 年。

[36] 席勒:《审美教育书简》,冯至译,北京:北京大学出版社,1985 年。

[37] 亚里斯多德:《诗学》,罗念生译,北京:人民文学出版社,1962 年。

[38] 亚理斯多德:《修辞学》,罗念生译,北京:生活·读书·新知三联书店,1991 年。

[39] 阎嘉主编:《文学理论读本》,南京:南京大学出版社,2013 年。

[40] 姚斯等:《接受美学与接受理论》,金元浦等译,沈阳:辽宁人民出版社,1987 年。

[41] 特里·伊格尔顿:《马克思主义与文学批评》,文宝译,北京:人民文学出版社,1980 年。

[42] 以群主编:《文学的基本原理》,上海:上海文艺出版社,1980 年。

[43] 张首映:《西方二十世纪文论史》,北京:北京大学出版社,1999 年。

[44] 赵毅衡编选:《"新批评"文集》,卞之琳等译,天津:百花文艺出版社,2001 年。

[45] 朱狄:《艺术的起源》,北京:中国社会科学出版社,1982 年。

[46] 朱光潜:《西方美学史》上、下卷,北京:人民文学出版社,1963 年、1964 年。

[47] 朱立元主编:《当代西方文艺理论》,上海:华东师范大学出版社,1997 年。

[48] 朱立元等编译:《二十世纪西方美学经典文本》,上海:复旦大学出版社,2001 年。

[49] 朱立元、李钧主编:《二十世纪西方文论选》,北京:高等教育出版社,2002 年。

[50] 宗白华:《美学散步》,上海:上海人民出版社,1981 年。